"Una de las historias de amor más sexys y eróticas que he leído en mucho tiempo".
—*Affaire de Coeur*

"Un paseo elegante, sexy y emocionante".
—*Jo Davis*

"Una de las mejores novelas eróticas que jamás he leído".
—*All About Romance*

"Casi me chamusco las cejas".
—*Dear Author*

"Fabuloso y extremadamente caliente... Quedarás adicto".
—*Julie James, autora bestseller en el USA Today*

"Acción y sexo y un montón de vueltas y giros".
—*Genre Go Round Round*

"Embriagador y estimulante".
—*Fresh Fiction*

"El calor entre los personajes principales de Kery te derrite".
—*RT Book Reviews*

"Algunas de las escenas de amor más sensuales que he leído este año".
—*Romance Junkies*

"¡Muy picante! Me tuvo hechizado".
—*Wild on Books*

"Inspira un calor nuclear".
—*USA Today*

Porque
eres mía

Beth Kery

BERKLEY BOOKS, NEW YORK

THE BERKLEY PUBLISHING GROUP
Publicado por the Penguin Group
Penguin Group (USA) Inc.
375 Hudson Street, New York, New York 10014, USA

USA I Canadá I UK I Irlanda I Australia I Nueva Zelanda I India I Suráfrica I China

Penguin Books Ltd., Oficinas registradas: 80 Strand, Londres WC2R 0RL, Inglaterra
Para más información acerca de the Penguin Group, visite penguin.com.

PORQUE ERES MÍA

Berkley edición en rústica ISBN: 978-0-451-46514-6

La Biblioteca del Congreso ha catalogado la edición en inglés:

Because you are mine / Beth Kery.— Berkley trade paperback ed.
p.   cm.
ISBN 978-0-425-26645-8
1. Erotic fiction.   I. Title.
PS3611.E79B43   2013
813'.6—dc23   2012035480

HISTORIA EDITORIAL
Berkley edición en rústica en inglés / marzo 2013
Berkley edición en rústica en español / junio 2013

IMPRESO EN LOS ESTADOS UNIDOS DE AMÉRICA

10 9 8 7 6 5 4 3 2 1

Diseño de la portada por Sarah Oberrender.
Fotografía de la cubierta de Pearl Earrings and Necklace with Wineglass
© Robert George Young / Getty Images.

Mi más profundo agredecimiento a Leis Pederson, Laura Bradfor, Mahlet, Amelia y a mi esposo. Jamás habría podido hacer este proyecto sin ustedes. Gracias también a todos los lectores que han apoyado mis libros a través de los años. Definitivamente no habría podido hacer esta carrera sin ustedes.

Primera parte

Porque me tientas

Capítulo uno

Francesca miró a su alrededor cuando Ian Noble entró, especialmente porque todos los que estaban en el lujoso bar restaurante hicieron lo mismo. El corazón le dio un vuelco. A través de la multitud vio a un hombre alto y vestido con un traje impecablemente confeccionado, quitarse el abrigo, dejando al descubierto un cuerpo largo y esbelto. Ella reconoció de inmediato a Ian Noble. Su mirada se detuvo en el abrigo negro y elegante que colgaba de su brazo. Un pensamiento azaroso cruzó por su mente: el abrigo negro estaba bien, pero el traje no. Lo suyo eran los jeans, ¿no era así? Su observación no tenía sentido alguno. Por una parte, él se veía fantástico con su traje, y por otra, de acuerdo con un reciente artículo que ella había leído en *GQ*, él tenía fama de ser el responsable de la prosperidad de la calle Savile Row de Londres, casi sin la ayuda de nadie más. ¿Qué otra cosa podría vestir un hombre de negocios que era el vástago de una rama menor de la monarquía británica? Uno de los hombres que habían entrado con él se dispuso a recibirle el saco, pero él negó con la cabeza.

Al parecer, el enigmático Sr. Noble no estaba pensando en otra cosa que en hacer una somera aparición en la fiesta que había organizado en honor de Francesca.

—Es el Sr. Noble. Se sentirá muy complacido de conocerte, pues le encanta tu trabajo —le dijo Lin Soong. Francesca advirtió la sutil nota de orgullo en la voz de la mujer, como si Ian Noble fuera su amante y no su empleador.

—Tal parece que él tiene que hacer cosas mucho más importantes que recibirme —dijo Francesca, sonriendo. Tomó un sorbo de agua mineral con gas y vio a Noble hablando escuetamente por un teléfono celular, mientras dos hombres permanecían cerca de él y su abrigo quedaba precariamente suspendido en la curva de su brazo.

La inclinación sutil de su boca le indicó a Francesca que él estaba irritado. Por alguna razón, toda esta demostración de emoción —tan humana— la relajó un poco. No se lo había contado a sus compañeros de casa —ella era reconocida por su actitud de "estoy lista para todo"—, pero había estado extrañamente ansiosa por conocer a Ian Noble.

La multitud reanudó la conversación, pero de algún modo, el nivel de energía del lugar aumentó tras la aparición de Noble. Era curioso que un hombre tan peculiar y sofisticado se convirtiera en un icono para una generación caracterizada por su afición por las camisetas y su familiaridad con la tecnología. Él aparentaba unos treinta años. Ella había leído que Noble ganó sus primeros mil millones de dólares con una innovadora empresa de medios sociales pocos años atrás, antes de someterla a una subasta pública y ganar otros trece mil millones, y que poco después había abierto un negocio de Internet al por menor con un éxito increíble.

Tal parecía que todo lo que él tocaba se convertía en oro. ¿Por qué? Porque era Ian Noble. Podía hacer lo que le viniera en gana. Francesca sonrió ante esa idea. De algún modo, pensar que era arrogante y antipático le hacía bien. Sí, él era su benefactor, pero al igual que todos los artistas a lo largo de historia, Francesca sentía una buena dosis de desconfianza hacia los mecenas y su dinero. Y desgraciadamente, todos los artistas que pasaban dificultades necesitaban a un Ian Noble.

—Iré a decirle que estás aquí. Ya te dije que quedó encantado con tu cuadro. Lo eligió sobre los otros dos finalistas sin pensarlo dos veces —dijo Lin, refiriéndose a los competidores a quienes había superado Francesca.

Al ganador se le concedería el prestigioso encargo de pintar el cuadro principal para el imponente vestíbulo del nuevo rascacielos de Noble en Chicago, en el cual se encontraban. El cóctel de recepción en honor a Francesca se estaba celebrando en Fusion, un moderno restaurante situado en el interior del rascacielos de Noble. Y, lo más importante para Francesca: recibiría cien mil dólares, suma que necesitaba con urgencia para pagar su maestría en Bellas Artes.

Lin hizo aparecer como por arte de magia a Zoe Charon, una joven afro-americana, para que charlara con Francesca en vista de su ausencia.

—Es un placer conocerte —dijo Zoe, exhibiendo una sonrisa que envidiaría cualquier ortodoncista, mientras estrechaba la mano de Francesca—. Y felicitaciones por tu comisión. Solo piensa que veré tu cuadro siempre que venga a trabajar.

Francesca sintió una punzada de incomodidad cada vez más familiar a causa de su ropa, al compararla con el vestido de Zoe. Lin, Zoe y casi todos los allí presentes vestían al último grito de una moda sofisticada y elegante. ¿Cómo podría saber ella que su aspecto bohemio y chic no funcionaría en un cóctel ofrecido por Noble? ¿Cómo iba a saber ella que su estilo no era chic en absoluto?

Supo que Zoe era asistente de gerencia en Imagetronics, un departamento de Empresas Noble. *¿Qué demonios era eso?*, se preguntó distraídamente Francesca mientras asentía con un interés afable, desviando de nuevo su mirada hacia la parte delantera del restaurante.

La boca de Noble se suavizó un poco cuando Lin se acercó para hablar con él. Unos segundos más tarde, una expresión apática se asentó en su rostro. Hizo un gesto de negación con la cabeza y le echó un vistazo a su reloj. Era obvio que Noble no quería cumplir con el ritual de conocer a uno de los muchos beneficiarios de sus labores filantrópicas más de lo que la propia Francesca deseaba conocerlo. Esta fiesta en honor a ella era una de las actividades molestas derivadas del otorgamiento de la comisión.

Ella se volvió hacia Zoe y sonrió ampliamente, decidida a disfrutar después de confirmar que su ansiedad por conocer a Noble era una pérdida de tiempo.

—¿Y qué es lo que tiene Ian Noble?

Zoe se sorprendió ante el atrevimiento de la pregunta y miró hacia el frente de la barra, donde se hallaba Noble.

—¿Qué tiene? Que es un dios, en una palabra.

Francesca sonrió.

—Creo que no te has quedado corta, ¿verdad?

Ambas se echaron a reír. Por un momento, no eran más que dos mujeres jóvenes riéndose del hombre más guapo de la fiesta: Ian Noble, como lo admitió Francesca. La fiesta podía irse al diablo: era el hombre más fascinante que había visto en su vida.

Su risa se desvaneció al percibir la expresión de Zoe. Se dio vuelta; la mirada de Noble estaba posada directamente en ella. Una sensación de calor y pesadez se esparció por su vientre. No alcanzó a tomar aire antes de que él caminara hacia ella, ante la mirada sorprendida de Lin.

Francesca sintió un deseo ridículo de echarse a correr.

—Oh... está viniendo hacia acá... Lin debe haberle dicho quién eres —murmuró Zoe, tan desconcertada y sorprendida como Francesca. Sin embargo, Zoe tenía más práctica que Francesca en el arte del roce social. Cuando Noble se acercó a ellas, todos sus rasgos de niña sonriente desaparecieron, dejando en su lugar a una mujer contenida y hermosa.

—Buenas noches, señor Noble.

Sus ojos eran de un penetrante azul cobalto y por una fracción de segundo miraron a Francesca, quien se las arregló para llevar un poco de aire a sus pulmones durante el embate.

—Zoe, ¿verdad? —preguntó él.

Zoe no podía ocultar su satisfacción ante el hecho de que Noble supiera su nombre.

—Sí, señor. Trabajo en Imagetronics. ¿Puedo presentarle a Francesca Arno, la artista elegida como ganadora de la Competencia Visión Lejana?

Él le tomó la mano.

—Es un placer, señorita Arno.

Francesca se limitó a asentir. Su cerebro estaba sobrecargado con la imagen de aquel hombre, con el calor de su mano envolvente y el sonido de su voz grave con acento británico. Su piel era blanca, llevaba el cabello corto y elegantemente peinado, y un traje gris. *Un ángel oscuro.* Las palabras acudieron a su mente de manera espontánea.

—No puedo expresarte lo impresionado que estoy con tu trabajo —dijo él, sin el menor asomo de sonrisa ni suavidad en su tono, pero con una aguda curiosidad en su mirada. Ella tragó saliva, visiblemente nerviosa.

—Gracias —él le soltó la mano lentamente, dejando resbalar su piel contra la suya. De pronto hubo un silencio expectante mientras él se limitaba a observarla. Ella recobró la compostura y enderezó la espalda—. Me complace mucho poder para darle las gracias personalmente por otorgarme la comisión; para mí significa más de lo que puedo expresar.

Francesca pronunció aquellas palabras ensayadas de un modo forzado.

Él se encogió de hombros de un modo imperceptible y agitó su mano con negligencia.

—Te la has ganado —le sostuvo la mirada—. O al menos lo harás.

Ella sintió que el aire se le apretujaba en la garganta, y rogó que él no lo notara.

—Sí, me la gané. Pero me diste la oportunidad. Es por *eso* que estoy tratando de expresarte mi agradecimiento. Probablemente no habría sido capaz de pagar el segundo año de mi maestría si no me hubieras dado esta oportunidad.

Él parpadeó. Francesca notó con el rabillo del ojo la rigidez de Zoe. Miró hacia otro lado en señal de vergüenza. ¿Acaso había sido brusca?

—Mi abuela suele decir que soy descortés ante la gratitud —señaló él, con un tono más pausado... más cálido—. Tienes razón en regañarme. Y también eres bienvenida, señorita Arno —observó él, asintiendo en señal de reconocimiento—. Zoe, ¿te importaría darle un recado a Lin de mi parte? He decidido cancelar la cena con Xander LaGrange; dile por favor que le reprograme la cita.

—Por supuesto, señor Noble —respondió Zoe antes de retirarse.

—¿Quieres sentarte? —preguntó él, señalando un reservado de cuero circular que estaba desocupado.

—Por supuesto.

Él esperó detrás mientras ella se sentaba en el reservado. Francesca deseó que él no hubiera hecho eso. Se sentía incómoda y torpe. Luego se acomodó, y él se sentó a su lado con un movimiento rápido y elegante. Francesca se alisó la falda del vestido de gasa y cuentas de estilo *vintage*, que había comprado en una tienda de ropa usada en Wicker Park. Aquella noche de septiembre resultaba más fría de lo que imaginó mientras se vestía para asistir al cóctel. La chaqueta informal de mezclilla que llevaba era su única opción, debido a las tiras delgadas de su vestido. Pensó en el aspecto ridículo que debía tener, sentada al lado de aquel hombre vestido de manera impecable y completamente masculino.

Palpó su collar con ansiedad y luego sintió la mirada de él. Francesca lo miró a los ojos, levantando su barbilla en actitud desafiante. Una pequeña sonrisa cruzó la boca de él y algo la apretó a ella en el bajo vientre.

—Así que ¿estás en segundo año de maestría?

—Sí, en el Instituto de Artes.

—Es una excelente institución —murmuró él, apoyando las manos sobre la mesa y recostándose en el reservado; parecía totalmente cómodo. Su cuerpo era largo, relajado y tenso, lo cual le recordó a Francesca la calma aparente del depredador, capaz de pasar a la acción decidida para atrapar a su presa en una fracción de segundo. Aunque sus caderas eran estrechas, sus hombros eran anchos, insinuando unos músculos fornidos debajo de la camisa blanca y almidonada—. Si recuerdo correctamente tu solicitud, estudiaste arte y arquitectura en la Universidad Northwestern.

—Sí —respondió ella sin aliento, desviando la mirada de sus manos. Eran unas manos elegantes, pero también grandes, de puntas romas y de un aspecto imponente. Esto la perturbó por alguna razón.

No pudo dejar de imaginar cómo se verían sobre su piel... alrededor de su cintura...

—¿Por qué?

Ella apartó de su mente ese pensamiento turbador y volvió a toparse con su mirada fija.

—¿Qué por qué estudié arquitectura y arte?

Él asintió con la cabeza.

—Arquitectura por mis padres, y arte, por mí —le respondió, sorprendiéndose a sí misma por la honestidad de su respuesta. En términos generales, le gustaba ser fría y desdeñosa cuando alguien le hacía esa pregunta: ¿Por qué tenía que elegir entre sus talentos?

—Mis padres son arquitectos, y soñaban con que yo también lo fuera.

—Así que les concediste la mitad de un sueño. Has obtenido la cualificación propia de una arquitecta, pero no piensas ejercer esa profesión...

—Siempre seré arquitecta.

—Cosa que me alegra —dijo él, levantando su mirada cuando se acercó al reservado un hombre guapo, con rastas y unos ojos grises claros que contrastaban con su piel oscura. Noble le dio la mano—. Lucien, ¿cómo va el negocio?

—Prosperando —respondió Lucien, mirando a Francesca con interés.

—Señorita Arno, le presento a Lucien Lenault. Es el mánager de Fusion y el restaurador más ilustre de Europa. Lo elegí en el mejor restaurante de París.

Lucien hizo un gesto de halago tras la introducción de Ian y sonrió.

—Esperemos que lo mismo se pueda decir muy pronto de Fusion. Señorita Arno, es un placer conocerla —añadió Lucien con un exquisito acento francés—. ¿Puedo traerle algo?

Noble la miró expectante. Sus labios eran inusualmente carnosos para un hombre tan masculino y de facciones tan rudas, que a ella le parecieron sensuales pero firmes.

Severos.

¿De dónde había salido ese extraño pensamiento?

—No; estoy bien así, gracias —respondió Francesca, aunque su corazón empezó a latir de manera irregular.

—¿Qué es eso? —preguntó él, señalando la copa medio vacía.

—Mi bebida habitual: club soda con limón.

—Deberías estar celebrando, Señorita Arno.

¿Era acaso su acento lo que hacía que las orejas y el cuello le picaran cuando pronunciaba su nombre? Ella advirtió que se trataba de algo muy peculiar. Él era británico, pero otras influencias parecían infiltrarse en medio de las sílabas de tanto en tanto, algo que ella no lograba identificar.

—Tráenos una botella de Roederer Brut —le pidió Noble a Lucien, quien sonrió, hizo una ligera reverencia, y se marchó.

Su confusión iba en aumento. ¿Por qué se molestaba en pasar tanto tiempo con ella? Seguramente no bebía champán con todos los beneficiarios de su filantropía.

—Como estaba diciendo antes de que llegara Lucien, me alegro de tu formación como arquitecta. Tu habilidad y conocimiento en este campo es, sin duda, lo que le confiere tanta precisión, profundidad y estilo a tu obra. El cuadro que enviaste al concurso es espectacular. Captaste con exactitud la atmósfera de lo que yo quería para mi vestíbulo.

Francesca recorrió su traje inmaculado con la mirada. En cierto sentido, el aparente gusto de Ian por las líneas rectas no la sorprendió. Era cierto que su obra se inspiraba a menudo en su amor por la forma y la estructura, pero su trabajo no giraba en torno a la precisión. Lejos de ello.

—Me alegra que te haya gustado —observó ella, con lo que esperaba fuera un tono neutral.

Una sonrisa asomó en los labios de Noble.

—Hay algo detrás de tu afirmación. ¿No estás contenta de que me hayas gustado?

Francesca abrió la boca de par en par al escuchar eso, y sofocó las palabras que acudían a su garganta. *No hago mi arte para agradarle a nadie más que a mí misma.* Pero se detuvo justo a tiempo. ¿Qué le ocurría? Este hombre era el responsable de un cambio trascendental en su vida.

—Ya te lo dije: no podría estar más contenta por haber ganado el concurso. Me siento muy emocionada.

—Ah —murmuró él mientras Lucien llegaba con la cubitera y el champán. Noble no miró a Lucien mientras se ocupaba de abrir la botella, y continuó estudiándola como si ella fuera un experimento científico sumamente interesante—. Pero estar contenta por tu comisión no es lo mismo que estés complacida por haberme gustado.

—No, no quise decir eso —farfulló ella, observando a Lucien descorchar el champán con un chasquido sordo. Su mirada desconcertada se posó de nuevo en Noble. Los ojos le brillaban en el rostro, por lo demás impasible. ¿De qué demonios estaba hablando él? ¿Y por qué, pese a no tener la respuesta, su pregunta la ponía tan nerviosa?— Me alegra que te haya gustado mi cuadro. Me alegra mucho.

Noble no respondió, y se limitó a mirar con indiferencia a Lucien mientras este vertía el líquido espumoso en las copas alargadas. Asintió con la cabeza y murmuró un agradecimiento antes de que Lucien se marchara. Francesca tomó su copa al mismo tiempo que él.

—Felicitaciones.

Ella esbozó una sonrisa mientras sus copas chocaban. Francesca nunca había probado algo semejante; el champán estaba seco y helado, y se sentía delicioso al deslizarse por su lengua y su garganta. Miró a Noble de reojo. ¿Cómo podía parecer él tan ajeno a la espesa tensión del aire cuando ella sentía que la sofocaba?

—Supongo que siendo parte de la realeza, una mesera no estará a la altura para servirte —dijo ella, anhelando que su voz no hubiera temblado.

—¿Cómo dices?

—Oh, sólo quería decir... —Se maldijo a sí misma en silencio—. Soy mesera en un bar; lo hago para ayudar a pagar mis cuentas mientras termino el posgrado —agregó, un poco en pánico ante el aspecto *cool* y un tanto intimidante que adquirió él de repente.

Ella levantó la copa y bebió un trago largo del líquido helado. No era sino esperar a contarle a Davie cómo había echado a perder la velada. Su buen amigo se exasperaría con ella, aunque sus otros compañeros de casa —Caden y Justin— se desternillarían de la risa con su más reciente muestra de ineptitud social.

Si Ian Noble no fuera tan guapo. Tan inquietantemente guapo.

—Lo siento —murmuró ella—. No debería haber dicho eso.

Es sólo que... leí que tus abuelos pertenecían a una rama menor de la familia real británica; un conde y una condesa, ni más ni menos.

—Y te estabas preguntando si yo despreciaría el hecho de ser atendido por una simple "sirvienta", ¿verdad? —preguntó él. Su divertido comentario no suavizó sus facciones; tan solo las hizo más apremiantes. Francesca suspiró y se relajó un poco.

Ella no lo había ofendido *del todo*.

—Hice la mayor parte de mis estudios en Estados Unidos —dijo él—. Antes que todo me considero americano. Y te aseguro que la única razón por la que Lucien vino a atendernos personalmente es porque él lo quiso así. Somos compañeros de esgrima y también amigos. La costumbre de la aristocracia inglesa de preferir a un criado sobre una criada sólo existe hoy día en las novelas inglesas de estilo Regencia, Señorita Arno. Y si todavía existieran, dudo que fuera aplicable a un bastardo. Lamento decepcionarla. Francesca sintió como si sus mejillas estuvieran hirviendo. ¿Cuándo aprendería a mantener su bocaza cerrada? ¿Le estaba confesando él que era ilegítimo? Ella nunca había leído nada al respecto.

—¿Dónde trabajas como mesera? —preguntó él, al parecer ajeno al color encendido de sus mejillas.

—En High Jinks; Bucktown.

—No he oído hablar de ese lugar.

—En cierto modo, eso no me sorprende —murmuró ella antes de beber otro sorbo de champán. Parpadeó sorprendida al oír el sonido de su risa de tono bajo y áspero. Abrió los ojos y lo miró a la cara. Se veía tan *contento*. A ella se le cayó el alma a los pies. Ian Noble era lo suficientemente guapo como para contemplarlo en cualquier momento, pero cuando sonreía, era poco menos que una amenaza para la compostura de cualquier mujer.

—¿Te importaría venir conmigo... a caminar unas cuadras? Hay algo importante que me gustaría mostrarte —le aclaró él.

La mano de Francesca se detuvo mientras levantaba la copa a sus labios. ¿Qué estaba sucediendo?

—Es algo que se relaciona directamente con tu comisión —anticipó él, de un modo tajante y autoritario—. Me gustaría mostrarte el lugar que quiero para el cuadro.

La ira se sumó a su conmoción. Su barbilla se irguió.

—¿Se supone que debo pintar lo que tú quieras?

—Sí —respondió él, cortante.

Francesca dejó la copa en la mesa con un chasquido fuerte que agitó el contenido. Su voz sonaba inflexible; él era tan arrogante como lo había imaginado. Tal como lo sospechaba, ganar este premio podría terminar siendo una pesadilla. Las fosas nasales de Noble se dilataron mientras la miraba sin pestañear, y ella le devolvió la mirada.

—Te sugiero que veas el lugar antes de ofenderte sin razón, señorita Arno.

—Francesca.

Algo brilló en los ojos azules de él como un rayo ardiente. Durante una fracción de segundo, ella lamentó su tono irritado. Pero él asintió con la cabeza.

—Muy bien, Francesca —dijo él en voz baja—, puedes decirme Ian.

Ella anheló poder ignorar el aleteo de su estómago. *No te engañes*, se advirtió a sí misma. Ian era exactamente el tipo de mecenas dominante que intentaría darle órdenes y de aplastar sus instintos creativos durante el proceso. Era peor de lo que había temido.

Ella se levantó del reservado sin mediar palabra y se dirigió a la entrada del restaurante, sintiendo con cada célula de su ser que él la seguía.

Ian permaneció callado cuando salieron de Fusion. La condujo a una acera que bordeaba el río Chicago y el Lower Wacker Drive.

—¿A dónde vamos? —preguntó ella, rompiendo el silencio después de un minuto o dos.

—A mi residencia.

Los tacones de sus sandalias vacilaron con torpeza sobre la acera, y ella se detuvo. —¿A tu lugar?

Él se detuvo y miró hacia atrás; su abrigo negro revoloteaba alrededor de sus muslos largos y fuertes en medio del viento proveniente del Lago Michigan.

—Sí, a *mi espacio* —dijo él con un tono sutil, entre jocoso y siniestro.

Ella frunció el ceño. Era claro que él se estaba riendo de ella. *Estoy tan contenta de estar aquí para entretenerlo, señor Noble.* Él tomó aire y miró en dirección al lago Michigan, obviamente enojado y tratando de ordenar sus pensamientos.

—Veo que esto te hace sentir incómoda, pero te doy mi palabra: es un asunto estrictamente profesional. Se trata de tu cuadro. Quiero que lo pintes en el condominio donde vivo. Seguro no piensas que te voy a lastimar, ¿o sí? Toda una multitud nos vio salir juntos del restaurante.

Él no tenía que recordárselo. Parecía como si todos los ojos de Fusion se hubieran posado en ellos mientras salían.

Ella lo miró de soslayo mientras reanudaban la marcha. De algún modo, el cabello oscuro de Ian agitándose al viento le resultaba familiar. Francesca parpadeó y la sensación de *déjà vu* desapareció.

—¿Me estás diciendo que debo trabajar en tu casa?

—Es muy grande —respondió él secamente—. No tendrás que verme en absoluto, si así lo prefieres.

Francesca se miró las uñas pintadas de sus pies, para que él no advirtiera la expresión de su rostro. No quería que él sospechara que algunas imágenes inoportunas habían acudido a su mente después de escucharlo: Ian saliendo de la ducha con su torso desnudo brillando de humedad, la visión de la gloria masculina total interrumpida por una toalla delgada envuelta sobre sus caderas estrechas.

—Eso es poco ortodoxo —dijo ella.

—Soy muy poco ortodoxo —respondió él enérgicamente—. Lo entenderás cuando veas el lugar.

Él vivía en el 340 del East Archer, un clásico edificio renacentista italiano de los años veinte que ella admiró desde la primera vez que lo estudió para una de sus clases. De algún modo, la aristocrática e inquietante torre de adobes oscuros hacía juego con él. Ella no se sorprendió mucho cuando él le dijo que su residencia abarcaba la totalidad de los dos últimos pisos. La puerta de su ascensor privado se abrió sin hacer ruido, y él le hizo un gesto con la mano, invitándola a entrar antes que él.

Ella entró a un lugar mágico.

El lujo de las telas y los muebles era evidente, pero a pesar de la magnificencia, la puerta de entrada lograba transmitir una sensación de bienvenida; tal vez una más bien austera, pero una bienvenida a fin de cuentas. Vio una imagen fugaz de sí misma en un espejo antiguo. Su cabello largo, rubio y rojizo, se agitaba con el viento, y sus mejillas lucían un tinte rosado. Le hubiera gustado atribuirle esa tonalidad al viento, pues le preocupaba que fuera el efecto de la compañía de Ian Noble.

Pero se olvidó de todo lo demás al contemplar una obra de arte. Deambuló por un pasillo ancho en forma de galería, admirando un cuadro tras otro; algunos le eran desconocidos y otros eran obras maestras que la estremecieron de emoción.

Se detuvo ante una miniatura expuesta sobre una columna; era una réplica impecable de una escultura griega famosa.

—Siempre me ha encantado la Afrodita de Argos —murmuró ella, observando los exquisitos rasgos faciales y la elegante curva del torso desnudo, milagrosamente tallado en la superficie de alabastro.

—¿De verdad? —le preguntó él con determinación.

Ella asintió con la cabeza, abrumada por el asombro, y siguió caminando.

—La adquirí hace varios meses. No fue fácil conseguir esa escultura —dijo él, sacándola de su arrobamiento.

—Me encanta Sorenburg —dijo ella, refiriéndose al artista que había pintado el cuadro que contemplaba en ese momento. Se volvió para mirar a Ian, y de repente se dio cuenta de que habían transcurrido varios minutos y que ella deambulaba como una sonámbula por las profundidades silenciosas de la galería sin ser invitada, y que él había permitido esa intrusión sin ningún comentario. Se encontraban ahora en una especie de sala privada, decorada con un estilo decadentista de finas telas amarillas, azul pálido y café oscuro.

—Lo sé: lo mencionaste en tu ensayo de aceptación para el concurso.

—No puedo creer que te guste el expresionismo.

—¿Por qué no puedes creerlo? —le preguntó él, y su voz de barítono le produjo un cosquilleo en las orejas y un escalofrío en el cuello. Francesca lo miró. El cuadro al que ella se refería estaba encima de un mullido sofá de terciopelo. Se sentía tan extraviada en medio de su placer y de su asombro que no se había percatado de su cercanía.

—¿Por qué... escogiste mi cuadro? —preguntó ella con un hilo de voz. Recorrió su cuerpo con la mirada y tragó saliva espesa. Él se había desabotonado el abrigo. Un olor limpio a jabón de especias se filtró por sus fosas nasales, y sintió una presión fuerte y cálida apoderándose de su sexo.

—Parece que te gusta... *ordenar* mucho —balbució ella.

—Tienes razón —dijo él, y una sombra parecía envolver el encanto de sus facciones—. Aborrezco la dejadez y el desorden. Pero la obra de Sorenburg no versa sobre eso... —añadió, antes de mirar el cuadro—; sino de darle sentido al caos. ¿No estás de acuerdo?

Francesca abrió la boca mientras miraba el perfil de Ian.

Nunca había oído describir la obra de Sorenburg de una forma tan sucinta.

—Sí, lo estoy —dijo ella lentamente.

Él le dirigió una pequeña sonrisa. Sus labios carnosos eran su rasgo más atractivo, además de sus ojos.

Y la firmeza de su barbilla. Y la esbeltez de su cuerpo increíble...

—¿Mis oídos me engañan? —musitó él—, ¿o creo percibir una nota de respeto en tu tono, Francesca?

Ella se dio vuelta para fingir que veía la obra de Sorenburg. El aire le ardía en los pulmones.

—Mereces respeto en ese sentido. Tienes un gusto impecable para el arte.

—Gracias. Estoy de acuerdo.

Ella se atrevió a mirarlo de reojo. Él la observaba con sus ojos de ángel oscuro.

—Déjame recibir tu chaqueta —dijo él, extendiendo las manos.

—No —respondió ella. Sus mejillas se encendieron al escuchar la brusquedad de su respuesta. La inseguridad se estrelló contra la bruma de su hechizo. Ian aún tenía las manos extendidas.

—Te la recibiré.

Ella abrió la boca para reprenderlo, pero se detuvo al percibir su mirada altiva y sus cejas ligeramente arqueadas.

—Es la mujer quien viste la ropa, Francesca, y no al revés. Esa es la primera lección que te voy a enseñar.

Ella le lanzó una mirada de falsa exasperación y se quitó la chaqueta de jean. Sintió el aire fresco en sus hombros desnudos. La mirada de Ian irradiaba calidez. Ella enderezó la espalda.

—Lo dices como si planearas enseñarme más lecciones —murmuró ella, entregándole la chaqueta.

—Tal vez. Sígueme.

Él colgó la chaqueta y luego la condujo por un pasillo contiguo y similar al anterior, antes de doblar por otro más estrecho, tenuemente iluminado por candelabros de bronce. Abrió una de las tantas puertas altas y Francesca entró a una habitación; esperaba ver otro cuarto lleno de maravillas, pero el recinto era grande y estrecho, y se extendía a lo largo de una hilera de ventanales. Él no encendió la luz; no era necesario. La habitación estaba iluminada por los rascacielos y por las luces que estos reflejaban en la negra superficie del río. Ella se acercó a las ventanas sin decir palabra. Él se paró junto a ella.

—Los edificios están vivos... algunos más que otros —dijo ella en voz baja un momento después. Le lanzó una mirada triste y Ian le respondió con una sonrisa. Francesca se llenó de vergüenza—. Es decir, *parecen* estarlo. Siempre he pensado eso. Cada uno de ellos tiene un alma. Especialmente en la noche... Puedo sentirlo.

—Sé que puedes hacerlo. Fue por eso que escogí tu cuadro.

—¿No fue por las líneas perfectamente rectas y por la exactitud en la representación? —preguntó ella con voz temblorosa.

—No. No fue por eso.

Ella sonrió y la expresión de Ian se hizo más tenue. Un placer inesperado la envolvió. Después de todo, él entendía su estilo artístico. Y... ella le había dado lo que él quería.

Se quedó contemplando la magnífica vista.

—Entiendo lo que quieres decir —dijo ella, con la voz vibrando de entusiasmo—. Hace un año y medio que no tomo clases de arquitectura, y he estado tan ocupada con mis clases de arte que no he podido leer las revistas, pues de lo contrario me habría enterado. Sin embargo... me siento culpable por no haberlos visto hasta ahora —admitió ella, refiriéndose a los dos edificios imponentes que se reflejaban en el río brillante, moteado de negro y dorado. Ella sacudió la cabeza con asombro—. Hiciste de Empresas Noble una versión moderna y aerodinámica de un clásico de la arquitectura de Chicago. Es como una versión contemporánea del Sandusky. Brillante —anotó ella, en referencia al homenaje que le hacía el edificio de Empresas Noble al Edificio Sandusky, una obra maestra del gótico. El edificio era como Ian: una versión elegante y moderna de líneas fuertes y atrevidas de algún antepasado gótico. Ella sonrió al pensar en eso.

—La mayoría de la gente no ve el efecto hasta que les muestro esta vista —dijo él.

—Es genial, Ian —señaló ella con sentimiento y le dirigió una mirada inquisitiva, percibiendo los destellos que reflejaban las luces de los rascacielos en sus ojos—. ¿Por qué no te jactaste de ello en la prensa?

—Porque no lo hice por la prensa, sino por mi propio placer, así como lo hago con la mayoría de las cosas.

Ella se sintió atrapada por su mirada y no logró responder. ¿No era particularmente egoísta lo que acababa de decir? ¿Por qué entonces sus palabras le producían esa fuerte sensación en la unión de los muslos?

—Pero me alegra que te agrade —dijo él—. Tengo que mostrarte otra cosa.

—¿En serio? —preguntó ella sin aliento.

Él se limitó a asentir con la cabeza. Ella lo siguió, contenta de que él no hubiera visto el rubor de sus mejillas. La llevó a una habitación rodeada casi enteramente por estanterías de nogal oscuro, abarrotadas de libros. Ian se detuvo en la puerta, observando su reacción cuando ella miró con curiosidad a su alrededor y su mirada se posó finalmente en el cuadro que estaba encima de la chimenea; quedó petrificada. Se acercó como si estuviera en trance y contempló una de sus propias obras.

—¿La compraste en Feinstein? —murmuró ella, refiriéndose a Davie Feinstein, uno de sus compañeros de casa, que tenía una galería en Wicker Park. El cuadro que tenía frente a ella era el primero que Davie le había vendido. Francesca insistió en dárselo un año y medio atrás como parte del alquiler; ella estuvo arruinada antes de mudarse a la ciudad.

—Sí —respondió Ian, y su voz le indicó que estaba justo detrás de su hombro derecho.

—Davie nunca me dijo...

—Le pedí a Lin que lo comprara. La galería nunca supo quién lo adquirió realmente.

Ella pasó el nudo que tenía en la garganta mientras recorría con su mirada la representación del hombre solitario que deambulaba por una calle de Lincoln Park en las primeras horas de una madrugada oscura, de espaldas a ella. Los rascacielos circundantes parecían mirarlo con una indiferencia distante, tan inmunes al dolor humano como él parecía estarlo frente a su propio sufrimiento. El abrigo abierto ondeaba detrás de él. Sus hombros estaban encorvados contra el viento, las manos resguardadas en los bolsillos de su jean. Cada línea de su cuerpo irradiaba poder, gracia y el tipo resignado de soledad que se transforma en fuerza y determinación. A ella le encantaba esta obra. La había atormentado renunciar a ella, pero necesitaba pagar el alquiler.

—*El gato que camina solitario* —dijo Ian con voz ronca detrás de ella.

Francesca esbozó una sonrisa y luego rió suavemente cuando le oyó decir el título que ella le había puesto a su cuadro: "Yo soy el Gato que camina solitario, y todos los lugares son iguales para mí".

—Pinté este cuadro en mi segundo año de licenciatura. Estaba tomando una clase de literatura inglesa y estudiábamos a Kipling. La frase parecía perfecta para el cuadro...

Su voz se fue apagando mientras contemplaba la figura solitaria del cuadro y su conciencia se concentró súbitamente en el hombre que estaba detrás de ella. Se dio vuelta y él le sonrió. Le dio vergüenza advertir que las lágrimas le ardían en los ojos. Las fosas nasales de Ian se dilataron ligeramente; ella se dio vuelta con rapidez para secarse las mejillas. Ver su cuadro en la casa de él había tocado algo muy profundo en lo más íntimo de su ser.

—Tal vez sea mejor que me vaya —dijo ella.

Los latidos de su corazón empezaron a rugir en sus oídos tras el tenso silencio consiguiente.

—Tal vez sea mejor —replicó él finalmente. Ella se dio vuelta y suspiró de alivio, o de tristeza, al ver la figura alta de Ian saliendo de la habitación. Ella lo siguió, murmurando un "gracias" mientras él sostenía su chaqueta de jean cuando llegaron a la puerta de la entrada. Ella trató de tomarla, pero él no se la dio. Francesca tragó saliva y se volvió hacia él, dejando que se la pusiera. Los nudillos de Ian le rozaron la piel de sus hombros. Ella reprimió un estremecimiento cuando él le deslizó la mano debajo de su cabello largo y le rozó la nuca. Él le sacó el cabello de la chaqueta con suavidad y lo alisó sobre su espalda. Ella no logró contener su escalofrío y sospechó que él lo había sentido en su mano.

—Qué color tan raro —murmuró él, sin dejar de acariciarle el cabello; el estado de alerta de sus nervios aumentó un nivel más.

—Puedo hacer que mi chofer Jacob te lleve a casa —sugirió él un momento después.

—No —respondió ella, sintiéndose tonta al no poder darse vuelta para hablar. No podía hacerlo: estaba paralizada. Cada célula de su cuerpo hormigueaba en estado de alerta.

—Mi amigo me recogerá en un momento.

—¿Quieres venir a pintar aquí? —le preguntó él, la voz profunda resonando muy cerca de su oreja derecha. Ella permaneció frente a él con la mirada extraviada.

—Sí.

—Me gustaría que comenzaras el lunes. Le diré a Lin que te dé una tarjeta de entrada y una contraseña para el ascensor. Encontrarás los implementos cuando vengas.

—No puedo venir todos los días. Tengo clases, sobre todo por la mañana, y trabajo varios días a la semana como mesera desde las siete de la noche hasta la hora del cierre.

—Ven cuando puedas. Lo importante es que vendrás.

—Sí, de acuerdo —atinó a decir a través del nudo que tenía en la garganta. Él no había retirado la mano de su espalda. ¿Podía sentir él que el corazón le palpitaba?

Tenía que marcharse de allí. *Ahora mismo.* Se sentía perdida.

Se dirigió tambaleándose al ascensor, y hundió a toda prisa el botón del panel de control. Estaba equivocada al pensar que él intentaría tocarla de nuevo. La elegante puerta del ascensor se abrió.

—¿Francesca? —dijo él mientras ella se apresuraba al interior del elevador.

—¿Sí? —preguntó ella, dándose vuelta.

Él tenía las manos detrás de la espalda; el saco de su traje se abrió, revelando un abdomen tonificado debajo de la camisa, unas caderas apretadas, una hebilla de plata y... todo lo que tenía debajo.

—Ahora que ya tienes cierta seguridad financiera, preferiría que no deambularas por las calles de Chicago en la madrugada en busca de inspiración. Uno nunca sabe con qué pueda encontrarse. Es peligroso.

La boca de Francesca se abrió en un asombro estupefacto. Él dio un paso adelante y apretó el botón del panel y las puertas se cerraron. La última imagen que ella tuvo de él fue la mirada centelleante de sus ojos azules en un rostro por lo demás impasible. El palpitar de su corazón se transformó en un rugido en sus oídos.

Ella había pintado a Ian cuatro años atrás. Eso es lo que él le estaba diciendo; que sabía que ella lo había observado caminar por las calles oscuras y solitarias al filo de la noche, mientras que el resto del mundo dormía, abrigado y contento en sus camas. Francesca no había percibido la identidad de su fuente de inspiración en aquella ocasión, ni él sabía probablemente que estaba siendo observado hasta cuando vio el cuadro, pero no había la menor duda: *Ian Noble* era el gato que caminaba solitario.

Y él quería que ella lo supiera.

Capítulo dos

El se las arregló para alejarla completamente de su mente durante diez días. Estuvo dos noches en Nueva York y concretó la adquisición de un programa informático que le permitiría iniciar una nueva red que combinaba los aspectos sociales con una aplicación de juegos sin parangón. Hizo la visita mensual de rigor a su condominio de Londres. Cuando estuvo de regreso en Chicago, las reuniones y el trabajo lo retuvieron en su oficina hasta mucho después de la medianoche. Cuando llegó al penthouse, el interior estaba oscuro y en silencio.

Sin embargo, no era *del todo* exacto decir que había mantenido a Francesca Arno alejada de su mente. *Ni honesto*, reconoció severamente Ian para sus adentros mientras tomaba el ascensor del penthouse el miércoles por la tarde. Su conciencia de ella lo asaltaba con destellos rápidos y potentes, interfiriendo su concentración en los detalles del mundo cotidiano. La señora Hanson, su ama de llaves, le daba actualizaciones con sus típicas bromas acerca de cómo avanzaban sus proyectos en la casa. A él le agradó saber que la anciana inglesa se había hecho amiga de Francesca y que la invitaba ocasionalmente a la cocina para tomar el té. También le gustó saber que Francesca se sentía cómoda en la casa, y luego se preguntó por qué le importaba eso. A fin de cuentas, lo único que él quería era el cuadro y, sin duda alguna, las condiciones laborales eran adecuadas para tal fin.

En una ocasión se dijo a sí mismo que estaba siendo rudo al ignorarla. Seguramente, el hecho de evitarla equivalía a darle mucha importancia, magnificando la situación más de lo que esta merecía. La noche del jueves anterior, había ido al estudio de ella con la intención de preguntarle si le gustaría tomar un refresco con él en la cocina. La puerta se hallaba entreabierta, y él entró sin llamar. Durante varios segundos, la vio trabajar sin que ella lo advirtiera.

Estaba montada en una pequeña escalera, trabajando en la esquina superior derecha del lienzo, y completamente absorta. Aunque él tenía la certeza de no haber hecho ningún ruido, ella se dio vuelta y permaneció inmóvil, mirándolo asombrada con sus ojos cafés, con el lápiz aún sobre el lienzo. Una melena espesa y brillante se había desprendido de la pinza detrás de la cabeza. Tenía una mancha de carbón en su mejilla suave, y sus labios de un rosa oscuro se habían separado por la sorpresa de verlo allí.

Él le preguntó cortésmente acerca de su progreso y se esforzó en no reparar en la palpitación del pulso en su garganta, o en la redondez de sus senos. Ella se había quitado la chaqueta deportiva mientras trabajaba, dejando al descubierto un top bastante ajustado. Sus senos eran más voluminosos de lo que él había advertido antes, y su tamaño suponía un contraste erótico entre su cintura y la estrechez de sus caderas, y las largas piernas de aspecto juvenil.

Después de treinta segundos de una conversación altisonante, él había huido como el cobarde que era.

Se dijo a sí mismo que su híper-conciencia de ella era completamente natural. Después de todo, era increíblemente hermosa. Le fascinaba el hecho de que ella pareciera ser completamente ajena a su propia sensualidad. ¿Acaso había crecido en alguna especie de agujero? Seguramente estaba acostumbrada a que los hombres se emocionaran cada vez que entraba en algún lugar y se babearan al ver su sedoso cabello de color dorado y rosa, sus delicados ojos cafés, y su figura alta y esbelta. ¿Cómo era posible que, a los veintitrés años, ella no supiera que su piel tersa y clara, sus labios exuberantes de color rosado oscuro, y cuerpo esbelto y ágil tenían el poder para hacer sucumbir al más insensible de los hombres?

Él no sabía la respuesta a esa pregunta, pero después de pensarlo con detenimiento, podía decir con certeza que la falta de conciencia de Francesca no era una pose. Ella caminaba con sus piernas largas, el paso desgarbado de una adolescente, y decía cosas increíblemente torpes.

Era sólo cuando ella se sentía hipnotizada al contemplar las obras de arte de Ian o el horizonte por la ventana, o cuando él la espiaba en secreto mientras ella dibujaba como esa noche, embebida en su arte, que su belleza se revelaba plenamente.

Y él no podía recordar una vista más irresistible ni adictiva.

Se detuvo en el vestíbulo del penthouse. Ella estaba allí. Ningún sonido emanaba de las profundidades de su residencia, pero él sabía que Francesca trabajaba en su estudio improvisado. ¿Estaba dibujando todavía en el enorme lienzo? De repente, la imaginó tal como era, con su hermoso rostro tensionado por la concentración, los ojos oscuros parpadeando continuamente entre el lápiz que se movía con rapidez y la vista que tenía ante ella. Cuando trabajaba, ella se tornaba tan sombría e imponente como un juez, y toda su timidez se desvanecía debido a su formidable talento y a una gracia poco común de la que no parecía ser consciente.

Ella ignoraba también su poderoso atractivo sexual. De otra parte, él era muy consciente de la promesa y el poder que eso implicaba. Por desgracia, él tampoco desconocía la ingenuidad de

Francesca. Podía oler cómo la envolvía, su inocencia mezclándose con una sexualidad todavía en estado latente, originando un perfume embriagador que lo había trastornado.

El sudor se acumuló en su labio superior. Su miembro se hinchó en cuestión de segundos, listo para entrar en acción.

Frunció el ceño, miró su reloj y sacó el teléfono celular del bolsillo. Apretó unos pocos botones y caminó por el pasillo hacia su dormitorio. Afortunadamente, sus aposentos privados estaban en el extremo opuesto del lugar donde trabajaba Francesca. Tenía que expulsarla de su mente.

Una voz respondió a su llamada.

—Lucien: ha ocurrido algo importante, y me estoy retrasando. ¿Podemos encontrarnos a las cinco y media, y no a las cinco?

—Por supuesto. Nos veremos en cuarenta y cinco minutos. Espero que tengas la piel gruesa, porque realmente estoy de malas pulgas.

Ian sonrió irónicamente mientras cerraba con llave la puerta de su dormitorio.

—Tengo la sensación de que mi espada también está sedienta de sangre, amigo mío, así que ya veremos quién necesita tener la piel gruesa y quién no.

Lucien seguía riéndose cuando Ian colgó. Soltó el maletín y sacó su uniforme de esgrima de su vestuario, compuesto por un peto, unos pantalones y una chaqueta. Se desnudó con rapidez y eficiencia. Sacó una llave del maletín. Dos vestuarios grandes estaban a un lado de sus aposentos privados. La señora Hanson —y todos, menos él— tenía prohibido entrar en ellos.

Era el territorio privado de Ian.

Abrió la puerta de caoba y entró desnudo al cuarto de techos altos. Estaba equipado con cajones y armarios a cada lado y siempre estaba meticulosamente limpio. Abrió el cajón situado a su derecha y sacó los implementos que buscaba antes de regresar a su cama.

Fue culpa suya no darse cuenta de que aquel deseo inútil aumentaba a unos niveles peligrosos. Tal vez se encargaría de traer a una mujer este fin de semana, pero mientras tanto, necesitaba mitigar su apetito sexual.

Roció un poco de lubricante en su mano. Su erección no había disminuido. Sintió escalofríos de placer mientras se frotaba el fresco lubricante sobre su pene. Pensó en acostarse en la cama, pero no... era mejor de pie. Agarró la funda de silicona transparente y palpó su miembro abultado. Había mandado a hacer el masturbador a su medida, especificando que la silicona fuera transparente. Disfrutaba observándose eyacular. El fabricante había seguido sus instrucciones al pie de la letra y la única variación que introdujo fue un círculo rosado y oscuro alrededor del anillo superior del artefacto. Ian pensó en un principio que la adición era inofensiva, razón por la cual no le había hecho ningún reclamo. Con todo, el masturbador no era un sustituto; él podía tener cualquier número de mujeres cualificadas y dispuestas a chupársela en cualquier momento. Con los años, había aprendido la lección crucial de la discreción. Había reducido su lista, inicialmente considerable, e incluido a dos mujeres que conocían con exactitud lo que él quería sexualmente y entendían los parámetros de lo que él les daría a cambio.

Pero aquel día, experimentó un estremecimiento de placer al ver la cabeza de su miembro grueso penetrando por el estrecho anillo rosado. Flexionó el brazo, empujando la agradable funda de silicona a lo largo de la base hinchada de su verga, a una pulgada de la raíz. Movió la mano como un pistón, agradeciendo la rapidez con la que aumentaba el calor de su carne al interior de la silicona gruesa y húmeda.

Sí; eso era lo que necesitaba: un buen orgasmo que le exprimiera las pelotas. El abdomen, sus glúteos y los abductores se tensaron mientras él bombeaba con su puño. Las cámaras de aspiración lo succionaban y exprimían rítmicamente, simulando el sexo oral. Retiró la funda hasta el prepucio y se sumergió una y otra vez en la cavidad cálida y resbaladiza del juguete.

Por lo general, él cerraba los ojos y se sumergía en una fantasía sexual mientras se masturbaba. Pero esta vez, y por alguna razón, su mirada permaneció fija en su verga penetrando el anillo rosado. Pensó en unos labios gruesos y rosados en lugar del anillo de silicona. Vio unos ojos enormes y oscuros mirando hacia él.

Los labios de Francesca. Los ojos de Francesca.

No tienes tiempo ni derecho de seducir a una inocente. ¿No te quemaste una vez al hacerlo?

Él era quizá un hombre obsceno y reticente, y, al mismo tiempo, un dominante sexual consumado. Había aceptado su naturaleza desde mucho tiempo atrás, sabiendo que correspondía a su destino solitario. No es que quisiera estar solo en la vida. Era lo suficientemente sabio como para darse cuenta de que era inevitable. Estaba consumido por su trabajo. Era un maniático del control. Todo el mundo decía eso de él: los medios de comunicación, los miembros de la comunidad empresarial... su ex esposa. Y él se había resignado al hecho de que todos ellos tuvieran razón. Afortunadamente, se había acostumbrado a su soledad.

No tienes derecho a someter a una mujer como Francesca a tu naturaleza dominante.

Aquella voz de advertencia fue ahogada por los latidos de su corazón y por los leves gruñidos de excitación mientras bombeaba su verga.

Él la utilizaría para obtener placer y violaría su dulce boca. ¿Se alarmaría ella por su posesión enérgica? ¿Se excitaría? ¿Sentiría las dos cosas a la vez?

Gimió al pensar en eso y sacudió el brazo, moviéndolo con más rapidez, y cada músculo de su cuerpo se puso duro y rígido.

Su verga se veía enorme cuando él introdujo la raíz de su miembro dentro de la gruesa funda de silicona. No quería venirse por su propia mano. Sin embargo, quería hacer algo indebido, por lo que tendría que bastarle con la mano.

Incluso si lo que *realmente* quería era someter a una belleza de piernas largas y de cabellos dorados, ordenarle que se arrodillara ante él, e introducirle su verga en la boca húmeda y crispada... incluso si lo que *realmente* deseaba ver era el destello de excitación en los ojos de ella cuando él llegara al orgasmo y se entregara a ella por completo.

El orgasmo se estrelló contra él, fuerte y delicioso. Jadeó cuando se vio a sí mismo eyacular en la funda transparente, el semen disparado contra los lados de la cámara interior de succión. Un momento después, apretó los ojos con fuerza y gimió intensamente, sin dejar de venirse.

Cielos, había sido un tonto por no haber hecho esto antes aquella semana. Su clímax era interminable. Era evidente que necesitaba desfogarse. No era típico de él ignorar sus necesidades sexuales, y no podía imaginar el motivo de su abstinencia. Había sido una tontería.

Eso podría haber dado lugar a una pérdida de control, algo que él no estaba en condiciones de tolerar. Las personas que no se ocupaban de sus necesidades terminaban cometiendo errores, y cada vez eran más descuidadas y desordenadas.

Sus músculos se enervaron con los estertores del orgasmo. Sacó la funda de su pene palpitante. Envolvió el miembro desnudo y viscoso con una de sus manos y permaneció inmóvil, respirando agitadamente.

Ella era una mujer como cualquier otra.

Pero, ¿podría no serlo? Ella lo había sorprendido con su cuadro. Eso lo incomodaba, como una lapa bajo su piel. Le daban deseos de tomarla por la fuerza... de hacerla pagar por inmiscuirse en su mente y por atreverse a ver más allá con su peculiar talento, de una precisión conmovedora.

Dominaría este deseo lacerante e insidioso. Se dio vuelta y se dirigió al baño para lavarse y prepararse para el combate de esgrima.

Mientras se vestía, se dio cuenta de que su miembro aún palpitaba y la erección aún no se había disipado. *Maldita sea.*

Les diría a Francesca y a la señora Hanson que ese fin de semana quería privacidad. Haría una llamada telefónica. Estaba claro que él necesitaba una mujer con experiencia que supiera exactamente cómo complacerlo a fin de refrenar aquella necesidad imperiosa.

Lucien no exageraba. Su estado de ánimo *era pendenciero.* Ian retrocedió ante el agresivo ataque de su amigo, neutralizando sus rápidas estocadas, esperando con calma el avance que lo hiciera vulnerable. Practicaban esgrima desde hacía dos años, e Ian había logrado entender el estilo y la forma en que las emociones de su contrincante afectaban su desempeño. Lucien era un rival inteligente y extremadamente hábil, pero todavía le faltaba aprender de qué manera los estados de ánimo de Ian podían incidir en su destreza con la espada.

Tal vez era porque Ian se esforzaba en dominar sus emociones, y en reaccionar de una forma puramente lógica.

Esa tarde Lucien se movía con una gran energía; se sentía más fuerte que de costumbre, pero también actuaba sin mucha cautela. Ian sopesó cada aspecto de la estrategia ofensiva de Lucien. Reconoció las segundas intenciones de su oponente, y bloqueó con precisión el segundo golpe destinado a terminar de una vez por todas con Ian. Lucien soltó un gruñido de frustración cuando Ian contraatacó y le asestó una estocada.

—Maldita sea, me has leído la mente —masculló Lucien, quitándose la careta; sus largas rastas ondularon alrededor de los hombros. Ian también se quitó la suya.

—Es tu excusa de siempre. De hecho, todo ha transcurrido de una forma lógica, y tú lo sabes.

—¡Sigamos! —lo retó Lucien, con sus ojos grises y feroces y la espada en vilo.

Ian sonrió.

—¿Quién es ella?

—¿Quién es *quién*?

Ian lo miró con displicencia mientras se quitaba un guante.

—La mujer que te tiene bombeando la sangre como un macho cabrío. —El tono resignado de Lucien, tan exitoso entre las mujeres, lo desconcertó.

La expresión de Lucien se contrajo, antes de desviar la mirada. Ian hizo una pausa mientras se quitaba el otro guante. Frunció el ceño con consternación.

—¿Qué pasa? —preguntó.

—Hay algo que quería preguntarte —respondió Lucien en un susurro apremiante.

—¿Qué?

Lucien lo miró a los ojos.

—¿Los empleados de Noble pueden salir con otros compañeros de trabajo?

—Eso depende de sus cargos. El contrato de trabajo lo señala con mucha claridad. Los gerentes y los supervisores no pueden salir con sus subalternos y son despedidos si se descubre que lo han hecho. Es muy desalentador que los gerentes tengan romances con sus colegas, aunque no está prohibido. El contrato estipula claramente que si se presentan situaciones adversas en el trabajo debido a una relación por fuera de la oficina, ello será un motivo para la terminación del contrato laboral. Creo que sabes que es de mala educación, Lucien. ¿Ella trabaja en Fusion?

—No.

—¿Trabaja como supervisora en Noble? —preguntó Ian mientras se quitaba el peto y la chaqueta, quedando únicamente con sus pantalones ajustados y su camiseta.

—No estoy seguro. ¿Y si el cargo en Noble es... poco ortodoxo?

Ian le lanzó una mirada penetrante mientras soltaba su espada y agarraba una toalla.

—Poco ortodoxo... ¿como si administrara un restaurante y no un departamento de la compañía? —preguntó con ironía.

La boca de Lucien se desdibujó en una sonrisa amarga.

—Tal vez lo mejor sea que te compre Fusion tan pronto como sea posible, para que ninguno de los dos tenga que lamentarse.

Ambos giraron tras escuchar un golpe en la puerta de la sala de esgrima.

—¿Sí? —inquirió Ian, arqueando las cejas. La señora Hanson no acostumbraba molestarlo mientras entrenaba. La certeza de no ser interrumpido lo ayudó a encontrar una zona de concentración absoluta en la esgrima y sus rutinas de ejercicio.

Quedó paralizado de asombro cuando Francesca entró en la habitación. Tenía su larga cabellera ligeramente recogida en la parte posterior de la cabeza. Algunos mechones le caían sobre el cuello y las mejillas. No llevaba maquillaje y vestía jeans ajustados, una sudadera con capucha, y unas zapatillas deportivas blanco-gris; no eran de la mejor calidad, pero Ian notó rápidamente que eran la prenda más costosa que traía puesta. Vio el pequeño tirante de su top bajo la sudadera. La imagen de su cuerpo esbelto insinuándose debajo de la vestimenta acudió a su cerebro.

—Francesca. ¿Qué estás haciendo aquí? —preguntó él, con un tono involuntariamente enérgico debido a la perturbación de aquella imagen, vívida e incontrolable. Ella conservó su distancia frente a la estera de esgrima. La exuberancia de sus labios rosados le confería un aire endemoniadamente sexy incluso al fruncir el ceño.

—Lin necesita hablar contigo sobre un asunto urgente; te llamó a la casa porque no respondías tu teléfono celular. La señora

Hanson fue a comprar algunas cosas para la cena y yo le dije que vendría a darte el mensaje.

Ian asintió con la cabeza y se limpió el sudor con la toalla que tenía envuelta alrededor del cuello.

—La llamaré tan pronto me bañe.

—Se lo diré —respondió Francesca, antes de darse vuelta para salir de la habitación.

—¿Qué? ¿Todavía está en el teléfono?

Francesca asintió.

—Hay una extensión en el pasillo, justo afuera del gimnasio. Dile que pronto la llamaré.

—Está bien —dijo Francesca. Le lanzó una mirada rápida a Lucien y una sonrisa fugaz.

La irritación se apoderó de Ian. *Bueno, para ser justos, Lucien no le ladró a ella como lo hiciste tú.*

—Francesca.

Ella se dio vuelta.

—¿Puedes venir de nuevo cuando le des el mensaje a Lin, por favor? No hemos podido hablar esta semana. Me gustaría saber sobre tus progresos.

Ella vaciló una fracción de segundo. Posó su mirada en el pecho de Ian, quien quedó petrificado.

—Por supuesto. En un momento regresaré —indicó, antes de salir de la habitación. La puerta de la sala de esgrima se cerró detrás de ella.

Lucien sonreía cuando él le clavó la mirada.

—Cuando visité el sur de los Estados Unidos, oí que decían... —un trago largo y grande de agua fría.

Ian tardó en reaccionar.

—No sigas —se limitó a decir.

Lucien parecía estar desconcertado. Ian parpadeó con una mezcla de vergüenza y agresión instintiva ante el clamor que se agolpaba en su sangre.

—Espera un momento... —dijo, entrecerrando los ojos—. La mujer de la que hablabas hace un momento trabaja para Noble...

—*No* Francesca —repuso Lucien, mientras Ian lo miraba de soslayo y sacaba una botella de agua del refrigerador—. Me parece que deberías seguir tu propio consejo sobre la incompatibilidad de los intereses románticos y empresariales.

—No seas ridículo.

—¿Así que no estás interesado en esa criatura despampanante? —inquirió Lucien.

Ian se quitó la toalla del cuello.

—Quiero decir que no tengo un contrato de trabajo —señaló, con un tono enérgico que dio por terminada la conversación.

—Creo que esa es mi señal para marcharme —observó Lucien con ironía—. Nos veremos el lunes.

—Lucien.

Él se dio vuelta.

—Lamento haberte hablado con brusquedad —dijo Ian.

Lucien se encogió de hombros.

—Sé lo que significa estar a raya. Eso hace que un hombre tienda a ser un poco... irascible.

Ian no le respondió, y observó alejarse a su amigo. Pensó en la insinuación de Lucien acerca de que Francesca era un trago largo y rebosante de agua fría. Lucien tenía razón.

Ian era un hombre sediento en medio del desierto.

Echó un vistazo a la puerta justo cuando entró Francesca.

Ella lamentó que Lucien le hiciera un gesto amistoso invitándola a entrar. La atmósfera de la sala de ejercicios, espaciosa y bien equipada, se hizo más densa cuando la puerta se cerró y ella se quedó a solas con Ian. Se detuvo en el borde de la colchoneta.

—Acércate más. Puedes caminar por la pista con tus zapatillas —dijo él.

Ella se acercó con cautela. Mirarlo la hacía sentir incómoda. Como siempre, el atractivo rostro de Ian permanecía impasible. Se veía tremendamente sexy con los pantalones ajustados y la camiseta blanca de franela. Ella le atribuyó el ajuste de su camiseta a una costumbre de vestir prendas ceñidas. La camiseta dejaba poco a la imaginación, revelando las aristas y las líneas diagonales de su torso tonificado y musculoso.

Obviamente, el ejercicio era una prioridad para él. Su cuerpo era una máquina hermosa y pulida.

—¿La pista...? —repitió ella mientras cruzaba la colchoneta y se acercaba hacia él.

—La estera de esgrima.

—Ah.

Ella observó con curiosidad la espada que estaba sobre la mesa, tratando de ignorar el aroma sutil que emanaba del cuerpo de Ian: a jabón limpio y especiado, mezclado con sudor masculino.

—¿Cómo estás? —le preguntó él con un tono cortés y relajado que no coincidía con el destello de sus ojos azules. Él la confundía por completo. Por ejemplo, la noche del jueves pasado, cuando se dio vuelta y lo vio observándola mientras dibujaba. La actitud de Ian fue casi formal, pero ella se quedó expectante al ver la forma en que sus ojos descendían hasta posarse en sus senos, haciendo que sus pezones se endurecieran. No podía dejar de recordar cómo se despidieron la primera noche cuando la invitó al penthouse, cómo la había tocado él mientras le ponía el abrigo... y el comentario que le hizo sobre su pintura.

¿Le había gustado —o disgustado— que ella lo pintara? Y, ¿era su imaginación, o acaso él le había advertido que el título del cuadro no era tan caprichoso como ella supuso en un principio y que el personaje de su cuadro realmente caminaba solitario por la vida?

Tonterías, se reprendió a sí misma, mientras se obligaba a confrontar aquella mirada penetrante. Ian Noble no pensaba en ella más allá de su trabajo como artista.

—Bien... Ocupada; gracias —respondió. Ella le hizo un breve recuento de su trabajo—. El lienzo ya está preparado. He hecho un bosquejo. Creo que podré empezar a pintar la próxima semana.

—¿Y tienes todo lo que necesitas? —preguntó él mientras pasaba a su lado y abría el refrigerador. Sus movimientos denotaban una gracia muy masculina. A ella le encantaría verlo practicar esgrima; la agresión contenida en una acción llena de plasticidad.

—Sí. Lin llevó a cabo un trabajo muy meticuloso al conseguir los implementos. Me hacían falta un par de cosas, pero ella me las trajo de inmediato el lunes pasado. Es un milagro en materia de eficiencia.

—No podría estar más de acuerdo contigo. Si necesitas algo, no dudes en comunicármelo. —Giró la tapa de la botella de agua con un movimiento rápido de la muñeca. Sus bíceps sobresalían debajo de las mangas de la camiseta, y parecían duros como una piedra. Unas cuantas venas asomaban en sus fornidos antebrazos—. ¿Has podido manejar tu horario? ¿La universidad, tu trabajo de mesera, la pintura... tu vida social?

Francesca sintió el pulso latiendo en su garganta. Inclinó la cabeza para que él no lo notara y fingió observar una de las espadas del estante.

—No tengo mucha vida social.

—¿Ni novio? —le preguntó él en voz baja.

Ella negó con la cabeza mientras pasaba los dedos sobre el grabado de una empuñadura.

—Pero seguramente tienes amigos con los que pasas el tiempo libre.

—Sí —contestó ella, levantando la vista hacia él—. Soy muy cercana a mis tres compañeros de casa.

—¿Y qué les gusta hacer a ustedes cuatro en su tiempo libre?

Ella se encogió de hombros y tocó la empuñadura de otra espada.

—El tiempo libre ha sido escaso últimamente, pero hago lo

usual cuando tengo la oportunidad: juegos de video, ir a los bares, jugar al póquer.

—¿Eso es lo *usual* para un grupo de chicas?

—Todos mis compañeros son hombres.

Ella lo miró, percibiendo de inmediato una sombra de desagrado sobre sus rasgos estoicos. El corazón le dio un vuelco. El cabello corto, brillante y casi negro de Ian brillaba con la humedad a la altura de la nuca a causa de la transpiración. De repente, ella se imaginó que pasaba su lengua a lo largo de la línea del cabello, y saboreaba su sudor. Francesca parpadeó y apartó la mirada.

—¿Vives con tres hombres?

Ella asintió con la cabeza.

—¿Y qué piensan tus padres?

Ella le lanzó una mirada perspicaz por encima del hombro.

—Detestan eso. Mucho bien que les hace. Quienes pierden son ellos. Caden, Justin y Davie son increíbles.

Él abrió la boca, pero se detuvo.

—No es nada convencional —señaló un momento después, y su tono cortado le indicó que él había corregido lo que estaba a punto de decir.

—Tal vez sea poco ortodoxo. Pero eso no debería parecerte extraño, ¿o sí? ¿No me dijiste la otra noche que esa es una de las cosas que te caracterizan? —le preguntó, volviendo a ocuparse de las espadas. Esta vez envolvió su mano alrededor de la empuñadura y la apretó; le gustaba la sensación dura y fría del acero en su puño. Luego deslizó su mano a lo largo de la columna.

—No hagas eso.

Ella lo miró, dejando caer su mano, como si el acero la hubiera quemado de repente. La miró sorprendida; él tenía las fosas nasales ligeramente dilatadas. Los ojos le brillaban. Movió la barbilla y bebió un sorbo de agua.

—¿Practicas esgrima? —le preguntó bruscamente mientras dejaba la botella sobre una mesa.

—No. Bueno... en realidad no.

—¿Qué quieres decir? —preguntó, dando un paso hacia ella con el ceño fruncido.

—Practico un juego de esgrima con Justin y Caden, pero... nunca he tocado una espada —dijo con timidez.

El asombro de Ian se desvaneció abruptamente y sonrió. Era como ver el amanecer en un lugar oscuro y melancólico.

—¿Quieres decir que juegas en un Game Station?

—Sí —admitió ella un poco a la defensiva.

Él señaló con su cabeza hacia el estante.

—Toma esa del extremo.

—¿Perdón?

—Toma la última espada. Empresas Noble diseñó el programa original para el juego de esgrima que tú juegas. Se lo vendimos a Shinatze hace un par de años. ¿Cuál es tu nivel?

—Avanzado.

—Entonces debes conocer los fundamentos. —Él le sostuvo la mirada—. Toma la espada, Francesca.

Había un atisbo de desafío en su voz. Su sonrisa persistía en torno a sus labios carnosos. Él se estaba riendo de ella otra vez. Francesca levantó la espada y lo miró. La sonrisa de Ian se hizo más amplia; agarró otra espada, le entregó una máscara a Francesca y señaló la colchoneta con su cabeza. Se miraron, y la respiración de Francesca se hizo cada vez más entrecortada, y él golpeó su espada contra la de ella.

—En guardia —dijo él en voz baja.

Ella abrió los ojos en señal de pánico.

—Espera... ¿vamos a... *en este instante*?

—¿Por qué no? —le preguntó él, poniéndose en guardia. Ella miró su espada con nerviosismo, y luego el pecho descubierto—. Es una espada para practicar. No podrías hacerme daño aunque lo intentaras.

Él le lanzó una estocada, que ella detuvo de manera instintiva.

Él hizo un movimiento de avance y ella retrocedió con torpeza, pero logró contener la estocada. Incluso a través de la bruma de su desconcierto, ella no pudo dejar de admirar la flexibilidad de los músculos torneados de Ian, la fuerza contenida en la esbeltez de su cuerpo.

—No tengas miedo —le oyó decir mientras trataba de defenderse. Él no parecía esforzarse en absoluto. Bien podría haber estado dando un paseo en la noche, por el poco esfuerzo que exhibía—. Si conoces el programa del juego, tu subconsciente te mostrará cuáles son los movimientos adecuados para combatir conmigo.

—¿Cómo lo sabes? —masculló ella tras dar un salto para evitar la trayectoria de su espada.

—Porque he diseñado el programa. Defiéndete, Francesca —le ordenó mientras la atacaba. Ella gritó y bloqueó el golpe con el revés de su espada, a un palmo del hombro. Él siguió atacándola sin dejar de avanzar, presionándola a lo largo de la estera, mientras los tañidos metálicos y los silbidos de sus espadas llenaban el aire a su alrededor.

Él avanzó más rápido ahora —ella sintió el aumento de la fuerza de Ian en la base de su florete— pero él mantuvo su expresión de calma absoluta.

—Estás dejando tu octava sin vigilancia —murmuró él. Ella jadeó cuando la tocó en la cadera derecha con el borde de la hoja en un movimiento fortuito. Apenas fue un roce, pero sintió el ardor en la cadera y en la nalga.

—Otra vez —dijo él con un tono perentorio.

Ella lo siguió hasta el centro de la colchoneta, y su superioridad fluida y carente esfuerzo le hizo arder la sangre en las venas. Sus espadas chocaron y ella atacó, abalanzándose hacia él.

—No permitas que la rabia ocasionada por el golpe te haga cometer tonterías —observó él en medio del combate.

—No tengo rabia —mintió ella con los dientes apretados.

—Podrías ser una buena esgrimista. Eres muy fuerte. ¿Haces ejercicio? —le preguntó en un tono casi conversacional, entre el choque de las espadas.

—Corro larga distancia —respondió ella, y luego gritó alarmada cuando él le asestó un golpe particularmente fuerte.

—Concéntrate —le ordenó.

—¡Lo haría si te callaras!

Ella hizo una mueca cuando él se echó a reír. Una gota de sudor se deslizó por su cuello cuando ella apaleaba a toda su energía para bloquear sus estocadas. Él hizo una finta, y ella se dejó engañar. La golpeó de nuevo en la cadera derecha.

—Terminarás con el trasero magullado si no proteges esa octava.

Sus mejillas se encendieron. Ella resistió el impulso de tocarse la nalga que aún le ardía. Se enderezó y se obligó a regular su respiración. Ian tenía su mirada fija en el hombro de ella. Francesca notó que se le había desacomodado la sudadera y se la puso de nuevo en su lugar.

—Otra vez —dijo ella con la mayor calma posible. Él asintió con la cabeza, en señal de aprobación cortés.

Ella recobró la compostura en el centro de la colchoneta y se enfrentó a él. Sabía que actuaba como una tonta; lo sabía perfectamente bien. Además de ser un esgrimista experto, Ian tenía una excelente condición física. Ella no podría superarlo nunca. Sin embargo, no le permitiría silenciar su espíritu competitivo. Trató de recordar algunos de los movimientos del juego.

—En guardia —dijo él. Sus espadas volvieron a chocar. Ella lo dejó avanzar esta vez, y vigiló atentamente todos sus cuadrantes. Sin embargo, Ian era demasiado fuerte y rápido. Se le fue acercando hasta anular cualquier tentativa de ataque. Ella se defendió con ahínco, esforzándose en contenerlo. La excitación de Francesca aumentaba cuando él se le acercaba. Ella luchó con denuedo, pero ambos sabían que él triunfaría.

—Detente —gritó ella con frustración cuando él la empujó hasta el borde de la pista.

—Ríndete —le dijo él, y la golpeó tan fuerte con la espada que ella por poco suelta la suya. Apenas logró contener el siguiente sablazo de Ian.

—*No*.

—*Piensa* entonces —le espetó él.

Ella trató desesperadamente de seguir sus instrucciones. No tenía espacio para lanzar una estocada, así que extendió el brazo, obligándolo a saltar hacia atrás.

—Muy bien —murmuró él.

Él movió su espada con tanta rapidez que la hizo parecer una mancha difusa. Ella no sintió el metal en su piel; dejó de defenderse y miró hacia abajo en estado de shock. Él le había cortado el tirante del top.

—Creí entender que las espadas no tenían filo —exclamó ella con voz ahogada.

—Dije que la tuya no.

Él giró su muñeca y la espada de Francesca voló por el aire y aterrizó en la colchoneta con un ruido sordo. Él se quitó la careta y ella lo miró con una expresión de espanto. Resistió el impulso de correr, pues su aspecto era temible.

—Nunca permitas quedar indefensa, Francesca. Nunca. La próxima vez que lo hagas, te castigaré.

Arrojó su espada a un lado y se abalanzó sobre ella. Le arrebató la careta y la arrojó sobre la estera. Asió la base del cráneo con una mano, y el cuello y la mandíbula con la otra. Se inclinó, y tomó su boca con la suya.

Inicialmente, Francesca no pudo reaccionar ante el embate. Pero luego, el olor y el sabor de él penetraron en su conciencia. Él le inclinó la cabeza hacia atrás y deslizó la lengua entre sus labios, con la clara intención de devorarla. Empujó, explorándola. Adueñándose de ella.

Un calor viscoso se deslizó entre los muslos de ella respondiendo a su beso de un modo inédito. Ian la atrajo hacia él, y la apretó contra su cuerpo. Él estaba tan caliente. Tan duro. *Señor, ten misericordia.* ¿Cómo podía haber pensado ella que él era indiferente? Ian arremetió contra ella en medio de su excitación. Era como ser arrojada de repente a un infierno de lujuria masculina y abandonada allí para consumirse irremediablemente.

Ella gimió en la boca de Ian. Él le acarició los labios con los suyos, y los apartó para poseer su lengua. Ella la deslizó contra la suya, entregándose al beso como lo había hecho en el manejo de la espada. Él gimió, se acercó más, y los ojos de ella quedaron en blanco detrás de sus párpados al sentir la magnitud de su erección. Era enorme y dura. El sexo de Francesca se contrajo con vehemencia y sus pensamientos se dispersaron en un millón de direcciones. Él la empujó hacia atrás y ella cedió sin saber lo que hacía. Él no dejó de besarla mientras ella se tambaleaba.

El aire escapó con fuerza de sus pulmones y penetró en la boca acechante de Ian mientras la apoyaba contra la pared. Él presionó, y el cuerpo de ella quedó prisionero entre dos superficies de granito. Ella se frotó instintivamente contra él, sintiendo sus músculos definidos, y su erección descomunal.

Él siseó y retiró su boca. Antes de poder adivinar sus intenciones, él le bajó el top por la parte del tirante que le había cortado. Los dedos largos de Ian se deslizaron por la curva superior de su seno mientras le separaba la copa del sostén, alcanzando el interior. Su pezón se liberó de la tela, la copa debajo de su seno, redondeando la carne que sostenía, levantándola... ofreciéndola. Él la miraba con deseo y codicia mientras contemplaba su carne desnuda. Ella sintió su verga presionada contra el bajo vientre y gimió. Las fosas nasales de Ian se dilataron y él agachó la cabeza.

Ella emitió un sonido ahogado cuando la boca húmeda y caliente de Ian se posó en su pezón. Él lo chupó con fuerza, haciendo que se le endureciera y le doliera, produciéndole un tirón entre sus muslos y una nueva oleada de calor. Ella gritó. Dios, ¿qué le estaba pasando a ella? Su vagina se contrajo hasta el paroxismo; le ardía y necesitaba ser colmada. Tal vez él escuchó su grito, porque dejó de halarle el pezón y la tranquilizó con su lengua cálida y rebosante de humedad. Luego se lo chupó de nuevo.

Aquel deseo voraz la excitó aún más. La estaba lastimando un poco, pero al mismo tiempo le producía mucho placer. Lo que más la excitaba era el apetito ardiente de él. Quería alimentarlo... hacerlo crecer. Se arqueó contra su sexo y gimoteó en un gesto de impotencia. Ningún hombre se había atrevido a besarla con tal ardor ni a tocarle el cuerpo con una mezcla tan potente de habilidad y de ardiente avidez.

Entonces, ¿cómo iba a saber ella lo mucho que le gustaba?

Él ahuecó el seno en su mano y lo moldeó con su palma mientras seguía chupándola. Un gemido ronco escapó de la garganta de Francesca. Él levantó la cabeza, y ella jadeó tras el cese abrupto de su ardor... de su placer. La miró a la cara con una expresión impasible y con los ojos en llamas. Ella sintió la tensión creciente en él, la conflagración. *¿Él se iba a retirar?*, se preguntó súbitamente. *¿La deseaba, o no?*

De repente, él movió su mano libre, ahuecándole todo el sexo a través de sus jeans. Se lo apretó. Francesca gimió sin poder contenerse.

—No —dijo él con voz áspera, como si discutiera consigo mismo y hundió de nuevo la cabeza en su seno—. Tomaré lo que es mío.

Segunda parte

Porque no podía resistirme

Capítulo tres

Francesca había intuido que sería una mala idea de asociarse con personas como Ian Noble. Sabía que perdía el control cada vez que él la miraba con ese brillo enigmático en sus ojos azules cobalto. ¿No le había incluso advertido él a su manera sutil que era peligroso?

Y ahora estaba la prueba de ello: casi doscientas libras de carne de primera, masculina y excitada, presionándola contra la pared. La estaba devorando como si fuera su última comida.

Le redondeó el pecho aún más con la mano, preparándolo para su boca hambrienta. Le haló el pezón de nuevo, provocando una succión dulce y nítida. Francesca jadeó, golpeándose la cabeza contra la pared mientras la excitación le apuñalaba el sexo; la magnitud de su reacción era inusitada. Ian apretó la unión de sus muslos con la mano, aliviando el sufrimiento de ella... aumentándolo.

—Ian —dijo ella con voz temblorosa.

Él levantó su cabeza oscura unas cuantas pulgadas y le miró el pecho. El pezón reluciente se le había enrojecido, el botón central alargado y rígido a causa de su boca rapaz y de su lengua mojada.

El cuerpo de Ian se tensó y su miembro se sacudió contra el vientre de ella. Dio un gruñido áspero de satisfacción masculina ante lo que veía.

—Tendría que ser un robot de mierda para no desear esto —dijo en un tono bajo y salvaje. Ella gimió de pura lujuria y desconcierto. La expresión ligeramente extraviada, mezclándose con la mirada incisiva de él, hizo que algo se removiera en el fondo del espíritu de Francesca. ¿Quién *era* este hombre? Odiaba la hostilidad que percibía en él. Ella puso la mano en la parte posterior de la cabeza de Ian, presionando los dedos entre su cabello. Era tan sedoso y grueso como parecía serlo. Él la miró y ella le empujó la cabeza hacia su pecho.

—Está bien, Ian.

—*No* está bien. No sabes lo que estás diciendo. —Sus fosas nasales se dilataron.

—Sé lo que estoy sintiendo —susurró ella—. ¿Quién mejor que yo?

Él cerró los ojos brevemente. De repente, ella sintió que la tensión desaparecía y él besaba su boca de nuevo, flexionando las caderas, presionando el miembro erecto contra su carne suave y acogedora. Francesca se aferró a la cabeza de él, pues se sintió ahogada al respirar el aroma de Ian. Oyó pasos lejanos a través de una bruma embriagadora de creciente lujuria.

—Oh. Estás aquí... perdón. —Los pasos comenzaron a alejarse.

Ian levantó la cabeza, y ella se sintió transfigurada por su mirada. Él movió el cuerpo, y se apresuró a cubrir el seno de Francesca con la capucha de la sudadera.

—¿*Qu'est-ce que c'est?* —preguntó Ian con brusquedad. Ella miró a su alrededor, confundida por la pregunta en francés, idioma que ella no hablaba.

Los pasos se detuvieron.

—*Je suis desolé.* Tu teléfono celular no deja de sonar en el vestuario. Lo que sea que Lin quiere hablar contigo parece muy importante.

Ella reconoció el acento francés de Lucien. Su voz sonaba apagada, como si hablara de espaldas a ellos. Ian posó su mirada en ella. Francesca sintió que Ian se apartaba de ella. Tenía el cuerpo presionado contra el suyo, duro y excitado, pero una puerta en sus ojos pareció cerrarse de golpe.

—Debí llamarla antes. Fue grosero de mi parte; negligente —dijo Ian, sin apartar sus ojos de Francesca.

Los pasos se reanudaron, y ella oyó un portazo. Ian se apartó de ella.

—¿Ian? —preguntó ella con voz débil. Se sentía extraña, como si sus músculos ya no conocieran su propósito, como si el peso y la fuerza del cuerpo de Ian fueran lo único que la mantuviera erguida. Su mano chocó contra la pared en un intento brusco de normalizar su mundo. Ian la agarró del codo, evitando que cayera. Luego le recorrió el rostro con su mirada.

—¿Francesca? ¿Estás bien? —le preguntó bruscamente.

Ella parpadeó y asintió. Había sonado casi enojado.

—Lo siento. Esto no debería haber ocurrido. No era mi intención —dijo él en un tono severo.

—Oh —dijo ella tontamente, pues la mente le daba vueltas—. ¿Significa eso que no sucederá de nuevo?

La expresión de Ian se hizo más suave. *¿En qué estaba pensando él?*, se preguntó ella con la mente agitada.

—Nunca me lo dijiste. Los hombres con los que vives... ¿te acuestas con uno de ellos? ¿Con todos?

El cerebro de Francesca se paralizó.

—¿Qué? ¿Por qué me preguntas algo así? Por supuesto que no me acuesto con ellos. Son mis compañeros de casa. Mis amigos.

La mirada entrecerrada de Ian descendió por la cara y el pecho de ella.

—¿Esperas que lo crea? Tres hombres viven en la misma casa contigo, ¿y todo el asunto es completamente platónico?

La ira asomó en su conciencia aturdida por la lujuria y empezó a rugir como un maremoto. ¿Estaba tratando de insultarla deliberadamente? Le estaba funcionando. ¡Qué cabrón tan exasperante! ¿Cómo se atrevía a decirle eso y de un modo tan frío después de lo que acababan de hacer?

(¿Después de lo que ella le había *permitido* hacer?)

Ella se apartó de la pared y se detuvo lejos de él.

—Me preguntaste, y te dije la verdad. No me importa lo que creas. Mi vida sexual no es asunto tuyo.

Ella comenzó a alejarse.

—Francesca.

Ella hizo una pausa, pero se negó a darse vuelta. La humillación había comenzado a mezclarse con la ira. Podría explotar si le miraba esa cara guapísima y con aire satisfecho.

— Simplemente pregunté porque estaba tratando de saber lo... experimentada que eres.

Ella se dio la vuelta y lo miró con asombro.

—¿Eso es importante para ti? ¿La experiencia? —preguntó ella, deseando que la punzada de dolor que había sentido tras sus palabras no se manifestaran en su voz.

—Sí —dijo él, sin suavidad ni concesión alguna. Simplemente *sí. No estás a mi nivel, Francesca. Eres una gorda, torpe y estúpida.*

La expresión de Ian se endureció y él apartó la mirada de su rostro.

—No soy lo que podrías pensar. No soy un buen hombre —dijo él, como si eso lo explicara todo.

—No —replicó ella con más calma de la que sentía—. No lo eres. Tal vez ninguno de los aduladores con los que te rodeas te han dicho esto, pero no deberías sentirte orgulloso de eso, Ian.

Esta vez, él no trató de detenerla cuando ella salió corriendo de la habitación.

* * *

Francesca se sentó a la mesa de la cocina y miró con tristeza la tostada con mantequilla de Davie.

—¿Por qué estás tan malhumorada? Aunque tu estado de ánimo no ha sido el mejor desde ayer. ¿Todavía te sientes indispuesta? —preguntó Davie, refiriéndose al hecho de que el día anterior, ella había vuelto a casa después de sus clases en vez de ir a pintar al penthouse de Noble.

—No, estoy bien —respondió Francesca con una sonrisa tranquilizadora que Davie no se tragó.

En un principio, ella se había sentido desconcertada e indignada por lo que Ian había dicho —y hecho— en la sala de ejercicios dos días atrás, pero luego se había sentido preocupada. ¿Aquello ponía en peligro su valiosa comisión? ¿Su falta de "experiencia" la hacía menos valiosa para Ian, y por lo tanto, desechable? ¿Qué pasaba si él cancelaba el contrato y ella no tenía cómo pagar su matrícula? Después de todo, ella no era una típica empleada de Noble. No tenía un contrato, sólo su patrocinio. Y Ian tenía fama de ser un tirano, ¿acaso no?

Se había sentido tan ansiosa y confundida por la forma en que ese beso había cambiado su relación con Ian, que no pudo pintar el día anterior.

Davie le sirvió una tostada Francesca y deslizó un frasco de mermelada por la superficie de la mesa.

—Gracias —murmuró ella, levantando su cuchillo con indiferencia.

—Come —le ordenó Davie—. Te hará sentir mejor.

Davie era como una mezcla de hermano mayor, amigo y madre para Francesca, Caden, y Justin. Era cinco años mayor que ellos, y los había conocido cuando regresó a la Universidad Northwestern para obtener su MBA. Allí había conocido a Justin y a Caden, pues estaban en el mismo programa y entablado amistad con su círculo de amigos, entre los cuales estaba Francesca. El hecho de que Davie fuera también un historiador de arte que regresaba a la universidad con el fin de obtener las herramientas necesarias para transformar su galería en una cadena, lo acercó de inmediato a Francesca.

Una vez que Justin, Caden, y Davie recibieron sus títulos de posgrado, y Francesca aprobara su examen de admisión, Davie les había ofrecido un lugar en la casa que tenía en la ciudad. La casa, situada en Wicker Park, con cinco dormitorios y cuatro baños que había heredado de sus padres era demasiado grande para él. Además, Francesca sabía que Davie quería estar con ellos. Era melancólico y Francesca sabía que la compañía de ellos tres le ayudaría a mitigar su estado de ánimo. Sus padres lo habían rechazado cuando les confesó que era gay durante la adolescencia. Se habían reconciliado un poco antes de que su madre y su padre murieran en un accidente de navegación en la costa de México tres años atrás, un hecho que Davie agradecía y lamentaba al mismo tiempo.

Davie anhelaba una relación, pero había tenido tan mala suerte como Francesca en el campo sentimental. Eran confidentes el uno del otro, y se consolaban después de sus muchas experiencias mediocres, amargas y decepcionantes.

Los cuatro eran buenos amigos, pero Francesca y Davie eran más cercanos en sus gustos y temperamentos, mientras que Justin y Caden se identificaban con las obsesiones comunes de muchos hombres heterosexuales en sus veintitantos años: una carrera lucrativa, pasarla bien, y tener sexo frecuente con mujeres calientes.

—¿Te llamó Noble? —preguntó Davie, mirando con interés el teléfono celular que había en la mesa. *Maldita sea*. Él había notado que la llamada que acababa de recibir en su teléfono celular la había disgustado.

—No.

Davie le lanzó una mirada irónica y envolvente tras su respuesta monosilábica, y ella suspiró.

Francesca no les había contado lo sucedido en la sala de ejercicios de Ian Noble a Caden ni a Justin, quienes la acosaban constantemente con preguntas sobre Ian Noble, pues eran brillantes y trabajaban en prestigiosas firmas de banca de inversión. Por nada del mundo les diría que el ídolo esquivo que ellos adoraban la había arrinconado contra una pared, besándola y tocándola hasta que sus piernas dejaron de sostenerla. Tampoco se lo dijo a Davie, lo cual era una prueba incontrovertible de lo mucho que eso la abrumaba.

—Era Lin Soong, la asistente de Noble —señaló Francesca antes de morder la tostada.

—¿Y?

Ella masticó y tragó saliva.

—Llamó para decirme que Ian Noble ha decidido hacerme un contrato para pintar el cuadro. Me pagará el valor total por adelantado. Ella me aseguró que los términos del contrato eran muy generosos y que Noble no se retractaría bajo ninguna circunstancia de otorgarme la comisión. No me pedirá que le devuelva el dinero aunque no termine el cuadro.

Davie se quedó boquiabierto. Su tostada cayó en sus dedos débiles. Aparentó tener unos dieciocho años de edad en ese momento, en lugar de los veintiocho que tenía, su pelo castaño oscuro cayendo sobre su frente y su piel con la palidez propia de la madrugada.

—¿Entonces por qué te estás comportando como si te hubiera llamado para un funeral? ¿No es una buena noticia que Noble quiera garantizarte que te pagará sin importar lo demás?

Francesca dejó la tostada. Su apetito se había evaporado cuando ella comprendió por completo lo que Lin le estaba diciendo en su tono cálido y profesional.

—A él le gusta controlar a todo el mundo —dijo ella con amargura.

—¿De qué estás hablando, Cesca? Si el contrato estipula todo lo que dijo su asistente, entonces Noble te está dando carta blanca. Te pagará aunque no vayas a trabajar.

Ella llevó el plato al lavadero.

—Exactamente —murmuró, abriendo el grifo—. Y Ian Noble sabe perfectamente bien que hacerme esa oferta es lo único que le *asegura* que yo vaya y termine el proyecto.

Davie empujó su silla hacia atrás para mirarla.

—Me estás confundiendo. ¿Estás diciendo que realmente no piensas terminar el cuadro?

Mientras ella pensaba en cómo responder, Justin Maker entró tambaleándose, con un pantalón de sudadera, su torso desnudo y dorado brillando a la luz del sol, y sus ojos verdes hinchados por la falta de sueño.

—Necesito un café de inmediato —murmuró con voz áspera, abriendo con fuerza el gabinete para sacar una taza. Francesca le lanzó una mirada de súplica y de disculpa a Davie, esperando que entendiera que ya no quería hablar más del tema.

—¿Caden y tú cerraron de nuevo a McGill anoche? —le preguntó ella con ironía a Justin, en referencia a su bar favorito del barrio, y luego le pasó la crema.

—No. Llegamos a la una. Pero adivina quién tocará el sábado por la noche en McGill —le preguntó a Francesca mientras cogía la crema—. Run Around Band. Vayamos los cuatro. Y jugaremos póquer el resto de la noche.

—Creo que no. Tengo que entregar un proyecto grande el lunes, y no soy tan buena para acostarme tarde y levantarme temprano como Caden y tú —dijo Francesca mientras se disponía a salir de la cocina.

—Vamos, Cesca. Será divertido. Hace mucho tiempo que no salimos los cuatro —dijo Davie, tomándola por sorpresa. Al igual que Francesca, la afición de Davie por las noches desenfrenadas había disminuido considerablemente desde que salieron de Northwestern. Las cejas desafiantes y arqueadas de Davie le informaron a ella que él creía que una noche de fiesta le ayudaría a olvidarse un poco de aquello que la estaba molestando.

—Lo pensaré —dijo Francesca antes de salir de la cocina.

Pero no lo hizo. Tenía la mente ocupada con lo que iba a decirle a Ian Noble cuando lo confrontara.

Desafortunadamente, él no estaba en el penthouse cuando ella llegó en horas de la tarde. En realidad, ella no esperaba que estuviera, pues casi nunca estaba en casa. Entró a la habitación que usaba como estudio sin saber que debía hacer con respecto a ese beso, a su comisión; esto, para no hablar de su futuro.

Cinco minutos después, ya estaba pintando febrilmente. Ian Noble no lo había decidido por ella. Ni siquiera Francesca: todo se debía al cuadro. Se le había metido en la sangre. *Debía* terminarlo ahora.

Pasó varias horas sumergida en su trabajo, y salió finalmente de su trance creativo cuando el sol comenzó a ocultarse detrás de los rascacielos.

La señora Hanson estaba batiendo algo en un tazón cuando Francesca entró tambaleándose a la cocina en busca de un poco de agua. La cocina le recordó todo aquello que podía tener una casa señorial inglesa: era enorme, equipada con todos los utensilios de cocina imaginables, pero al mismo tiempo eran cómoda. A ella le gustaba sentarse allí y charlar con la señora Hanson.

—¡Estabas tan silenciosa que creí que no habías venido hoy! —señaló la amistosa y anciana ama de llaves.

—Estaba trabajando mucho —dijo Francesca, abriendo la puerta del enorme refrigerador de acero inoxidable. La señora Hanson le había insistido a Francesca desde el primer día que se sintiera en casa. La primera vez que abrió el refrigerador, Francesca exclamó con sorpresa al ver todo un estante de botellas de soda y rodajas de limón en un plato de porcelana cubierto con una envoltura plástica—. Ian me dijo que la soda con limón es tu bebida favorita. Espero que te guste esta marca —había respondido ansiosamente la señora Hanson tras su exclamación.

Ahora, cada vez que abría la nevera, Francesca sentía la misma sensación de calidez que había experimentado la primera vez, cuando vio que Ian se había acordado de su bebida favorita y luego se aseguró de que nunca le faltara.

Eres patética, se reprendió a sí misma al sacar una botella.

—¿Te gustaría cenar? —le preguntó la señora Hanson—. Ian lo hará en más tarde, pero puedo prepararte algo.

—No, no tengo hambre. Gracias. —Francesca vaciló, y luego preguntó—: ¿Así que Ian está en la ciudad? ¿Regresará más tarde?

—Sí, eso dijo esta mañana. Acostumbra cenar a las ocho y media en punto, ya sea aquí o en la oficina. Le gusta seguir una rutina. Lo ha hecho desde que lo conocí cuando era un niño.

La señora Hanson la miró.

—¿Por qué no te sientas ahí y me haces compañía por un rato. Estás pálida. Has estado trabajando demasiado duro. Tengo un poco de agua hirviendo. Tomemos una taza de té.

—Está bien —aceptó Francesca, sentándose en uno de los taburetes junto a la isla de la cocina. De repente, se sintió débil y agotada ahora que la adrenalina de su inspiración creativa se desvanecía. Además, llevaba dos noches sin dormir bien.

—¿Cómo era Ian de niño? —Francesca no pudo dejar de preguntar.

—Oh, era un alma más vieja que la que haya visto en los ojos de ningún pequeño —respondió la señora Hanson con una sonrisa triste—. Serio. Extrañamente inteligente. Un poco tímido. Pero cuando se sentía en confianza, era tan dulce y leal como el que más.

Francesca trató de imaginarse al niño melancólico y de cabello oscuro, y el corazón se le apretó un poco tras la imagen que se formó en su mente.

—Pareces un poco indispuesta —la consoló el ama de llaves

mientras se movía con rapidez, servía agua caliente en dos tazas y luego acomodaba algunas cosas sobre una bandeja de plata: dos *scones*, un refinado cuchillo y cuchara de plata, dos servilletas de tela blanca y crujiente, crema de Devonshire y mermelada en hermosas tacitas de porcelana. Nada era chapucero en la casa de Ian Noble, ni siquiera para una charla informal en la cocina—. ¿Vas bien con el cuadro?

—Sí, muy bien. Gracias —murmuró ella mientras la señora Hanson ponía una taza y un platillo frente a ella—. Estoy avanzando. Deberías venir a echar un vistazo más tarde.

—Me gustaría. ¿Quieres un *scone*? Están deliciosos. No hay nada como un *scone* con crema y mermelada para espantar el malestar.

Francesca se rió y negó con la cabeza.

—Mi madre se moriría si te oyera decir eso.

—¿Por qué? —preguntó la señora Hanson, abriendo sus ojos pálido y azules y haciendo una pausa mientras le echaba crema dulce a su *scone*.

—Porque me estás invitando a manejar mis estados de ánimo con la comida. Desde que tenía siete años, mis padres —y media docena de psicólogos infantiles— me metieron en la cabeza los peligros de la alimentación emocional. —Ella notó la expresión desconcertada de la señora Hanson—. Yo tenía bastante sobrepeso cuando era niña.

—¡Jamás lo creeré! Eres tan delgada como una vara.

Francesca se encogió de hombros.

—Comencé a perder peso un par de años después de empezar a estudiar. Empecé a practicar carreras de larga distancia y supongo que eso me ayudó. Sin embargo, personalmente creo que el factor decisivo fue estar sujeta a la mirada crítica de mis padres.

La señora Hanson hizo un sonido de aprobación.

—¿Y entonces la grasa ya no tuvo sentido cuando dejaste de esforzarte para controlar tu peso?

Francesca sonrió.

—Sra. Hanson, usted podría ser psicóloga.

El ama de llaves se rió.

—¿Y qué harían conmigo entonces Lord Stratham o Ian?

Francesca hizo una pausa mientras tomaba el té.

—¿Lord Stratham?

—James Noble, el conde de Stratham; el abuelo de Ian. Trabajé treinta y tres años con Lord y Lady Stratham antes de venir hace ocho años a Estados Unidos para hacerlo con Ian.

—El abuelo de Ian —murmuró Francesca pensativa—. ¿Quién va a heredar su título?

—Oh, un hombre llamado Gerard Sinoit, un sobrino de Lord Stratham.

—¿Ian no?

La señora Hanson suspiró y dejó el *scone* en el plato.

—Ian es el heredero de la fortuna de Lord Stratham, pero no de su título.

La frente de Francesca se arrugó en señal de confusión. Las costumbres inglesas eran muy extrañas.

—¿La madre o el padre de Ian eran hijos de los Noble?

Una sombra se posó en las facciones de la señora Hanson.

—La madre de Ian. Helen era la única hija del conde y la condesa.

—¿Ella... —Francesca se interrumpió a sí misma, y la señora Hanson asintió con tristeza.

—Sí, falleció. Murió muy joven. Tuvo una vida trágica.

—¿Y el padre de Ian?

La señora Hanson no respondió de inmediato y se quedó pensativa.

—No estoy segura de que deba de hablar de esas cosas —dijo el ama de llaves.

Francesca se ruborizó.

—Oh, por supuesto. Lo siento. No era mi intención entrometerme, yo...

—No creo que hayas sido impertinente —aseguró la señora Hanson, dándole una palmadita en la mano—. Pero me temo que Ian tiene una historia familiar muy triste, a pesar de toda su fama y fortuna desde que es un hombre adulto. Su madre era muy rebelde cuando estaba joven... impetuosa. Los Noble no podían controlarla —dijo la señora Hanson con una mirada expresiva—. Se escapó al final de su adolescencia y desapareció por más de una década. Los Noble creían que había muerto, pero nunca recibieron ninguna prueba, y siguieron buscándola. Fue una época negra para el hogar de los Stratham. —El dolor se apoderó de la señora Hanson debido al recuerdo—. El conde la condesa y estaban desesperados por encontrarla.

—Puedo imaginarlo.

La señora Hanson asintió.

—Fue un momento terrible, terrible. Pero las cosas no mejoraron mucho cuando encontraron a Helen viviendo en una especie de choza en el norte de Francia, casi once años después de desaparecer. Estaba muy loca. Enferma. Delirante. Nadie podía entender qué le había sucedido. Y nadie parece saberlo hasta el día de hoy. Ian estaba con ella; tenía diez años y ya estaba perdiendo el juicio.

La señora Hanson hizo un sonido ahogado de dolor. Francesca se movió en el taburete.

—Lo siento mucho. No era mi intención perturbarla —dijo ella, queriendo obtener más información acerca de Ian, y preocupada por la afable ama de llaves. Vio una caja de pañuelos de papel y se la pasó a la señora Hanson.

—Todo está bien. Solo soy una vieja tonta —murmuró la señora Hanson, sacando un pañuelo—. Muchos dirán que los Noble no son más que mis empleadores, pero para mí, son mi única familia.

Ella se sonó y sus mejillas se inflaron.

—¿Le sucede algo, señora Hanson?

Francesca saltó al oír el sonido de la voz severa y masculina, y se dio vuelta. Ian estaba en la puerta de la cocina.

La señora Hanson miró a su alrededor con aire de culpabilidad.

—Ian, has llegado temprano.

—¿Estás bien? —le preguntó él, su rostro tenso por la preocupación. Francesca comprendió que el comentario de la señora Hanson en el sentido de considerar a los Noble como a su familia tenía un significado doble.

—Estoy bien. No me hagas caso por favor —dijo ella, riendo alegremente y soltando el pañuelo—. Sabes que las mujeres de edad nos podemos volver lloronas.

—Nunca he sabido que lo seas —dijo Ian. Apartó los ojos de la señora Hanson y miró a Francesca.

—¿Puedo hablar contigo un momento en la biblioteca? —le preguntó él.

—Por supuesto —dijo Francesca, levantando la barbilla y obligándose a no temblar ante la mirada ardiente de Ian.

Un minuto más tarde, Francesca se dio vuelta ansiosamente al escuchar que Ian cerraba la pesada puerta de nogal de la biblioteca y caminaba hacia ella con el paso suave y elegante de un animal depredador. ¿Por qué comparaba ella siempre a ese hombre tan contenido y sofisticado con un animal salvaje?

—¿Qué le dijiste a la señora Hanson? —preguntó él. Ella sospechaba que le preguntaría eso, pero la sutil inflexión de acusación que tenía su tono le molestó.

—¡No le he dicho nada! Solo estábamos... hablando.

Ian la atravesó con su mirada.

—Hablando de mi familia.

Ella reprimió un suspiro de alivio. Él sólo parecía había escuchado los últimos comentarios y no lo que la señora Hanson le había dicho acerca de su madre y de él. De alguna manera, ella sabía a ciencia cierta que él se controlaría mucho menos de lo habitual si se enteraba de que la señora Hanson le había revelado aquellos detalles particulares.

—Sí —admitió ella, enderezándose y sosteniéndole la mirada, aunque esto le costó un gran esfuerzo. A veces, esos ojos de ángel se transformaban en los del ángel vengador. Ella cruzó los brazos debajo de los pechos—. Le pregunté por tus abuelos.

—¿Y eso la hizo llorar? —preguntó él, con un tono lleno de sarcasmo.

—Realmente no sé muy bien qué la hizo llorar —le espetó ella—. Yo no le estaba intentando sacar ninguna información, Ian. Simplemente estábamos hablando, sosteniendo una conversación amable. Deberías hacerlo alguna vez.

—Si quieres saber algo acerca de mi familia, preferiría que me lo preguntaras.

—Oh, y sin duda me revelarías todos los detalles —respondió ella, con un tono tan sarcástico como el que Ian había utilizado antes.

Un músculo saltó en la mejilla de él. Se acercó al escritorio grande y reluciente, tomó un pequeño caballo de bronce y jugó con él. Francesca se preguntó con una mezcla de irritación y nerviosismo si él quería hacer algo más con sus manos, además de estrangularla. Estaba de espaldas a ella, y Francesca pudo observarlo detenidamente. Llevaba unos pantalones de corte impecable, con una camisa blanca y una corbata azul que hacían juego con sus ojos. Ella supuso que se había quitado el saco, pues siempre iba de traje a la oficina. La camisa almidonada se ajustaba perfectamente a sus hombros anchos. Los pantalones le cubrían sus estrechas caderas y sus piernas largas: Ian era la personificación de una masculinidad elegante y cruda. *Realmente era un animal macho y hermoso*, pensó ella con resentimiento.

—Lin dijo que se comunicó contigo esta mañana —señaló él, y el cambio de tema la sorprendió con la guardia baja.

—Así es. Y quisiera hablar contigo sobre lo que me dijo —respondió Francesca, la ansiedad imponiéndose sobre su ira.

—Pintaste hoy —le dijo él antes que preguntarle.

Ella parpadeó sorprendida.

—Sí. Cómo... ¿cómo lo sabes? —Ella creía que él había ido directamente a la cocina después de entrar al penthouse.

—Tienes pintura en el índice derecho.

Ella se miró la mano derecha, pues no había visto que él se la hubiera mirado. ¿Acaso tenía ojos en la nuca?

—Sí, he estado pintando.

—Pensé que tal vez no ibas a volver después de lo que ocurrió el miércoles.

—Bueno, he vuelto. Y no porque le hubieras dicho a Lin que me llamara y me comprara. No tenías que hacer eso.

Él se dio vuelta.

—*Creo* que era necesario. No haré que te preocupes acerca de si puedes o no terminar tus estudios.

—*Además*... tú *sabías* que yo terminaría el cuadro si supiera que me ibas a pagar la comisión, sin importar lo demás —dijo ella irritada, dirigiéndose hacia él.

Él parpadeó y tuvo la decencia de parecer un poco avergonzado.

—No me gusta que me manipulen —dijo ella.

—No estaba tratando de manipularte. Simplemente no quiero que pierdas una oportunidad que mereces porque perdí el control. No tienes la culpa de lo que ocurrió en las instalaciones del gimnasio.

—Tuvimos un desliz —murmuró ella, sonrojándose—. No creo que sea el paso en falso del siglo.

—Quería hacer mucho más que cometer un desliz contigo, Francesca.

—Ian, ¿acaso te *gusto*? —le preguntó impulsivamente y sus párpados se abrieron. Ella no podía *creer* que le hubiera soltado la pregunta que se había enconado en su cerebro desde hace días.

—¿Qué si me *gustas*? Quiero cogerte. Con todas mis fuerzas. ¿Eso responde a tu pregunta?

El silencio que siguió se hizo tan pesado que pareció aplastarle los pulmones a ella. El eco del gruñido bajo y áspero de Ian parecía flotar en el aire que había entre ellos.

—¿Por qué te preocupa perder el control? No soy una niña de doce años —logró decir después de un momento. Su rostro se puso más caliente cuando él la miró.

—No. Pero podrías serlo —replicó él, y su tono sonó despectivo. La humillación la invadió. *¿Cómo podía pasar él de caliente a frío con tan poco esfuerzo?*, se preguntó furiosa. Él caminó alrededor del escritorio y se sentó en el mullido sillón de cuero—. Puedes irte, si eso es todo —le dijo él, su mirada amable. Indiferente.

—Me gustaría que me pagaras cuando termine el cuadro. No antes —dijo ella, su voz temblando de ira escasamente contenida.

Él asintió con la cabeza, pensativo, como si considerara su petición.

—No tienes que gastarte ese dinero hasta entonces, si lo prefieres. Sin embargo, todo el monto de la comisión ya ha sido transferido a tu cuenta bancaria.

Ella abrió la boca de par en par.

—¿Cómo sabes mi número de cuenta?

Él no respondió y se limitó a levantar ligeramente las cejas, con la expresión suave.

Ella apenas si pudo contener la maldición ardiente que brotaba de su garganta. No se le ocurrió decir nada más, pues no podía maldecir a su benefactor por su arrogancia ni por su generosidad. La furia le había hecho un corto circuito en el cerebro. Se dio vuelta y se dispuso a salir de la habitación.

—Ah, Francesca —la llamó tranquilamente.

—Sí —preguntó ella, mirando hacia atrás.

—No vengas el sábado por la noche. Me entretendré un poco y me gustaría tener privacidad.

Algo semejante a una bola de plomo pareció caer en el estómago de ella. Él le estaba diciendo que ese fin de semana estaría con una mujer. De alguna manera, ella lo sabía.

—No hay problema. Estaba pensando en salir el sábado por la noche y desahogarme un poco con mis amigos. Las cosas se han vuelto un poco agobiantes aquí.

Algo brilló en los ojos de él antes de que ella se diera vuelta, pero su expresión permaneció inescrutable.

Como siempre.

Davie condujo con pericia el auto de Justin a través del bullicioso tráfico de Wicker Park del sábado por la noche. Justin se sentía un poco arrebatado después de haber escuchado poco más de dos horas a Run Around Band en el bar McGill. Y para el caso, también Caden y Francesca.

—Vamos, Cesca —exclamó Caden Joyner desde el asiento trasero—. Todos nos haremos uno.

—¿Incluso tú, Davie? —preguntó Francesca desde el asiento del pasajero.

Davie se encogió de hombros.

—Siempre he querido un tatuaje en el bíceps; uno de esos anticuados, como un ancla o algo así —dijo él, lanzándole una sonrisa mientras doblaba por la Avenida North.

—Él cree que eso lo convertirá en un pirata —bromeó Justin.

—Bueno, no me lo haré hasta que tenga tiempo para dibujar personalmente el diseño —dijo Davie resueltamente.

—Aguafiestas —lo acusó Justin en voz alta—. *Planear* un tatuaje no tiene nada de divertido. Se suponía que mañana debías despertarte con algo súper sórdido y verdaderamente atroz, y no tener ni idea de dónde salió.

—¿Estás hablando de un tatuaje, o de las mujeres que llevas a casa? —preguntó Caden.

Francesca se echó a reír. Escasamente logró oír el teléfono celular en su bolso, debido a las bulliciosas bromas y disputas de sus amigos. Miró el teléfono celular, pero no reconoció el número.

—¿Hola? —respondió ella, obligándose a dejar de reír.

—¿Francesca?

La alegría desapareció de su boca.

—¿*Ian?* —preguntó ella con incredulidad.

—Sí.

Justin dijo algo en voz alta desde el asiento de atrás, y Caden soltó una carcajada.

—¿Interrumpo algo? —preguntó Ian, su voz rígida y con acento británico, en marcado contraste con las ruidosas bromas de los amigos de Francesca.

—No. Estoy con mis amigos. ¿Por qué me llamas? —preguntó ella, haciendo que su tono asombrado fuera más contundente de lo que había previsto.

Caden soltó una carcajada, y Davie hizo lo mismo.

—Chicos... no hagan ruido —susurró Francesca, pero ellos la ignoraron.

—He estado pensando en algo... —dijo Ian.

—¡No! Gira a la izquierda —gritó Justin—. Bart Dragon Signs está en North Paulina.

Ella jadeó cuando Davie frenó en seco y ella se apretujó contra el cinturón de seguridad.

—¿Qué estabas diciendo? —preguntó Francesca por teléfono, sintiéndose más desorientada por el hecho de que Ian la hubiera llamado que por la conmoción que sintió en la cabeza tras el brusco cambio dirección de Davie. Hubo una larga pausa en el otro extremo de la línea.

—Francesca, ¿estás borracha?

—No —respondió ella fríamente. ¿Quién era él para adoptar ese tono sentencioso?

—No estás conduciendo, ¿verdad?

—No, no lo estoy. Es Davie. Y él tampoco está borracho.

—¿Quién es, Ces? —preguntó Justin desde el asiento trasero—. ¿Tu papá?

La risa brotó de su garganta; no pudo evitarlo. La pregunta de Justin era muy oportuna, dado el tono tan autoritario de Ian.

—¡No le digas que estás a punto de hacerte un tatuaje en ese trasero tan precioso que tienes! —gritó Caden.

Ella hizo una mueca. Su risa era mucho más débil. La vergüenza la inundó al pensar que Ian había oído la broma de sus amigos. Ella estaba demostrando que era tan inmadura y desmañada como él creía.

—No te vas a hacer un tatuaje —dijo Ian.

Su sonrisa se desvaneció. Había sonado más como un decreto que como una aclaración.

—Sí, realmente me *voy* a hacer un tatuaje —respondió ella con fiereza—. Y de paso, no sabía que tenías derecho a dirigir mi vida. Acepté pintar un cuadro para ti, pero no ser tu esclava.

Caden, Davie y Justin se callaron de inmediato.

—Has estado bebiendo. Mañana te arrepentirás de haber hecho algo tan impulsivo —dijo Ian, con un toque de enojo en su voz por lo demás tranquila.

—¿Cómo lo sabes? —preguntó ella.

—Lo sé.

Ella parpadeó tras su respuesta provocadora y serena. Por una fracción de segundo, Francesca se convenció de que él tenía toda la razón. La irritación se apoderó de ella. Llevaba toda la noche tratando de olvidarse de él —tratando de hacer que el recuerdo de él diciéndole que quería cogerla desapareciera de su mente— y ahora él tenía que arruinarlo todo al llamarla y comportarse de un modo tan exasperante.

—¿Has llamado por una razón en especial? Porque de lo contrario, me haré un tatuaje de *pirata* en el trasero —dijo ella, retomando un detalle de la broma anterior de sus amigos.

—Francesca, no...

Ella tamborileó con los dedos en el tablero del auto.

—Cesca, ¿le has...

—Sí, lo hizo —interrumpió Caden, sonando aturdido y un poco impresionado—. Regañó a Ian Noble y luego le colgó.

—¿Estás *segura* de que quieres hacer esto, Cesca? —le preguntó Davie, cuando ella escogió un pincel.

—Yo... creo que sí —murmuró ella, con una actitud muy desafiante tras la arrogancia de Ian.

—Por supuesto que quiere hacérselo. Toma otro trago para armarte de valor —sugirió sabiamente Justin, dándole su licorera de plata grabada.

—Ces... —dijo Davie preocupado, pero ella tomó la licorera. Hizo una mueca al sentir el whisky deslizándose por su garganta; odiaba el licor fuerte.

—No me gusta que mis clientes beban alcohol antes de pasar por la aguja. Eso aumenta el sangrado —dijo bruscamente el tatuador barbudo y de cabello largo cuando entró a la sala donde ella se encontraba con sus tres amigos.

—Ah, bueno, en ese caso... —se justificó Francesca, al ver una posible salida.

—No seas cobarde —insistió Justin—. Bart no te dejará de atender porque te has tomado un trago o dos, ¿verdad, Bart? Él tiene mucha ética, pero se olvida bastante rápido de ella cuando el dinero está de por medio.

El artista del tatuaje le dirigió una mirada penetrante a Justin, pero éste se la devolvió.

—Entonces bájate los pantalones y recuéstate a la mesa —replicó Bart.

Francesca comenzó a desabrocharse los jeans. Davie, Justin, Caden, Bart y la vieron apoyar el vientre en la mesa.

—¡Déjame ayudarte con eso! —se ofreció con entusiasmo Caden cuando ella retiraba los jeans y los calzones de la nalga derecha. Davie lo agarró del brazo, deteniéndolo con una mueca amenazante. Caden se encogió de hombros, y sonrió tímidamente.

—¿Aquí? —preguntó Bart pocos segundos después, dando un paso hacia adelante. Francesca sintió un escalofrío de repulsión cuando él le tocó la piel.

—Sí, podrías utilizar uno de los preciosos hoyuelos que tiene encima del trasero como una especie de pote de pintura para sumergir el pincel.

A Francesca le inquietó el tono impasible de Justin y miró hacia los lados. Justin le miraba el trasero parcialmente descubierto con franco interés masculino.

—Tal vez deberíamos echarle un vistazo a la otra nalga para tener un panorama más claro —sugirió Caden.

—Cállense, ustedes dos —los reprendió ella. Se sentía incómoda de que Justin y Caden la miraran de ese modo. Tal vez lo del tatuaje era una idea estúpida. Sus pensamientos se hicieron dispersos cuando Bart se acercó con una aguja que sobresalía de un tubo. También vio que el tatuador tenía las uñas sucias. Ella le tenía miedo a las agujas. El whisky parecía hervir en su estómago.

—Esperen, muchachos, no estoy segura de esto —murmuró ella con los ojos cerrados mientras trataba de reprimir una oleada de mareo.

—Vamos, Cesca. Oye... *¿qué carajos...?*

Alzó la cabeza al oír la exclamación de sorpresa de Caden; el cabello le cubrió la cara tras su movimiento brusco y ella no pudo ver nada. Sintió que Bart le apretaba la piel como si alguien lo hubiera agarrado del brazo.

—Suéltala en este instante, o te juro que haré que nunca más vuelvas a vivir ni a trabajar en esta ciudad.

Bart comenzó a soltarle los jeans.

—Levántate, Francesca.

Ella siguió las instrucciones someras de Ian sin pensarlo dos veces. Se levantó de la mesa y se subió los jeans, mientras miraba totalmente incrédula el semblante rígido y furioso de Ian.

—¿Qué estás *haciendo* aquí?

Él no respondió, y simplemente siguió observando a Bart con una mirada penetrante. Ella se abotonó los jeans, y él extendió la mano y la agarró del antebrazo. Francesca salió tambaleando detrás de él. Ian se detuvo frente a Davie, Caden y Justin, que estaban aturdidos. Parecía cernirse sobre ellos como una torre oscura y amenazadora.

—¿Ustedes tres son sus amigos? —preguntó Ian.

Davie asintió con la cabeza, su cara pálida.

—Deberían avergonzarse de sí mismos.

Justin pareció volver en sí. Dio un paso hacia adelante como para discutir, pero Davie lo interrumpió.

—No, Justin. Él tiene razón —dijo Davie sobriamente.

El rostro de Justin se enrojeció como un adobe, y parecía dispuesto a discutir, pero Francesca lo detuvo a tiempo.

—Está bien, chicos. De verdad —le aseguró tensa a Justin antes de marcharse del salón de tatuajes en compañía de Ian, la mano firmemente agarrada entre las suyas.

Ella tuvo dificultades para seguir el paso de las zancadas que daba él con sus piernas largas mientras caminaban por una calle oscura y arbolada. Ella realmente no creía que estuviera tan borracha, así que ¿por qué el mundo se había vuelto tan irreal desde que oyó la voz autoritaria de Ian diciéndole a Bart que la soltara?

—¿Te importaría decirme qué demonios crees que estás haciendo? —preguntó ella sin aliento mientras trotaba a su lado.

—Has bajado la guardia de nuevo, Francesca —dijo él con los labios apretados por la furia.

—¿De qué estás hablando? —preguntó ella.

Él se detuvo abruptamente en la acera, la tomó entre sus brazos y se abalanzó, besándola con rudeza. Con dulzura. ¿Por qué no habría de notar ella la diferencia cuando Ian la besaba?

Francesca gimió en la boca de Ian, su cuerpo rígido antes de moldearse contra la longitud de él. El sabor y el olor de Ian la golpearon como un tsunami de lujuria. Los pezones se le endurecieron como si su carne sensible hubiera aprendido a asociar el sabor de él con el placer. Ian apartó la boca antes de lo que ella esperaba —o quería— dado lo caliente y duro que lo sentía.

Cielos, cuánto lo deseaba ella. Aquella certeza ardiente y obvia no la había sacudido hasta ese momento. Ella nunca había creído que un hombre como Ian se interesaría sexualmente en ella, por lo que no se había permitido reconocer plenamente su deseo por él.

El farol distante hizo brillar los ojos de Ian en un rostro por lo demás oscuro mientras la miraba a ella. Francesca sintió la ira y la lujuria emanando de Ian por partes iguales.

—¿Cómo te *atreves* siquiera a pensar en dejar que un cabrón sin licencia te ponga una aguja en la piel? ¿Acaso eres tonta para mostrarles el trasero a un cuarto lleno de hombres babeándose? —le espetó él.

Ella jadeó.

—¿*Hombres babeándose?* son mis amigos. —Ella parpadeó, comprendiendo el resto de lo que él le había dicho—. ¿Estás diciendo que Bart no tiene licencia? Un momento... ¿cómo sabías dónde estaba yo?

—Tu amigo gritó el nombre del salón de tatuajes en voz alta y clara mientras hablábamos por teléfono —dijo él mordazmente, alejándose de ella y dejando su piel vibrando en protesta por su ausencia.

—Ah —exclamó el ella lentamente. Francesca lo observó recorrer el césped junto a la acera y abrir la puerta de un sedán oscuro y elegante; parecía ser un vehículo muy costoso.

Ella lo miró con recelo.

—¿Adónde vamos? —preguntó.

—Al penthouse, si decides entrar —dijo él sucintamente.

El corazón le sonó en los oídos como un redoble de tambores.

—¿Por qué?

—Como ya te dije, tú bajas la guardia, Francesca. Y también te dije lo que iba a hacer la próxima vez que lo hicieras. ¿Te acuerdas?

A ella se le redujo el mundo al brillo de los ojos en el rostro ensombrecido de Ian, y su ritmo cardíaco se estrelló contra sus tímpanos.

Nunca permitas estar indefensa, Francesca. Nunca. La próxima vez que lo hagas, te castigaré.

Un líquido caliente resbaló por los muslos de ella. No... él no *podía* estar hablando en serio. A ella se le ocurrió la idea descabellada de salir corriendo y participar de nuevo en las travesuras tontas de sus amigos ebrios.

—Sube al auto o no —dijo él con la voz menos dura que antes—. Sólo quiero que sepas lo que te pasará si lo haces.

—¿Vas a castigarme? —comentó ella con voz temblorosa—. Qué... ¿me vas a pegar? —Ella no podía creer que hubiera acaba de pronunciar esas palabras. No pudo creerlo cuando él asintió con la cabeza.

—Así es. Tu transgresión también te ha hecho merecedora de unos cuantos paletazos. Te daría más si no fueras una novata en esto. Y te va a doler. Pero sólo te daré los que puedas soportar. Y nunca, nunca te haré daño ni te dejaré una marca, Francesca. Eres demasiado preciosa. Te doy mi palabra.

Francesca miró las luces distantes del salón de tatuajes y luego el rostro de Ian.

Era una locura que ella no podía resistir.

Él no dijo nada y se limitó a cerrar la puerta cuando ella subió al asiento del pasajero.

Capítulo cuatro

La puerta del ascensor se abrió en silencio y ella lo siguió hasta el penthouse, sintiendo inquietud y excitación por partes iguales.

—Sígueme a mi dormitorio —le dijo Ian.

Mi dormitorio. Las palabras parecieron retumbar en su cabeza. Francesca reparó de un modo distraído en que nunca había estado en esta ala del enorme condominio. Ella lo siguió sintiéndose como una colegiala sorprendida in fraganti. La anticipación innegable que sentía parecía aludir a algo que no podía imaginar muy bien; de alguna manera, sabía que si cruzaba el umbral de las habitaciones privadas de Ian, su vida cambiaría para siempre. Ian se detuvo delante de una puerta de madera tallada como si supiera eso.

—Nunca has hecho nada así, ¿verdad? —dijo él.

—No —admitió ella, esperando que sus mejillas no se encendieran. Los dos hablaban en voz muy baja—. ¿Te parece bien esto?

—Al principio no. Te deseo mucho, y sin embargo, he tenido

que llegar a un acuerdo con tu inocencia —dijo él. Ella bajó las pestañas—. ¿Estás segura de que quieres hacer esto, Francesca?

—Sólo dime una cosa.

—Lo que sea.

—Cuando me llamaste hace un rato... mientras yo estaba en el auto, no me dijiste por qué lo habías hecho.

—¿Y te gustaría saberlo?

Ella asintió con la cabeza.

—Estaba solo en el penthouse. No podía trabajar ni concentrarme.

—Pensé que habías dicho que te ibas a entretener.

—Así es. Pero cuando llegó el momento, no podía dejar de pensar en ti. Nadie más podría reemplazarte.

Ella respiró con dificultad. Oírle ser tan honesto le produjo algo.

—Entonces fui al estudio y vi lo que pintaste ayer. Es brillante, Francesca. De repente, comprendí que tenía que verte.

Ella agachó la cabeza un poco más para ocultar todo el placer que le producían sus palabras.

—De acuerdo. Estoy segura.

Fue él quien dudó, pero luego se acercó y giró el pomo. La puerta se abrió. Le hizo un gesto con mano y ella entró con cautela. Ian tocó un panel de control y varias lámparas se encendieron con una luz dorada.

Era una habitación hermosa, tranquila, de buen gusto y lujosa. Había una sala de estar con un sofá y varias sillas frente a la chimenea. detrás del sofá había una mesa con un enorme jarrón Ming con un impresionante ramo de cartuchos y orquídeas rojas. Una pintura impresionista de un campo de amapolas colgaba encima de la chimenea, y si ella no se equivocaba, era un Monet original. Increíble. Su mirada percibió a su derecha la amplísima cama tallada y con dosel, decorada en un rico patrón de color café, marfil y rojo oscuro, al igual que el resto de la habitación.

—Los aposentos privados de la mansión del Lord —murmuró ella, dirigiéndole una sonrisa temblorosa.

Él señaló otra puerta con paneles y ella lo siguió hasta un baño más grande que el dormitorio. Ian metió la mano en un cajón y sacó una prenda doblada, envuelta en un plástico transparente. La dejó en el mostrador.

—Dúchate y ponte esta bata. Sólo la bata. Deja todas tus ropas. Encontrarás todo lo que necesites en estos dos cajones. Hueles a humo rancio y a whisky.

—Siento que lo desapruebes.

—Acepto tus disculpas.

Su temperamento se encendió de nuevo tras la rápida respuesta de Ian. Una pequeña sonrisa le curvó la boca cuando vio el resultado de su desafío. Era obvio que él lo esperaba.

—Me gustas, Francesca. Más allá de toda medida.

Su boca se abrió por la sorpresa ante el cumplido. ¿Alguna vez aprendería a leer a Ian?

—Pero tienes que aprender a complacerme en el dormitorio —dijo él.

—Quiero hacerlo —dijo ella en voz baja, sorprendiéndose a sí misma por su franqueza.

—Bien. Entonces, para empezar, me gustaría que te ducharas y te pusieras este traje. Cuando hayas terminado, ven a la habitación y te administraré el castigo.

Él se dispuso a salir del baño, pero se detuvo.

—Ah, y lávate el cabello, por favor. Sería un crimen que esa melena gloriosa oliera como un cenicero —murmuró en voz baja antes de salir, cerrando la puerta detrás de él con un clic rápido.

Ella permaneció un momento en las inmaculadas baldosas de mármol. ¿Él pensaba que su cabello era glorioso? ¿Ella le gustaba? ¿Cómo podía tener él ese tipo de pensamientos acerca de ella? ¿Cómo es posible que él la besara hasta que a ella le pareciera como si fuera a estallar en llamas, y que otras veces la mirara como si ella fuera tan poco interesante como el cuadro de la pared?

Se duchó a fondo, disfrutando más de lo que había pensado. La cabina de vidrio se llenó rápidamente de vapor, y los zarcillos de niebla cálida parecieron acariciar y besar su piel desnuda. Era agradable bañarse con el jabón inglés de Ian, y cubrirse con su aroma limpio y especiado.

Afortunadamente, ella se había rasurado antes de ir a McGill, y no tenía que preocuparse por tener las piernas peludas.

¿Él le daría nalgadas mientras ella estaba desnuda?

Por supuesto que lo haría, se respondió a sí misma mientras abría la puerta de cristal y salía de la ducha.

Él le había dicho a quemarropa que la quería desnuda debajo de la bata. Ella sacó la prenda de la envoltura plástica. ¿Era completamente nueva? ¿Acaso mantenía un suministro de ropa disponible para las mujeres que lo "entretenían"? El pensamiento la indispuso un poco y ella lo alejó de su cerebro, concentrándose en cambio en la búsqueda de un peine para su cabello húmedo, un desodorante, un cepillo de dientes nuevo y una botella de enjuague bucal. Todo estaba muy bien dispuesto en el gabinete y ella tuvo especial cuidado en dejar los artículos donde los había encontrado.

Dobló la ropa y la puso sobre un taburete tapizado. Su reflejo en el espejo le llamó la atención: le devolvió la mirada, y sus ojos se veían enormes en su rostro pálido, con el cabello largo y húmedo. Parecía un poco asustada.

¿Y qué si tengo miedo? pensó para sus adentros. Él había dicho que iba a pegarle y que le dolería. Ella había accedido a sus supuestas prácticas sexuales retorcidas porque deseaba mucho a Ian.

Todo se redujo a qué era más grande: su miedo, o su deseo de complacer a Ian.

Caminó hacia la puerta y la abrió. Él estaba sentado en el sofá,

con una tableta en su regazo, y dejó el dispositivo en la mesa de
centro cuando ella entró a la habitación.

—Encendí la chimenea para ti —dijo él, recorriéndola de la
cabeza a los pies con su mirada. Tenía la misma ropa que llevaba
cuando había irrumpido en el salón de tatuajes: pantalones grises
oscuros a la medida, y una camisa azul y blanca con botones. Sus
largas piernas estaban cruzadas con negligencia. Parecía sentirse
totalmente a sus anchas. Una luz de fuego brilló en sus ojos—.
Hace frío, y no quería que te resfriaras.

—Gracias —murmuró ella, sintiéndose torpe e insegura.

—Quítate la bata, Francesca —le dijo en voz baja.

El corazón le dio un vuelco. Manoseó la faja y se sacó la bata
de los hombros.

—Déjala ahí —le ordenó, señalando la silla de al lado, sin dejar
de mirarla. Ella colgó la prenda en el respaldo de la silla y permaneció allí, queriendo que la tierra se abriera y se la tragara, y observando el intrincado dibujo de la alfombra oriental debajo de ella,
como si guardara los secretos del universo.

—Mírame —le dijo él.

Ella levantó la barbilla. La mirada de Ian tenía algo nuevo para
ella.

—Eres exquisita. Impresionante. ¿Por qué miras hacia abajo
como si estuvieras avergonzada?

Ella tragó saliva con dificultad. La verdad embarazosa salió de
su garganta.

—Yo... solía tener sobrepeso. Hasta los diecinueve años más o
menos. Yo... Supongo que aún tengo la inseguridad de mi antiguo
yo —explicó ella, su voz reducida a un susurro.

Una expresión sutil de aprobación asomó a los llamativos rasgos
de él.

—Ah... Sí. A veces pareces tan segura de ti misma.

—No es confianza, sino desafío.

—Sí —musitó él—. Ahora lo entiendo mejor de lo que podrías

pensar. Es tu manera de decirle al mundo que se vaya a la mierda por haber tenido la osadía de mirarte con desprecio. —Él sonrió—. Bravo, Francesca. Es hora de que sepas lo hermosa que eres. Siempre debes controlar tus puntos fuertes; no permitas nunca que se hagan débiles o, peor aún, no permitas que otros te controlen. Párate delante de mí, por favor.

Ella se dirigió hacia él con las piernas temblorosas, y sus ojos se abrieron en señal de confusión cuando él tomó un frasco que estaba a su lado. Era muy pequeño; no lo había notado antes, pues tenía todos los sentidos puestos en Ian, quien desenroscó la tapa y puso un poco de la sustancia blanca y espesa en su dedo índice. Luego miró hacia arriba y notó el desconcierto de ella.

—Es un estimulante para el clítoris. Aumenta la sensibilidad de los nervios —dijo.

—Oh, ya veo —murmuró ella, aunque no lo había hecho.

Ian posó la mirada entre sus muslos. Su clítoris se apretó en señal de excitación, pues la mirada de él había sido suficiente para estimularla.

—Soy muy egoísta cuando se trata de ti.

—¿Qué quieres decir? —preguntó ella.

—Siempre doy un placer sumiso si una mujer me agrada. Sin embargo, no me preocupa por lo general si ella lo siente mientras la castigo. Ella podría tener que soportarlo para obtener su recompensa. Pero me parece que he... cambiado de tono un poco contigo.

—¿Sumiso? —preguntó ella con voz débil, su cerebro atascado en esa parte de la respuesta de Ian.

—Sí. Soy dominante cuando se trata del sexo, aunque no necesito elementos de *bondage* o de dominio para excitarme. Es una preferencia para mí y no una necesidad.

Él se sentó delante en el sofá; su cabeza oscura quedó muy cerca del vientre de ella, y su nariz cerca del sexo. Ella lo observó mientras él aspiraba y luego cerraba los ojos.

—Tan dulce —dijo él, pareciendo un poco extraviado.

No tuvo tiempo de prepararse para lo que él hizo a continuación. Hundió descaradamente su dedo grueso entre los labios vaginales y frotó la crema a fondo en el clítoris, como movimientos expertos... eléctricos. Ella se mordió el labio inferior para no gritar mientras el placer concentrado le estremecía todo el cuerpo.

—Te voy a castigar esta noche y no estoy mintiendo. Voy a disfrutar de esto. Mucho. Pero también quiero que sientas placer. Tu naturaleza determinará la mayor parte de eso, pero esta crema te ayudará a equilibrar las cosas en la dirección correcta —dijo él mientras seguía frotándole el emoliente en el clítoris. Él miró hacia arriba y vio su desconcierto—. No te entrenaré para que le temas a esto. No quiero que aborrezcas mis castigos. En una palabra, no quiero que me temas, Francesca.

Ian dejó caer la mano sobre las piernas y concentró la mirada de nuevo en la unión de sus muslos. Las fosas nasales se le dilataron, y el rostro se le puso rígido antes de levantarse bruscamente.

—Ven acá, por favor —le dijo. Ella lo siguió hasta la chimenea. Sus pies se detuvieron al ver lo que él tomó de la repisa: un remo largo y negro—. Acércate más. Puedes mirarlo —le dijo cuando advirtió su cautela.

Ian levantó la paleta para que ella la examinara.

—Pedí que las hicieran a mano. Me entregaron este la semana pasada. A pesar de mi insistencia en que nunca la usaría para ese fin, la mandé a hacer pensando en ti, Francesca.

Ella abrió los ojos al oír eso.

—Te golpearé con el lado de cuero hasta que te arda —dijo él en voz baja. Un líquido caliente brotó entre los muslos de ella tras el tono seguro de él. Ian giró la muñeca, lanzando la paleta hacia arriba, y agarrándola de nuevo. Ella lo miró con asombro. El otro lado estaba cubierto con una piel pulida de color café oscuro—. Y te calmaré ardor con el lado de visón —concluyó él.

Francesca sintió la boca reseca y la mente en blanco.

—Empezaremos ahora. Inclínate hacia adelante y coloca las manos sobre las rodillas —le ordenó.

Ella hizo lo que él le pidió, y su respiración se hizo sincopada. Él se paró junto a ella. Francesca le dirigió una mirada ansiosa de reojo. La luz del fuego brillaba en los ojos de Ian, mientras le recorría el cuerpo con su mirada.

—Cielos, eres preciosa. Me frustra que no lo veas, Francesca. No en el espejo. Ni en los ojos de otros hombres. Ni tampoco en tu espíritu. —Ella cerró los ojos cuando él extendió la mano, le acarició la columna vertebral y luego la cadera izquierda y la nalga. Una oleada de placer la recorrió—. Realmente mereces ser castigada por atreverte a pensar en estropear esta piel. Es tan perfecta. Blanca. Suave —dijo él, pasando sus dedos largos a lo largo de la raja de su trasero. Ella apretó firmemente los párpados. La emoción se a menudo en su garganta y se sintió confundido. Él había sonado como si realmente estuviera impactado con ella.

Francesca sólo aflojó los párpados cuando él dejó de acariciarla.

—Abre un poco las piernas y arquea la espalda. Sentiré placer al ver tus senos hermosos mientras te doy golpes con la paleta —le dijo. Ella cambió de posición y arqueó la espalda. Jadeó cuando él le agarró un seno. Le pellizcó levemente el pezón y ella se estremeció de placer.

—Ahora dobla un poco las rodillas; eso te ayudará a asimilar el golpe. Ya está. Perfecto. Espero que estés en esta posición cada vez que te pegue con la paleta. —Él le tocó el hombro y ella extrañó esos dedos que la hurgaban, así como la tibia palma de su mano—. Tu piel es muy delicada. Te daré quince golpes.

Le golpeó el trasero con el lado de cuero. Ella lanzó un grito y abrió los ojos de par en par. El rápido destello de dolor se desvaneció en un ardor leve.

—¿Estás bien? —le preguntó Ian.

—Sí —respondió ella con honestidad, mordiéndose el labio inferior.

Él giró de nuevo, golpeándola esta vez en la suave curva de la parte baja de sus nalgas. Ella se deslizó un poco hacia adelante por el golpe, y él la agarró del hombro.

—Tienes un trasero magnífico —dijo él, su voz baja y ronca. La golpeó de nuevo—. Me gusta que corras. Tu trasero es impecable, firme y relleno. Es ideal para darte nalgadas.

Ella exhaló cuando él la golpeó de nuevo con la paleta. ¿Por qué la sensación de ardor en su trasero se desplazaba a su clítoris? Sintió un calor y un hormigueo en la zona golpeada. Ian le asestó otro paletazo y ella no pudo reprimir un grito.

—¿Te duele? —preguntó él, haciendo una pausa.

Ella se limitó a asentir con la cabeza.

—Puedes decirme si te duele demasiado. Reduciré la intensidad de los golpes.

—No... Puedo soportarlo —dijo ella con voz temblorosa.

Él se inclinó sobre ella, le agarró la cadera y luego presionó su entrepierna contra ella. Francesca jadeó al sentir su miembro grande y palpitante contra un lado de la nalga.

—Mira —le dijo él—. Siente cuánto me gustas.

Las mejillas se le enrojecieron a causa del calor, y la sensación de quemadura en el clítoris se hizo más fuerte. Él retrocedió y la golpeó con la paleta una y otra vez, produciendo fuertes crujidos. Cuando se disponía a darle el último golpe, ella sentía como si su trasero estuviera en llamas. Tal vez Ian notó el temblor de sus piernas, porque murmuró, "Mantente firme" y la agarró con más fuerza del hombro. Presionó la paleta contra su trasero ardido, como si apuntara cuidadosamente su golpe final. Levantó la paleta y la descargó con fuerza.

Un grito descontrolado salió de su boca tras el impacto. Él la sostuvo mientras su cuerpo se sacudía hacia adelante.

—*Shhhh* —la tranquilizó él—. Esta parte ha terminado.

Ella gritó con voz temblorosa mientras él giraba la paleta y le frotaba el trasero ardido. La sensación era muy agradable. El cosquilleo en su clítoris se había convertido en un dolor ardiente y acuciante. Quería tocarse y restregarse. ¿Su intensa excitación se debía al remo, o a la crema que Ian le había aplicado? El solo hecho de pensar en él frotándole el emoliente en el clítoris con su dedo grueso y largo la hizo gemir. Se sentía febril. De repente, él dejó de acariciarle el trasero con la piel de visón y la instó a ponerse de pie con la mano en el hombro.

Ella se volvió hacia él, sintiéndose extraña... aturdida... excitada. Él ya no tenía remo. Ella permaneció allí, sintiéndose abrumada, mientras él le apartaba suavemente el cabello del rostro.

—Lo hiciste muy bien, Francesca. Mejor de lo que habría soñado jamás —murmuró él, rozándole las mejillas con los dedos—. ¿Estás llorando porque te duele?

Ella negó con la cabeza.

—¿Entonces por qué, preciosa?

Francesca tenía la garganta demasiado atorada como para hablar. Además, no sabía qué diría, aunque pudiera hacerlo.

Él le acarició la mandíbula con las manos. Muchas veces, ella se sentía enorme y desgarbada, pues había tenido sobrepeso la mayor parte de su vida y era muy alta para ser mujer. Pero Ian era mucho más grande que ella. Se sentía pequeña, delicada... femenina junto a él. De repente, notó que a él le temblaban las manos.

—Ian, te están temblando las manos —susurró.

—Lo sé. Sospecho que es por contenerme demasiado. Estoy haciendo todo lo que esté a mi alcance para no inclinarte en este instante y cogerte toda.

Ella parpadeó sorprendida. Él pareció advertirlo y cerró los ojos un instante, como arrepentido por lo que había dicho.

—Me gustaría darte palmadas sobre mis rodillas ahora mismo. Me daría mucho placer que te acostaras en mis piernas y estuvieras a merced mía. Pero eres muy delicada. Si la paleta te pareció demasiado, no insistiré en seguir con esto.

—No. Quiero seguir —susurró ella con voz ronca y lo miró a los ojos. Quiero complacerte, Ian.

Él parpadeó mientras seguía acariciándole las mejillas con la yema del pulgar y la observaba de cerca.

—Está bien —dijo finalmente él en tono resignado—. Pero vamos primero a la chimenea.

Ella lo siguió, pero él se desvió hacia el baño.

—Ya vengo —dijo él.

Ella esperó junto a la chimenea, el calor del fuego mezclándose con el ardor de su cuerpo, produciéndole una extraña sensación de letargo y excitación. Él regresó poco después con un peine grande.

—Déjame peinarte el cabello y que el fuego te lo seque un poco.

Ella lo miró sorprendida y él le dirigió una sonrisa tímida.

—Tengo que hacer algo para calmarme un poco.

Ella le devolvió la sonrisa temblorosa y le dio la espalda, obedeciéndole. Su sensación paradójica de relajación y anticipación aumentó mientras Ian le separaba el cabello en mechones y le pasaba el peine de manera lenta y sensual. Ella agachó la cabeza.

—¿Tienes sueño? —murmuró él a sus espaldas. Su voz parecía producirle escozor en los pezones. El hormigueo ardiente que sentía en el clítoris era cada vez más fuerte. Qué crema tan estupenda.

—No, en realidad no. Siento una sensación agradable.

Ian le pasó el peine desde la raíz hasta las puntas secas que le llegaban arriba de la cintura.

—Nunca había visto un cabello como el tuyo. Es rosado y dorado —susurró él con voz ronca. Le acarició el trasero ardido haciéndola temblar, y suspiró como en señal de derrota. Dejó el peine en la repisa de la chimenea—. Esto no me calmará. Será mejor que sigamos. Ven.

Él caminó hasta el sofá y se sentó en el cojín del centro, sus muslos ligeramente separados. Se miró el regazo en una señal silenciosa. Francesca sintió que su auto-conciencia regresaba con furia: estaba desnuda y él vestido, y no sabía lo que debía hacer. Tragó saliva nerviosamente cuando vio su miembro erecto presionando contra la entrepierna de los pantalones, la base de su pene sobresaliendo a lo largo del muslo izquierdo. Francesca se apoyó en el sofá con las manos y las rodillas, arqueó los muslos y comenzó a agacharse, mirando aquello como si estuviera hipnotizada. Él extendió la mano a lo largo de las costillas y cadera de Francesca, acomodándola como él quería.

La parte inferior de sus senos quedaron apretados contra la parte exterior del muslo izquierdo de Ian, el vientre extendido sobre sus muslos, y el trasero curveado sobre su muslo derecho. Él pasó su mano a lo largo de la cintura, la cadera y el trasero, y ella sintió que su pene se movía contra sus costillas.

—Esta es la posición exacta que se necesita para golpearte el trasero con fuerza. ¿Entiendes? —preguntó él, acariciándole el trasero con su mano cálida. Los nervios le picaban todavía a causa de los golpes, aunque no era una sensación incómoda.

—Sí —dijo ella, asintiendo con la cabeza al mismo tiempo. El cabello cayó sobre su cara.

—Sólo una cosa más —dijo él. Le alisó el cabello cuidadosamente y se lo recogió en un hombro. Le empujó suavemente la cabeza con su mano, apoyándole la frente en la tela suave del sofá—. Te vendaré los ojos con frecuencia para azotarte; quiero estar totalmente concentrado en mi mano, y me excitaré al sentir que te castigo. Pero por ahora, mantén la cabeza agachada y los ojos cerrados.

Ella apretó los párpados y se retorció en su regazo. Sintió que él se quedaba quieto.

—¿Qué? ¿Te excitó eso?

—Yo... Supongo que sí —dijo ella confundida. Supuso que él tenía razón. Las palabras de Ian le produjeron una punzada de lujuria. ¿Por qué sería?

—Debe ser la crema —murmuró ella.

Él le acarició de nuevo el trasero.

—Oremos para que sea más que la crema —murmuró él, y ella oyó la sonrisa en su voz—. Ahora quédate completamente quieta, o te pegaré más duro.

Levantó la mano y le golpeó la nalga derecha, luego la izquierda, y otra vez la derecha en sucesión rápida, los crujidos resonando en los oídos de ella, incluso cuando él se detuvo. Ella se mordió el labio para no gemir. Era evidente que él tenía experiencia para dar golpes; sus movimientos eran precisos, firmes y rápidos, y al mismo tiempo pausados. Él le dio otra andanada de palmadas en el trasero y en los muslos. El trasero comenzó a arderle de un modo diferente al que sintió cuando la había golpeado con la paleta. La mano de Ian le producía un calor lento y tenue que armonizaba con el de su piel. También supo muy pronto dónde le gustaba más a él pegarle: en la curva inferior de las nalgas. Cada vez que la golpeaba allí, su miembro se sacudía contra ella, y Francesca sentía la tensión en los muslos de Ian. La mano de él se puso casi tan caliente como el trasero de ella después de golpearla. El calor también emanaba de su pene a través de la tela de los pantalones y le irradiaba la piel.

Él le dio una palmada en la curva inferior del trasero, la agarró todas las nalgas y levantó su ingle, apretujándola contra su miembro. El débil gemido de Francesca se fundió con el gruñido salvaje de Ian. Sintió un chisporroteo en el clítoris debido la presión y a la prueba innegable de la excitación de Ian. Se sentía mareada y febril, como si ardiera de adentro hacia afuera. Solo quería retorcerse sobre las piernas de él y sentir presión en el clítoris... y apretujarse contra su miembro como una animal salvaje y sin vergüenza. Él bajó las caderas y siguió pegándole; se detuvo después de una rápida serie de bofetadas para abarcarle con codicia una nalga con la palma de su mano, y ella perdió el control.

—Oh, Ian... no. Lo siento, pero no puedo seguir con esto

—gimió ella, retorciéndose en su regazo. Él permaneció inmóvil, sin dejar de apretarle la nalga.

—¿Te duele mucho? —preguntó él con voz crispada.

—No. Ya no puedo quedarme quieta. Estoy ardiendo.

Ian permaneció inmóvil durante un par de segundos. Luego le soltó la nalga y deslizó su mano entre los muslos. Ella gimió en agonía desesperada cuando sus dedos rozaron la parte exterior de la vagina. Su pene se abalanzó contra ella.

—Cielos... estás empapada —le oyó decir ella. Él parecía aturdido y ella estaba demasiado excitada como para sentirse avergonzada... increíblemente excitada; Francesca jadeó cuando él le puso una mano en el hombro.

—Ven aquí —le ordenó en un tono duro.

Oh, no. ¿Lo había irritado de nuevo? Ella se incorporó sobre sus rodillas con ayuda de él.

—Siéntate en mis piernas —le ordenó.

Su cabello casi seco cayó disperso en sus hombros y espalda mientras ella hacía lo que él le ordenaba; puso sus manos en las caderas de ella, y el trasero cálido y ardiente en sus muslos. Le alisó el cabello detrás de los hombros, dejando sus pechos al descubierto. Los miró fijamente, y su labio superior se crispó ligeramente en un gruñido.

—Mira eso —dijo él en voz baja—. Tus pezones están casi tan rojos como tu trasero. —Luego la miró a la cara—. Y tus mejillas también, Francesca... y tus labios. Disfrutaste de que te castigara, preciosa. Eso me gusta mucho. Va a ser muy agradable comerte esa rajita mojada.

Francesca sintió un apretón doloroso en el sexo. Ian extendió sus grandes manos alrededor de las costillas y bajó su cabeza, llevando los senos hacia él. Ella se tensó, esperando la chupada vigorosa y deliciosa que le había dado a su pezón en la sala de entrenamiento, pero él frunció los labios ligeramente, besándole primero un pezón erecto, y luego el otro con dulzura.

—Es tan perfecto —susurró él. Sus manos se movían con rapidez. La excitación de Francesca se disparó al ver que él se desabrochaba el pantalón. Deslizó la cresta de los senos entre sus labios, chupando suavemente y azotándole la carne con su lengua húmeda y cálida.

El chisporroteo que sentía en el clítoris la atormentó. Sus caderas se retorcieron en el regazo de Ian; no podía controlarse. Se apretó contra la cabeza de él y un sonido salvaje y febril escapó de su garganta. Él levantó la cabeza y le miró el rostro.

—Todo está bien —la tranquilizó, sus ojos azules centelleantes de lujuria. Movió la mano, deslizándola por su vientre palpitante. Ella gimió cuando él resbaló su dedo entre los labios cremosos de la vagina. Luego le tocó el clítoris. Eso fue todo. Una sola caricia.

Ella estalló como un alijo de dinamita.

Francesca no sabía lo que estaba haciendo de tanto placer que inundaba su existencia en ese momento. Él le siguió acariciándole el clítoris por unos instantes mientras el clímax centelleaba en todo su ser. Apenas sí lo oyó maldecir bruscamente —como si estuviera lejos— y empujarla más cerca de su cuerpo, como si quisiera absorber los estremecimientos de su orgasmo. Se sacudió contra él, impotente ante el placer descomunal.

Él movió la mano y ella gritó tras sentir que él le introducía un dedo grueso en la vagina.

Lo próximo que supo fue que estaba tendida en el sofá junto a Ian, quien la miraba desde arriba mientras ella jadeaba en busca de aire.

—Nunca habías estado con un hombre, ¿verdad?

El aire se le congeló en los pulmones. No había sido realmente una pregunta, sino una acusación.

—No —dijo ella, jadeando de nuevo. ¿Por qué la estaba mirando él así?— Te lo dije.

La furia se desató en los ojos de él.

—¿Cuándo me dijiste exactamente que eras virgen, Francesca? Porque dudo sinceramente que hubiera pasado por alto una parte tan crucial de información —gruñó él.

—Allí... antes de entrar esta noche a la habitación —dijo ella, señalando estúpidamente la puerta de su dormitorio—. Me preguntaste si alguna vez había hecho esto y te dije...

—Me refería a que si alguna vez un hombre te había castigado, dominado. *Mierda* —maldijo él con virulencia. Se puso de pie bruscamente y comenzó a pasearse delante de la chimenea, pasándose los dedos con fuerza por su cabello corto. Parecía un poco loco.

—Ian, ¿qué...

—Yo sabía que esto era un error —protestó él con amargura—. ¿A quién creía yo que le estaba tomando el pelo?

Los labios de Francesca se separaron en señal de conmoción. ¿Él pensaba que esto había sido un error? ¿La estaba rechazando? *¿En ese momento?* Las frescas imágenes y sensaciones bombardearon su conciencia, los recuerdos de lo salvaje que había estado ella, lo descontrolada por la lujuria y el deseo.

Ella volvió a aprender una dolorosa lección de su niñez en ese momento y que habría hecho bien en recordar esa noche. No le producía una vergüenza mayor que expresar necesidad y hacerse vulnerable, para ver que pronto le arrojaban de nuevo esa emoción pura y honesta como si fuera basura.

Las lágrimas cegaron sus ojos y ella estiró el brazo para agarrar la manta de cachemira de un rincón del sofá. Se cubrió su cuerpo desnudo con ella antes de pararse. Ian se detuvo al ver lo que hacía ella.

—¿Qué estás haciendo? —ladró él.

—Me voy —respondió ella, apresurándose al baño.

—Francesca, detente en este instante —le ordenó él con voz tranquila... intimidante.

Ella hizo una pausa y lo miró. El dolor y la furia brotaron en su interior, apretándole la garganta—. Acabas de perder el derecho a darme órdenes —masculló ella.

Él palideció.

Ella se dio vuelta justo a tiempo para evitar que él la viera derramar las lágrimas acumuladas en sus ojos. Ian Noble había visto suficiente de la vulnerabilidad de Francesca por una noche.

Había visto más que suficiente por toda una vida.

Tercera parte

Porque me encantas

Capítulo cinco

Dos días más tarde, Ian miró por la ventana de su limusina mientras Jacob Suárez doblaba por una calle con una hilera de atractivas casas de adobe. Un conocido le había informado que David Feinstein había heredado la residencia de sus padres fallecidos —Julia y David Sylvester— pero que seguramente podría haber comprado la elegante residencia Wicker Park con su propio dinero, pues le estaba yendo muy bien con su galería de arte. Aparentemente, Davie tenía un gusto excelente y un buen sentido para los negocios, así como unos modales elegantes, tranquilos y cuidadosos que muchos acaudalados conocedores de arte apreciaban.

Ian también había sentido alivio al saber que David —o "Davie", como le decía Francesca— era gay. *No era que las preferencias sexuales de sus compañeros de casa importaran mucho*, pensó Ian mientras Jacob se detuvo. Aquella noche había constatado personalmente que los compañeros de casa de Francesca no tocaban nada indebido.

Pero sabía que él sí *había* tocado cosas indebidas —añadió para sí mismo— y por eso tenía el ceño fruncido cuando su conductor le abrió la puerta del vehículo.

El recuerdo de la expresión desgarrada de Francesca al marcharse de su habitación aquella noche ardió en su conciencia por milésima vez. La vio salir echando humo en silencio del penthouse; quiso detenerla, pero a juzgar por la expresión fija y obstinada de su hermoso rostro, comprendió que no le haría caso. Se había sentido furioso con ella por ponerlos en esta situación, y consigo mismo por ver únicamente lo que le convenía.

Sí, entendía que ella era inocente, pero no hasta *ese* punto. Él sabía que lo mejor era simplemente dejar que se fuera. Para siempre.

Sin embargo, allí estaba él.

Tocó la puerta de madera verde oscura con una extraña sensación de determinación resignada. ¿De dónde provenía esa extraña obsesión? ¿Era tal vez porque Francesca lo había plasmado desprevenido en aquel cuadro que había pintado varios años atrás? Lo había plasmado de un modo fugaz, pero increíblemente conciso.

Y él quería castigarla y poseerla al mismo tiempo por su transgresión inocente.

Sabía —gracias a la señora Hanson— que Francesca no había ido a pintar al penthouse. El hecho de que ella evitara su residencia no irritaba de un modo irracional, pero la lógica tampoco parecía mitigar este sentimiento. Ian no supo, mientras tocaba la puerta de nuevo, si había ido allí para pedir disculpas y asegurarle a Francesca que nunca más la volvería a molestar con sus atenciones, o si quería convencerla a toda costa de que le permitiera tocarla de nuevo.

El conflicto de su ambivalencia inusual lo tenía tan tenso y frustrado, que incluso Lin, que siempre dispersaba su mal humor ocasional, se mantuvo alejada de él como si se tratara de un huracán de categoría de cinco.

La puerta se abrió y un hombre de cabello castaño, de estatura mediana, y que aparentaba menos de los veintiocho años que tenía, lo miró sombríamente. Probablemente acababa de llegar de su galería, pues llevaba un elegante traje gris oscuro.

—He venido por Francesca —dijo Ian.

Davie echó un vistazo al interior de la casa con ansiedad, pero luego asintió con la cabeza y dio un paso atrás, permitiendo que Ian entrara. Lo condujo a un salón decorado con buen gusto.

—Tome asiento. Veré si Francesca está en casa —dijo Davie.

Ian asintió y se desabrochó el saco antes de sentarse. Tomó distraídamente un catálogo del cojín de al lado, atento a los sonidos de la casa, pero no escuchó venir a nadie. Las páginas del catálogo estaban dobladas hacia atrás, como si alguien la hubiera visto recientemente. Era un listado de pinturas que saldrían a la venta en una casa local de subastas.

Davie regresó a la sala un minuto después. Ian levantó la vista y dejó el catálogo a un lado.

—Dice que está ocupada —explicó Davie, pareciendo vagamente incómodo con su misión de mensajero.

Ian asintió lentamente. Era lo que había esperado.

—¿Me haría el favor de decirle que voy a esperar hasta que se desocupe?

Davie tragó saliva. Se alejó otra vez de la sala sin responder y un minuto después regresó sin Francesca. Hizo una mueca en señal de disculpa. Ian sonrió y se puso de pie.

—No es su culpa —le aseguró. Luego le tendió la mano—. Por cierto, soy Ian Noble. Nunca nos hemos presentado correctamente.

—David Feinstein —dijo Davie, estrechándole la mano.

—¿Quieres sentarte conmigo mientras espero? —le preguntó Ian.

Davie pareció ligeramente desconcertado tras la insinuación de Ian, pero era demasiado educado para discutir con él y se sentó en una silla frente a la mesa de centro.

—Puedo entender por qué está molesta conmigo —dijo Ian, cruzando las piernas y tomando el catálogo de nuevo.

—No está molesta.

Ian levantó la mirada al oír las palabras de Davie.

—Está furiosa y herida. Nunca la había visto tan lastimada.

Ian hizo una pausa, esperando que el efecto producido por el comentario de Davie se desvaneciera pronto. Permanecieron en silencio durante varios segundos.

—No debí tratarla así —admitió Ian finalmente.

—Entonces deberías estar avergonzado —comentó Davie, la rabia filtrándose en su voz serena. Ian recordó que él le había dicho algo similar a Davie y a los dos amigos de Francesca en el salón de tatuajes.

—Lo estoy —dijo Ian, escuchando con atención, y cerró los ojos brevemente en señal de arrepentimiento. Pensó en la pureza y dulzura de Francesca aquella noche. El recuerdo de su raja se había alojado en su cerebro como un virus resistente que cada vez se hacía más acuciante, mientras Ian trataba de librarse de él: los pelos de color rosa y dorado que tenía entre sus muslos blancos y hermosos, sus labios vaginales grandes y cremosos; la rajita más pequeña y apretada que había tocado en la vida. Recordó las nalgadas que le dio y cuánto le había gustado a él... y a *ella*.

—Infortunadamente —prosiguió Ian, dirigiéndose a Davie—, mi vergüenza no bastó para alejarme de ella. Estoy empezando a creer que nunca lo haría, por más avergonzado que estuviera.

Davie lo miró perplejo. Se aclaró la garganta y se levantó.

—Iré a ver cómo va Francesca con ese... proyecto en el que está trabajando.

—No te molestes. Ya no está aquí —murmuró Ian.

Davie reaccionó tardíamente y se detuvo al lado de su silla.

—¿Qué quieres decir?

—Que ella salió por la puerta trasera hace unos veinte segundos, si no me equivoco —dijo Ian, pasando distraídamente las páginas del catálogo, y aprovechó el desconcierto de Davie para sonsacarle información.

—¿Es tuyo? —preguntó Ian.

Davie asintió.

—Ya veo. ¿Cuándo lo pintó Francesca?

Davie parpadeó y pareció volver en sí.

—Hace unos dos años. Lo vendí el año pasado. Me alegró verlo otra vez en el mercado durante una subasta. Quisiera adquirirlo de nuevo, venderlo por un precio que sea digno del cuadro, y darle la ganancia adicional a Francesca —dijo frunciendo el ceño—. Ha tenido que vender muchos de sus cuadros prácticamente por nada en los últimos años. No quiero ni pensar por lo que seguramente vendió algunos antes de conocerla; Francesca pasó muchos años viviendo al día antes de que nos hiciéramos amigos. Creo que no he podido vender su obra por el precio adecuado, pues todavía es relativamente desconocida; pero al menos le di más de lo que vale una bolsa de comestibles —dijo Davie señalando el catálogo con la cabeza—. Si pudiera conseguir esta obra, estoy seguro de que la vendería por un precio excelente. Francesca está empezando a ser reconocida en los círculos artísticos. Estoy seguro que el premio que recibió de ti y el reconocimiento derivado de él, le han ayudado.

Ian se puso de pie y se abrochó el saco.

—Y yo estoy seguro de que tu apoyo a su carrera artística también le ha ayudado. Has sido bueno con ella. ¿Me das tu tarjeta? Quiero comentarte algo, pero se me está haciendo tarde para una reunión.

Davie parecía completamente indeciso, pero se llevó la mano al bolsillo, como si en un futuro tuviera que confesarle algo importante a un ser querido.

—Gracias —dijo Ian tomando la tarjeta.

—Francesca es una persona maravillosa. Creo... creo que sería mejor si te mantuvieras alejado de ella.

Durante varios segundos, Ian estudió atentamente la expresión ansiosa pero resuelta de Davie, quien miró incómodo hacia un lado. Seguramente, el amigo de Francesca veía con esos ojos dulces mucho más de lo que les debía revelar a sus adinerados clientes.

—Tienes toda la razón —dijo Ian mientras se dirigía a la puerta, incapaz de evitar cierta resignación en su tono—. Si fuera un hombre mejor, seguiría ese consejo.

Francesca estaba trabajando esa noche en el penthouse como si se tratara de un ladrón. El cuadro la había llamado de nuevo, a pesar de que las circunstancias eran insostenibles.

Francesca mezcló rápidamente los colores, aprovechando la luz de la pequeña lámpara que había colocado en un escritorio, anhelando captar a toda costa el tono exacto del cielo de medianoche antes de que la luz cambiara. El resto de la habitación estaba envuelto en sombras, permitiéndole observar con mayor claridad los edificios inquietantes que resplandecían intensamente contra el cielo nocturno y aterciopelado. Miró la puerta cerrada del estudio esperando tensamente, y el corazón le palpitó en los oídos en aquel silencio espeluznante. Unas sombras parecieron formarse y hacerse más espesas en la parte posterior de la sala. La señora Hanson le había asegurado que esa noche estaría sola en el penthouse; ella iría a visitar a una amiga en los suburbios, y Ian se encontraba en Berlín.

Sin embargo, no se había sentido sola un solo segundo desde que había entrado al territorio de Ian.

¿Era acaso un lugar encantado por un ser viviente? Era como si Ian merodeara en el lujoso penthouse, pues su presencia le pesaba en la mente y en la piel, y le producía escozor, como si se tratara de una caricia invisible.

Estúpida, se reprendió Francesca a sí misma mientras acercaba el pincel al lienzo y hacía unos trazos largos y enérgicos. Había estado expuesta y desnuda en el dormitorio de Ian cuatro noches atrás. Él trató de contactarla, llamándola en varias ocasiones, y luego sucedió aquel episodio vergonzoso, cuando ella escapó como una tonta por la puerta de atrás. La idea de volver a verlo la abrumaba... le daba miedo.

Tienes miedo de lo que sucederá si lo ves y lo escuchas. Tienes miedo de que termines rogándole como una tonta para que acabe con lo que empezó a hacerte esa noche.

Movió el brazo con brusquedad frente al lienzo. *Eso nunca.* Jamás le rogaría a ese imbécil arrogante. Los pelos de los brazos se le erizaron y miró otra vez por encima del hombro. No vio ni escuchó nada fuera de lo común y concentró de nuevo su atención en el cuadro. No debería haber vuelto aquí, pero tenía que terminar esa obra. No descansaría hasta concluirla, y no porque Ian ya le hubiera pagado; cuando un cuadro se le metía en la cabeza, no se sentía tranquila hasta terminarlo.

Se dio ánimos para concentrarse. El fantasma de Ian —y también sus propios fantasmas— le impedían hacerlo.

Permaneciste aquí como una idiota mientras él te golpeaba con una paleta; te acostaste completamente desnuda en su regazo y dejaste que te azotara como a una niña.

La vergüenza invadió su conciencia. ¿Se sentía tan desesperada luego de tener sobrepeso la mayor parte de su vida, de que un hombre como Ian le manifestara su deseo que estaba dispuesta a sacrificar incluso su dignidad? ¿Por qué si no se había rebajado aquella noche? ¿Hasta dónde habría llegado si Ian Noble le hubiera dicho lo que quería?

Sus pensamientos la mortificaron. Reflejó su angustia en el lienzo, encontrando finalmente la anhelada concentración creativa que buscaba a toda costa. Una hora después, dejó a un lado su paleta de colores y retiró el exceso de pintura del pincel. Se frotó el hombro para aliviar la tensión producida por las numerosas pinceladas. Sus amigos se sorprendían cuando ella les contaba que pintar un cuadro de gran formato era muy extenuante en términos físicos.

Se le erizó el cabello de la nuca y los dedos se le paralizaron. Se dio vuelta.

Él llevaba una camisa blanca, la cual se hizo visible en medio de las sombras antes que el resto de su ropa oscura. Estaba sin saco y con los puños arremangados. Su reloj de oro brillaba en la oscuridad.

Ella permaneció inmóvil como si estuviera soñando.

—Pintas como movida por un demonio.

—Parece como si supieras de qué se trata eso —respondió ella con voz tensa.

—Creo que sabes que así es.

La imagen de Ian caminando solitario por las calles desiertas acudió a su mente. Francesca reprimió la oleada de compasión y la profunda sensación que le producía aquel recuerdo.

Dejó caer la mano de su hombro adolorido y se volvió hacia él.

—La señora Hanson me dijo que esta noche viajarías a Berlín.

—Tuve que suspender el viaje debido a una emergencia.

Ella lo miró fijamente sin decir nada, y vio las luces del horizonte reflejada en sus ojos.

—Ya veo —dijo finalmente, dándose vuelta—. Entonces me iré.

—¿Hasta cuándo piensas evitarme?

—Tal vez hasta que dejes de existir —replicó ella con rapidez. Oír el destello de ira en la voz de Ian fue como una cerilla que encendió su propia furia y confusión. Comenzó a alejarse dando grandes zancadas y con la cabeza agachada, pero él se le acercó y pasó la mano alrededor de su brazo, deteniéndola.

—Suéltame —Su voz sonaba enojada, pero se sorprendió al sentir las lágrimas al ver en sus ojos. Volver a verlo ya era malo de por sí, pero ¿por qué tenía que acercársele de esta manera, y sorprenderla así, tan desprevenida y vulnerable?— ¿Por qué no me dejas en paz?

—Lo haría si pudiera; créeme —respondió él con voz tan fría como el hielo de un invierno crudo. Ella forcejeó para soltarse, pero Ian la agarró con fuerza y la acercó hacia él. Un instante después, tenía el rostro apretado contra su pecho duro y su camisa impecable, mientras él la rodeaba con sus brazos.

—Lo *siento*, Francesca. Realmente lo siento.

Por un momento, ella perdió toda su fuerza de voluntad y se apoyó en él, descargando su peso, aceptando su fuerza y su calidez. El cuerpo se le estremeció de emoción, y ella se concentró en la sensación de la mano que le acariciaba el cabello. Cuando analizó su desliz temporal un poco después, Francesca comprendió que se debía al tono de Ian. Había sonado tan desprovisto, desesperanzado y desesperado como se sentía ella. Reconoció que él no era malo. Tampoco la había menospreciado al darle una muestra de verdadero deseo aquella noche.

Se sentía furiosa porque él no la deseaba. O de todos modos, no lo suficiente como para pasar por alto su falta de experiencia.

Una emoción creciente se apretujó en su pecho. Se estrechó contra él, y el peso de su deseo le pareció irresistible. Él la soltó lentamente, pero aún rodeándola con sus brazos.

Ella bajó la cabeza y se limpió las mejillas, negándose a mirarlo a los ojos.

—Francesca...

—No digas nada más, por favor —dijo ella.

—No soy el hombre para ti. Quiero dejarlo muy claro.

—Así es. Tan claro como el agua.

—No estoy interesado en el tipo de relación que merece una chica de tu edad, experiencia, inteligencia y talento. Lo siento.

El corazón se le apretó de dolor al oír sus palabras, pero sabía que él tenía razón. Era absurdo pensar lo contrario. Ian no era el hombre para ella. ¿Acaso no era obvio? ¿Davie no le había dicho varias veces lo mismo durante los últimos días? Ella se quedó mirando fijamente el bolsillo de la camisa de Ian. Quería escapar, pero también quería permanecer allí, con Ian abrazándola en la oscuridad. Él le tomó la barbilla y se la apretó, obligándola a mirarlo. Ella lo hizo con cautela, y advirtió una pequeña mueca de dolor en él.

Se separó bruscamente de sus brazos, despreciando su piedad. Él la agarró del antebrazo y ella se detuvo.

—Soy abominable cuando se trata de las mujeres —masculló él—. Me olvido de fechas y de citas. Soy grosero. Lo único que realmente me importa es el sexo... y hacerlo a mi manera —afirmó con dureza, haciendo que ella reaccionara y lo mirara en estado de shock—. Mi trabajo lo es todo para mí. No *puedo* perder el control de mi empresa. No lo *haré*. Así soy yo.

—¿Por qué te molestas entonces en decírmelo? ¿Por qué te molestaste incluso en venir esta noche?

Su cara y su mandíbula se tensionaron, como si él se reprimiera en decir una verdad amarga.

—Porque no podía permanecer alejado.

Ella vaciló confundida por unos segundos. El recuerdo de la mortificación que sintió aquella noche la atravesó una vez más, dejando su mente en blanco.

—Si no puedes permanecer alejado, entonces tendrás que buscar a otra artista o cambiar mi espacio de trabajo.

—Francesca, *no* te alejes otra vez de mí —dijo él con tono intimidante. Una vez más, los pies de Francesca vacilaron.

Ella apeló lo suficiente a su dignidad como para llegar hasta la puerta.

Varias noches después, aquel dolor vacío seguía presente, pero Francesca había logrado dividirlo... contenerlo en su mente y en su espíritu. Le dolía más cuando sonaba el teléfono y veía que era Ian, tratando de comunicarse con ella. Ignorar esas llamadas le costaba más de lo que podía expresar con palabras.

Le fue mucho menos difícil ignorar su dolor una ruidosa noche del sábado mientras trabajaba como mesera en High Jinks. Estaba tan ocupada que no tuvo tiempo de pensar en Ian, en el cuadro ni en su tristeza mientras el bar bullía de actividad a las dos de la mañana. High Jinks era la última parada en el circuito de bares de Wicker Park y Bucktown. Casi todos los clientes eran jóvenes profesionales y estudiantes mayores. Mientras que muchos bares cerraban a las dos, tres o cuatro de la mañana, High Jinks permanecía abierto hasta las cinco de la mañana del domingo, sirviéndole a fiesteros y a juerguistas consumados. Esas noches dejaban agotada a Francesca y ponían a prueba su paciencia, pero ella procuraba no faltar nunca, pues por lo general, las propinas eran el triple de lo que recibiría en cualquier otra noche de la semana.

Dejó su bandeja en la estación de las meseras y fue a hablar con Sheldon Hays, el propietario veterano, gruñón y a veces tan tierno como un oso de peluche, que esa noche trabajaba como barman.

—Vas a tener que decirle a Anthony que no los deje entrar —gritó ella en medio de la fuerte música y del estruendo de la multitud—. Estamos al tope de la capacidad.

Tomó un sorbo de agua mineral con gas que mantenía en la estación y se inclinó sobre la barra cuando Sheldon le hizo señas, como si quisiera decirle algo importante.

—Necesito que vayas a la esquina y compres todo el jugo de limón que encuentres —gritó él, refiriéndose a la tienda de víveres que permanecía abierta toda la noche—. El idiota de Mardock se olvidó de incluir jugo de limón en el pedido y los clientes están pidiendo muchos cócteles con limón.

Ella suspiró. Sentía un gran cansancio los pies y la idea de caminar cinco cuadras hasta la tienda no le agradaba en lo más mínimo. Sin embargo...sería muy agradable respirar brevemente el aire fresco de otoño y descansar sus oídos de la música a todo volumen...

Ella asintió con la cabeza y se quitó el delantal.

—¿Le dirás a Cara que me reemplace mientras vuelvo? —gritó ella.

Sheldon le indicó con un guiño que no se preocupara. Le entregó un par de billetes de veinte que sacó de la caja, y ella se abrió paso a través de la gran multitud.

Sólo había cuatro botellas de jugo de limón en el estante de la tienda. El cajero adormilado se despertó un poco y fue a buscar más botellas en la bodega. Pocos minutos después, mientras regresaba a High Jinks con las botellas, Francesca vio la acera llena de gente que caminaba hacia sus autos y hacia El stop. *¿De dónde estarán saliendo?* pensó confundida al llegar a la calle del bar. Se detuvo en la esquina, vio salir a otro par de docenas de personas, mientras la pesada puerta de madera se cerraba de un golpe.

—¿Qué ha pasado en High Jinks? —les preguntó a tres jóvenes.

—Estalló un incendio en la bodega —dijo uno de ellos, expresando con su tono agrio la indignación que sentía porque su noche de juerga se viera interrumpida prematuramente por razones de seguridad.

—*¿Qué?* —exclamó Francesca, pero los hombres siguieron caminando. Ella corrió alarmada hacia el bar. No percibió señales de humo ni escuchó ninguna sirena. Anthony, el gorila, no se veía por ninguna parte cuando ella abrió la puerta y le echó un vistazo al interior del bar.

No vio a *nadie*.

Se detuvo en la entrada y miró intrigada. El bar, que había estado repleto de clientes sólo veinte minutos atrás, estaba ahora completamente vacío y silencioso. ¿Habría entrado ella a una especie de zona crepuscular?

Percibió movimientos detrás de la barra. Para su asombro creciente, vio a Sheldon limpiando los vasos con calma.

—¿Qué demonios está pasando, Sheldon? —le preguntó mientras se acercaba. El propietario no estaría allí tan tranquilo si la trastienda hubiera estallado en llamas.

Él la miró y dejó un vaso de cerveza en la barra.

—Estaba esperando para asegurarme de que regresaras sana y salva —dijo él, secándose las manos con una toalla—. Iré a mi oficina. Quiero que tengas un poco de intimidad.

—Pero, ¿qué...?

Sheldon señaló por encima del hombro como en señal de explicación. Francesca se dio vuelta y se quedó helada cuando vio a Ian sentado en una de las mesas, con sus largas piernas dobladas; no lo había visto al entrar porque un panel grande se interponía entre ellos. Como de costumbre, su corazón le dio un salto al verlo. A pesar de su impacto, logró ver que llevaba jeans, y una sombra de barba en su mandíbula. Se veía muy distinto; tenía un aspecto ligeramente desaliñado y peligroso.... pero endemoniadamente sexy. ¿Habría estado caminando solitario otra vez en medio de la noche?

Él la envolvió con su mirada mientras esperaba con calma.

—Quiere hablar contigo en privado —dijo Sheldon con calma detrás de ella—. Debe de estar desesperado por hacerlo. Lo siento si no quieres hablar con él, pero en realidad no es la clase de hombre que un tipo como yo pueda rechazar.

—Es su dinero lo que no pudiste rechazar —replicó ácidamente Francesca, destilando irritación y ansiedad. *¿Qué hacía él allí? ¿Por qué no la dejaba en paz, para que ella pudiera terminar de olvidarlo? ¿Realmente se había tomado la molestia de cerrar el bar porque quería hablar con ella?*

Nunca lo olvidarás. ¿A quién pretendes engañar? pensó ella con amargura mientras se daba vuelta para dejar el jugo de limón en la barra. Sheldon respondió a su gesto con una mirada tímida de "¿qué puede hacer un hombre?" antes de refugiarse en su oficina. Ella podía imaginar cuánto le había pagado Ian para que cerrara el bar en la más rentable de las noches.

Se tomó un tiempo para descargar la bolsa de comestibles y acomodar las botellas de jugo de limón en el mostrador, mientras el cuello le picaba al saber que él la estaba mirando; Ian tendría que soportar el inconveniente de esperarla unos segundos más; no podía tener todo en el momento en que él quería.

¿Hizo desocupar todo el bar sólo para hablar conmigo?

Ella silenció con gran esfuerzo la voz excitada que había en su cabeza. No se le ocurrió nada más para evitarlo, y entonces se dio la vuelta y caminó lentamente hacia él.

—Has venido a divertirte a los barrios pobres, ¿verdad? Esto está yendo demasiado lejos como para convencerme de que no desprecias el servicio de una mesera, ¿no es así? —le preguntó ella con sarcasmo.

—No he venido aquí para que me atiendas. Por lo menos no esta noche.

Francesca lo miró enojada, esperando ver la típica diversión controlada de Ian tras la actitud desafiante de ella. En su lugar, vio fatiga y... ¿acaso resignación? ¿En *Ian Noble*?

—Siéntate —le dijo él en voz baja.

Ella le obedeció y se miraron un momento en silencio. Mil preguntas acudieron a su mente, pero logró reprimirlas. Él se había comportado con mucho descaro, echando a cientos de personas del bar y cerrando un negocio sólo para verla en el preciso instante que quería. Tendría que ser él quien rompiera el silencio después de comportarse así; ella se negaba a hacerlo.

—Es inútil —dijo él—. Sé que voy a hacerte daño. Sé que hay una buena probabilidad de que termines despreciándome... e incluso temiéndome. Pero no puedo dejar de pensar en ti. Tengo que tenerte. Completamente. Frecuentemente... y cueste lo que cueste.

Escuchó su corazón retumbarle en los oídos durante unos segundos tensos y trató de recobrar la compostura. ¿Cómo podía estar tan furiosa con un hombre, y no obstante, desearlo tanto, como si se tratara de una orden biológica y su cerebro le ordenara respirar?

—No estoy en venta —dijo ella finalmente.

—Ya lo sé. El costo al que me refiero no se puede pagar con dinero.

—¿Entonces a qué te refieres?

Él se inclinó hacia adelante y apoyó el antebrazo en la mesa. Llevaba una camiseta azul oscura de algodón con mangas cortas y no se había puesto el Rolex. Ella recordó vívidamente la excitación que había sentido la primera vez que vio sus grandes manos y sus antebrazos musculosos. Había sentido lo mismo desde aquel entonces, y más ahora que sabía lo que él podía hacer con ellos.

—Sospecho que perderé un poco de mi alma en este asunto contigo. Ya lo hice, sólo por el hecho de estar aquí esta noche —dijo él mientras la miraba—. Y sé que voy a tomar un pedazo de la tuya.

—No sabes nada de eso —respondió ella, aunque temía que él tuviera razón—. ¿Por qué estás tan convencido de que vas a hacerme daño?

—Por muchas razones —dijo él con tanta seguridad que a ella se le encogió un poco más el corazón—. Ya te lo dije: soy un maniático del control. ¿Sabías que me ofrecieron el cargo de director general cuando vendí Noble Technology Worldwide en una subasta pública? —comentó él, refiriéndose a la exitosa compañía de medios de comunicación social que había fundado—. Era un cargo muy agradable, pero lo rechacé. ¿Y sabes por qué?

—¿Porque no soportabas la idea de que una junta directiva pudiera vetar tus decisiones? —preguntó irritada—. Siempre tienes que tener todo el control, ¿verdad?

—Así es. Has logrado entenderme mejor de lo que pensaba. —¿Por qué su sonrisa era amarga y al mismo tiempo satisfecha?— Te diré otra cosa que debes saber. Una vez estuve con una virgen; quedó embarazada y terminé por casarme con ella. Fue algo catastrófico; ella no soportaba mi actitud controladora y no me refiero sólo al dormitorio, aunque las cosas dejaba mucho que desear en ese aspecto. Además, creía que yo era un pervertido de la peor especie.

Ella quedó boquiabierta. No podía haber ninguna duda de que él decía la verdad, dada su expresión intensa y casi enojada.

—¿Qué pasó con el bebé? —preguntó ella, concentrando su mente en esa información inesperada sobre la vida de Ian Noble.

—Elizabeth lo perdió. Según ella, fue por culpa mía.

Francesca lo miró, viendo desdén en su expresión y un destello de ansiedad en sus ojos. Ian estaba seguro de que Elizabeth no tenía la razón en eso. Sin embargo... la semilla de la duda persistía.

— Ella me tenía miedo cuando nuestro matrimonio terminó. Creo que pensaba que yo era la encarnación del diablo. Tal vez tuviera un poco de razón. Pero antes que nada, yo era un tonto. Un tonto de veintidós años.

—Y yo soy una joven de veintitrés años —respondió ella.

La expresión de Ian se desvaneció, y frunció el ceño. Francesca comprendió que él no había entendido muy bien lo que quiso decir ella. Un instinto en su interior le advirtió lo que le iba a decir él. Y la amarga sensación de inevitabilidad que sintió, le dijo claramente cómo respondería.

La boca de Ian se endureció.

—Para dejar las cosas claras, quiero poseerte sexualmente. Totalmente y según mis términos. Te ofrezco placer y la experiencia. Nada más. No tengo nada más *qué* ofrecer.

Ella tragó saliva con dificultad al oír lo que esperaba y temía al mismo tiempo.

—Suenas como si quisieras hacer eso para alejarme de ti.

—Tal vez tengas razón.

—Eso no es muy halagador, Ian —dijo ella, sonando exasperada cuando realmente estaba herida.

—No he venido aquí para halagarte. Haré que la experiencia sea tan intensa y gratificante para ti como me sea posible, pero no

te estoy haciendo falsas promesas. Te respeto mucho para hacerlo
—agregó en voz baja.

—Y esta experiencia terminará cuando hayas tenido suficiente?

—Sí. O, por supuesto, cuando tú lo hagas.

—¿Y cuándo será eso? ¿Después de una noche? ¿De dos?

Ian esbozó una sonrisa oscura.

—Creo que podría tardar más para sacarte de mi mente;
mucho más. Pero de nuevo, no puedo decirlo con certeza. ¿Me
entiendes?

El corazón amenazaba ahora con estallar fuera de su caja torácica, como si estuviera en la primera línea de la batalla que rugía
en su interior. Fue un error, y ella lo sabía. Y, sin embargo...

—Sí —respondió ella. Su tensión creciente aumentó con cada
latido irregular de su corazón.

—¿Y estás de acuerdo con esto?

—Sí —*¿Qué demonios hacía ella?*

—Mírame, Francesca.

Ella levantó la vista, su barbilla inclinada en un ángulo desafiante. Ian la recorrió con la mirada como si buscara algo.

—Te dije una vez que no deberías permitir que tu ira te hiciera
cometer tonterías —dijo él en voz baja.

Eso la enfureció más que nada.

—No debiste hacerme esa pregunta si crees que soy muy niña
como para tomar una decisión sabia —masculló ella—. Te estoy
dando mi respuesta. De ti depende si la aceptas o no. *Sí* —repitió
ella.

Él cerró los ojos brevemente.

—Está bien —repuso él con calma, como si ella hubiera imaginado todo el conflicto que había en su interior.

—Está decidido entonces. El lunes por la mañana tengo una
importante reunión en París que no puedo aplazar. Me gustaría
viajar a primera hora de la mañana.

—Está bien —dijo ella dubitativa y desconcertada por su abrupto cambio de tema—. Así que... nos veremos cuando regreses.

—No —replicó él, poniéndose de pie—. Ya hemos decidido ciertas cosas y no puedo esperar mucho más. Quiero que vengas conmigo. ¿Podrás escaparte unos días?

¿Estaba hablando en serio?

—Yo... Creo que sí. No tengo clases los lunes, pero asisto a una el martes. Sin embargo, supongo que podría perder una clase.

—Bien. Te recogeré en tu casa mañana a las siete en punto.

—¿Qué debo llevar?

—Tu pasaporte. Tienes uno, ¿verdad?

Ella asintió con la cabeza.

—Estudié unos meses en París durante mi último año. Aún está vigente.

—Sólo el pasaporte y tú, entonces. Te daré todo lo que necesites.

Francesca pareció quedarse sin aire al oír su respuesta, pero reaccionó con rapidez.

—¿No podemos salir más tarde? Son casi las tres de la mañana.

—No, a las siete. Tengo una agenda programada. Podrás dormir en el avión. De todos modos tengo que trabajar durante el vuelo. —Su mirada parpadeó sobre la cara de ella mientras se ponía de pie y su expresión dura se suavizó un poco—. *Dormirás* en el avión. Te ves agotada.

Ella empezó a decir que él también se veía cansado, pero advirtió que ya no lo estaba. Toda la fatiga que había percibido en él al comienzo de la conversación parecía haberse esfumado...

Ahora que él se había salido con la suya.

—Ven acá, por favor.

Algo en su tono tranquilo y autoritario hizo que a ella se congelara el aire en los pulmones. Acababa de aceptar que dejaría de huir de él, y Ian lo sabía. ¿Acaso quería demostrarle el poder que tenía sobre ella?

Ella se puso de pie y se acercó lentamente. Él le tocó la cabeza y le hurgó el cabello despeinado con los dedos. Le recorrió el rostro con su mirada, y sus ojos de ángel oscuro brillaron con una emoción que ella no logró entender.

Él bajó la cabeza y le cubrió la boca con la suya. Le mordió el labio inferior y ella abrió la boca, jadeando. Hundió la lengua en su boca y un calor se propagó por todo su sexo. Ah, cielos. Ella podía entender *eso*. Su sensatez se desvanecía al calor de este tipo de deseo. Ella gimió, la frescura e inmediatez de su apetito golpeándola como una bofetada contra sus músculos tensos.

Ella tenía los muslos calientes y húmedos cuando él levantó la cabeza un momento después.

—Quiero que sepas —le dijo él junto a sus labios sensibles y temblorosos—, que me habría contenido si pudiera. Nos vemos en unas horas.

Ella permaneció allí, incapaz de tomar una sola bocanada de aire hasta que la puerta del bar se cerró detrás de él.

Capítulo seis

Francesca se metió en la cama pero no pudo conciliar el sueño. Su entusiasmo creciente no se lo permitió. Se levantó antes de que sonara la alarma, preparó un café, comió un poco de cereal y se duchó. Miró su armario y sintió desazón. ¿Qué ropa sería la adecuada para una escapada con Ian Noble?

Como no tenía nada que pareciera ser adecuado, terminó por sacar sus jeans favoritos, sus botas, un top y una túnica verde y ceñida que resaltaban su figura. Tal vez no tuviera un aspecto sofisticado, por lo menos se sentiría cómoda. Tardó un tiempo en peinarse y alisar su cabello largo —algo que rara vez hacía— y se aplicó un poco de brillo labial y de sombra en los ojos. Se miró en el espejo, se encogió de hombros y salió del baño.

Tendría que bastarle con eso.

Aunque él le había dicho que no necesitaba llevar nada, empacó una bolsa de lona con ropa interior, unas cuantas mudas, prendas deportivas, algunos artículos de tocador, y su pasaporte. Dejó la bolsa y la cartera junto a la puerta y fue a la cocina; Davie y Caden estaban sentados a la mesa. Davie siempre se levantaba temprano, incluso los domingos, a diferencia de Caden. Francesca recordó que él estaba trabajando día y noche ese fin de semana para terminar un proyecto laboral.

—Me alegra verlos, muchachos —dijo ella mientras se servía otra taza de café, aunque sabía que no debía hacerlo; el nerviosismo que sentía al saber que Ian llegaría en pocos minutos le estaba empezando a revolver el estómago—. Me iré unos días —dijo ella, mirando a sus amigos.

—¿A Ann Arbor? —preguntó Caden antes de hundir el tenedor en un waffle empapado de jarabe. Los padres de Francesca vivían en Ann Arbor, Michigan.

—No —respondió ella, evitando la mirada curiosa de Davie.

—¿Adónde, entonces? —preguntó Davie.

—Mm... a París.

Caden dejó de masticar y la miró parpadeando. Ella reaccionó al escuchar unos golpes rápidos en la puerta. Dejó la taza en la mesa con un ruido sordo, y el café le salpicó la muñeca.

—Te lo explicaré cuando regrese —le aseguró a Davie mientras se secaba con una toalla y se dirigía a un extremo de la cocina.

Davie se levantó.

—¿Te vas con Noble?

—Sí —dijo Francesca, preguntándose por qué se sentía tan culpable de admitirlo.

—Entonces llámame tan pronto como puedas —insistió Davie.

—Está bien. Te llamaré mañana —le aseguró ella.

La expresión preocupada de Davie fue lo último que vio ella mientras salía de la cocina. ¡Diablos! Cuando Davie parecía preocupado, generalmente tenía una buena razón para hacerlo.

¿Era ésta una de las decisiones más estúpidas que había tomado en su vida?

Francesca abrió la puerta y todos sus pensamientos acerca de Davie y de la pugna entre la sabiduría la estupidez se desvanecieron. Él estaba en los escalones de la entrada y llevaba pantalones azules oscuros, una camisa blanca de botones abierta a la altura del cuello y una chaqueta informal con capucha. Se veía lo suficientemente bueno para comérselo, pero por lo menos no vestía uno de sus trajes inmaculados, teniendo en cuenta la ropa informal de Francesca.

—¿Estás lista? —le preguntó, recorriéndola de la cabeza a los pies con sus ojos azules.

Ella asintió con la cabeza y recogió la bolsa y la cartera.

—Yo... No sabía qué ponerme —dijo ella cerrando la puerta.

—No te preocupes por eso —señaló él, recibiéndole la bolsa y mirándola mientras ella lo seguía por los escalones. Su corazón le dio un salto cuando él le dirigió una de sus raras sonrisas—. Te ves perfecta.

Se le calentaron las mejillas tras el cumplido, y se alegró de que Ian se hubiera dado vuelta para presentarle a Jacob Suárez, su chofer, un hispano de mediana edad con una sonrisa agradable. Jacob guardó la bolsa de Francesca mientras Ian le abría la puerta del vehículo.

Francesca se acomodó en un asiento tan mullido como un sofá, y observó el lujoso interior de la limusina. Lo que más le impresionó fue la comodidad y la suavidad del asiento, así como el olor a cuero, que se mezclaba con el aroma limpio, especiado y masculino de Ian. La pantalla del televisor estaba apagada, pero Ian tenía su portátil encendido sobre la mesa, entre los dos asientos de cuero. La música clásica resonaba tranquilamente en el estéreo. Eran los conciertos de Brandeburgo, de Bach, reconoció ella un momento después. Parecían ser una elección perfecta para Ian; tanto él como aquella música eran matemáticamente precisos y llenos de sentimiento. Una botella fría y recién abierta de su marca preferida de soda estaba cerca de su computadora.

Ian se quitó la chaqueta y se sentó frente a ella.

—¿Dormiste mucho? —le preguntó luego de acomodarse, cuando la limusina comenzó a avanzar suavemente por la calle.

—Un poco —mintió ella.

Él asintió con la cabeza, posando la mirada en su rostro.

—Te ves hermosa. Me gusta como tienes el cabello. No acostumbras alisártelo, ¿verdad?

Sus mejillas se calentaron de nuevo, esta vez por la vergüenza.

—Tardo mucho tiempo en hacerlo.

—Tienes mucho cabello —dijo él con una pequeña sonrisa en sus labios, percibiendo tal vez su rubor—. No te preocupes, no me estoy quejando. Me gusta mucho. ¿Te importaría si trabajo? —le preguntó con un desgano abrupto—. Cuanto más pueda trabajar aquí y en el avión, más podré concentrarme en ti cuando lleguemos a París.

—Por supuesto —le aseguró ella, ligeramente sorprendida por el cambio de tema.

No le importaba que él trabajara. Le gustaba verlo con su concentración particularmente intensa aplicada en otra cosa. *¿Él usaba lentes?* Lo vio ponerse un par de gafas elegantes y sofisticadas. Movía los dedos sobre el teclado lo suficientemente rápido como para que el asistente administrativo más competente sintiera envidia. Era extraño... pensar que esas manos grandes y masculinas pudieran moverse con tanta rapidez y precisión.

Él no tardaría en utilizar esas manos para hacerle el amor. Ella no podía creerlo. Su primer amante iba a ser Ian Noble.

Sintió una sensación cálida y pesada en el bajo vientre y en el sexo. Tomó un sorbo de agua mineral helada y se obligó a mirar por la ventana. Un enjambre de preguntas zumbaban en su cabeza. No pudo contenerse más cuando pasaron el Skyway y se internaron varias millas en Indiana.

—Ian, ¿adónde vamos?

Él parpadeó y miró hacia arriba, dando la impresión de salir de un profundo trance de concentración. Luego miró por la ventana.

—A un pequeño aeropuerto donde guardo mi avión. Ya casi

llegamos —dijo él, hundiendo algunas teclas en su computadora y cerrando el monitor.

—¿Tienes un avión?

—Sí. Tengo que viajar con frecuencia y muchas veces de improvisto. Un avión es una necesidad absoluta para mí.

Claro, pensó ella. Él nunca se sentiría satisfecho si tenía que esperar por algo.

—Hay una cosa que quiero mostrarte esta noche en París —dijo él.

—¿Qué?

—Es una sorpresa —señaló Ian, esbozando una pequeña sonrisa con sus labios firmes y atractivos.

—Realmente no me gustan las sorpresas —dijo ella, incapaz de apartar la mirada de su boca.

—Te gustará esta.

Ella lo miró a los ojos y vio en ellos un destello de diversión, así como otra cosa... un calor intenso. Tuvo la sensación de que la cruda afirmación de Ian con respecto a los deseos de ella era completamente cierta.

Como siempre.

Francesca miró por la ventana con la boca abierta unos minutos después.

—Ian, ¿qué estamos *haciendo*? —preguntó mientras Jacob subía una rampa.

—Yendo hacia el avión.

Llegaron al sofisticado jet que estaba estacionado en la pista de un pequeño aeropuerto. Ella se sintió como Jonás entrando en el vientre de la ballena.

—No sabía que eso fuera posible.

Ella lo miró atónita cuando él se rió; el sonido bajo y ronco de su risa le erizó la nuca y los brazos. Él le tomó la mano y la sentó a su lado. Le tocó la mandíbula, la levantó y se abalanzó para cubrir su boca con la suya, introduciendo el labio inferior entre los suyos, y mordisqueándola. Le metió la lengua en la boca y gimió; su beso se hizo voraz.

Ian levantó la cabeza al oír que Jacob cerraba la puerta. Se habían detenido por completo. Ella lo miró, desfalleciendo tras aquel beso inesperado.

Él se inclinó para recoger el maletín mientras Jacob daba un golpecito y luego abría la puerta. Francesca bajo después de él, sintiéndose aturdida, emocionada y extremadamente excitada.

El jet era diferente a todo lo que había visto. Tomaron el ascensor hasta el segundo nivel y entraron a un lujoso compartimiento con un bar, un centro de entretenimiento con estanterías, un sofá de cuero y cuatro sillones espaciosos, reclinables y suntuosos. Las ventanas estaban cubiertas con cortinas de la mejor calidad. Ella nunca habría imaginado que estaba en un avión.

Entró al compartimiento de la mano de Ian.

—¿Quieres algo de beber? —le preguntó él cortésmente.

—No, gracias.

Ian se detuvo delante de un par de sillones reclinables que estaban frente a frente, con una mesa en el centro.

—Siéntate ahí —le dijo, señalando con la cabeza el sillón del lado izquierdo—. Hay un dormitorio, pero preferiría que descansaras aquí. La silla se reclina completamente y en ese cajón encontrarás mantas y almohadas —agregó, señalando el centro de entretenimiento.

—¿Hay un *dormitorio*? —preguntó ella, sintiendo una avalancha de vergüenza al decir esto.

Él se sentó en su silla, y sacó de inmediato la computadora y algunos archivos de su maletín.

—Sí —murmuró él, levantando la vista hacia ella—. Pero preferiría que te acostaras donde pueda verte. Sin embargo, puedes utilizar la habitación, si así lo prefieres. Está ahí —dijo, señalando una puerta de caoba—. Y también el baño, si lo necesitas.

Ella se dio vuelta para que él no notara su reacción de perplejidad, y regresó con una manta suave y una almohada que había sacado del cajón. Él no dijo nada, pero Francesca advirtió pequeña sonrisa mientras encendía su computadora.

Ella se sentó, observando con detenimiento el panel de control electrónico en el brazo del sillón, pues quería reclinarlo.

—Ah, Francesca —dijo Ian, sin apartar la vista de su computadora.

—¿Sí? —respondió ella, levantando su dedo del control.

—Quítate la ropa por favor.

Ella lo miró durante unos segundos. El corazón empezó a palpitarle en los oídos. Seguramente él percibió su gran desconcierto, porque levantó la mirada con expresión tranquila y expectante.

—Puedes cubrirte con la manta mientras duermes —le dijo.

—¿Por qué quieres entonces que me quite la ropa, si de todos modos me voy a cubrir?— espetó ella, confundida.

—Porque me gustaría saber que estás disponible para mí.

Un calor líquido se propagó su sexo. *Que Dios la ayudara.* Debía ser tan pervertida sexual como Ian para reaccionar de ese modo a sus palabras.

Se levantó despacio con las piernas temblorosas, y comenzó a desnudarse.

Ian hundió la tecla "Enviar" en su computador y mandó un informe detallado a su personal directivo. Por quincuagésima vez en los últimos cinco minutos, miró el contorno femenino y de formas bien proporcionadas que estaba acurrucado debajo de la manta. El ascenso y descenso de la manta le dijo que ella dormía profundamente. Él había adivinado en cuestión de segundos el momento preciso en que Francesca se había quedado dormida unas cinco horas atrás; era una muestra de lo consciente que era de ella. No podía culpar a nadie más que a sí mismo si tenía dificultades para concentrarse; si estaba sufriendo. Había sido él quien le había insistido en que se desnudara. Había sido él quien la había observado hipnotizado mientras ella se quitaba una prenda tras otra, y a él se le resecaba la boca y el pene comenzaba a palpitarle.

La sangre le empezaba a latir fuertemente en el pene cada vez que recordaba su mirada esquiva y sus mejillas rosadas, con su hermoso cabello largo cayendo sobre su estrecha cintura, sus senos desnudos y rebosantes, y sus pezones grandes y deliciosos, sus piernas tan largas, proporcionadas y flexibles que podrían hacer llorar a un hombre —y lo peor de todo— el aspecto suave, entre dorado y rojizo, de su vello púbico, tan ralo que podía ver claramente sus gruesos labios vaginales y su hendidura. Llevaba cinco horas con una fuerte erección, luego de pensar constantemente en esas imágenes.

Sería casi un pecado no tocarla esa noche, pero se había prometido a sí mismo hacer todo lo que estuviera a su alcance a fin de que esa experiencia fuera tan especial para ella como fuera posible; tocarla y no poseerla sería una tortura aún peor. Se quitó las gafas y se levantó.

Sería una tortura deliciosa. Y él estaba acostumbrado al sufrimiento.

Se sentó en el sillón de al lado. Ella estaba acostada a su lado, con la cara hacia él, su rostro tranquilo y encantador en estado de reposo. Tenía los labios más oscuros de lo habitual. Su miembro palpitó contra la tela apretada de sus bóxers. ¿Estaría ella, por casualidad, excitada mientras dormía?

Agarró la manta a la altura del hombro y la bajó suave y lentamente hasta las rodillas, acariciándose mientras el esplendor de ella se revelaba plenamente de un modo tentador. Sonrió para sus adentros cuando vio que, de hecho, ella tenía los pezones duros y contraídos. ¿En qué tipo de fantasías eróticas se sumergía una mujer inocente como Francesca mientras dormía? Él parpadeó y posó su mirada en los pelos rubios y rojizos que tenía entre aquellos muslos blancos. ¿La humedad brillaba en su ranura? Sin duda, era su imaginación... un simple espejismo después de varias horas de excitación tortuosa.

Pasó la mano por la superficie lisa de su vientre plano. Ella había dicho que tenía sobrepeso cuando era niña, pero él no vio ningún indicio. Seguramente no tenía estrías porque había perdido peso mucho tiempo atrás. Su piel era impecable. Ella se movió un poco en su sueño, apretando momentáneamente la cara antes de suspirar y dormirse de nuevo. Él bajó la mano por su piel tersa y caliente, deslizando un dedo entre los vellos sedosos, hundiéndolo entre aquellos labios sexuales que lo habían perseguido una noche tras otra.

Ian soltó un gruñido de satisfacción. No había sido su imaginación; su dedo quedó empapado. Encontró el clítoris y lo acarició con la punta del dedo, llamándola a que despertara del reino de sus sueños. Le acarició la vulva y su pene se llenó de excitación. Ella tenía el sexo cálido, mojado y celestial.

Le estaba mirando el rostro cuando ella abrió los ojos. Por un instante, se miraron mutuamente mientras él le estimulaba el clítoris con el dedo y vio que sus mejillas y sus labios gruesos se llenaban de color.

—¿Para esto me querías disponible? —murmuró ella, su voz baja y pesada por el sueño.

—Tal vez. No puedo dejar de pensar en tu rajita. Tengo ganas de pasar tanto tiempo metido en ella como sea posible.

Le apretó más el clítoris y la contempló fascinado mientras ella jadeaba y se mordía el labio inferior. ¡Cielos! Iba a desfallecer dándose un festín con ella. Francesca era una orgía interminable de placer encapsulado en una mujer guapísima y fascinante.

—Acuéstate de espaldas —le dijo mientras le seguía acariciando y jalando los cremosos labios vaginales, con la mirada fija en su rostro, observando minuciosamente las reacciones sutiles a sus caricias, midiéndola... conociéndola. No dejó de tocarla mientras Francesca se acostaba de espaldas—. Ahora separa las piernas. Quiero mirarte —le ordenó él con brusquedad.

Francesca separó sus muslos esbeltos. Ian posó la mirada entre sus piernas, tomó el panel de control y bajó el reposapiés de la silla reclinable. Se arrodilló ante ella, con el cuerpo entre sus rodillas extendidas. Retiró la mano y le miró el sexo completamente hechizado.

—Por lo general les pido a las mujeres que se rasuren —dijo—. Eso aumenta la sensibilidad y hace que una mujer esté totalmente disponible para mí.

—¿Te gustaría que hiciera eso? —preguntó ella. Él la miró fijamente a la cara. Los ojos oscuros y aterciopelados de Francesca brillaban de excitación.

—No quiero que hagas nada. Tienes la raja más bonita que haya visto nunca. Tal vez sea exigente, pero soy impotente ante la perfección. Francesca sintió una convulsión en la garganta mientras tragaba saliva. Él le separó los labios vaginales, exponiendo sus relucientes pliegues oscuros de color rosa, y la apertura diminuta y viscosa de su vagina. Su pene se sacudió violentamente, sabiendo exactamente dónde quería estar en ese instante. Tenía ganas de meter su lengua y que los jugos de ella se deslizaran por su garganta. Lo deseaba con ansias.

Pero si él llegaba a probarla, la poseería ahora mismo. Eso era innegable.

Se levantó a regañadientes y se sentó de nuevo en el asiento confortable. Se inclinó y le besó sus labios entreabiertos mientras volvía a acariciarle ligeramente el clítoris.

—¿Se siente bien? —le preguntó él, recorriendo su cara enrojecida con la mirada.

—Sí —susurró ella, y el fervor de su respuesta lo convenció tanto como sus labios y mejillas rosadas, y su pecho agitado. Le tocó el clítoris y lo frotó de manera suave y rápida con la yema del dedo índice. Ella jadeó, y él sonrió. Estaba tan mojada que él podía oírse a sí mismo acariciarle el sexo.

—Eres muy sensible. Siento mucho impaciencia por ver qué cumbres de placer puedo obtener de tu hermoso cuerpo.

Le frotó el clítoris con fuerza, haciéndola palpitar.

—Oh... Ian —gimió ella, retorciendo las caderas y levantando la pelvis contra su mano para aumentar la presión.

—Todo está bien, cariño —susurró él junto a su boca, halándole los labios vaginales mientras ella jadeaba—. Te concedo lo que me niego a mí mismo por el momento. Vente contra mi mano.

Él la observó, ardiendo en un infierno de excitación, mientras la tensión de su cuerpo liso y suave estallaba y Francesca lanzaba un grito de placer. Ian olió el perfume magnífico que se levantó de su piel cuando ella llegó al clímax.

Le tomó la boca con la suya, incapaz de contenerse, silenciando los gemidos de Francesca casi con rabia, y saciando su sed con la dulzura de ella.

Cuando sus estremecimientos del orgasmo cesaron finalmente, él apartó la boca y hundió la cabeza en el orificio de su hombro y de su cuello, jadeando casi tanto como ella. Poco después comprendió que no lograría calmar su erección furiosa si seguía respirando aquel aroma embriagador.

Se puso de pie y regresó a su sillón.

—Pronto llegaremos a París —murmuró él, escribiendo en su teclado y notando que el dedo con que la había hecho venir brillaba todavía con sus jugos abundantes. Cerró los ojos brevemente para alejar aquella imagen excitante, pero esta permaneció grabada detrás de sus párpados cerrados—. ¿Por qué no te lavas y te cambias en la habitación?

—¿Cambiarme? —preguntó ella.

Él asintió con la cabeza y se atrevió a mirar su belleza desnuda después del clímax. *Cielos*, era hermosa: tenía los ojos oscuros de una ninfa, la piel pálida y suave de una doncella irlandesa, y el cuerpo esbelto y voluptuoso de una diosa romana. Resistió un deseo oscuro y casi imperativo de embestirla y hundir su verga en ella como una bestia salvaje.

—Sí. Te llevaré a cenar —respondió él.

—¿Me compraste algo de ropa? —preguntó ella, abriendo sus ojos de ninfa en señal de sorpresa.

Él sonrió con tristeza y volvió a concentrarse en su trabajo luego de un esfuerzo monumental.

—Te dije que te daría todo lo que necesitaras, Francesca.

Seguramente se había acostumbrado porque no se sorprendió al ver la suite opulenta y sorprendentemente grande del avión. Tal vez era porque estaba empezando a conocer mejor a Ian y sabía que nunca se sentiría satisfecho con nada distinto de la perfección y el buen gusto. Abrió la puerta del armario y vio un vestido de noche, negro y de punto.

—Lin te manda a decir que todo lo que necesites está en el interior del cajón superior del armario o en la parte de arriba —le había dicho Ian hacía un momento—. También dijo que la temperatura en París será muy agradable esta noche —sesenta y cinco grados— y que las medias son opcionales —añadió, mirando su teléfono celular mientras leía un texto enviado por su eficaz asistente.

Encontró un exquisito juego de sostén y calzones con encajes negros en el cajón de caoba. Sacó otra prenda de encajes negros y la observó confundida antes de darse cuenta de que era una liga. Una oleada de vergüenza la envolvió al pensar que Lin se había encargado de conseguirle esa ropa interior. ¿Se encargaba de hacerle ese tipo de recados a Ian?

Pasó los dedos por la última prenda que había en el cajón: unas medias de seda. Miró nerviosamente la puerta cerrada del dormitorio y dejó la liga de nuevo en el cajón. Seguramente, Ian querría que ella usara aquellas prendas íntimas, pero no tenía ni idea de cómo ponerse aquella liga y esas medias. Además, Lin había dicho que las medias eran opcionales, ¿acaso no?

Había dos cajas encima de la mesa, una de cartón y otra de cuero. Abrió la caja de los zapatos y lanzó un *"oooh"* silencioso de placer al ver unos tacones negros de gamuza envueltos en una tela; eran completamente sexys. No le gustaban los tacones; sus zapatillas deportivas eran la prenda más preciada y costosa que tenía, pero después de todo, en su pecho debía latir también el corazón de una mujer, pues no veía la hora de ponerse aquellos tacones. Vio la marca e hizo una mueca; seguramente los zapatos costaban más de lo que pagaba ella por tres meses de alquiler.

Abrió la otra caja con emoción y con cautela. Unas perlas brillaban luminosamente contra el forro de terciopelo negro. El collar era una exquisita cadena doble, y los pendientes eran muy sobrios. Ambas joyas irradiaban una elegancia sencilla.

¿Era esto una parte de su pago por aceptar que Ian la poseyera sexualmente por un período de tiempo? Esta idea la indispuso un poco.

Dejó a un lado la caja de cuero, corrió al baño y dejó caer la manta con que se había cubierto. Una ducha caliente la devolvería a la realidad y le ayudaría a dispersar esa sensación de irrealidad que la acechaba sigilosamente. Se cubrió la cabeza con una toalla para no mojarse el cabello y abrió la llave del agua.

Salió del baño unos minutos más tarde y la piel le brillaba luego de aplicarse la crema hidratante y perfumada que había encontrado en el mostrador. No sabía qué hacer con todas esas prendas y joyas costosas que le había proporcionado Ian.

—Aterrizaremos en una hora aproximadamente. Tuvimos suerte. Las condiciones de viaje fueron perfectas —dijo una voz electrónica y masculina, y ella se sobresaltó. Comprendió que era la voz del piloto hablando a través del micrófono. Pensó que Ian habría levantado la vista, dejando de concentrarse mientras trabajaba en el otro compartimiento tras escuchar al piloto.

Él esperaba que ella se pusiera la ropa que le había comprado, y se enojaría si se negaba a hacerlo. Francesca no quería pelear con él. No esta noche. Además, ¿no había aceptado ella esa loca aventura?

¿Acaso no le había vendido su alma al diablo para poder sentir plenamente sus caricias?

Desechó esa idea melodramática, se acercó al cajón y sacó los calzones de seda con encajes.

Salió de la habitación veinte minutos después, sintiéndose extremadamente tímida, convencida de que los tacones altos la harían caerse de bruces. Ian la miró brevemente de reojo cuando ella se acercó y luego la observó de nuevo. Se sintió perturbado mientras la recorría con la mirada.

—Yo... no sabía qué hacer con mi cabello —dijo ella con torpeza—. Tengo algunos ganchos de plástico en la cartera, pero no parecen...

—No —dijo él, poniéndose de pie. A pesar de los tacones, ella era tres o cuatro pulgadas más bajita que él. Ian estiró la mano y le pasó los dedos por su cabello suelto. Afortunadamente ella se lo había arreglado por la mañana y no se había despeinado mucho al dormir. Se veía terso y brillante junto al vestido negro, pero incluso Francesca, que era una ignorante en materia de moda, sabía que su vestido requería un peinado con el cabello recogido—. Te conseguiré algo mañana. Pero esta noche puedes dejártelo suelto. De todos modos se ve sensacional.

Ella le dirigió una sonrisa de incertidumbre. Los ojos azules de Ian parpadearon sobre sus senos, cintura y vientre, haciéndola ruborizar. Se había sentido horrorizada y encantada por igual al ver la forma en que el vestido apretado envolvía su figura; esa prenda era la definición de una sensualidad elegante, o al menos lo sería si otra mujer lo llevara puesto, se corrigió a sí misma mientras miraba a Ian con ansiedad.

¿Estaba contento? Su expresión inmutable no le permitía saberlo.

—No me quedaré con nada de esto —dijo ella en voz baja—. Es demasiado.

—Te dije que podía ofrecerte dos cosas en este viaje.

—Sí... placer y la experiencia.

—*Me* da mucho placer ver tu belleza en todo su esplendor. En cuanto a ti, la ropa es parte de la experiencia, Francesca. Ian posó su mirada en ella; tenía la mandíbula apretada y dejó de tocarle el cabello—. ¿Por qué no lo disfrutas? Dios sabe que yo lo haré —dijo él poco antes de darse vuelta y entrar al dormitorio, cerrando la puerta con un clic rápido.

Una hora y media después, Francesca estaba sentada en una mesa privada de Le Grand Véfour, el histórico restaurante situado en el Palais-Royal. Se sentía tan abrumada por las exquisitas obras de arte, por la comida suntuosa, por la expectativa de lo que iba a suceder esa noche... y por la mirada constante de Ian que escasamente podía tragar los deliciosos bocados de comida y mucho menos apreciarla como debería hacerlo.

Toda la experiencia fue una seducción escasamente contenida.

—Casi no comiste —dijo Ian cuando el mesero se acercó para retirar sus platos.

—Lo siento —respondió ella con sinceridad, frunciéndose por dentro al pensar en todo el dinero y el esfuerzo desperdiciado en aquel plato celestial de carne bourguignon, puré de papas con rabo de buey y trufas negras que estaba a punto de ser arrojado a la basura. El mesero le habló inquisitivamente a Ian en francés sin dejar de mirarla. Una cosa era cierta: ella apenas había podido apartar los ojos de él desde el momento en que salió de la habitación del avión, con una versión moderna del clásico esmoquin negro con una corbata en lugar de corbatín, una inmaculada camisa blanca, y un pañuelo en el bolsillo. Todos los comensales del exclusivo restaurante lo habían mirado mientras se dirigía con ella a la mesa.

—¿Estás nerviosa? —le preguntó él cuando el mesero se retiró.

Ella asintió con la cabeza, intuyendo lo que quería decir. Le miró los dedos largos y de puntas romas juguetear ociosamente con la base de su copa de champán, y reprimió un escalofrío.

—¿Te sentirías mejor si te dijera que yo también lo estoy?

Ella parpadeó y lo miró a la cara. Sus ojos azules eran como medias lunas brillando debajo de sus párpados.

—Sí —espetó ella—. ¿Realmente lo que estás? —añadió luego de una pausa.

Él asintió con la cabeza, pensativo.

—Y con buena razón, creo.

—¿Por qué lo dices? —preguntó ella en voz baja.

—Porque me siento tan excitado por poseerte, que existe la posibilidad de que pierda el control. Nunca pierdo el control, Francesca. Nunca. Pero podría hacerlo esta noche.

La oscura señal de advertencia que había en su tono lo hizo estremecer. ¿Por qué la idea de ver a Ian lleno de pasión la estremecía hasta la médula de los huesos? Levantó la vista y se sorprendió cuando el mesero regresó, dejando un hermoso postre delante de ella y un café con servicio de plata delante de Ian.

—*Est-ce qu'il y aura autre chose, monsieur?* —le preguntó el mesero a Ian.

—*Non, merci.*

—*Très bien, bon appétit* —dijo el mesero antes de retirarse.

—No pedí esto —señaló Francesca, mirando el postre con recelo.

—Lo sé. Lo pedí para ti. Come un poco. Necesitarás energías, preciosa —Ella lo miró por debajo de las pestañas y vio su pequeña sonrisa—. Es un *palet aux noisettes*, la especialidad de la casa. Quisieras comértelo por más llena que estuvieras. Confía en mí —le dijo él con serenidad. Francesa tomó el tenedor.

Dio un pequeño gemido de placer sensual cuando el pastel, el mousse de chocolate, las avellanas y el helado de caramelo se mezclaron en su lengua. Él sonrió y ella le devolvió la sonrisa con picardía, partiendo otro bocado con más entusiasmo.

—Hablas muy buen francés —comentó ella antes de llevarse el tenedor a los labios.

—No hay ninguna razón para no hacerlo. Soy ciudadano francés, y también del Reino Unido. No sé si mi lengua materna es el francés o el inglés. La gente del pueblo donde crecí hablaba francés, y mi madre hablaba inglés.

Ella hizo una pausa mientras masticaba, recordando que la señora Hanson le había dicho que los abuelos de Ian habían encontrado a su hija en el norte de Francia y también a su nieto, a quien no conocían. Ella sintió deseos de preguntarle por su pasado.

—Nunca hablas de tus padres —dijo ella con cautela, probando otro bocado.

—Tampoco hablas nunca de los tuyos. ¿No eres cercana a ellos?

—Realmente no —señaló ella, ocultando su ceño fruncido al ver que él cambiaba de tema—. Toda mi vida pensé que me desaprobaban porque tenía sobrepeso, o al menos eso creía. Ahora que no tengo sobrepeso, he concluido que simplemente no me entienden.

—Lo siento.

Ella se encogió de hombros y jugueteó con el tenedor.

—Nos llevamos bien. No peleamos ni hacemos dramas. Es sólo que... es doloroso estar con ellos.

—¿Doloroso? —preguntó él, haciendo una pausa mientras se llevaba la taza a la boca.

—Tal vez no sea *doloroso*. Simplemente... incómodo —dijo ella levantando el tenedor.

—¿Y no te valoran por ser una artista tan talentosa?

Ella cerró los ojos fugazmente, sumergida en el éxtasis gastronómico mientras los sabores se derretían en su lengua.

—Más que nada, mi obra los molesta. A mi padre más que a mi madre —explicó ella después de chupar hasta la última gota suculenta de la confección. Se llevó el pulgar a los labios, y saboreó un poco de mousse de chocolate con leche con la punta de la lengua. Cielos, era delicioso.

Levantó la vista cuando Ian arrojó la servilleta sobre la mesa.

—Eso es todo. Es hora de irnos —dijo él, empujando su silla hacia atrás.

—¿Qué? —preguntó ella, sorprendida por su actitud inesperada. Ian le ayudó con la silla.

—No importa —dijo él con gravedad, tomándole la mano.

—Sólo recuérdame no pedirte chocolate la próxima vez que trate de contenerme.

Su comentario la llenó de un placer más grande que el que sintió al comerse el delicioso *palet aux noisettes*.

—¿Dónde nos hospedaremos? —le preguntó a Ian unos minutos después mientras Jacob tomaba la rue du Faubourg Saint-Honoré, oscura y casi desierta. A diferencia del recorrido desde el aeropuerto hasta el restaurante, cuando él se había sentado junto a ella en la limusina, apretándole la mano contra la suya, esta vez se acomodó frente a ella con una actitud distante mientras miraba pensativamente por la ventana.

—En el Hotel George V. Pero no iremos allá todavía.

—Entonces, ¿adónde...?

Jacob redujo la velocidad. Ian asintió con la cabeza en dirección a la ventana. Francesca abrió los ojos al reconocer la silueta y la ornamentada arquitectura del edificio del Segundo Imperio que ocupaba toda la manzana.

—¿Al *Museé de St. Germain?* —preguntó ella, bromeando. Había conocido aquel museo de antigüedades griegas e italianas cuando estudiaba en París, y se encontraba en uno de los pocos palacios privados que quedaban en la ciudad.

—Sí.

Ella dejó de reír.

—¿Hablas en serio?

—Por supuesto —dijo él con calma.

—Ian, ya es más de medianoche. El museo está cerrado.

Jacob detuvo la limusina y golpeó una vez en la puerta de atrás antes de abrirla. Ian salió y le tendió la mano a Francesca mientras se bajaba en la avenida arbolada y tenuemente iluminada. Él sonrió cuando ella lo miró dubitativamente y luego le tomó la mano.

—No te preocupes. No nos quedaremos mucho tiempo. Estoy tan ansioso como tú por ir al hotel. Incluso más —añadió en voz baja. La condujo hacia la acera y luego hacia una puerta empotrada en un voluminoso arco de piedra.

Para su gran sorpresa, un hombre elegante y de cabello entrecano respondió de inmediato cuando Ian tocó la gruesa puerta de madera.

—Señor Noble —dijo con lo que parecía ser una mezcla de placer y respeto. Entraron y el hombre cerró la puerta antes de pasar los dedos por un teclado. Francesca oyó un fuerte clic en señal de cierre. Una luz verde empezó a titilar; parecía tratarse de un elaborado sistema de seguridad.

—Alaine; no puedo agradecerte lo suficiente por este favor tan especial —señaló calurosamente Ian cuando el hombre regresó. Se dieron la mano a la entrada de mármol tenuemente iluminada, mientras Francesca miraba alrededor, confundida pero curiosa. Aquélla *no* era una entrada para el público.

—Tonterías. No es nada —dijo el hombre en voz muy baja, como si se tratara de una especie de misión nocturna y clandestina.

—¿Cómo está tu familia? ¿Monsieur Garrond se encuentra bien? Eso espero —señaló Ian.

—Muy bien, aunque actualmente nos sintamos como gatos desplazados, pues estamos haciendo unas remodelaciones de fondo en nuestro apartamento. Me temo que nos estamos haciendo demasiado viejos como para que nuestras rutinas se vean interrumpidas. ¿Y cómo está Lord Stratham?

—La abuela dice que está tan fuerte como un oso después de su cirugía de rodilla, pero su terquedad es un activo en este caso. Se está recuperando bien.

Alaine rió entre dientes.

—Por favor dales saludos a los dos de mi parte la próxima vez que los veas.

—Lo haré, pero quizá los veas antes que yo. La abuela piensa venir la próxima semana a la inauguración de la exposición de Polignoto de Tasos.

—Somos muy afortunados —dijo Alaine, radiante, y Francesca no pudo dejar de sentir que hablaba completamente en serio. Su mirada se posó en Francesca con un interés educado. Ella percibió claramente su inteligencia y curiosidad.

—Francesca Arno, quiero presentarte a Alaine Laurent, el director del St. Germain.

—Bienvenida, señora Arno —dijo él, tomándola de la mano—. El señor Noble me ha dicho que es usted una artista muy talentosa.

Una calidez la envolvió al saber que Ian la había elogiado a sus espaldas.

—Gracias. Mi trabajo no es nada en comparación con lo que debe haber aquí. Me encantaba venir al St. Germain cuando estudiaba en una universidad de París.

—Es un lugar de inspiración, así como de arte y de historia, ¿verdad? —dijo él sonriendo—. Espero que la pieza que Ian le mostrará esta noche le ofrezca una inspiración especial. Estamos muy orgullosos de tenerla aquí, en el St. Germain —dijo misteriosamente—. Los dejaré a sus anchas. Lo he preparado todo para ustedes. Tengan la seguridad de que nadie los molestará. He apagado el sistema de vigilancia del salón Fontainebleau para que se permitan un poco de intimidad durante su corta visita. Estoy trabajando en el ala este en caso de que me necesiten —dijo el señor Laurent.

—No lo haremos. Y quiero darte las gracias de nuevo por esta consideración. Sé que fue una solicitud inusual —dijo Ian.

—Tengo plena confianza de que no lo haría a menos que tuviera una razón excelente —señaló el señor Laurent con amabilidad.

—Te llamaré cuando hayamos terminado. No nos tardaremos mucho —le aseguró Ian.

Monsieur Laurent hizo una venia completamente natural y elegante, y se marchó.

—Ian, ¿qué estamos haciendo? —susurró acaloradamente Francesca cuando él empezó a conducirla por un pasadizo oscuro y arqueado en dirección opuesta a la de Monsieur Laurent.

Él no respondió de inmediato. Francesca tuvo dificultades para seguir el paso apresurado de Ian a causa de sus tacones. Comenzaron a internarse rápidamente en el edificio enorme y respetado, hasta llegar a una zona que ella reconoció; era un salón situado frente a una galería. La residencia palaciega, ubicada en el interior del St. Germain, había sido preservada. Recorrer aquellos espacios daba la impresión de retroceder en el tiempo y entrar a un palacio elegante, lujoso y habitado del siglo XVII, que albergaba muebles de incalculable valor y obras únicas de arte griego y romano.

—¿Quieres que pinte otro cuadro para ti, aprovechando la inspiración que hay aquí en el St. Germain? —preguntó ella.

—No —respondió él sin mirarla mientras la arrastraba, y el sonido de sus tacones en el piso de mármol retumbaba en los techos altos y en los amplios arcos de mármol.

—¿Por qué tienes tanta prisa? —preguntó ella intrigada.

—Porque me prometí que quería ofrecerte esta experiencia, pero también porque estoy ansioso por estar a solas contigo en el hotel. —Lo dijo con tanta seguridad que ella se quedó sin palabras mientras cruzaban los salones que había a ambos lados, y las imágenes de las estatuas congeladas aumentaban su sensación de irrealidad. Todo aquel día le había parecido irreal, pero caminar por los pasillos desiertos y silenciosos del palacio al lado de Ian realmente la había desorientado. Él entró a un salón largo y estrecho, y se detuvo abruptamente.

Se había detenido de una forma tan súbita que ella trastabilló en sus tacones y el cabello le tapó la cara. Se dio cuenta de que Ian la estaba observando y miró aturdida hacia arriba. Su boca se abrió en señal de asombro.

—Afrodita de Argos —jadeó ella.

—Sí. El gobierno italiano nos la prestó a nosotros por seis meses.

—¿*A nosotros?* —susurró ella mientras contemplaba la invaluable estatua. La luz de la luna se filtraba a través de la columna arqueada de los tragaluces del techo, iluminando suavemente el salón y la estatua. El torso graciosamente contraído y la expresión sublime del rostro, labrado en el mármol blanco y frío, brillaba de un modo asombroso entre los pliegues de las sombras.

—El Palacio de St. Germain pertenece a la familia de mi abuelo. James Noble es el mecenas del museo. Su colección es una de las muchas contribuciones públicas que ha hecho; un ofrecimiento a quienes comparten su amor por las antigüedades. Pertenezco a la junta del St. Germain, al igual que mi abuela.

Ella lo miró fijamente, y la declarada admiración y reverencia de Ian mientras observaba la estatua la tomó por sorpresa. Era una sorpresa *agradable*, pues él solía ser muy estoico. Ian Noble tenía ciertas profundidades que ella no podía comprender.

—Adoras esta obra —afirmó ella antes que preguntar, recordando la versión en miniatura que tenía en su penthouse de Chicago.

—La compraría si pudiera —admitió él, esbozando una sonrisa ligeramente triste—. Pero no se puede ser dueño de Afrodita, ¿verdad? O al menos eso me han dicho.

Francesca tragó saliva. Una extraña sensación de mareo se apoderó de ella mientras permanecía allí, con aquel hombre tan atractivo y enigmático.

—¿Por qué te gusta tanto esta obra en particular? —le preguntó ella.

Él la miró, y la luz de la luna hizo que sus rasgos enérgicos parecieran tan irresistibles como Afrodita.

—¿Además de la destreza artística y de la belleza? Tal vez por lo que está haciendo ella —dijo él.

Francesca frunció el ceño cuando observó la estatua de nuevo.

—Se está bañando, ¿verdad?

Él asintió con la cabeza y ella notó que la miraba a la cara.

—Está realizando su ritual diario de pureza. Cada día, Afrodita se lava y surge de nuevo. Es una fantasía agradable, ¿verdad?

—¿A qué te refieres? —preguntó ella mientras lo miraba, cautivada por su perfil bajo la sombra y la luz de la luna centelleando en sus ojos. Él extendió la mano. Ella se estremeció al sentir los dedos cálidos en su mejilla.

—A que podamos lavar nuestros pecados. Yo sigo agravando los míos, Francesca —dijo en voz baja.

—Ian... —empezó a decir ella, sintiendo compasión al percibir su tono. ¿Por qué estaba tan convencido él de estar contaminado?

—No importa —dijo Ian, interrumpiéndola. Se dio vuelta frente a ella, le puso las manos en la cintura y la apretó contra él. Francesca abrió los ojos. Estaba casi tan alta como Ian debido a los tacones y sintió los testículos duros presionando contra su monte de Venus, así como la gruesa protuberancia de su miembro a lo largo del muslo izquierdo. *¿Cómo podía estar tan duro cuando escasamente se habían tocado? ¿Sería obra de Afrodita?* se preguntó ella haciendo volar su imaginación.

Ian le tomó la mandíbula con la mano, levantándole el rostro hacia la luz de la luna, y a ella le palpitó el corazón contra su esternón, como si fuera un tambor primitivo. Él empujó las caderas, haciéndola jadear con fuerza ante la evidencia de su excitación descomunal. Luego le tocó la cadera. Inclinó la cabeza y le rozó los labios contra los suyos, como si tratara de inhalar su jadeo.

—¡Cómo te deseo! —dijo él casi con rabia, antes de tomar su boca con la suya, y de separarle los labios con su lengua. Tener pleno contacto con él fue como si la hubieran arrojado súbitamente a un incendio. La fuerza pura y el sabor de él la inundaron. Se tambaleó ligeramente en los tacones, y él la apretó más fuerza, moldeando el cuerpo de Francesca contra sus músculos duros y fuertes, y contra su rígida excitación masculina. Ella nunca había sentido tanto deseo masculino. ¿Toda esa conflagración se había estado acumulando en él todo el día? ¿Toda la semana?

Gimió en la boca de él, su carne femenina derritiéndose contra el duro deseo masculino. Ian le tocó el cinturón del vestido con las manos y le estampó un beso; Francesca se sentía mareada por la excitación. Él dio un paso atrás. Los costados de su vestido se abrieron, dejando al descubierto su piel desnuda a la luz de la luna. Él apartó la tela, y su cuerpo quedó prácticamente desnudo. La recorrió con su mirada y a ella se le atascó el aire en los pulmones al ver la reverencia en sus facciones rígidas mezclarse con una lujuria ardiente, mientras las fosas nasales se le dilataban ligeramente.

—Quiero que recuerdes esto por el resto de tu vida —dijo él bruscamente.

—Lo haré —respondió ella sin vacilar; ¿quién podría *olvidar* una experiencia tan intensa? Aunque se sintió desconcertada también por el significado que había detrás de sus palabras.

—Siéntate aquí —le dijo él, poniendo las manos en sus caderas.

Ella abrió la boca para expresar su confusión, pero él la estaba llevando al pedestal de mármol que rodeaba a Afrodita. Francesca se sentó y sintió el mármol frío y duro debajo de la fina tela de su vestido. Ian le puso las manos en las rodillas, se las separó y se arrodilló ante ella.

—¿Ian? —preguntó ella confundida.

¿Le estaban temblando las manos a él mientras le deslizaba los calzones por los muslos y rodillas? Francesca sintió una fuerte opresión en el sexo.

—Creí que podía esperar, pero no puedo —murmuró él, y ella percibió el lamento áspero en su voz. Él le miró el rostro mientras le acariciaba los muslos y las caderas, y ella sintió que el frío mármol se calentaba—. Creo que me voy a morir si no te pruebo ahora. Y si te pruebo, no seré capaz de parar. Voy a tener que cogerte en este mismo instante.

—Oh, Dios —gimió ella con voz temblorosa. Sintió la oleada cada vez más familiar del líquido caliente entre sus muslos. Ian tenía la cabeza entre sus piernas, y se las abrió más para saciar su sed. Ella abrió los ojos de par en par al sentir la punta de esa lengua cálida y diestra deslizarse entre sus labios vaginales, frotándole y azotándole el clítoris.

Se aferró a su cabello grueso y gimió; su cabeza cayó hacia atrás. En medio de la niebla de su éxtasis voluptuoso, vio a Afrodita observar su iniciación con una satisfacción calmada y suprema.

Cuarta parte

Porque debes aprender

Capítulo siete

Ella sintió derretirse en la fría losa de mármol y perder toda noción de sí misma, viviendo sólo para sentir la siguiente embestida eléctrica, el próximo deslizamiento sensual de la lengua de Ian en su sexo. Le hundió los dedos en el grueso cabello, fascinada con su textura. ¿Cómo se las arreglaban los seres humanos para vivir, trabajar, dormir y comer cuando tenían tanto placer a su disposición?

Tal vez él era la respuesta a su pregunta. No todas las mujeres tenían un amante tan talentoso y memorable a su disposición. Porque seguramente la lengua y la boca de Ian debían ser las más hábiles del planeta para dar placer...

Él la estimuló con los dedos y ella se recostó un poco más en el pedestal, apoyándose con las manos e inclinando la pelvis en un ángulo más cómodo. El gruñido de satisfacción de Ian vibrando en su carne fue su recompensa. Le separó aún más los muslos, hurgando y buscando en su sexo. El grito de Francesca resonó en el alto techo abovedado cuando él le hundió la lengua en lo más profundo de su raja.

—¡Ian!

Él la penetró con la lengua de un modo lento y suave al principio, pero con más lujuria a medida que transcurrían los segundos, mientras ella se movía y restregaba sus caderas contra él. Ian gimió, abarcando las caderas con sus manos, enterrándole sus dedos en las nalgas y sosteniéndola mientras la devoraba. Ella jadeó cuando él le abarcó todo su sexo con la boca, introdujo la lengua en el interior de su vagina y utilizó el labio superior para aplicar una presión constante en su clítoris. Luego giró bruscamente la cabeza de lado a lado entre sus muslos, estimulándola con precisión. A ella se le desorbitaron los ojos.

Francesca miró paralizada a la diosa del sexo y del amor mientras se estremecía en un orgasmo violento. Ian la sostuvo contra él, moviendo la boca con una fuerza contenida, hundiendo cada vez más la lengua en ella, y extrayendo cada gota del placer de su cuerpo dulce y tembloroso. Y cuando ella se calmó, sacó un momento para lamer los jugos de su labor. Él sabía que ella era deliciosa por el sabor de su boca y de su piel, pero no estaba preparado para el manjar absoluto de su raja.

Estaba completamente ebrio de ella y sin embargo quería más.

Pero su verga furiosa tenía otras intenciones. La atrajo hacia él, estampándole un beso húmedo en la planicie erótica de su vientre tenso. Se puso de pie, haciendo una mueca por la urgencia que sentía en su verga. El sabor sublime de ella había saciado temporalmente su lujuria, la cual reapareció con fuerza mientras contemplaba el cuerpo casi desnudo de Francesca recostado sobre el pedestal, la luz de la luna brillando en sus ojos oscuros y brillantes, y propagándose por su raja abierta y mojada.

La ayudó a incorporarse, agradándole la forma en que se acurrucó contra él; a veces podía ser muy terca y obstinada, y se sintió conmovido de que recostara la cabeza en su hombro con tanta confianza.

Sintió deseos de poseerla totalmente.

La llevó a un sillón largo y bajo de terciopelo que estaba a varios pies delante de Afrodita; si Ian recordaba correctamente, era digno de un rey. Le dijo a ella que permaneciera de pie. Le quitó el vestido con rapidez, lo colgó en el respaldo de una butaca cercana y luego se quitó el saco. Ella lo miró perpleja cuando él lo extendió con cuidado en el cojín del diván.

—Louis XIV solía descansar en este mueble. La abuela me estrangularía si alguna vez... lo manchara.

Su pequeña sonrisa se hizo más amplia al escuchar la risa divertida de Francesca. Le tomó la mandíbula con sus manos, levantándole la cara para darle un beso voraz, y comiéndose ávidamente la boca sonriente de Francesca. Su verga se sacudió cuando ella le lamió los labios con timidez y curiosidad, y luego se saboreó.

—Sí. ¿Por qué no habrías de probar algo tan dulce? —dijo él con voz áspera mientras la soltaba a regañadientes con el fin de buscar un condón. La tormenta que se estaba formando en él empezaba a consumirlo por completo. Ya no podía confiar en su sano juicio ni en nada si no penetraba pronto a Francesca... muy pronto.

—Acuéstate en el diván —le ordenó con una voz completamente tensa.

Ella se reclinó sobre el saco extendido, y sus piernas y vientre se veían pálidos a la luz de la luna, contrastando con el revestimiento negro del saco. El diván era largo y ancho, con un respaldo curvo, y no tenía brazos. Se tendió en él, apoyando la cabeza contra el respaldo y descansando las pantorrillas en el extremo del mueble. Ian quedó impactado con su belleza y rechinó los dientes.

Empezó a desabrocharse los pantalones a toda prisa. Se los bajó a la altura de los muslos y pasó los bóxers por debajo de su miembro erecto. Hizo una pausa mientras se ponía el condón y vio que ella tenía le miraba la verga con los ojos desorbitados.

Ella tenía miedo de él.

—Todo estará bien. Iré despacio —le aseguró él desplegando el condón apretado hasta la raíz del pene.

—Déjame tocarte —susurró ella.

Él se quedó inmóvil y se agarró el pene, el cual palpitó y se retorció en su mano. Él la imaginó haciendo lo que le había pedido, sintiendo sus dedos sobre él, sus labios, su lengua...

—No —señaló con más dureza de lo que pretendía. El arrepentimiento lo atravesó cuando vio la expresión sorprendida de ella—. Tengo que estar en ti ahora —dijo con más calma—. Debo hacerlo. He esperado mucho tiempo... demasiado.

Ella se limitó a asentir con la cabeza, posando sus ojos grandes y oscuros en la cara de Ian, quien se quitó los zapatos, los calcetines y los pantalones. Tuvo dificultades para quitarse la camisa. Se la desabrochó, sin dejar de mirarle los muslos abiertos y la raja brillante. Estaba demasiado perturbado como para sacarse la camisa.

Descendió sobre ella, sus rodillas cerca de las patas del diván, y las manos sobre los hombros de Francesca. Sabía que tenía que poner sus rodillas entre los muslos abiertos de ella, pero las separó por alguna razón y quedó con las piernas de Francesca entre las suyas.

Ella era tan hermosa... y suya para poseerla.

—Recuéstate en el respaldo de la silla —le ordenó.

Ella pareció confundida por su petición, pero siguió sus instrucciones y el calor de su cuerpo hizo que a Ian le palpitara la verga, que le colgaba entre los muslos, gruesa... y ardiente. Dejó escapar un pequeño gruñido de satisfacción cuando ella pasó los brazos por encima de la cabeza y se agarró del respaldo del sillón.

—Me gustaría atarte, pero no puedo hacerlo aquí, así que debes mantener los brazos detrás de ti, ¿entiendes? —le preguntó él tensamente.

—Preferiría tocarte —dijo ella, y él se sintió cautivado por el movimiento de sus labios rosados y oscuros.

—Yo también preferiría que lo hicieras —aseguró él con gravedad, con la verga en la mano—. Y por eso mantendrás a toda costa los brazos encima de tu cabeza.

Ella tenía dificultades para respirar, tendida como estaba y agarrada a un borde del diván, mirando fijamente la encarnación misma de la belleza masculina y primigenia. Sentía muchos deseos de tocar a Ian, pero lo miró fascinada mientras él se acariciaba. Deslizó la palma de la mano por su pene grueso, preparándose para entrar en ella. Ella tenía los músculos vaginales apretados por la excitación y la ansiedad. Él se veía tan grande, tan fuerte y tan lleno de deseo.

Él pareció cambiar de opinión en el último instante y se soltó la verga, que colgó pesadamente entre sus cuerpos. Extendió la mano y abrió el broche frontal del sostén de seda. Un líquido caliente y fresco brotó del sexo de Francesca cuando él retiró las copas hacia atrás, dejando sus senos al descubierto. Ella vio la verga retorcerse en el aire.

—Venus —dijo él con brusquedad y una pequeña sonrisa asomó a su boca. Ella esperó, con la respiración contenida en sus pulmones, a que él le tocara la piel desnuda y hormigueante de sus senos y sus duros pezones, pero no lo hizo: se agarró la verga de nuevo. Le separó una rodilla y presionó la cabeza del pene contra su raja. Ella se mordió el labio para reprimir un grito. Él gruñó —ella no sabía si de excitación o de insatisfacción— cuando flexionó las caderas, y la punta de él se deslizó dentro de ella.

—Oh, cielos, vas a probarme —musitó él.

Ella vio que los rasgos oscurecidos de Ian se volvían muy rígidos, y el destello de sus dientes blancos mientras hacía una mueca. Quería darle un alivio más que cualquier otra cosa en ese momento —estaba loca por darle placer— y se alzó con sus caderas. Gritó al sentir la repentina punzada de dolor, y escasamente se oyó que Ian lanzaba un gruñido intimidante y le daba una palmada a un lado de la nalga en señal de advertencia.

—Quédate quieta, Francesca. ¿Qué estás tratando de hacer, matarnos a los dos?

—No, yo sólo...

—No importa —dijo él, y ella vio que el aliento de Ian salía en ráfagas irregulares—. ¿Está mejor ahora? —le preguntó él entre jadeos al cabo de un momento.

Francesca comprendió que él se refería al dolor que había sentido ella un instante atrás. ¿Por qué sabía él que el dolor había sido tan fuerte? De repente, ella vio que la mitad del pene que estaba dentro de ella. Sus músculos se dilataron y vibraron alrededor del miembro palpitante. Sintió una ligera incomodidad, pero el dolor agudo ya había desaparecido.

Ian dentro de ella. Fundido con ella.

—No me duele —susurró ella, el temor asomando en su voz.

Vio que la garganta de Ian se agitaba mientras tragaba saliva; retiró la mano de su rodilla y la puso entre sus muslos.

—Oh —gimió ella cuando le comenzó a restregarle y a frotarle el clítoris con el pulgar. Parecía conocer la cantidad exacta de fricción que la hacía estremecerse de placer. La plenitud de su verga hundida en ella le presionaba el clítoris hacia arriba, llevando su excitación a un nuevo nivel.

—Deja de retorcerte —masculló él con una mezcla de exasperación, cariño, y de excitación a punto de estallar. Sus caricias la hacían arder de un modo un poco irresistible. Él la presionó con sus caderas y lanzó un gemido que pareció desgarrarle la garganta mientras introducía su verga casi por completo en ella. Sólo había espacio suficiente para la mano de él entre sus muslos. El dolor se desvaneció en una sensación fuerte y densa de presión y de placer mientras él seguía acariciándola enérgicamente.

—Ian —gritó ella.

Él empujó levemente con las caderas, apretando la mano con más fuerza contra su clítoris y embistiendo su pelvis contra él... una vez... dos veces. Ella maulló y comenzó a temblar por el orgasmo, y su vagina se apretó en torno a él. Esta vez, incluso en medio de las oleadas de placer que la sacudían, ella comprendió que el gruñido de Ian era de excitación. Francesca se estaba viniendo todavía cuando él retiró la mano de su raja y se apoyó en los brazos. Gruñó mientras salía y se hundió de nuevo dentro de ella.

—Oh, Dios, tu *raja*... es mejor de lo que nunca imaginé —gruñó él de un modo casi incoherente mientras la tocaba de nuevo, largamente y con fuerza—. Lo único mejor que esto es cogerte sin usar preservativos.

Ella siguió gimiendo mientras los espasmos del clímax la estremecían. Ian la hizo temblar aún más al cogerla y clavarla vigorosamente, y cuando su pelvis comenzó a golpear contra la suya a un ritmo frenético. Se detuvo un poco después, completamente dentro de ella, y apretó los testículos contra la parte exterior de su sexo dilatado. Ella gritó excitada.

—No quiero lastimarte, pero me has estado volviendo loco, Francesca —siseó él.

—No me estás lastimando.

—¿No?

Ella negó con la cabeza.

Francesca sintió que el cuerpo de Ian se hacía más tenso. La cogió de nuevo, moviendo la verga como un pistón fluido y dinámico empujándola con las caderas. Ella soltó un grito pero se le quedó en la garganta; comprendió que él se había estado conteniendo, pero ahora la clavaba por completo... y con una destreza que la dejó sorprendida. Sus movimientos eran al mismo tiempo sutiles y rudos, controlados y salvajes. Le golpeaba el cuerpo con el suyo, y ella supo que en cualquier momento estallaría en llamas. Francesca comenzó a menear las caderas en contra ritmo, y unos gritos escapaban de su garganta cada vez que sus cuerpos chocaban con un sonido agudo, producido por el chasquido de la piel contra la piel.

—Ian, déjame bajar de la silla —le rogó ella mientras él se estrellaba una y otra vez contra su cuerpo y ella sentía —al igual que Ian— que otro clímax se cernía sobre ella. Francesca se moría por tocarlo.

—No —dijo él tensamente. Empujó con los pies y se introdujo en ella, gruñendo cuando sus cuerpos chocaron. La silla crujió, pero afortunadamente, el mueble invaluable no se deshizo en un montón de astillas y terciopelo. La cabeza de Francesca chocaba contra la almohada; los senos le rebotaban vigorosamente tras cada embestida de su cuerpo grande, y esa sensación la excitó y la aturdió. Él alzó una mano y la metió entre sus cuerpos, abriéndole los labios vaginales antes de girar sus caderas, apretando los testículos contra el exterior de su sexo expuesto, moviendo sutilmente y de forma circular su verga henchida de sangre contra las paredes vaginales—. No hasta que te vengas de nuevo, preciosa.

En realidad, ella no tenía otra opción. La presión que él le había producido en su interior era intolerable y un grito de incredulidad escapó de su garganta cuando se sacudió de placer una vez más. Él dio un gruñido salvaje de satisfacción y empezó a cogerla a un ritmo frenético, dejando que el desenfreno que había reprimido con tanto esfuerzo se apoderara de él.

Ella lanzó un grito de protesta cuando él retiró la verga y apretó las rodillas contra la silla, poniéndose a horcajadas sobre ella. Su respiración sonaba entrecortada e irregular. Ella lo miró fijamente, y su clímax disminuyó tras la ausencia de Ian, desconcertada por lo que acaba de hacer. Vio la tenue luz del alumbrado de emergencia mientras él se frotaba la verga con la mano.

—¿Ian?

El gemido que acababa de lanzar sonó como si se tratara del abismo de la agonía, de la cúspide de la felicidad cuando empezó a eyacular. Francesca no pudo dejar de sentir dolor mientras lo veía desperdiciarse a sí mismo, separado de ella; bajó los brazos lentamente, sintiéndose aturdida e impotente... y muy excitada ante el espectáculo que tenía frente a ella.

Él dejó caer la mano un momento después y se agachó sobre ella con los músculos completamente apretados, jadeando en busca de aire. Francesca había pensado que él era hermoso mientras estaba encima de ella y la poseía en cuerpo y alma, pero le pareció aún más bello cuando se arrodilló frente a ella, temblando y deshecho por su deseo.

Pasó sus manos por el cuello de Ian y le acarició los fuertes músculos del hombro. Él sintió escalofríos y ella se emocionó.

—¿Por qué...?

—Lo siento —dijo él con voz entrecortada—. Empecé a preocuparme... de que quedaras embarazada.

—Está bien, Ian —susurró ella. Se llenó de compasión al entender la gran ansiedad que sentía él ante la más mínima posibilidad de dejarla embarazada. Ella acomodó con cuidado la tapeta de la camisa y la sostuvo con una mano, e inclinó la cabeza de Ian hacia ella con la otra.

—Ven acá —le insistió al ver que él se resistía. Ian dudó un momento, pero luego se agachó sobre ella y la presión de su cuerpo sólido y pesado contra el suyo le pareció un milagro a ella.

—Estaba tan preparado para ti. Yo no... no he estado con nadie desde hace varias semanas. No es lo usual para mí. Podía sentir que eso se acumulaba dentro de mí y estaba preocupado... el preservativo no era suficiente. ¡Qué estúpido! —murmuró él entre jadeos.

Ella le besó el hombro y le acarició la espalda ancha y temblorosa. Algo inexplicable se expandió en su pecho cuando Ian le confesó que se había abstenido de sus habituales prácticas sexuales.

¿Había tenido *ella* que ver algo con su abstinencia?

No. No era posible.

La complejidad y la soledad de Ian la asustaron un poco. Continuó acariciándolo mientras volvía en sí mismo, sin apartar la mirada del rostro enigmático de aquella espectadora, preguntándose aturdida si Afrodita pensaba bendecirlos o maldecirlos.

Él parecía extraviado en algún mundo privado mientras se dirigían al hotel, aunque estaba sentado a su lado en el asiento trasero de la limusina, su brazo alrededor de ella y la cabeza apoyada en su pecho, mientras le acariciaba el cabello. Al principio, a ella le preocupó que estuviera arrepentido de la vulnerabilidad momentánea que mostró en el museo —cosa que él reconoció— pero luego empezó a relajarse. Ella miró a través de sus párpados pesados mientras las luces de París se precipitaban por la ventana, recordando vívidamente todos los detalles de lo que había ocurrido inesperadamente en aquel salón.

Seguramente él no podía arrepentirse ni por un momento de esa experiencia increíble, ¿verdad? El Hotel George V estaba justo al lado de los Campos Elíseos. *Decir que era lujoso era un eufemismo*, pensó Francesca mientras subía con Ian al ascensor dorado. Se quedó sin aliento cuando él le abrió la puerta y entró a una sala llena de antigüedades, telas suntuosas, una chimenea de mármol, y obras de arte originales de los siglos XVII y XVIII.

—Por aquí —señaló él, conduciéndola a un dormitorio digno de la realeza.

—Oh, es hermoso —murmuró ella, tocando el damasco fastuoso y los cobertores de seda de la cama mientras miraba la habitación, decorada con el mejor de los gustos.

Él la recorrió con la mirada mientras se quitaba el saco y lo colgaba sobre un galán de noche.

—El lugar donde tendré la reunión mañana está cerca del hotel. Tengo que levantarme temprano. Tal vez me haya ido cuando te despiertes. Deberías ir mañana a la terraza y mirar la ciudad. Creo que te gustará. Te pediré el desayuno; también puedes cenar allá si quieres. Te ves muy cansada.

Ella parpadeó ante el cambio de tema.

—Supongo que lo estoy. Ha sido un largo día. No puedo creer que esta misma mañana salí de High Jinks. Todo me parece un poco... irreal.

En verdad, ella se sentía como una persona diferente de la que había abierto la puerta para recibir a Ian... incluso diferente de la que había entrado horas antes al Musée de Saint Germain. La manera enérgica en que Ian le había hecho el amor la había alterado en cierto sentido.

Lo miró nerviosamente, sin saber qué quería de ella.

—¿Por qué no te preparas para dormir? —dijo él bruscamente, señalando la entrada del baño contiguo—. Jacob trajo nuestras cosas mientras estábamos cenando. Tu bolsa está allá.

—¿Quieres ir primero? —preguntó ella.

Él negó con la cabeza mientras empezaba a quitarse las mancuernas de la camisa.

—Iré al baño de la otra suite.

—¿Hay otra suite?

Él asintió con la cabeza.

—Jacob suele quedarse ahí.

—¿Pero no esta vez?

Él levantó la vista hacia ella.

—No. Esta vez no. Te quería toda para mí.

El pulso le empezó a vibrar en la garganta cuando ella se dio vuelta y se dirigió al baño. Se quitó el vestido, el sostén y las perlas con mucho cuidado, mientras las palabras de Ian resonaban en su cabeza.

Ella miró por el espejo del baño y vio lo que Ian debió haber notado mientras la estudiaba. Tenía el rostro pálido, y los labios enrojecidos por la pasión. Sus ojos parecían inusualmente grandes sobre las cuencas sombreadas. Quería ducharse pero se sentía demasiado agotada, y más bien decidió lavarse en el lavamanos y cepillarse los dientes. Ella miró con temor creciente su bolsa de lona, que estaba en un taburete con un cojín dorado, el cual se veía fuera de lugar en este entorno.

Al igual que ella, sin duda alguna.

Se sintió ridícula al ponerse los pantalones de yoga y la camiseta de los Cachorros que había traído en lugar de una pijama después de semejante noche. Se aplicó crema hidratante y se peinó el cabello antes de salir del baño. Se quedó inmóvil cuando vio a Ian sentado de perfil en el sofá, tecleando en su teléfono celular. Lo miró con un temor lleno de codicia. Llevaba apenas unos pantalones de pijama negros y de tiro bajo, que caían sobre sus caderas delgadas. La curva de su torso, desde su cintura estrecha hasta su pecho, espalda y hombros anchos y fuertes, le pareció sublime. No tenía ni un gramo de grasa. Él era tan disciplinado que ella podía imaginar cómo sería su rutina de ejercicios. Tenía húmedo el cabello corto y oscuro de la nuca y las sienes luego de habérselo lavado.

Nunca había visto a un hombre más hermoso en su vida y estaba segura de que nunca lo haría de nuevo.

Él miró a su alrededor y la vio en el baño; ella se movió torpemente sobre sus pies tras esa mirada, tan penetrante como un rayo láser. Ian dejó de mirarla y se concentró de nuevo en sus asuntos.

—¿Por qué no te metes en la cama? —le preguntó él mientras enviaba un mensaje.

Ella comenzó a quitar las almohadas decorativas y a descorrer el cobertor de la lujosa cama.

—Quítate la ropa —le dijo él desde el otro lado de la habitación cuando ella empezó a meterse en la cama. Francesca hizo una pausa y lo miró. Él no había apartado los ojos del teléfono. Ella comenzó a desnudarse mientras respiraba con dificultad.

¿Por qué no la miraba como lo había hecho en el avión, siguiendo todos sus movimientos con esos ojos brillantes azules mientras ella se quitaba la ropa?

Se metió en la cama y se cubrió con una sábana y una manta. Ian permaneció sentado, moviendo apenas sus dedos. A ella comenzaron a pesarle los párpados, pues la cama era muy suave y cálida. Se dejó llevar por el sueño.

Abrió los ojos al oír un chasquido. Ian había apagado la luz. Sintió que el colchón se hundía un poco por el peso de él cuando se metió en la cama junto a ella. La acercó a él y ella quedó con la espalda contra su estómago. Sintió que él llevaba todavía los pantalones del pijama... pero nada más.

De repente, ella se despertó por completo.

—¿Por qué tienes pijama mientras yo tengo que estar desnuda? —le preguntó en medio de la oscuridad.

Él le apartó el cabello del hombro y la acarició, y ella sintió un gran placer.

—Muchas veces estaré vestido mientras tú estás desnuda.

—Eso no tiene ningún sentido —dijo ella, conteniendo el aliento cuando él le acarició la curva superior de un seno con sus dedos largos. Sintió que la verga se agitaba contra su trasero. Su clítoris vibró de placer en señal de respuesta.

—Me complace poder tocarte de cualquier manera y en cualquier momento que lo desee.

—¿Mientras estás vestido y tienes el control? —preguntó ella, con un dejo de ira filtrándose en su tono.

— Mientras estoy vestido y tengo el control —repitió él afirmativamente.

—Pero...

—Nada de "peros" —dijo él con una sonrisa en su voz mientras le acariciaba el trasero. Su verga se agitó contra ella y él suspiró, retirando la mano—. No deberías quejarte, Francesca —la reprendió, mientras la apretaba más contra él—. Mi control es muy frágil cuando se trata de ti. Solo tienes que pensar en esta noche para ver la prueba de ello.

—Fue increíble —susurró ella, el temor asomando a su voz.

Ian permaneció inmóvil un momento y luego le metió la mano entre los muslos. Ella jadeó de emoción cuando le pasó los dedos suavemente entre las piernas y le tomó el sexo, en un gesto tierno y claramente posesivo.

—Te manejé como si fueras la más experimentada de las mujeres, pero... eras virgen —murmuró él, con un indicio de rabia en su voz.

Ella se sonrojó tras sus palabras crudas. *Manejar* era una descripción adecuada, pues ella había estado completamente a merced de él, tendida en el diván, y amando cada minuto de su posesión magistral.

—Ya no soy virgen —dijo ella con voz temblorosa—. Podríamos hacerlo de nuevo y no tendrías que preocuparte tanto.

Su verga se sacudió contra ella de nuevo. Durante unos segundos, ella sintió su tensión... su indecisión.

Él retiró lentamente la mano de su sexo.

—No. Mañana estará bien. Hay muchas cosas que quiero enseñarte. Te mereces al menos una noche para recuperarte.

—¿Qué cosas? —susurró ella.

—Muy pronto lo sabrás. Duérmete ya. Tenemos muchos planes para mañana.

Escuchar eso no le dio precisamente sueño. Sin embargo, un minuto después, se sintió relajada contra el cuerpo de Ian, reconfortada con su presencia dura y cálida.

Ian despertó de un sueño profundo, oscuro y sensual, y vio que Francesca tenía su cuerpo desnudo apretado contra él, mientras su miembro completamente erecto presionaba contra el trasero suave y redondo de ella, y tenía un seno firme en la mano.

Cielos.

Hizo una mueca cuando se dio vuelta para ver el reloj, manteniendo una mano en la cadera de Francesca, y el culo exuberante en estrecho contacto con su verga. Ella lo sintió moverse y meneó las caderas mientras dormía, haciéndole apretar los dientes tras el aumento de su erección.

Ian tomó su teléfono y apagó la alarma, que estaba a punto de sonar. En lugar de levantarse, como debería hacerlo, puso de nuevo el teléfono en la mesa de noche y se bajó la pijama por debajo de las bolas, liberando su beca hinchada. Acercó más a Francesca, flexionó las caderas y hundió más su verga en la hendidura dulce y caliente entre sus nalgas. Cielos, se sentía muy bien, pensó él mientras empujaba la gruesa columna de su erección aún más profundo, quedando atrapado entre las nalgas de ella. La excitación sexual que se había acumulado en su interior mientras abrazaba toda la noche el cuerpo desnudo de Francesca —que se había estado gestando desde que ella estallara en el clímax en el St. Germain— se hizo muy fuerte. La sostuvo y le flexionó las caderas, gruñendo de placer mientras su verga se introducía una vez más entre aquellos glúteos firmes y suaves como el satín.

Ian la oyó susurrar algo a su lado. Había jadeado y dicho su nombre en voz baja, pero estaba tan absorto en la delicia inesperada de aquel hechizo sexual que ella había arrojado sobre él, que lo único que podía hacer era empujar, gruñir y disfrutar de su placer. Sentía su verga enorme y dura, y completamente sensible mientras la restregaba entre la grieta cálida y apretada de Francesca. Ella trató de darse vuelta para tocarlo, pero él le agarró la mano y se la puso al lado del vientre, dejándosela allí mientras seguía cogiéndole frenéticamente su dulce trasero.

¿Desde cuándo podría volverse tan frenético a nivel sexual solo por sentir el culo de una mujer?

—Dame un momento —dijo él con dureza, sin dejar de acariciarla enérgicamente—. No tardaré mucho.

Efectivamente, Ian estalló en el clímax después de unos pocos empujones más. Apretó los dientes y se vio venirse en la nalga y la espalda de ella. *Cielos, ¿qué me hace esta mujer?*, pensó mientras se tensaba y eyaculaba una y otra vez, preguntándose si su estremecimiento de placer no terminaría nunca. Se dejó caer sobre ella, respirando pesadamente. Ella gimió cuando él se apartó para agarrar algunas toallas de papel y secarle las emisiones abundantes de su piel.

Él levantó la vista y se detuvo. Ella había girado la cabeza en la almohada. Sus mejillas tenían una tonalidad rosada y brillante, y sus labios estaban completamente rojos. Arrojó a un lado las toallitas húmedas y se inclinó sobre ella.

—¿Te excitó eso? —le preguntó, besándole los labios con suavidad—. ¿Dejarme usar tu cuerpo para darme placer?

—Sí —respondió ella muy cerca de sus labios.

—Sólo por eso también te vas a venir, preciosa —dijo él.

Deslizó sus dedos entre los muslos apretados y la encontró deliciosamente mojada. Ella jadeó, apartando la cabeza de él, y apretando la mejilla contra la almohada. Él sonrió mientras deslizaba su dedo entre los labios vaginales y le frotaba el clítoris.

—Quiero venirme dentro de ti, Francesca. En todo tu ser —murmuró él, inclinándose y respirando cerca de su oído—. ¿No te gustaría eso también?

—Oh, sí.

—Entonces tendrás que tomar píldoras anticonceptivas.

—Sí —gimió ella mientras él la frotaba suavemente y luego con firmeza; de un modo persuasivo.

Ian la vio de perfil mientras la estimulaba, fascinado por el aleteo de sus párpados delicados y por la profundización del color en sus mejillas. Sus labios entreabiertos le hicieron una seña.

—Te ataré más tarde —murmuró él—. Y te enseñaré a complacerme aún más de lo que ya lo has hecho. ¿Te gustaría eso?

—Sí —dijo ella, y él se sintió para arrasado al ver aquellos labios temblorosos; se los jaló mientras le frotaba el clítoris con fuerza. Ella meneó sus caderas contra él, y Ian le dio lo que necesitaba, moviendo todo el brazo mientras la acariciaba con mucho vigor—. Quiero complacerte, Ian.

—Lo haces —gruñó él, besándola con brusquedad, abusando ligeramente de su boca exuberante, y luego con gran intensidad—. Y lo harás.

Ella gritó y se estremeció contra su cuerpo. Él la estimuló durante el clímax, mientras se llenaba de entusiasmo y expectativa al pensar que llegaba más tarde a la suite y la encontraba allí, dispuesta a someterse a sus deseos... y a los de ella.

La besó en el cuello cuando ella se calmó, lamiendo de tanto en tanto el dulce sabor de su piel. Su suave gemido le vibró en los labios.

—Las leyes sobre el control de natalidad son un poco más flexibles en París. Conozco a un farmaceuta que puede darnos pastillas para varios meses. Podrías empezar a tomarlas de inmediato —murmuró él.

Ian la sintió ponerse rígida y dejó de besarla en el cuello.

—¿No tendría que ver a un médico?

—Sí, más tarde, cuando regreses a Estados Unidos. Pero mientras más rápido empieces a tomarlas, tanto mejor. Puedo decirle a Jacob que vaya a recogerlas y podrías empezar a tomarlas hoy mismo. No tienes ningún riesgo para la salud, ¿verdad? ¿Presión alta, antecedentes de infarto cerebrovascular?

—No, estoy perfectamente sana. El mes pasado me hice un chequeo físico. —Ella se dio vuelta y quedó de perfil; levantó la barbilla y lo miró con sus ojos suaves y oscuros—. Claro que empezaré a tomar la píldora. Sé lo importante que es para ti, Ian.

—Gracias —dijo él, estampándole un beso en la boca, y pensando que ella no sabía la mitad de lo importante que era.

Francesca se acurrucó en la cama mientras Ian se levantaba a fin de prepararse para su reunión, y se sintió relajada y contenta luego de los besos y el clímax. Dormitó un poco, y abrió los ojos soñolientos poco después; Ian estaba mirándola en el borde de la cama, y se veía increíblemente apuesto con un traje oscuro, una camisa blanca almidonada y una corbata de seda azul; la loción le hizo cosquillas en la nariz.

—¿Te gustaría que te pidiera el desayuno? —le preguntó él, su voz baja y profunda como una caricia—. Podrías desayunar en la terraza. Hace un día hermoso.

—No. Yo lo pediré —dijo ella, su voz áspera por la somnolencia.

Él asintió con la cabeza y dio un paso atrás como si fuera a marcharse. Vaciló, y se abalanzó de repente sobre ella, besándola con fuerza en la boca.

No había ninguna duda al respecto. Los besos de Ian eran más... sexuales que los de cualquier hombre. No es que ella tuviera mucha experiencia, pero de todos modos. ¿Cómo podía ese beso casi fugaz hacerle recordar de inmediato el hecho de tener su boca sedienta en ella mientras le adoraba los labios vaginales?

Ella lo vio alejarse un momento después; se veía muy alto e imponente con su traje oscuro, y ella sintió una extraña mezcla de alegría y pesar. Luego se duchó y se lavó el cabello, dejando que se le secara mientras estaba en la terraza que daba al cielo soleado de París y a la famosa Fuente de las Tres Gracias, de estilo art deco. Pidió servicio de habitación y desayunó al aire libre como se lo había sugerido Ian, y toda esa experiencia en medio de tanto lujo le pareció increíble una vez más.

Luego habló con Davie y trató de asegurarle que se sentía feliz de estar con Ian en París, pero su amigo parecía menos emocionado que ella por su pequeña aventura. De hecho, su preocupación puso de relieve algunas de las cosas que Francesca había olvidado con facilidad cuando Ian estaba a su lado, haciéndole el amor y haciéndola olvidarse de todo aquello que no fuera su deseo por él.

Ella recordó que Ian le había pagado el cuadro por adelantado, a sabiendas de que nunca se negaría a terminar*lo. Asimismo, recordó con detalle que había hecho cerrar el bar y le había dicho que quería poseerla sexualmente con el fin de* calmar su obsesión.

También pensó en la forma como él la había persuadido para que empezara tomar la píldora ese mismo día.

Pero... ¿*cuándo* había tomado ella una decisión coherente acerca de un aspecto tan importante de su cuerpo? Simplemente la había tomado mientras que Ian estaba besándola, persuadiéndola y haciéndola gritar de placer.

Algo tan pesado como el plomo se hundió en su vientre.

No, no había sido así.

¿O acaso sí?

Afortunadamente, ella tenía la excusa de que las llamadas de larga distancia eran muy costosas para terminar así la breve llamada que le había hecho a Davie. Poco antes de colgar, Francesca se preocupó de que su amigo notara la ansiedad que comenzaba a filtrarse en su voz.

Se sintió inquieta, sacó su ropa deportiva, y se detuvo al darse cuenta de que Ian no le había dado una llave de la suite. Llamó a la recepción, y sintió alivio cuando localizaron a una empleada *que hablaba inglés. La mujer le confirmó que estaba registrada como huésped y que podría recoger una tarjeta en la recepción después de mostrar su identificación.*

Se cambió y salió a las calles de París, corriendo varias millas por caminos estrechos, y lu*ego por los Campos Elíseos, atestados de turistas y de compradores, y luego pasó por el Arco del Triunfo. Cuando regresó al hotel, había dejado gran parte de su ansiedad y preocupaciones en el pavimento. Correr le producía siempre un efecto calmante.*

Era obvio que Ian no la había manipulado para que tomara píldoras anticonceptivas. Ella quería estar tan libre de riesgo como él en ese sentido. ¿Por qué se le había ocurrido pensar que no era así?

Se sentía relajada y tranquila hasta que abrió la puerta de la suite y vio a Ian caminar tensamente frente a la chimenea de mármol, la energía brotando de él, recordándole a un tigre enjaulado. Tenía el teléfono pegado a la oreja; hizo una pausa y la miró.

—No importa —dijo él con la boca apretada en una línea dura

mientras la recorría con la mirada—. Acaba de entrar. —Dio unos golpecitos con el dedo en el panel del teléfono y lo dejó sobre la repisa de la chimenea.

—¿Dónde estabas? —le preguntó. A Francesca se le tensó la columna vertebral ante su tono acusatorio. Los ojos de Ian centelleaban como llamas ardientes mientras caminaba hacia ella.

—Corriendo —respondió ella, mirándose los pantalones cortos, la camiseta y las zapatillas deportivas, como diciendo, *¿Oye, no es obvio?*

—Estaba preocupado. Ni siquiera dejaste una nota.

Su boca se abrió.

—No creí que fueras a regresar antes que yo —exclamó ella, sorprendida por su furia contenida—. ¿Qué te pasa?

—Soy yo quien te trajo a París. Soy responsable de ti. Preferiría que no salieras de esa forma —replicó él con los músculos de la cara apretados; se dio vuelta y se alejó de ella.

—Soy responsable de *mí misma*. Y he hecho un trabajo bastante bueno al respecto durante los últimos veintitrés años; muchas gracias —respondió ella, irritada.

—Tú estás aquí conmigo —dijo él, dándose vuelta de repente.

—Ian, eso es ridículo —señaló ella. No podía creer que él fuera tan irracional. ¿Qué había detrás de su ira? ¿Era él tan controlador y tan exigente con sus planes que no podía permitir una decisión espontánea, como por ejemplo, que ella saliera a correr por la mañana?— Realmente no puedes *enojarte* conmigo porque fui a correr.

Un músculo saltó en la mejilla de él. Ella vio una sombra de preocupación impotente detrás del brillo de ira en sus ojos. Realmente se había preocupado por ella. *¿Por qué?* Francesca se conmovió, a pesar de lo irritada que estaba con él. Ian caminó hacia ella. Se veía tan alterado que ella sintió deseos de dar un paso atrás.

—Estoy enojado porque te fuiste sin decirme adónde ibas. Si me lo hubieras dicho, las cosas podrían haber sido diferentes, aunque posiblemente te hubiera dicho que prefería que no salieras a correr sola por una ciudad extraña. No estamos en Chicago y escasamente hablas el idioma.

—¡Viví varios meses en París!

—No me gusta cuando alguien que está a mi cargo desaparece de un momento a otro —dijo él con la mandíbula rígida.

Posó su mirada en ella, y Francesca se sintió incómoda con su ropa: un sostén deportivo, una camiseta ajustada y unos pantalones cortos. Sus pezones se endurecieron cuando Ian le miró los senos.

—Ve a ducharte —dijo él, volviéndose y caminando hacia la chimenea.

—¿Por qué?

Él apoyó un antebrazo en la repisa de la chimenea y la miró.

—Porque tienes mucho que aprender, Francesca —le dijo con un tono más apagado.

Ella tragó saliva con dificultad.

—¿Vas a... castigarme?

—Me preocupé mucho cuando regresé y vi la suite vacía. Creí que me esperarías aquí. Así que la respuesta es sí. Te voy a castigar, y luego te voy a coger sólo para darme placer. Y si no aprendes la lección después de eso, tal vez te castigue de nuevo, hasta que aprendas que no me gusta que seas impulsiva.

Sus pezones se endurecieron con más fuerza contra la tela de su sostén apretado a pesar de la ira que sintió. Su sexo se llenó de calor.

—Puedes castigarme si quieres, pero no dejaré que lo hagas porque fui a correr. Eso no tiene sentido.

—Cree lo que quieras, pero ve a ducharte y ponte una bata. Eso es todo. Espérame en el dormitorio —dijo él, dándose vuelta y tomando de nuevo su teléfono. Marcó un número y saludó rápidamente a alguien en francés antes de hacer varias preguntas. Le había dicho que se fuera.

Ella se llenó de rabia y le dieron ganas de decirle que se fuera al diablo con su ducha y su bata de mierda, y con su pinche arbitrariedad.

Otra parte de ella se sentía mal por haberlo hecho preocupar.

Y otra parte se sintió emocionada por lo que le había dicho él. Ella recordaba con frecuencia cuando le había dado nalgadas y golpes con la paleta, y siempre se lamentaba de que aquello hubiera terminado tan abruptamente.

Quería saber cómo remataba Ian una práctica tan excitante. *Quería* complacerlo.

¿Pero a qué costo?, se preguntó con ansiedad mientras se dirigía al dormitorio, resignada al hecho de que sin le obedecería.

¿Por qué era él tan enigmático?

¿Por qué la convertía en un enigma incluso para sí misma?

Capítulo ocho

Francesca se sentó nerviosamente en el sofá de felpa en la sala de la suite después de ducharse, mientras la ira bullía en su interior. ¿Cómo se atrevía a hacerla esperar así? ¿No no la estaba tratando acaso como a una marioneta?

Él la estaba moviendo de las cuerdas en más de un sentido. Sintió deseos de correr al baño, cerrar la puerta y que otro hombre le frotara el sexo contra el cojín del sofá. La espera la estaba irritando, pero por alguna maldita razón que no podía comprender, también la estaba excitando... la expectativa... la emoción mezclada con una fuerte dosis de ansiedad por lo que él pensaba hacer con ella.

Se sobresaltó cuando la puerta de la suite se abrió de repente y Ian entró a la habitación. Él observó el lugar donde ella se había sentado antes de que él colgara su saco en el galán de noche. Abrió las puertas de un armario antiguo de color cereza y se inclinó como si fuera a sacar algo. Ella se puso tensa, intentando ver lo que hacía, pero la puerta no la dejaba ver. Él comenzó a enderezarse, y ella se dio vuelta, pues no quería que él viera que estaba pendiente de todos sus movimientos.

Francesca se sorprendió cuando él caminó alrededor del sofá y dejó un fuete negro en la mesa de centro. Ella miró asombrada el fuete de cuero, de dos pulgadas por cuatro, en un extremo de la vara larga y delgada; el corazón comenzó a latirle con fuerza contra el esternón.

—No tengas miedo —le dijo él en voz baja.

Ella lo miró.

—Parece que me va a doler.

—Te he castigado antes. ¿Te dolió?

—Un poco —admitió ella, y su mirada se posó en una mano de Ian, que parecía sostener un par de esposas, con correas de cuero negro y suave.

Oh no.

—Bueno, no sería un castigo si no doliera un poco, ¿verdad? —Ella se quedó mirando su hermoso rostro, hipnotizada por el sonido de su voz baja... y apremiante—. Ponte de pie y quítate la bata.

Ella no apartó la mirada de él, y algún mensaje oculto en sus ojos le dio cierto valor; luego dejó la bata en el cojín. Él la miró, y sus fosas nasales se dilataron ligeramente. Ella se estremeció.

—¿Quieres que la encienda? —preguntó él, refiriéndose a la chimenea de gas.

—No —respondió ella, sintiéndose confundida emocionalmente por la ambivalencia de su propuesta cortés y de su intención de castigarla. Luego se acercó a la chimenea.

—Mantente de espaldas a mí —le ordenó cuando ella empezó a volverse hacia él. Quiso girar la cabeza para ver lo que él hacía a sus espaldas, mientras su ansiedad y emoción aumentaban, pero se contuvo con esfuerzo. ¿Lo había hecho porque, una vez más, no quería darle la satisfacción de saber que ella tenía curiosidad, o porque de alguna manera sentía que a él no le gustaba que ella mirara por encima del hombro?

Francesca se asustó cuando él pasó las manos alrededor de una de sus muñecas.

—Tranquila, preciosa —murmuró—. Sabes que nunca te lastimaría realmente. Tienes que confiar en mí.

Ella no dijo nada, y las ideas se agolparon en su mente mientras él le apretaba una esposa alrededor de la muñeca derecha.

—Ya puedes mirarme —dijo él.

Ella se dio vuelta y los pezones se le pusieron duros cuando vio lo cerca que estaba él. Ian debió darse cuenta; a ella le fue imposible ocultar su excitación mientras le pasaba la esposa por la otra muñeca y bajaba su cabeza muy cerca de sus pezones excitados y tan duros como clavos. La posición de sus brazos le abultaba los senos. Cuando terminó de esposarla, sus manos quedaron atadas sobre el monte de Venus. Él dio un paso atrás. Los pezones se le endurecieron más cuando ella notó que él no apartaba la vista de ellos.

—Ahora levanta las muñecas y ponlas detrás de la cabeza —le ordenó él, observándola mientras le obedecía—. Mueve los codos hacia atrás y arquea un poco la espalda. Quiero que tensiones y estires los músculos. —Ella se esforzó en hacer lo que él le pedía, moviendo los senos hacia adelante y los codos hacia atrás y notó el rictus leve en la boca de Ian mientras ella seguía sus instrucciones. Se sintió completamente expuesta y desnuda en esa posición y se dio vuelta—. Esto aumentará la sensación —explicó él de espaldas a ella mientras se dirigía a la mesa de centro.

—¿De dolor? —preguntó ella, su voz temblando debido a una potente mezcla de ansiedad y expectación. ¿Estaba yendo por aquel fuete de aspecto temible?

Ian venía de nuevo hacia ella, pero Francesca no vio el fuete. El corazón le golpeó contra la caja torácica como si se le fuera a salir cuando vio el recipiente blanco. Ian retiró la tapa y metió un dedo en la crema espesa.

—Ya te dije que preferiría que no me temieras —dijo él.

Ella jadeó en voz alta, estremeciéndose cuando él hundió el dedo entre los labios vaginales y empezó a cubrirle el clítoris con el emoliente, pues Francesca sabía que pronto sentiría un ardor, un hormigueo... y mucho deseo.

Se mordió el labio para no gritar y notó que él la miraba totalmente concentrado.

—Pero quiero aclarar que, no obstante, esto es un castigo —dijo él con firmeza.

—Y yo quiero aclarar que aunque te doy permiso para castigarme —dijo antes de que el aire saliera de su garganta mientras él le frotaba la crema con la precisión de un cirujano—. De todos modos saldré a correr o a hacer cualquier otra cosa que me dé la gana sin pedirte permiso.

Él retiró la mano y se apartó de ella, y Francesca reprimió un grito de privación. Ian regresó con el fuete. Ella no podía apartar los ojos de aquel objeto de aspecto intimidante que tenía en su mano grande y masculina. Le pareció que esta vez le iba a doler más que las nalgadas o los paletazos.

—Abre las piernas... *si es que te da la gana* por favor —agregó en un tono conciliador.

Ella parpadeó tras sus palabras y enfocó los ojos hasta encontrar su mirada. El calor se precipitó a través de su sexo cuando vio el destello de diversión y excitación en los ojos de Ian... cuando percibió un asomo de desafío en su tono.

Si accedió a lo que él le exigía, era porque a ella le gustaba eso, y su declaración impulsiva y desafiante era prueba de ello. Se sintió frustrada al comprender que la había engañado para que le obedeciera y le mostrara su propio deseo de un solo golpe.

Ella abrió más las piernas sin dejar de mirarlo.

—La ira tensiona tus músculos tanto como la posición. Pero por extraño que parezca, no me desagrada —murmuró él, expresando con la inclinación de su boca que se estaba riendo en silencio, no sólo de ella sino también de él. Levantó el fuete y la gran expectativa de Francesca eclipsó su irritación. ¿No le iba a golpear el trasero con eso, como lo había hecho con la paleta? Los músculos de su abdomen saltaron de emoción cuando Ian le pasó la palmeta por el vientre. Una sensación erótica se propagó por su sexo cuando él le acarició las caderas con la palmeta. Ian levantó el fuete.

Pam. Pam. Pam.

Ella jadeó, sintiendo el ardor del fuete en las caderas, que se transformó con rapidez en una cálida sensación de hormigueo.

—¿Es demasiado fuerte? —murmuró él, mirándole la cara y luego los senos. Ian pasó el fuete de cuero por su seno derecho. Ella gimió incontrolablemente cuando él presionó la palmeta contra su pezón y se lo frotó—. Tus lindos pezones me dicen que todo está bien. —Levantó la palmeta y le golpeó un lado de su seno, luego la curva inferior, y finalmente el pezón arrugado, haciéndolo con rapidez, firmeza y precisión.

Algo se encendió en el interior de Francesca. Un líquido caliente resbaló entre sus muslos y la intensidad de su reacción la sorprendió casi tanto como el hecho de que él le hubiera dado un palmetazo en el seno. Apretó firmemente los ojos mientras sentía el embate de la vergüenza. ¿Qué clase de pervertida era para tener semejante reacción a algo tan enfermizo?

—¿Francesca?

Ella abrió los ojos al oír su tono tenso.

—¿Estás bien?

—Sí —respondió ella, su boca temblando incontrolablemente. El estimulante del clítoris parecía estar haciendo efecto con más vigor incluso que cuando Ian le había pegado con la paleta, haciendo que el clítoris le chisporroteara de tanta excitación.

—¿Es agradable o desagradable? —le preguntó él con brusquedad.

—Mm... desagradable —susurró ella, la vergüenza y la excitación compitiendo por el control de su mente y de su cuerpo. La expresión de Ian se hizo más rígida—. Y agradable. Muy agradable.

—Maldita sea —murmuró él, y los ojos le resplandecían, aunque ella tuvo la impresión de que, antes que disgustarle, a él le gustó su respuesta. La golpeó de nuevo con el fuete en la parte inferior de su otro seno, haciendo que se agitara ligeramente. Ella mordió los labios, pero un gemido vibró en su garganta—. Te pondré el trasero rojo por eso...

Le golpeó un pezón una y otra vez, con suavidad, pero también con la suficiente firmeza como para producirle una picadura ardiente que la hizo apretar los dientes y cerrar los ojos. Francesca movió los senos hacia adelante por acto reflejo.

—Eso es, muéstrate —le oyó murmurar a él mientras le golpeaba varias veces la parte inferior y lateral de su seno—. Ahora... dime lo que te dé la gana —murmuró él, deslizando sensualmente el fuete por sus pechos. Ella seguía con los ojos cerrados, exquisitamente sincronizada con la sensación. Cielos, su clítoris pedía a gritos un poco de atención entre los muslos.

—¿Francesca? —preguntó él bruscamente.

Oh, no. Él no iba a hacer que ella lo dijera. Deslizó la palmeta de cuero por uno de sus pezones con un movimiento espasmódico, estimulándola hasta la médula de los huesos. Ella jadeó.

—Me gustaría que...

Él le pasó de nuevo la palmeta por el pezón y ella se estremeció.

—Sólo dilo. No tiene nada de malo —dijo él, y su voz sonó dura y suave al mismo tiempo.

Ella apretó la mandíbula, sin saber si decir la verdad o tragársela. Él le masajeó el pezón enérgicamente con el cuero.

—Me gustaría que me pegaras... entre los muslos.

Ella abrió los ojos con recelo cuando le levantó el pezón sin decirle nada.

—¿Qué? —exclamó ella un momento después, sin poder descifrar la expresión rígida de Ian.

Él sacudió la cabeza lentamente y ella comprendió que estaba aturdido. Tenía un aspecto feroz, y las fosas nasales dilatadas. A ella se le cayó el alma a los pies, y comprendió de repente que Ian no esperaba que ella dijera eso.

—Yo... bueno, en cualquier parte... Yo... Lo siento. ¿Ian? —preguntó ella, desconcertada por su reacción, sin saber qué debía decir.

—No vuelvas a pedir disculpas por ser hermosa —dijo él, antes de acercarse y sostenerle la mandíbula. Se apoderó de su boca, atacándola con sus labios firmes y hundiendo su lengua en ella. El sabor de Ian, su posesión forzosa, la hacía sentir embriagada, pero él levantó la cabeza—. Me tientas más allá de toda lógica.

Francesca jadeó contra sus labios. Su tono había sonado como una acusación, pero ella empezó a comprender que, en este caso por lo menos, indicaba sin duda que él estaba contento.

El calor le inundó el sexo, y de alguna manera el placer de Ian también fue el suyo.

—Pero no me vas a despistar.

—No estaba tratando de despistarte...

—*Terminaré* de castigarte —dijo él como si se preparara para hacerlo, ignorando lo que ella trataba de decir. La besó suavemente en la boca una sola vez—. Ahora agáchate y muéstrame el trasero. Puedes mantener los muslos juntos, pues tienes las manos atadas. Voy a hacer que te arda ese culo adorable por hacerme preocupar de esa manera.

Algo en su tono le hizo pensar que la iba a castigar más duro que la primera vez. Bajó los brazos, inclinándose y poniendo las manos sobre las rodillas. Él comenzó a frotarle de inmediato la palmeta de cuero en las nalgas. Ella recordó que Ian le había dicho que arqueara un poco la espalda. Sintió el sexo apretado, y sus pezones supersensibles se erizaron mientras ella los movía hacia adelante.

Él hizo una pausa y dejó de acariciarle el trasero con el fuete. Ella lo miró de reojo, llena de ansiedad.

Ian soltó una maldición. Ella lo vio desabrocharse los pantalones con rapidez y se sintió más excitada. Él como metió la mano en la bragueta para sacar su miembro erecto y duro con lo que parecía ser un esfuerzo considerable. Dejó caer su miembro, que quedó en posición horizontal con respeto su cuerpo, contenido por los bóxers y por la tela de sus pantalones.

Ella le miró la verga con asombro. Nunca lo había visto tan de cerca, y él no se lo permitiría. Le sorprendió lo hermoso que era. ¿Cómo hacía él para andar por ahí con algo tan obvio y tan grande entre las piernas? Es cierto que no siempre la tenía tan dura... pero de todos modos. La flagrancia absoluta de su sexo le pareció incomprensible. Ella miró fascinada el pene grueso y largo, con varias venas hinchadas, mientras Ian se excitaba, y el glande cónico y suculento, así como los testículos grandes y rasurados, y a ella se le hizo agua la boca.

—Debería haberte vendados los ojos —murmuró él con sequedad—. Mira hacia el suelo, preciosa. —Ella le obedeció y tuvo dificultades para recuperar el aliento. Él le frotó el fuete contra el trasero—. ¿Estás lista?

—Sí —gimió ella. *¿Era ella?*

Francesca chilló al ser golpeada con el fuete en el trasero. Tal vez él estaba aprendiendo a diferenciar entre los sonidos producto de la excitación que hacía ella y los sonidos derivados del dolor, porque siguió golpeándola en varias partes hasta calentarle todo el trasero. Le pegó en las dos nalgas y volvió a hacerlo de nuevo. Ella sintió un fuerte ardor en la piel. Apretó los dientes y el chisporroteo irresistible de su clítoris le ayudó a soportar el leve malestar producido por la sensación de quemadura. ¿Por qué el fuete parecía estimularle los pezones? ¿Y por qué sentía incluso un ardor en las plantas de los pies mientras él seguía golpeándole el trasero?

—*Oooh* —gimió ella al recibir un golpe particularmente fuerte.

—Inclínate del todo y pon las manos sobre los pies.

Le habló con tanta búsqueda que ella se dio vuelta para mirarlo y gimió con voz temblorosa cuando vio que él se estaba acariciando la verga mientras seguía azotándola. Aunque él tenía su mirada fija en lo que hacía, debió notar que ella lo observaba.

—Agacha la cabeza —le dijo con voz áspera.

Ella se inclinó un poco más, estirando los tendones de las corvas, y se miró las manos cuando las puso sobre los pies. ¿Ian había gruñido de placer? Sus pensamientos se dispersaron súbitamente cuando él le separó las nalgas, exponiendo su sexo húmedo al aire fresco.

Lanzó un grito fuerte cuando él le dio golpecitos con el fuete en los tejidos delicados y excitados de su sexo. Ian se lo apretó con la mano, dejando al descubierto las nalgas y los labios vaginales.

Pam.

Sus rodillas se doblaron tras el golpe certero en su clítoris inflamado. Ella entendió súbitamente el valor que tenía el fuete como un juguete sexual: era pequeño, preciso y *letal*, al menos en las manos de Ian.

Él la agarró rápidamente del hombro, sujetándola mientras el orgasmo la arrasaba como una ola gigantesca. Francesca gimió, extraviándose durante varios segundos en las garras de un clímax explosivo. Fue vagamente consciente de que Ian la apretaba contra él mientras se estremecía, con una cadera apretada contra su cuerpo, y la otra sostenida por su mano y él movía afanosamente los dedos entre sus piernas, haciéndola gritar profusamente en un éxtasis sostenido.

Ian le movió el cuerpo con las manos mientras sus temblores se desvanecían.

—Inclínate hacia delante y pon los brazos en el asiento de la silla —le dijo con voz tensa. Francesca se inclinó aturdida sobre el cojín ancho y afelpado de la silla Luis XV. Sintió que Ian se movía detrás de ella, rozándole el trasero con sus pantalones, y luego sintió la punta de su erección. Una nueva excitación atravesó su saciada confusión.

Ian había sospechado que ella iba a arrasar con él, pero no esperaba que lo hiciera con tanta precisión...con tanta crueldad. Buscó frenéticamente un condón, lo encontró y se lo puso.

Me agradaría que me abofetearas... entre los muslos.

Casi le da un ataque al corazón al oír eso. Había tratado de hacer que ella le rogara para que la golpeara en sus hermosos pezones, pues era claro que estaba disfrutando tanto como él.

Y luego había abierto sus hermosos labios rosados para decirle eso, y él le había dicho que la estaba castigando por el pecado de la impulsividad. ¿A quién diablos creía él que le estaba tomando el pelo?

Ian la sostuvo de la cadera con una mano y se agarró la verga con la otra.

—Te cogeré ahora mismo. Y lo haré con fuerza —dijo él, mirando el contraste erótico que había entre la espalda y las nalgas enrojecidas de Francesca, y sus muslos blancos y pálidos—. No esperaré a que te vengas, preciosa. Me has hecho esto y tienes que aceptar las consecuencias.

Le separó las nalgas para abrirle la vagina y empujó la cabeza de su miembro en la raja minúscula. Sintió el calor de ella a través del condón. Le agarró las caderas para sostenerla mientras la apretaba contra sus pelotas, pero ella se movió hacia adelante y estiró las manos para agarrarse del respaldo de la silla. Él esperó a que lo hiciera, y torció la boca mientras se contenía.

Empezó a cogerla; sacó su verga y le metió el glande, y luego se la metió de nuevo hasta que sus pieles chocaron y un grito escapó de la garganta de Francesca. El mundo de Ian se redujo al espectáculo de su belleza desnuda y sumisa, y a la fricción enérgica y casi intolerable de su raja estrecha y caliente que lo provocaba, lo ordeñaba... y arrasaba con él.

A través de la bruma de su deseo rabioso, Ian advirtió que sus fuertes embestidas contra el cuerpo suave y cálida de ella estaban haciendo que la silla se moviera y resbalara ligeramente sobre la alfombra oriental. No era culpa de Francesca; él era el único culpable, pero de todos modos gruñó como un animal primitivo.

—Quédate ahí —masculló, levantándole las caderas con firmeza y acomodando la raja contra su verga furiosa, golpeando su pelvis y muslos contra el trasero de ella, demasiado extraviado como para importarle si a Francesca le dolía el trasero a causa de sus embates. Dios, se sentía tan bien. La golpeó contra su pelvis, su verga internándose violentamente en lo más profundo de ella.

El rugido de su liberación le quemó la garganta mientras el orgasmo le sacudía todo su ser.

Francesca permaneció con la mejilla presionada contra la suave tela de la silla, con la boca abierta de asombro al sentir que él se venía dentro de ella: todo ese poder disparándose y detonando dentro de ella. Creyó que iba a recordar la primera vez que había sentido a Ian sucumbir al placer mientras estaba en lo más profundo de ella por el resto de su vida.

El gruñido parecía haberle desgarrado la garganta. Ian se retiró abruptamente y ella sintió una ausencia vital.

—Francesca —dijo él mientras la ponía de pie y de espaldas contra él, y luego le daba vuelta hacia el sofá. Caminaron —o mejor, tambalearon— sin despegar sus cuerpos mientras recorrían la corta distancia hasta el sofá. Ian se sentó y la atrajo hacia él. Se apoyó en la cadera izquierda, con la espalda de Francesca apretada contra la corbata y los botones de su camisa. La verga cálida, pegajosa y todavía enorme presionaba la parte baja de la columna de ella.

Jadearon y respiraron de manera entrecortada por un minuto. El aliento cálido de Ian en su cuello y en su hombro la dejó paralizada.

—¿Ian? —preguntó ella cuando él comenzó a respirar con mayor normalidad y le acarició suavemente la cintura y la cadera.

—Sí —respondió él, con voz grave y áspera.

—¿Realmente estás enojado conmigo?

—No. Ya no.

—¿Pero antes sí? —insistió ella.

—Sí.

Ella giró la barbilla. El rostro de Ian adquirió un aire apagado mientras recorría el cuerpo desnudo de Francesca con sus manos.

—No entiendo. ¿Por qué?

La boca de Ian se apretó, y las manos vacilaron.

—Dime por favor —susurró ella.

—Mi madre se escapaba a veces cuando yo era un niño —dijo él.

—¿Se escapaba? —preguntó ella lentamente—. ¿Por qué? ¿A dónde iba?

Él se encogió de hombros.

—Sabrá Dios. Yo la encontraba en varios lugares; caminando por un camino rural, dándole hojas secas a un cachorro asustado, bañándose desnuda en un río helado...

Un estremecimiento de horror la atravesó mientras observaba el rostro impasible de Ian.

—¿Tenía una enfermedad mental? —preguntó Francesca, recordando lo que le había dicho la señora Hanson.

—Sí; era esquizofrénica —señaló él, apartándose algunos mechones de la frente—. Estaba muy perturbada, también podía ser muy paranoica.

—¿Y ella era... así todo el tiempo? —preguntó Francesca con la garganta apretada.

Sus ojos azules parpadearon sobre la cara de ella. Francesca ocultó rápidamente su preocupación, sospechando que él lo interpretaría como lástima.

—No. A veces era la madre más dulce, amable y amorosa del mundo.

—¿Ian? —dijo ella en voz baja mientras él se sentaba. Ella comprendió que él dejaría de tocarla, y le molestó saber que era por causa suya.

—Estoy bien —dijo él, moviendo sus largas piernas. Tal vez esto te ayude a entender por qué preferiría que no desaparecieras así.

—Me aseguraré de dejar una nota o de llamarte de ahora en adelante, pero tengo que tomar mis propias decisiones —dijo ella, observándolo con nerviosismo. No iba a prometerle que siempre estaría esperándolo para que no se sintiera tan ansioso.

Ian giró la cabeza y ella notó su irritación. ¿Iba a decirle que más le valdría hacer lo que él le exigía, o que el acuerdo que había entre los dos llegaría a un punto muerto?

—Preferiría que me esperaras —dijo él.

—Lo sé. Ya te oí —replicó ella con suavidad, incorporándose y restregando su boca contra su mandíbula fuerte—. Y recordaré tus preferencias antes de tomar mis propias decisiones.

Él cerró los ojos brevemente, como si tratara de recobrar la compostura. ¿Cuándo dejaría de molestarlo?

—¿Por qué no te limpias y salimos un rato? —le dijo él secamente mientras se disponía a salir de la habitación para arreglarse un poco. Ella sintió un gran alivio cuando se dio cuenta de que no él iba a enviarla de vuelta a Chicago en ese instante por no hacer lo que él quería, y cuando él quería. También sintió un pequeño triunfo.

—¿No vas a tratar de enseñarme más... a tratar de convencerme de que te alejarás de mí si no hago las cosas a tu manera? —preguntó ella, incapaz de evitar que una sonrisa se formara en las comisuras de su boca.

Él la miró por encima del hombro. Ella vio el destello en sus ojos azules, que le recordaban a un relámpago, como si una tormenta se formara y aumentara en la distancia. Su sonrisa se desvaneció.

¿Cuándo aprendería ella a mantener la boca cerrada?

—El día no ha terminado todavía, Francesca —dijo él, y su voz fue una amenaza grave y acariciante, antes de darse vuelta y salir de la habitación.

Quinta parte

Porque así lo dije

Capítulo nueve

Francesca entró a la sala de la suite después de limpiarse y vestirse y vio a Ian sentado en el escritorio con la computadora encendida y su teléfono en la oreja.

—He analizado detenidamente su trayectoria. Su experiencia se limita a aventuras capitalistas y a compañías de Internet que desaparecen de un momento a otro. No tiene un ápice de disciplina financiera —le oyó decir ella. Ian levantó la vista y la miró fijamente mientras hablaba—. Lo que realmente te dije, Declan, es que podías escoger al candidato que quisieras entre un grupo de aspirantes que cumplan con los requisitos. No pongas en marcha el proceso de contratación hasta que me des la lista de candidatos, especialmente cuando se trata de un payaso como ese. —Ian hizo otra pausa—. Eso puede ser cierto para las otras empresas, pero no para una mía —dijo con voz glacial antes de despedirse rápidamente.

—Lo siento —dijo Ian, levantándose y quitándose las gafas—. Estoy teniendo problemas en conseguir personal para una nueva compañía.

—¿Qué tipo de compañía es? —preguntó Francesca con interés. Él no le hablaba mucho sobre su trabajo.

—Es un concepto de juegos de medios sociales que estoy ensayando en Europa.

—¿Y tienes problemas para encontrar a los ejecutivos que quieres?

Él suspiró y se levantó. Se veía "regio-casual", un término que ella se inventó para describir la ropa informal de Ian. Ese día, llevaba un suéter liviano de color azul cobalto con cuello en V, una camisa blanca con cuello, y unos pantalones negros que producían efectos terriblemente sexys en sus caderas estrechas y en sus piernas largas.

—Sí, entre otras cosas —admitió él, tecleando en su computadora—. Sin embargo, por lo general es así. Lamentablemente, aunque mi mercado está dirigido a los jóvenes, también seduce a los ejecutivos sin escrúpulos, a quienes les gusta gastar mi dinero simplemente porque está ahí.

—Y aunque puedes ser liberal en tus producto e ideas de marketing, ¿al mismo tiempo eres muy conservador en términos financieros?

Él levantó la vista de su computadora antes de cerrar el monitor y caminó hacia ella.

—¿Sabes mucho de negocios?

—No; ni un ápice. Soy un desastre en materia financiera. Pregúntale a Davie. Escasamente puedo reunir lo del alquiler a fin de mes. Sólo estaba adivinando acerca de tu estilo de negocios por lo que sé de tu personalidad. —Él se detuvo a poca distancia de ella y levantó ligeramente los párpados, trasmitiendo una esperanza divertida.

—¿Personalidad?

—Ya sabes —dijo ella, y las mejillas se le calentaron—. Aquello de ser un maniático del control.

Él sonrió y extendió la mano para tocarle la mejilla, tratando de sentir su calidez.

—No me da miedo gastar dinero, aunque sea mucho; sólo quiero saber que lo hago por una buena razón. Te ves muy bonita —le dijo cambiando de tema.

—Gracias —murmuró ella, mirándose avergonzada la sencilla camiseta de algodón con mangas largas y enfundadas en sus jeans de tiro bajo. Se había dejado el cabello suelto, recogiéndoselo sólo en la frente para que no le cayera en la cara—. Yo... no traje mucha ropa. No sé qué quieres hacer esta tarde.

—Ah... hablando de eso... —Ian retiró la mano de su mejilla y miró el reloj. Un golpe resonó en la puerta de la suite, como si él lo esperara; cruzó la sala y abrió la puerta. Una atractiva mujer de unos cuarenta años, con un vestido de color café chocolate y unos vistosos tacones de piel de cocodrilo entró a la suite. Francesca se quedó desconcertada, mientras Ian intercambiaba saludos con ella en francés y luego hacía un gesto hacia Francesca.

—Francesca, ella es Margarite, mi asistente de compras. Habla francés e italiano, pero no inglés.

Francesca intercambió saludos con la mujer en el poco francés que sabía, y luego miró a Ian con una pregunta en los ojos cuando la mujer sacó una cinta de medir, y lo que parecía ser una regla de madera del elegante bolso que llevaba, y se acercó a Francesca sonriendo.

—¿Ian? ¿Qué está pasando? —preguntó ella con el ceño fruncido mientras veía que Margarite tenía una cinta métrica en la mano. Se sentía desconcertada, y abrió los ojos con incredulidad cuando la mujer le pasó la cinta alrededor de las caderas, y luego alrededor de la cintura.

—Lin Soong tiene una extraña habilidad para adivinar el tamaño de la ropa de cualquier persona y es mejor aún para saber cuánto calza. Fue ella quien ordenó la ropa que te pusiste anoche, y creo que cumplió con sus estándares habituales. Sin embargo, pensé que sería mejor obtener mediciones más precisas para unas prendas confeccionadas a la medida —dijo Ian casualmente desde el otro lado de la habitación. Ella levantó la mirada, horrorizada cuando Margarite pasó la cinta métrica alrededor de sus senos con toda naturalidad. Ian estaba metiendo unos archivos en el maletín, pero se detuvo al ver su expresión.

—Ian, dile que deje de hacer esto —murmuró ella en voz muy baja, como si el hecho de silenciar su voz redujera la probabilidad de que Margarite se ofendiera, y olvidando que no hablaba inglés.

—¿Por qué? —preguntó Ian—. Quiero asegurarme de que tu nuevo vestuario te quede a la perfección.

Margarite estaba sacando el objeto de madera, y Francesca reconoció que era para medir calzado. Pasó con expresión tensa por delante de la mujer sonriente, y se acercó a Ian.

—Termina con esto. No quiero ropa nueva —dijo entre dientes, mirando incómoda a Margarite, que parecía confundida pero amable.

—Quisiera que me acompañaras a algunos eventos que requieren un atuendo más formal —dijo él, cerrando con fuerza la cremallera del maletín.

—Lo siento. Supongo que no podré ir si mi apariencia no te parece adecuada.

Ian levantó la vista bruscamente al oír el tono de su voz y las fosas nasales se le dilataron un poco al advertir un dejo de rabia en ella.

Margarite le hizo una pregunta en francés desde el otro lado de la habitación. Ian pasó a un lado de Francesca después de que sus miradas se cruzaran y le habló a Margarite en francés. La mujer asintió con la cabeza en señal de comprensión, le sonrió cálidamente a Ian, recogió su bolso y se marchó.

—¿Te importaría decirme por qué hiciste eso? —le preguntó él cuando la puerta se cerró. Su tono era sereno, pero sus ojos destilaban furia.

—Lo siento. Fue una oferta generosa de tu parte. Pero sé muy bien qué tipo de ropa puedes decirle a Margarite que me compre o confeccione. Soy una estudiante de posgrado, Ian, y no puedo permitirme ese tipo de cosas.

—Ya lo sé. Te la compraré.

—Te dije que no estaba en venta.

—Y yo te dije que este tipo de cosas son las experiencias que te puedo ofrecer —espetó él.

—Bueno, no estoy interesada en ese "tipo de cosas".

—Te aclaré que esto sería bajo mis términos, Francesca, y tú aceptaste. Aceptaré tu terquedad en pequeñas dosis, pero esta vez has ido demasiado lejos —dijo mientras caminaba hacia ella, claramente enfurecido por su resistencia.

—No. Eres *tú* el que está yendo demasiado lejos. Casi toda mi vida he tenido figuras de autoridad, quienes me han dicho que mi apariencia estaba mal y trataron de alterarla. ¿De verdad crees que soy tan estúpida como para darte permiso de que empieces a hacer eso mismo? Soy como soy, y si no quieres estar conmigo, pues lo siento —dijo ella con voz temblorosa.

Él se detuvo. Ella esperó que no le lanzara esa mirada penetrante como un rayo láser que era tan habitual en él. Sus ojos se llenaron de lágrimas de forma inesperada. Por alguna razón, le dolía saber que él preferiría que ella fuera diferente. Sabía que estaba siendo irracional —él no había dicho que quería cambiarla a *ella*; simplemente quería que utilizara otro tipo de ropa— pero Francesca no parecía poder evitar que esta sensación aumentara en su interior; trató de reprimirla y permanecieron en silencio.

—No importa —dijo él en voz baja un momento después, mientras ella miraba fijamente las ventanas soleadas de la terraza, con los brazos cruzados debajo de los senos—. Tal vez podamos hablar más tarde acerca de esto. No quiero discutir contigo ahora. Es un día hermoso y quisiera disfrutarlo contigo.

Ella lo miró esperanzada. ¿Estaba realmente dispuesto a perdonarla por negarse a su generosidad? Francesca dejó caer los brazos.

—Qué... ¿qué pensabas hacer?

Él cerró la distancia que había entre ellos.

—Bueno, estaba pensando que hiciéramos algunas compras y almorzáramos tarde, pero ahora que escucho tu opinión, creo que habrá un cambio de planes.

Ella ocultó su mueca; sabía que a él no le gustaba cambiar sus planes.

—¿Qué tal si hacemos un recorrido rápido por el Museo de Arte Moderno y almorzamos tarde?

Ella observó atentamente su rostro impasible en busca de pistas sobre su estado de ánimo, pero no encontró ninguna.

—Sí. Sería fantástico.

Él asintió con la cabeza y extendió el brazo hacia la puerta. Ella pasó a su lado, deteniéndose cuando él llamó su nombre de repente, como si hubiera dudado en decir algo. Ella miró hacia atrás.

—Quiero que sepas que estoy muy lejos de criticar tu apariencia. Me pareces extremadamente atractiva, ya sea que lleves perlas o tu camiseta de los Cachorros. ¿Acaso no lo has notado?

Ella abrió la boca en señal de sorpresa.

—Yo... Me he dado cuenta. En serio. Sólo quise decir...

—Sé lo que quieres decir. Pero eres una mujer muy hermosa, y me gustaría que te apropiaras de eso, Francesca.

—Parece más como si fueras *tú* quien quisiera apropiarse... durante el tiempo que sea conveniente para ti. —No pudo evitar decir eso.

—No —replicó él con tanta dureza que ella parpadeó. Ian respiró lentamente, como si se arrepintiera de su arrebato—. Reconozco que tal vez tengas una buena razón para creer eso, teniendo en cuenta lo que sabes de mí... incluso de lo que *sé* de mí. Pero me gustaría que te vieras a ti misma con claridad... que reconocieras tu poder.

Ella se limitó a mirarlo fijamente con la boca abierta, confundida por el mensaje que había en sus ojos.

Todavía estaba desconcertada cuando él le tomó la mano y la condujo fuera de la suite.

Francesca tuvo que seguir recordándose a sí misma que se trataba de un acuerdo puramente sexual que había hecho con Ian, porque en realidad, no podía haber imaginado un día más romántico en su vida. A petición suya, dejaron libre a Jacob y caminaron por las calles de París, y Francesca sintió una emoción y una euforia indescriptible al sentir su mano en la de Ian, mirando con frecuencia hacia los lados para cerciorarse de que realmente estaba recorriendo la ciudad más romántica del mundo con el más hombre atractivo e irresistible que había visto en su vida.

—Me muero de hambre —dijo ella después de su breve y agradable visita al Musée d'Art Moderne, donde ella se había seguido sorprendiendo por la profundidad de los conocimientos artísticos y el refinado gusto de Ian. Había sido el compañero ideal; considerado con lo que ella quería ver, interesado en lo que ella decía, dejando traslucir su ingenio agudo y su humor sarcástico más de lo que nunca había hecho con ella.

—¿Podemos comer aquí? —preguntó ella, señalando un pequeño y atractivo bistró con mesas en la acera mientras caminaban por la calle Goethe.

—Lin ha reservado una mesa privada para nosotros en Le Cinq —dijo Ian, refiriéndose al restaurante exclusivo y sumamente costoso del hotel.

—Lin Soong —murmuró ella, mirando a una pareja sentada en una mesa cercana, mientras la mujer tomaba la comida ociosamente con los dedos y se reía de algo que había dicho su compañero—. Es muy eficiente para planear cosas, ¿verdad?

—La mejor. Por eso trabaja conmigo —dijo él secamente antes de lanzarle una mirada de soslayo. Ella lo miró con sorpresa un momento después, cuando él se detuvo a la entrada del pequeño bistró y le hizo señas con la mano para que entrara, con una tenue expresión de divertimiento.

—¿En serio? —preguntó ella con entusiasmo.

—Por supuesto. Puedo ser espontáneo de vez en cuando. Aunque en medidas muy pequeñas —agregó graciosamente.

—¿Los milagros no terminarán nunca? —bromeó ella. Él parpadeó, pareciendo un poco sorprendido cuando ella se puso de puntillas y lo besó en la boca antes de sentarse en una de las mesas al aire libre.

—¿Quieres algo de beber además de soda? —le preguntó Ian con cortesía cuando el mesero los atendió.

Ella negó con la cabeza.

—No, sólo eso, gracias.

Ian hizo el pedido y el mesero se retiró. Ella se sentía muy feliz y le sonrió, admirando el aspecto de sus ojos eléctricos y azules bajo la sombra de los árboles.

—Una vez me dijiste que habías madurado realmente cuando entraste a la universidad. ¿Cómo es que nunca tuviste una relación seria con un hombre en todos esos años? —le preguntó él.

Ella evitó su mirada. Su experiencia en materia de citas románticas —o la falta de ellas— no era realmente el tipo de cosas que quería discutir con un hombre tan experimentado como Ian.

—Realmente supongo que nunca hice clic con nadie. —Ella miró con cautela y vio que él seguía mirándola expectante, y entonces suspiró al ver que él no iba a cambiar de tema—. No me interesaban la mayoría de los chicos en la universidad, al menos no en un sentido romántico. Me gusta estar con hombres, y me caen mejor que las mujeres. Todas las mujeres son... *¿Cómo me veo? ¿De dónde sacaste esos jeans? ¿Cómo te vas a vestir el viernes por la noche para que nos veamos iguales?* —dijo, poniendo los ojos en blanco.

—Pero cuando se trataba de hacer eso con ellos... de... —Ella se detuvo, como si tuviera dificultades para encontrar las palabras adecuadas.

—¿Los detalles sucios? —sugirió Ian impasible.

—Sí, supongo que sí —admitió ella, guardando silencio mientras el mesero les servía las bebidas y ambos pedían el almuerzo. Ian la miró de nuevo, como si esperara a que ella siguiera hablando cuando el mesero se fue.

—No sé qué quieres que te diga —dijo ella, ruborizándose—. Los hombres están bien para salir de fiesta, para pasar el rato y divertirme, pero nunca me... sentí realmente atraída —dijo ella, su voz reduciéndose a un susurro—, por ninguno. Eran demasiado jóvenes. Demasiado pesados. Me harté de que siempre me preguntaran qué quería hacer —dijo en un arranque de sinceridad—. Es decir... ¿por qué siempre tenía que ser yo la que decidía? —Francesca dio un respingo al notar su sonrisa—. ¿Qué? —preguntó ella.

—Eres una sumisa sexual innata, Francesca; la más innata que haya visto. También eres singularmente brillante, talentosa e independiente... llena de vida; una combinación única. Tu frustración con los hombres probablemente se deriva del hecho de que ellos estaban tocando el acorde equivocado contigo, por así decirlo. Tal vez sólo haya un puñado de hombres en el planeta a los que te someterías. —Ian alzó el vaso y la observó por encima del borde mientras tomaba un sorbo de agua helada—. Al parecer, yo soy uno de ellos. Y me considero muy afortunado por eso.

Ella hizo un sonido burlón, y lo observó con nerviosismo. ¿Estaría hablando en *serio*? Recordó que él había empleado la palabra *sumisa* aquella noche que le había pegado en el penthouse. No le gustaba lo que implicaba esa palabra acerca de sí misma, y desde ese día la había tratado de borrar de su conciencia.

—No sé de qué estás hablando —dijo ella con desdén. Sin embargo, no pudo dejar de pensar en lo que había dicho él, no pudo dejar de recordar su propio disgusto cuando un hombre con el que había salido tuvo que emborracharse para hacerle una insinuación sexual, o cuando se comportaba con indecisión o inmadurez...

...cuando se comportaba exactamente al contrario de Ian.

Ian frunció ligeramente el ceño, como si hubiera visto que las piezas encajaban en el cerebro de Francesca.

—¿Podemos hablar de otra cosa? —preguntó ella, mirando a la gente que caminaba por la acera.

—Por supuesto, si así lo quieres —concedió Ian, y Francesca sospechó que él había consentido con tanta facilidad porque sabía muy bien que ya había expresado su punto.

—Mira eso —dijo ella, señalando a tres jóvenes que iban en motoneta.

—Siempre quise alquilar una cuando estaba en París. ¡Se ven tan divertidas!

—¿Por qué no lo hiciste? —preguntó él.

Ella se ruborizó por completo. Miró a su alrededor, esperando con todas sus fuerzas que el mesero les trajera el almuerzo en ese instante.

—¿Francesca? —preguntó Ian, inclinándose ligeramente hacia adelante.

—Yo... Mm... Yo... —Ella cerró los ojos brevemente—. No tengo licencia de conducir.

—¿Por qué no? —le preguntó Ian sorprendido.

Ella trató de ignorar su mortificación, sin saber por qué se sentía así con él. *Todos* sus amigos sabían que ella no conducía. *Muchos* habitantes de Chicago no lo hacían. Caden, por ejemplo, no tenía auto.

—Realmente no necesitaba conducir cuando estaba en la escuela secundaria, y mis padres no insistieron en que aprendiera. Así que opté por no conducir —dijo ella a toda prisa, rezando para que él no descubriera que estaba diciendo mentiras.

La verdad era que ella alcanzó su peso máximo cuando tenía dieciséis años. Y desde hacía mucho tiempo, le daba gracias a Dios de que su cuerpo hubiera sido lo suficientemente joven y resistente como para soportar la súbita pérdida de peso que tuvo a los dieciocho años. Para su sorpresa, todos esos años de sobrepeso no le habían dejado huellas permanentes. Había perdido peso como si realmente hubiera sido una experiencia traumática de la que pudiera curarse, y no un evento biológico que pudiera medirse.

Pero lo cierto era que los "Dulces Dieciséis" habían sido los "Miserables Dieciséis" para Francesca. Iba a recibir clases de conducción con tres compañeras de gimnasia, tres chicas que, por un terrible golpe del destino, la matoneaban con frecuencia. Las clases de gimnasia habían sido una tortura diaria para ella. La idea de pasar una hora con tres chicas burlonas que ocultaban su risa tras cada torpeza que ella cometía, y un joven profesor de gimnasia que parecía aceptar ese comportamiento agresivo, habían sido demasiado para ella. Sus padres sospechaban que esta era la razón por la que no quería aprender a conducir, y no le habían insistido en que tomara clases.

Probablemente ellos se sentían tan mortificados como ella ante la simple idea.

—Cuando me mudé a Chicago, no tenía ninguna razón para sacar una licencia. No podía comprar un auto ni pagar un estacionamiento o el seguro, así que descarté la idea —le explicó a Ian.

—¿Cómo te transportabas?

—En metro, en bicicleta... a pie —dijo ella sonriendo.

Él negó enérgicamente con la cabeza.

—Eso no es aceptable.

Su sonrisa se desvaneció.

—¿Qué quieres decir? —preguntó ofendida.

Él le dirigió una mirada cargada de exasperación al ver que ella se había ofendido una vez más.

—Sólo quiero decir que una joven como tú debería controlar los aspectos básicos de su vida.

—¿Y crees que conducir es un aspecto básico?

—Sí —respondió él de una manera tan espontánea que una risa de sorpresa escapó de la garganta de Francesca—. Obtener una licencia de conducción es muy importante en el desarrollo de una persona; es como dar el primer paso... o aprender a controlar el temperamento —añadió con determinación cuando ella abrió la boca para protestar. La llegada del almuerzo aplazó temporalmente su acalorada conversación.

—Hay una razón para todos los dichos —reflexionó Ian, un momento después, mirándola ociosamente mientras aderezaba su ensalada—. Por lo menos a los que se refieren a estar en el asiento del conductor, a dirigir su propio destino, a manejar...

Ella levantó la vista y se encontró con la mirada fija de Ian, recordando vívidamente la forma en que él le había dicho lo mismo la noche anterior en el Museo St. Germain. Ian sonrió, y Francesca comprendió que él sabía que ella se estaba acordando de eso.

—¿Por qué no me dejas enseñarte a conducir? —le preguntó él.

—Ian... —empezó a decir ella, sintiéndose frustrada y un poco impotente.

—No lo digo para controlarte. En realidad, me gustaría que tuvieras un mayor control de tu vida. —Ian dejó de hablar, cortó su filete de pollo y levantó la vista al ver que ella permanecía callada—. Vamos, Francesca —la persuadió—. Sé un poco impulsiva.

—Ah, *ja, ja* —dijo ella con sarcasmo, pero no pudo evitar sonreír tras su sugerencia. Sintió un destello de alegría cuando él le devolvió una sonrisa diabólica, con un brillo sexy en los ojos—. Actúas como si estuvieras pensando en enseñarme a conducir aquí en París después de almorzar.

—Así es —dijo él, tomando su teléfono.

Se quedaron hablando y tomando café en el bistró, mientras esperaban que Jacob trajera el auto que Ian le había pedido.

—Ahí está —dijo Ian, mirando un reluciente BMW negro con vidrios polarizados. Ella lo había escuchado decirle a Jacob que alquilara un vehículo automático y lo llevara al bistró. Y Jacob había llegado en menos de treinta minutos. Era muy extraño pensar en las cosas que podía hacer alguien por un simple capricho cuando el dinero no era un impedimento.

Se resistía a creer que le hubiera permitido a Ian convencerla de esto.

Francesca le sonrió a Jacob mientras le entregaba las llaves del auto a Ian.

—¿No quieres que te llevemos de regreso? —le preguntó ella a Jacob cuando éste se disponía a marcharse.

—El hotel no está lejos; iré caminando —aseguró Jacob con alegría antes de despedirse y darse vuelta. Ian abrió la puerta del pasajero para ella y Francesca se sintió aliviada de que no le enseñara a conducir en las concurridas calles de París. Sin embargo, estaba convencida de que muy pronto ocurriría un desastre.

—Es un auto muy agradable —dijo ella mientras miraba a Ian ajustar el asiento del conductor debido a sus largas piernas—.¿No podrías haber alquilado un auto viejo y golpeado? ¿Qué pasa si arruino éste?

—No lo harás —dijo él mientras empezaba a conducir por la calle sombreada. Las nubes se desplazaban, ocultando el hermoso sol dorado que habían disfrutado ese día de otoño—. Tienes una visión buena y unos reflejos excelentes. Lo noté en aquel breve combate de esgrima.

Él miró rápidamente a un lado y la sorprendió observándolo fijamente. Lo había visto conducir una sola vez, la noche en que la había sacado de la tienda de tatuajes.

Tal vez él tenía razón sobre la importancia de saber manejar. Parecía tener el control absoluto mientras maniobraba con habilidad a través del tráfico de París. Ella no podía apartar la mirada de sus grandes manos en el volante de cuero, tocándolo con suavidad, pero al mismo tiempo con seguridad, como lo hace un amante. En cierto sentido, esto le recordó a ella el aspecto que tenía el fuete en su mano. Francesca se estremeció.

—¿El aire acondicionado está muy frío? —preguntó él con cortesía.

—No. Está bien. ¿Adónde vamos?

—Al Musée de Saint Germain —murmuró él—. Está cerrado los lunes. Hay un estacionamiento muy amplio para los empleados en la parte de atrás, donde podremos practicar.

Francesca se imaginó que chocaba el auto contra la ornamentada pared del palacio y no supo si le alegraba o le preocupaba que el abuelo de Ian fuera el propietario de ese lugar. No sería precisamente la mejor carta de presentación para que el venerable conde se enterara de su existencia.

Veinte minutos después, Francesca estaba sentada al volante del sedán, y Ian en el asiento del pasajero. Era una sensación muy extraña; en primer lugar, por estar en el asiento del conductor, y en segundo lugar, porque el volante estaba a la izquierda, y no a la derecha como en Estados Unidos.

—Creo que esos son los fundamentos —dijo Ian después de explicarle a ella el funcionamiento de los mecanismos principales y los pedales—. Mantén el pie en el freno y pon el auto en "Drive".

—¿Ya? —dijo ella nerviosamente.

—El objetivo es hacer que el vehículo se mueva, Francesca. No puedes hacerlo si está en Parking —dijo él secamente.

Ella siguió su recomendación y hundió el pie en el freno.

—Ahora suelta el freno; así —dijo él mientras el auto comenzaba a avanzar por el estacionamiento vacío—. Ahora hunde el acelerador... despacio, Francesca —agregó cuando ella lo apretó demasiado y el coche se sacudió hacia adelante. Ella hundió más el freno, y sus cuerpos salieron con fuerza hacia adelante, contenidos por los cinturones de seguridad.

Maldita sea.

Ella miró nerviosamente a Ian.

—Como puedes ver —dijo él con un dejo de ironía—, los pedales son muy sensibles. Sigue ensayando. Es la única forma en que vas a aprender.

Ella apretó los dientes y esta vez pisó el acelerador con cautela. Se sintió emocionada cuando el auto comenzó a rodar.

—Muy bien. Ahora gira a la izquierda y da una vuelta completa —le dijo a Ian.

Pero ella aceleró con fuerza en la curva.

—*Frena*.

Los dos se sacudieron nuevamente contra los cinturones de seguridad.

—Lo siento —gritó ella.

—Cuando te digo que *frenes*, me refiero a que pongas suavemente el pie en el freno para reducir la velocidad. Si quiero que te detengas, te diré que *pares*. Tienes que frenar en las curvas para no perder el control. Hazlo de nuevo —le dijo él con amabilidad.

Ian fue tan paciente durante los treinta minutos siguientes que Francesca se sorprendió un poco, sobre todo porque era realmente una conductora muy torpe. Sin embargo, logró controlar un poco la forma tan brusca de frenar y acelerar bajo la tutela de Ian, y estaba empezando a sentirse eufórica de conducir aquel vehículo elegante y sensible.

—Ahora estaciona en ese lugar que está al final —le dijo él, señalándolo. La lluvia empezó a gotear en el parabrisas mientras ella se estacionaba con pericia y lanzaba un grito de triunfo—. Muy bien —la elogió Ian, sonriéndole cuando se volvió hacia él—. Practicaremos más cuando estemos en Chicago. Le diré a Lin que me envíe el reglamento de las carreteras para que lo estudies mañana en el avión; creo que en una semana estarás lista para tomar el examen.

Estaba tan emocionada que no hizo ningún comentario sobre la forma tan meticulosa en que Ian le planificaba todos los detalles de su vida. Sostuvo el volante y miró sonriente por el cristal de enfrente. Aprender a conducir había sido una experiencia mucho más liberadora de lo que había imaginado. ¿O tal vez se sentía eufórica porque Ian le había enseñado con mucha paciencia?

—Ya ves, no es tan difícil —dijo él, mientras unas gotas gruesas de lluvia comenzaban a caer rápidamente en el parabrisas—.

Enciende el limpiaparabrisas y las luces. Está empezando a llover fuerte. Aquí —dijo él, señalando los controles respectivos—. Bien. Hagamos una última cosa antes de que se desate la tormenta. Quiero que salgas del estacionamiento y que gires hacia la izquierda. Muy bien —dijo él mientras ella empezaba a hacerlo—. Usa los espejos. No... no, al contrario, Francesca. —Ella reaccionó con torpeza, pues no sabía cómo girar el volante mientras retrocedía. Quiso frenar, pero pisó el acelerador con fuerza mientras giraba al volante hacia el otro lado. El auto se tambaleó, ella hundió todo el freno, y el auto dio una vuelta entera sobre el pavimento húmedo.

La electricidad pareció asomar en sus venas tras la emoción abrupta e inesperada por el movimiento... por perder el control.

Ella gritó.

El auto se detuvo con un traqueteo y Francesca se abalanzó hacia adelante, pero el cinturón de seguridad la detuvo una vez más. Ella sintió un parentesco repentino y extraño con el auto, como si estuviera vivo y le hubiera mostrado un acto de rebeldía. Ella soltó un bufido de risa.

—Francesca —dijo Ian bruscamente.

Ella dejó de reírse y lo miró con los ojos abiertos. Él parecía aturdido y un poco perturbado.

—Lo siento mucho, Ian.

—Pon el auto en parqueo —dijo él enérgicamente. ¿Estaba enojado con ella? Él odiaba el desorden, y la despreciaba cuando ella perdía el control. Francesca siguió sus instrucciones, sintiéndose un poco mareada y sin aliento, sin saber si su reacción provenía de la vuelta tan brusca que había dado el auto, o del brillo en los ojos de Ian.

—Te dije que esto era una mala idea —murmuró ella, apagando la llave de encendido para no causar más estragos involuntarios.

—No fue una mala idea —dijo él con la boca apretada en una línea dura. A Francesca se le congeló el aliento en los pulmones cuando él se abalanzó sobre ella, hundiéndole los dedos en el cabello y volviéndole la cara hacia él. A continuación, se inclinó y se apoderó de su boca. La descarga de adrenalina que ella sintió cuando el auto giró sobre el pavimento mojado no fue nada en comparación con la oleada de emoción ante el beso inesperado de Ian; se derritió contra su calor, el sabor de Ian la inundó, y los fuertes embates de su lengua le abrumaron los sentidos. Él aplicó una aspiración tan precisa que a ella se le mojaron los muslos, como si él le hubiera hecho eso con la boca. Estaba jadeando cuando él levantó la cabeza un momento después.

—Eres tan hermosa —le dijo él con brusquedad.

—Yo... ¿Yo qué? —preguntó ella, aún desconcertada y aturdida por su beso.

Él sonrió y le acarició la mejilla con suavidad.

—Pásate al asiento de atrás y quítate los jeans y los calzones. Tengo que probarte ahora mismo.

Ella se quedó observándolo con la boca abierta y luego miró ansiosamente por la ventana.

—No hay nadie alrededor. Y aunque alguien pasara por aquí, de todos modos las ventanas son polarizadas. Ahora haz lo que te digo —le dijo él suavemente—. Iré en un momento.

Ella se desabrochó el cinturón de seguridad, su respiración todavía errática, y abrió la puerta del conductor. Había comenzado a llover copiosamente, así que cerró la puerta con rapidez y corrió para entrar al asiento de atrás; se sintió muy torpe y excitada después de hacerlo. Ian seguía en el asiento del pasajero y tenía la cabeza agachada; ella se preguntó si estaba tecleando algo en su teléfono celular, y confirmó sus sospechas.

Francesca empezó a desabrocharse el cinturón y el botón de los jeans. Se sintió ridícula después de quitarse los jeans y los calzones.

Ian seguía sin moverse los. La vagina le hormigueaba contra el cuero liso y rígido del asiento. Ella se movió inquieta, haciendo una mueca al sentir la fricción placentera de sus terminales nerviosas contra el cuero ligeramente frío. ¿Qué estaba *haciendo* Ian? Ella abrió la boca para decirle que ya se había quitado los jeans cuando él se desabrochó el cinturón de seguridad.

Un momento después, Ian estaba a su lado. El espacio se hizo más pequeño y más íntimo cuando los dos estuvieron atrás. Los truenos retumbaban en la distancia y la lluvia repiqueteaba en el techo.

Él la miró, y se pasó la mano por su cabello oscuro, ligeramente humedecido por la lluvia.

—¿Sabes lo que quiero? —le dijo él en voz baja—. Acostarme y tener tu raja disponible para mí.

Su voz profunda resonó en la cabeza de Francesca tras el silencio que siguió. El sexo le palpitaba y le picaba a causa de la excitación. No podía dejar de recordar el placer absoluto y refinado que él le había dado con su boca la noche anterior. Hizo todo lo posible para quedar en una posición con la que él se sintiera cómodo. Por una vez, Ian no le estaba dando órdenes, y se limitaba a verla recostarse contra la puerta y abrir las piernas tanto como podía. A ella le palpitó el corazón con fuerza contra el esternón cuando los dos se acomodaron. Sus ansias era tan fuertes que sintió una opresión incómoda en el pecho. Ian permaneció inmóvil, con la mirada fija entre los muslos de Francesca.

Se inclinó súbitamente hacia adelante, le separó la rodilla para que abriera más las piernas, y Francesca apoyó un pie en el piso del auto. Ver la cabeza oscura de Ian entre sus piernas le pareció tan excitante que soltó un gemido incluso antes de que él la tocara.

Gimió de nuevo cuando él posó la boca completamente abierta en la parte exterior de su sexo. Una sensación caliente, húmeda e irresistiblemente excitante la envolvió. Él movió eróticamente sus labios contra el clítoris, aplicándole una presión tensa, y le separó los labios vaginales con su lengua experta. Luego hundió más su cara en el sexo de ella, azotándole el clítoris con más fuerza que la noche anterior, frotándoselo, moviéndoselo y presionándolo tan despiadadamente que ella gritó y dobló las caderas.

La sostuvo firmemente con las manos, obligándola a disfrutar de todo su placer. Ella se aferró a su cabeza, sintiéndose arder y derretirse. Él la devoró, totalmente concentrado en lo que hacía, y de un modo tan implacable, como si la raja de Francesca lo hubiera ofendido de alguna manera... como si él necesitara mostrarle quién era el amo.

Era él, pensó Francesca, envuelta en una bruma cálida y sexual. Se golpeó la cabeza contra la ventana con un ruido sordo, pero ella le restó importancia. ¿Cómo iba a sentir molestias cuando estaba nadando en la felicidad? ¿Qué clase de idiota era ella para creer que él era su amante? Nunca se sentiría satisfecha con otro hombre cuando Ian se alejara de ella; sentiría un vacío por el resto de su vida.

Él le separó los labios vaginales, levantó la cabeza y comenzó a azotarle el clítoris con fuerza, presionándolo y agitándolo hasta que ella gimió en un frenesí de lujuria. Ver que él le lamía todo su sexo era una imagen indecentemente lasciva... irresistiblemente excitante. Ella le apretó el cabello y gritó con fuerza.

Francesca estalló en el clímax, aferrándose a la cabeza de Ian como si se estuviera ahogando y él fuera su único salvavidas. Siguió devorándola mientras ella se meneaba, manteniéndola en la cumbre de su orgasmo por lo que pareció una eternidad, exigiéndole que le diera su dosis de placer. Justo cuando ella se desvaneció sin fuerzas, pensando que él le había exprimido hasta la última gota de placer, Ian movió la lengua entre sus piernas y ella se estremeció de nuevo.

La hizo erizar una vez más antes de levantar la cabeza. La vagina se le apretó con fuerza al ver que el rostro de Ian brillaba con sus jugos y jadeó en busca de aire mientras él la contemplaba sobriamente.

—Quiero hacerte lo mismo —susurró ella con cada fibra de su ser.

Él la había complacido de un modo indescriptible y ella quería corresponderle.

—¿Alguna vez has usado tu boca para darle placer a un hombre?

Ella negó con la cabeza. Él gruñó, y ella no supo si se sentía satisfecho o irritado. Tal vez ambas cosas.

—Eso mismo pensé. Aprenderás a hacerlo, pero no es el tipo de lecciones que debas recibir en el asiento trasero de un auto —le dijo él antes de sentarse. Ella lo vio cerrar los ojos con fuerza y llevarse la mano a la boca. La mirada distraída de Ian se posó de nuevo en su raja, mientras apretaba otra vez sus párpados cerrados.

—Vístete —le dijo con seriedad, abriendo la puerta del auto—. Te llevaré al hotel y cumplirás tu promesa.

La fuerte expectativa que sintió cuando él le dijo que se metiera en el asiento de atrás se manifestó de nuevo mientras ella se disponía a recoger su ropa.

Capítulo diez

an permaneció en silencio mientras regresaban en medio de la lluvia y Francesca se sentía demasiado excitada como para iniciar una conversación. Era como si le hubiera sucedido algo en el auto que no lograra entender. Una especie de tensión densa y sin nombre parecía llenar el aire entre ellos. Podría pensar que todo se debía a la baja presión de la tormenta, pero ella sabía que no era así.

La verdadera causa era Ian.

Cuando llegaron al hotel y cruzaron la marquesina de la entrada, un mozo joven y enérgico saludó a Ian por su nombre, y él le dio algunas instrucciones en inglés para que devolviera el vehículo a la agencia de alquiler, entregándole las llaves, junto con un fajo de billetes.

—Gracias, señor Noble —dijo efusivamente el joven en señal de agradecimiento con un fuerte acento—. No se preocupe; el auto será devuelto con mucha rapidez. Me encargaré de ello.

—*No tienes que preocuparte. El auto será devuelto con mucha rapidez* —dijo Ian distraídamente mientras tomaba a Francesca de la mano.

—Sí, como usted lo ha dicho. *No se preocupe. El auto será devuelto con mucha rapidez* —repitió el joven en voz alta y luego varias veces en voz baja.

—¡No lo pienses más, Gene! —dijo Ian con una pequeña sonrisa. La breve conversación con el mozo pareció mejorar un poco su estado de ánimo. Ian vio las cejas levantadas y la expresión curiosa de Francesca cuando subieron al ascensor—. Le dije a Gene que le daría una oportunidad en una de mis compañías si aprende inglés. Tiene un tío y una tía en Chicago, y un gran sueño americano.

Ella sonrió mientras salían del ascensor.

—¡Cuidado, Ian!

Él la miró de reojo mientras abría la puerta de la suite.

—Estás mostrando tus puntos débiles.

—¿Eso crees? —preguntó él despreocupadamente mientras sostenía la puerta abierta para que ella entrara—. Creo que estoy siendo muy práctico. He observado de primera mano lo buen trabajador que es Gene; se apresura a complacerme mientras que muchos otros evaden sus responsabilidades.

—Y, obviamente, prefieres a los que están más dispuestos a complacerte.

—Sí —dijo él, ignorando el sarcasmo en la voz de Francesca. Luego se dio vuelta para mirarla—. ¿Estás teniendo problemas con eso, Francesca?

—¿Con qué? —preguntó ella confundida.

—Con la celebración de un acuerdo en el que el objetivo principal sea complacerme.

—Lo hago para complacerme a mí misma —dijo ella, levantando la barbilla.

Él la miró a la cara con aire divertido.

—Sí —murmuró, tocándole suavemente la mandíbula con sus dedos. Ella se estremeció—. Y eso es lo que te hace tan especial; que te agrade complacerme.

Ella frunció el ceño. Ian había dicho algo que estaba relacionado con ese tema incómodo de la dominación y la sumisión.

Él sonrió y dejó caer la mano.

—Preferiría que no te debatieras tanto con los conceptos básicos, preciosa. No hay nada vergonzoso en tu naturaleza. De hecho, me parece que eres exquisita. Realmente no sabes por qué tenía que tenerte a toda costa, ¿verdad? Hay una cualidad en ti que sólo un hombre como yo puede ver... —Ian dejó de hablar cuando advirtió el desconcierto en su rostro, y exhaló con fuerza—. Tal vez lo que se necesite en tu caso sea tiempo, y práctica.

Ella parpadeó al ver el brillo de sus ojos.

—Por favor desvístete y ponte una bata. Cepíllate el cabello y recógetelo detrás de la cabeza. Siéntate en el borde de la cama. En un momento regresaré. Necesitaremos ciertas cosas para esta lección tan importante.

Realmente no sabes por qué tenía que tenerte a toda costa, ¿verdad?

Las palabras de Ian seguían resonando en su cabeza mientras ella hacía lo que él le había pedido, además de cepillarse los dientes. Sentarse y esperar en el borde de la cama le produjo una mayor ansiedad. No le gustaba mucho estar tan ansiosa por complacer sexualmente a Ian, por darle el mismo tipo de placer que él podía darle a ella, pero era lo suficientemente honesta como para reconocer que era fiel a sí misma. No tenía derecho a calumniar mentalmente a Ian por sus preferencias cuando ella tenía deseos igualmente oscuros.

Sus pensamientos se vieron interrumpidos cuando Ian regresó; tenía el torso desnudo, los pies descalzos y una bolsa plástica en la mano. Ella lo miró y se quedó sin aliento al ver su desnudez. ¿Alguna vez le permitiría tocar, acariciar y consentir sus músculos atractivos y protuberantes, y su suave piel? Sus tetillas eran pequeñas y casi siempre estaban duras. Él dejó la bolsa en una silla al lado de la cama. Sacó un objeto con correas que ella no logró identificar, y algo que sí reconoció: las esposas de cuero. Ian dio un paso hacia ella con los objetos en sus manos.

—¿Por qué me tengo que poner las esposas para esto? —preguntó ella, la decepción filtrándose en su tono.

Había creído que por fin tendría la oportunidad de tocarlo.

—Porque yo lo digo —señaló él con suavidad—. Ahora ponte de pie y quítate la bata. —Ella se levantó y se desató la bata. Sintió el aire ligeramente frío sobre su piel desnuda. Los pezones se le endurecieron cuando dejó la bata en un rincón de la cama.

—El clima está fresco, pero creo que lo que tengo en mente te calentará muy pronto. Dame la espalda —le dijo Ian.

Una vez más, ella tuvo que resistir un fuerte deseo de mirar por encima del hombro y ver lo que él hacía.

—Pon tus muñecas juntas en la espalda —le ordenó. El clítoris se le apretó excitado cuando sintió las esposas en sus muñecas, y los brazos detrás de la espalda—. Ahora date vuelta. —Ella dejó escapar un leve jadeo cuando vio el tarro blanco que él tenía en la mano. El calor se precipitó entre sus muslos. Ella se estaba volviendo dependiente de un pequeño tarro de crema; su cuerpo reaccionaba con el solo hecho de verlo. Ian hizo una pausa, pareciendo notar su reacción mientras ella miraba el emoliente.

—Conozco a un doctor en medicina china en Chicago, quien me recomendó este estimulante, pero no lo había usado antes. Estoy teniendo la clara impresión de que lo apruebas —dijo él, esbozando una pequeña sonrisa con sus labios carnosos. Dio un paso adelante y ella contuvo el aliento, sabiendo lo que sucedería a continuación. Él hundió su dedo entre los labios vaginales y le frotó el clítoris, cubriéndolo con el estimulante. Ella se mordió el labio inferior para no gritar de excitación; comenzó a arder al imaginar lo que sucedería a continuación.

Él dejó caer la mano y ella lo miró ansiosamente mientras recogía aquel objeto con correas negras. Tenía también un cordón delgado y un pequeño panel de control.

—¿Qué es eso? —preguntó ella un poco alarmada.

—Es algo diseñado exclusivamente para tu placer, preciosa. No temas —le dijo acercándose a ella—. Es un vibrador manos libres —le explicó, deslizando las correas ajustables alrededor de sus caderas y apretándolas. Ella se quedó mirando con una mezcla de fascinación y excitación al verlo apretar un cilindro transparente, gelatinoso y con estrías contra su clítoris y labios vaginales. Ian hundió un botón del panel de control—. No me gusta hacerte sentir incómoda, pero como no tienes experiencia, tus primeras lecciones en este campo podrían ser más... difíciles para ti hasta que te acostumbres. Quiero que sientas placer mientras aprendes de mí. Esto te facilitará más las cosas. Tal vez.

—No entiendo —dijo ella mientras él le apretaba más las correas del vibrador y luego retrocedía un paso para examinar lo que acababa de hacer. Le había puesto una especie de calzones diminutos, con el pequeño vibrador entre sus labios vaginales. Su raja le estaba picando por la presión leve y la crema del clítoris, y Ian ni siquiera había encendido el vibrador.

Él la observó con seriedad y le pellizcó los pezones erectos mientras le miraba los senos.

—Sucede que soy muy exigente cuando se trata de la felación.

—Oh —exclamó ella, pues no se le ocurrió decir nada más. Él le había dicho eso casi en tono de disculpa.

—Nunca le he enseñado a hacer esto a ninguna mujer. Sospecho que será un fracaso ayudarte a hacerlo, pero quiero que sepas que he pensado mucho en eso.

—¿Qué quieres decir? —Ella se sentía cada vez más confusa. ¿Estarían hablando de lo mismo? Él había dicho felación, o al menos eso *pensaba* ella, pero de todos modos...

—Es un poco enigmático. No puedo cambiar mi naturaleza exigente, y tampoco creo que pudiera hacerlo si me esforzara al máximo en este caso, después de la atracción tan fuerte que siento por ti.

Ella sintió un ardor en las mejillas. A veces, Ian podía decir las cosas más agradables y no parecer darse cuenta cómo la afectaban a ella sus comentarios espontáneos.

—Por otra parte, entiendo que la forma en que se le enseñe a dar sexo oral a una mujer es decisivo para que ella lo disfrute o no a largo plazo, así que tuve que pensarlo detenidamente.

—Ya veo —susurró ella. No podía creer que estuvieran teniendo esa conversación; ella no había pensado en esos asuntos, pero la verga de Ian era... formidable. Sus miradas se encontraron y ella vio que él había estado estudiando su rostro.

—Te estoy confundiendo —dijo él, suspirando—. Como dije, no quiero que le tengas miedo a esto. Especialmente porque que he fantaseado que me tomas con tu boca desde que puse los ojos en ti. Querré que lo hagas con frecuencia, Francesca, y preferiría que nos pareciera mutuamente satisfactorio.

Ella se sonrojó sin control. La crema empezó a hacerle cosquillas y a quemarle el clítoris.

—Está bien —dijo ella. Él le tocó la mejilla.

—Arrodíllate —se limitó a decir él.

Él la sostuvo de los hombros mientras ella se arrodillaba, pues tenía los brazos atados detrás de la espalda. Francesca levantó la mirada y tragó con dificultad. Su rostro estaba frente a la entrepierna de Ian. Observó fascinada mientras él se desabrochaba y bajaba la cremallera de los pantalones, dejando al descubierto un par de bóxers tan blancos como la nieve. Luego metió la mano en el lado izquierdo del bóxer y se sacó el pene, se bajó los pantalones y los bóxers un poco más abajo de los testículos.

De repente, Francesca quedó muy cerca de su verga y de sus pelotas rasuradas. Él no la tenía dura como el hierro, como ella lo había visto en el pasado, pero era evidente que estaba excitado. Él era hermoso. Ella se humedeció nerviosamente el labio inferior mientras le miraba la cabeza cónica y gorda del pene, que tenía el diámetro de una ciruela pequeña en la parte más gruesa. ¿Esa verga había estado realmente dentro de ella? ¿Cómo demonios se la iba a meter en la garganta?

—¿Tienes que estar vestido para hacer *esto*? —preguntó ella, mirándolo con los ojos muy abiertos. Un escalofrío la recorrió al verlo allí de pie, tan alto e imponente, su verga asomando por los bóxers. Era una vista intimidante... e intensamente erótica.

—Sí. ¿Estás lista para empezar?

Ian se dio una palmada en el pene y se lo acarició mientras ella lo observaba.

—Sí.

Ian dejó de agarrarse el pene y el peso del órgano hizo que cayera en un ángulo. Ella sintió un hormigueo en los labios tras la expectativa.

—¡Oh! —exclamó ella mientras se estremecía.

Él había encendido el vibrador, el cual sonó enérgicamente contra el clítoris y los labios vaginales. Ella miró a Ian, aturdida por la emoción del intenso placer. Él estudió su rostro de cerca y ella sintió una oleada de calor en el pecho, los labios y las mejillas. Se sentía pecaminosamente bien. Él gruñó de satisfacción y se puso otra vez delante de ella, agarrándose la verga con la mano.

—En otra ocasión te enseñaré a usar tu boca y tu mano. Hoy aprenderás a tenerme solo en tu boca —dijo él. Ella permaneció inmóvil cuando él se acercó más y le rozó los labios con la punta de la verga; Francesca se apartó—. No te muevas —le ordenó él. Ella permaneció inmóvil mientras él le recorría los labios con la verga, y la punta carnosa le producía una sensación suave y cálida en la piel temblorosa. Francesca sintió el olor de Ian... olía a almizcle y a hombre. La vagina se le apretó con fuerza y ella gimió suavemente. Sintió que a Ian se le endurecía el pene y que el glande comenzaba a apretarse contra sus labios. Incapaz de contenerse, se lo tocó con la punta de la lengua.

—Francesca —le advirtió él, dejando de moverse.

Ella lo miró con ansiedad y él frunció el ceño.

—Se me olvidó otra vez la maldita venda de los ojos —o eso creyó ella haberle oído murmurar en voz baja—. Abre bien la boca.

Ella la abrió tanto como pudo y él le introdujo la punta de la verga en la boca.

—Cúbrete los dientes con los labios —le oyó ella decir mientras el corazón le retumbaba en los tímpanos—. Haz una cresta rígida con ellos. Mientras más duro me exprimas, mayor placer me darás. —Ella se la apretó con tanta fuerza como pudo al escuchar eso. Él gruñó.

—Bien. Ahora mójame el glande con tu lengua —dijo él desde arriba.

Ella le obedeció con ansias y se excitó aún más cuando lo vio frotarse el pene con la mano. ¿Había algo más erótico en el mundo que ver a Ian tocándose?

—Muy bien. Aprende a reconocer mi forma. Presiona con fuerza. —Ella siguió sus instrucciones con entusiasmo—. Sí. *Ahí* —dijo él, y su voz sonó un poco ruda cuando ella le chupó el borde grueso y los pequeños orificios del glande, sacándole unas gotas de líquido seminal. El sabor del líquido se propagó por su lengua, único... y adictivo. Ella apretó su boca con más fuerza. Él gruñó y le introdujo suavemente otra pulgada de su verga en la boca, mientras le sostenía firmemente la cabeza con una mano. Él se contrajo y flexionó las caderas, metiendo y sacando ligeramente su verga, una y otra vez.

—Ahora chúpame —le dijo tensamente.

Ella le apretó la verga con sus labios y se la chupó con fuerza.

—Ah, sí. Eres una buena estudiante —dijo él entrecortadamente mientras le seguía embistiendo la boca.

El vibrador la estaba matando; Francesca no podía escapar del zumbido persistente en su clítoris ardiente. Al igual que el día anterior, sintió que los pezones y las plantas de los pies empezaban a quemarle. Y sentía los labios extremadamente sensibles, apretados como estaban alrededor de la gruesa verga de Ian. Le estaban empezando a doler tras chuparlo con fuerza, como si sus labios fueran una prensa. Aún así, ella quería más. Lo necesitaba.

Inclinó la cabeza hacia adelante, sintiéndolo deslizarse a lo largo de su lengua, llenando su boca. Él gruñó y la detuvo agarrándola del cabello.

—Acabaré con esto si vuelves a ser así de impulsiva.

Ella abrió los párpados y el tono agudo de él penetró en su emoción aturdida. La verga palpitaba en su boca y el vibrador estaba a punto de hacerle perder el control. Era un artefacto despiadado. Ella parecía incapaz de controlar su reacción.

Lo miró impotente pero no podía hablar, pues la verga completamente erecta le llenaba la boca.

El rostro de Ian se ensombreció al ver la expresión de ella.

—¿Francesca?

Ella empezó a temblar a causa del orgasmo y el aire comenzó a escapar de sus pulmones en pequeños jadeos que eran ahogados por su verga. Lo vio abrir los ojos con incredulidad antes de que ella cerrara los párpados con fuerza, mientras la vergüenza la inundaba por su incapacidad para controlar su deseo colosal.

Ian la miró fijamente, sin comprender su expresión desesperada hasta que ella empezó a temblar ante un orgasmo evidente. Nunca había estado en la boca de una mujer mientras ella se venía. Nunca había pensado en el placer de una mujer mientras él se entregaba al suyo.

Se engañaba.

Él gimió incontrolablemente al sentir la boca dulce y caliente de Francesca temblando alrededor de su verga. Incapaz de contenerse, enterró los dedos en el cabello de Francesca y se hundió en su boca celestial. Francesca soltó un chillido en lo más profundo de su garganta y el sonido vibró en su pene, al igual que los leves estremecimientos del orgasmo de ella. Sacó ligeramente el miembro para darle un poco de alivio, pero ella siguió chupándolo fre- néticamente y le golpeteó el glande con su lengua una y otra vez, y Ian por poco se viene.

Abrió la boca para reprenderla, pero se detuvo en el último ins- tante y volvió a metérsela. ¿Qué clase de mujer podría hacerle algo tan delicioso? Ian dejó que ella controlara brevemente sus movi- mientos y le miró su rostro completamente excitado mientras ella agachaba la cabeza, metiendo y sacando enérgicamente la verga entre sus labios rosados.

—Así es —murmuró él—. Métetela tanto como puedas —dijo completamente emocionado. El innegable entusiasmo de Fran- cesca compensó con mucho su falta de experiencia. Ella también había resultado ser más fuerte de lo que esperaba él; se la estaba apretando con la boca como si se tratara de una prensa industrial. Lo estaba chupando de una forma deliciosa, pero él la desafió.

—Chupa con más fuerza —le dijo, empujando las caderas al ritmo de la cabeza de Francesca, y soltó un gruñido ronco y salvaje cuando ella superó sus expectativas y le exprimió la verga con sus mejillas completamente rosadas.

Era demasiado. Le soltó ligeramente el cabello, y ella abrió len- tamente los párpados y lo miró; Ian se sintió desfallecer al ver sus labios abiertos y sedientos de su verga, y sus ojos oscuros brillando de excitación.

—Debes tomarme con mayor profundidad —le dijo suave- mente—. Respira por la nariz. Si te parece incómodo, ten la segu- ridad de que pararé a tiempo. ¿Entiendes?

Ella asintió con la cabeza y la confianza y la excitación que él vio en sus ojos aterciopelados le hicieron apretar la mandíbula con fuerza. Ian le sostuvo la mirada mientras empujaba hacia adelante y sentía que ella se la metía hasta la garganta. Un estremecimiento de placer lo atravesó. Ella parpadeó y se atragantó, pero no se de- tuvo. Él gimió y se deslizó fuera de su garganta.

—Muy bien. Respira por la nariz —la tranquilizó mientras

empujaba de nuevo dentro de ella. Ian hizo una mueca cuando su verga saltó excitada en la garganta de ella—. Lo siento —se apresuró a decir mientras salía de ella, al ver dos lágrimas resbalar por su mejilla.

—¿Estás bien? —le preguntó.

Ella abrió los ojos de par en par como para tranquilizarlo, y asintió con la cabeza, haciendo que su verga se meneara. Él hizo una mueca de placer ante la evidencia del deseo de Francesca... de su generosidad. Menos mal, porque ella era la belleza personificada. Ian sabía que él no se detendría. Sabía que no podía hacerlo.

Le sostuvo la cabeza con ambas manos, mirándola mientras él se la sacaba y la metía ligeramente entre sus labios apretados, secándole las lágrimas con los dedos. El resplandor de la excitación había aumentado en los ojos de ella en los últimos minutos, pero él vio algo más; algo que parecía bendecir su pecado.

—Me das un placer infinito —le dijo él.

Él la sostuvo con firmeza y empujó en su garganta una vez más. Se sintió extraviado por espacio de un minuto, y todo se le hizo negro mientras disfrutaba de su placer en la boca dulce Francesca, y ella complacía cada uno de sus deseos urgentes y depravados. Sus ojos se abrieron de par en par cuando la sintió temblar mientras él se la hundía profundamente. Comenzó a retirarse debido al malestar de ella, pero vio que no se estaba atragantando.

—*Francesca, cariño* —masculló él, su emoción inflamándose, desconcertándolo, y comprendió que ella se iba a venir una vez más.

Él estalló en su garganta, rugiendo mientras lo atravesaba un placer brutal. Aun así, tuvo la presencia de ánimo para retirarse, viniéndose mientras se restregaba contra su lengua. Se le contrajo el rostro al contemplarla, incapaz de apartar la mirada de la imagen fascinante de sus mejillas completamente rosadas, la expresión indefensa de sus ojos oscuros y brillantes mientras ella sucumbía a la felicidad de haberlo complacido tanto.

A ella le tembló la garganta mientras tragaba. Él siguió estremeciéndose y viniéndose, incapaz de detener las olas ardientes de placer a pesar de que Francesca parecía tener dificultades para absorber todas sus eyaculaciones. Sus sospechas se confirmaron cuando ella gimió, dejó de apretarle momentáneamente la verga y un poco de semen salió de la comisura de sus labios.

Él jadeó de un modo incontrolable y apretó los ojos con fuerza, mientras se sacudía tras otro fuerte clímax, la imagen de ella invadiéndole el cerebro. ¿Cómo podía una mujer tan inocente como ella hacerlo sentir tan indefenso, despellejarlo hasta los huesos y zarandearlo mientras él se sentía tan ardiente, desnudo y expuesto como le había insistido a ella que lo fuera para él?

El pensamiento descabellado le hizo abrir los párpados. Le había soltado el cabello rojizo y dorado, y los rizos desordenados y sedosos le caían sobre sus hombros blancos y le rozaban las mejillas. Sus ojos eran como faros oscuros. Él contempló su belleza erótica y exuberante, como si fuera lo primero que viera un hombre ciego luego de recuperar la visión.

Sacó lentamente la verga de su boca. La larga succión produjo un sonido húmedo y un ligero estallido cuando él se apartó de sus labios, cerrando los ojos, afligido por separarse de su calor.

Permanecieron en silencio mientras él la ayudaba a ponerse de pie y le desabrochaba las esposas. Ella gimió suavemente cuando él apagó el vibrador.

—Lo puse en una velocidad muy alta —dijo él, y su voz sonó fingida incluso para sus propios oídos, porque él sabía que mentía. El vibrador no era *así* de preciso o de potente. Ella se había venido varias veces mientras él la devoraba y le utilizaba la boca para obtener placer, porque era tan dulce y tan sensible y...

...mucho más de lo que esperaba o planeaba.

Él hizo una pausa mientras desanudaba las correas del vibrador manos libres.

—¿Ian? —preguntó ella. Él hizo una mueca al oír el sonido áspero de su voz.

—¿Sí? —respondió él, evitando su mirada mientras guardaba los objetos en la bolsa.

—¿Mm... todo estuvo bien?

—Fue fantástico. Superaste mis expectativas una vez más.

—Ah... porque... pareces más o menos... infeliz.

—No seas ridícula —dijo él con voz calmada, acomodándose la ropa y subiéndose el cierre de los pantalones. La miró, ignorando decididamente su belleza indiscutible y la expresión confundida de sus ojos oscuros—. ¿Por qué no te duchas aquí? Utilizaré el otro baño y luego pediré la cena.

—Está bien —dijo ella, y Ian advirtió la incertidumbre en su voz.

Sin embargo, él se dispuso a salir de la habitación. Se detuvo bruscamente y se dio vuelta; parecía estar perdiendo el control. Ella no se había movido.

—Ven acá —le dijo extendiendo los brazos.

Ella se apresuró y él la abrazó con fuerza y aspiró el aroma de su cabello. Sus senos eran una plenitud deliciosa y erótica que le presionaba las costillas. Quería decirle lo maravillosa que había sido la experiencia; lo exquisita que era ella, pero por alguna razón, el corazón empezó a latirle con fuerza. No le gustaba la forma en que se había sentido expuesto al final... debilitado por su necesidad de ella.

Sin embargo, su boca lo tentó. La besó con moderación, pues sabía que tal vez estaba adolorida. El dulce suspiro contra su boca le dio ganas de llevarla a la cama y pasar la noche con los labios y la nariz enterrados en su piel sedosa y perfumada. La fantasía de hacer precisamente eso lo estaba atormentando.

Le dio un último beso y se apartó pues necesitaba probarse a sí mismo que aún tenía la capacidad de alejarse.

Sexta parte

Porque me atormentas

Capítulo once

A día siguiente, Francesca se llevó la píldora a la boca, pasó un poco de agua entre sus labios y se la tragó. Se miró en el espejo del baño, apartando rápidamente la mirada al notar su reflejo. Verse tomar la píldora anticonceptiva le hizo recordar vívidamente la noche anterior: Ian invitándola a una cena privada con una vista increíblemente romántica, su confusión por la actitud distante de él, su cercanía en contraposición al alejamiento de Ian, aún cuando era aparentemente tan atento... cuando habían discutido y él se marchó.

¿Por qué se molestaba siquiera en tomar anticonceptivos después de la forma en que Ian se había comportado anoche? Ella estaba realmente enojada por haber accedido a esta aventura con él. Su estupidez nunca había sido más evidente que cuando él se había alejado después de esa experiencia tan increíblemente íntima y erótica la noche anterior.

Por lo menos había sido increíblemente íntima y erótica para *Francesca*.

Mientras que para Ian, debía ser apenas lo que él esperaba.

Otro ejemplo de la buena atención que se merecía él.

La ira surgió en ella luego de ese pensamiento incendiario.

Es cierto que Ian había pasado un rato con ella después de que hubieran... hecho lo que hicieron; no sabía cómo *definirlo* exactamente. Habría dicho que se trataba de un amor loco, pero Ian claramente no estaría de acuerdo. ¿Después de que él le ordenara cómo darle placer con su boca? ¿Después de que se devoraran el uno al otro? ¿Después de que él la había hecho extraviarse con tanto deseo que ahora se le hacía difícil mirar su propio reflejo en el espejo?

Él no sólo había estado con ella; para un observador casual, él le había brindado una experiencia única en-la-vida. Él había salido, luciendo extremadamente guapo con un par de pantalones grises que resaltaban sus largas piernas y estrechas caderas, una camisa azul clara de botones y una chaqueta deportiva después de ducharse en baños separados.

—¿Estás lista? Iremos a cenar a Le Cinq —le dijo él, de pie en la entrada de la suite.

Ella jadeó y se miró alarmada.

—Pensé que cenaríamos aquí en la suite. ¡No puedo ir a Le Cinq con esta ropa! —exclamó ella, recordando todo lo que había leído y escuchado acerca del exclusivo restaurante ubicado en el hotel. ¿Por qué había cambiado él los planes? A fin de cuentas, le había dicho que pediría la cena a la habitación ¿acaso pensaba él que la atmósfera de la suite privada se había vuelto demasiado íntima?

—Claro que puedes —le había dicho él con sus enérgicos modales de aristócrata británico. Le había tendido la mano expectante antes de notar su incredulidad—. He pedido una terraza privada al aire libre para nosotros.

—¡Ian, no puedo! No así —había protestado ella, pasando la mano por su ropa.

—Lo *harás* —le había dicho él, lanzándole una mirada

divertida—. Los otros comensales no nos verán. Y si alguien respinga la nariz al ver tu camiseta de los Cachorros, me encargaré de hacerle daño a esa nariz.

Lo que él había dicho fue reconfortante, e incluso dulce, pero Francesca aún sentía la actitud distante que se había apoderado de él después de su encuentro tan erótico y electrizante.

Se sentía llena de dudas, se había puesto los zapatos a pedido de Ian, y le había dado la mano. Lo había seguido al ascensor y luego por los pasillos del primer piso, mientras se decía entre dientes que no la dejarían entrar al lujoso restaurante por ir con jeans y camiseta. Ian no le respondió, limitándose a llevarla sin hacer ningún comentario.

El sonriente maître del restaurante había saludado a Ian como a un viejo amigo. Francesca se había sentido incómoda, queriendo que el piso de mármol se la tragara mientras los dos hombres intercambiaban una rápida conversación en francés. Sin embargo, el maître se había limitado a sonreírle ampliamente cuando Ian se la presentó, haciéndola ruborizarse cuando le tomó la mano y le rozó sus labios con los nudillos, como si fuera la Cenicienta en la noche del baile en lugar de la torpe Francesca Arno con una camiseta.

Había mirado boquiabierta un instante después, cuando el maître los condujo a una terraza privada iluminada con velas, y con una impresionante vista al reluciente entramado de acero de la torre Eiffel. Dos lámparas de gas habían hecho que la temperatura fuera muy agradable. La mesa había sido una reluciente delicia visual de llamas, cristal, oro y vajillas, y con un exuberante arreglo floral de hortensias blancas.

Miró a Ian con cierta sorpresa, y vio que el maître se había marchado. Estaban solos en la terraza, y él le estaba sosteniendo la silla.

—¿Organizaste todo esto? —le había preguntado, mirando por encima del hombro para sostener su mirada.

—Sí —le había respondido él mientras ella se sentaba.

—Deberías haberme dejado vestir para la cena.

—Una vez te dije que es la mujer quien lleva la ropa, Francesca —le había dicho él, sentado frente a ella. Sus ojos tenían el color del cielo azul oscuro bajo la luz de las velas—. Si una mujer es consciente de su poder, puede salir en harapos y la gente la reconocerá como una reina.

Él se había burlado de ella.

—Ian, eso suena como el tipo de cosas que le enseñan al nieto de un conde. Me temo que vivimos en mundos diferentes.

Habían tenido una cena de lujo, conversado, tomado vino tinto, y probado varios bocados del suntuoso menú de degustación, mientras eran atendidos como reyes por dos meseros a falta de uno, ninguno de los cuales se molestó en reparar en la ropa de Francesca. Todo parecía indicar que ser la invitada Ian le confería un estatus especial. Él se había puesto de pie y quitado la chaqueta, insistiendo en que se la pusiera cuando sintió frío después de una fuerte brisa.

Otra persona hubiera creído tal vez que se trataba de una noche romántica sacada un cuento de hadas, pero la incertidumbre y la frustración de Francesca no habían hecho más que aumentar tras la distancia de Ian mientras transcurría la velada. Había sido amable y cortés... el compañero ideal. En un principio, ella había creído que la atmósfera tensa se debía en parte a la irrupción de los meseros que revoloteaban durante la cena, pero a medida que pasaba el tiempo, concluyó que esa no era la causa.

Él se había alejado de ella después de enseñarle a darle placer. ¿Por qué? ¿Acaso había hecho mal las cosas y él era demasiado cortés para decirle la verdad?

¿Se había cansado acaso de ella?

Sus sospechas se vieron confirmadas cuando regresaron a la suite y él le preguntó si le importaba que trabajara. Ella había respondido con un descuidado "Claro que no", pero su incertidumbre se transformó en rabia con rapidez. Ella había ido a la habitación y mirado sus mensajes de correo electrónico en el teléfono.

En un momento dado, él entró al dormitorio, haciendo que el corazón le diera un vuelco. Sin embargo, él se limitó a entregarle un paquete. Ella lo abrió, encontrando un suministro de píldoras anticonceptivas para tres meses.

—Acaban de traerlas. Aarón, el farmaceuta, dice que ya puedes empezar a tomarlas. Le dije que me enviara instrucciones en inglés —le dijo él.

—Es muy considerado de tu parte.

Él parpadeó ante su leve sarcasmo.

—¿Estás molesta porque te sugerí que tomaras la píldora? Tengo los resultados de un examen médico que me hicieron recientemente; te los mostraré. Quiero que estés segura de que estoy perfectamente sano. No voy a estar con nadie más mientras estemos juntos.

—Yo no estaba pensando en eso —dijo ella, a pesar del alivio que había sentido al oír esas palabras. Ella debía de haber tocado el tema con anterioridad.

Él le miró el rostro inquisitivamente.

—Lo siento si has notado que he estado preocupado esta noche —dijo él después de una pausa—. Tenía que trabajar un poco. Desde hace mucho tiempo he estado pensando en una adquisición muy importante y creo que finalmente llegará a buen puerto la próxima semana.

Ella le había dirigido una mirada sumisa. No era su trabajo lo que la tenía irritada y ansiosa, y él debía saberlo. Era el contraste entre su experiencia sexual tan extraordinariamente íntima y su indiferencia actual.

Él la había mirado un momento en silencio, como si tratara de aclarar sus pensamientos. Ella se había sentido más ansiosa por lo que él estaba a punto de decir, y su expresión sarcástica se hizo más tenue. Había sentido una necesidad abrumadora de tomarle la mano para tranquilizarse.

—¿Quieres que te traiga un vaso de agua?

Ella había cerrado los ojos brevemente, decepcionada por completo tras su pregunta.

—Te dije que era abominable con las mujeres —le dijo él en un tono duro y contenido, haciéndole abrir los ojos.

—También me dijiste que no eras un buen hombre. No puedo dejar de notar que no has expresado una pizca de remordimiento por tus defectos; ni en esa ocasión ni en esta... ni tampoco el menor indicio de un esfuerzo.

La ira había asomado a los ojos de Ian al oír eso.

—Supongo que crees poder hacer de mí un hombre mejor —dijo él, torciendo los labios carnosos como si hubiera probado una sustancia amarga—. Recibe un consejo, Francesca, y ahórrate el esfuerzo. Soy como soy; nunca te he mentido al decirte que soy más que eso.

Ella había contemplado su figura alta y esbelta, muda de asombro, de ira y de dolor mientras él salía de la habitación.

¿Eso era lo que él pensaba? ¿Que ella quería cambiarlo sólo porque estaba confundida por su distanciamiento después de haber tenido relaciones sexuales?

¿Había tenido él *razón* en reprenderla? Había estado completamente atento a cada uno de sus deseos durante toda la noche, invitándola a una experiencia gastronómica exclusiva mientras contemplaban la vista más romántica del mundo.

Él no le había ofrecido su corazón; le había prometido placer y la experiencia, y le había dado ambas cosas con creces.

Sus pensamientos sólo la habían confundido más, produciéndole un nudo de ansiedad en el vientre. Había tratado de leer un libro electrónico en su teléfono, pero se había sumergido en la confusión y el dolor hasta quedarse dormida.

Él no estaba por ninguna parte esta mañana cuando ella se

había despertado. Francesca tenía un vago recuerdo de la dureza cálida y viril de él presionando contra ella en algún momento de la noche, sus brazos alrededor de ella, su boca moviéndose a través del cuello y el hombro en un beso tenso y eléctrico. Sin embargo, le era difícil saber si el recuerdo agitado había sido un sueño o una realidad.

Había encontrado una nota en la mesa de noche junto a la cama.

Francesca,
Estoy en una reunión de desayuno en La Galerie, en la planta baja del hotel. Siéntete libre de pedir servicio de habitación si deseas. Viajaremos a Chicago a las 11:30. Empaca por favor y ten todo listo. Vendré a recogerte a las 9:00.

Ian

Ella frunció el ceño al leer el mensaje; la hizo sentir como si ella fuera un paquete o una maleta.

A las nueve y diez, estaba en la sala de la suite, con la cartera y la bolsa de lona colgada al hombro, triste por marcharse de la exquisita suite parisina donde Ian le había enseñado tanto sobre el deseo, pero anhelando también la normalidad, la cordura mundana de su vida cotidiana.

Miró su reloj y frunció el ceño. Ian no llegaba.

Al diablo con esto.

Se sintió inquieta y le escribió una nota rápida a Ian, diciéndole que se encontraría con él en el vestíbulo y salió de la suite. Sentarse en el lujoso vestíbulo y ver a todos esos clientes sofisticados y acaudalados le hizo pensar en otras cosas.

Se sentó en una de las cómodas sillas y buscó el teléfono celular en su cartera para revisar sus mensajes. Algo le llamó la atención por el rabillo del ojo. Se recostó en la silla al ver que era un hombre tan alto como Ian, y observó escondida detrás del respaldo de la silla. Él estaba saliendo de La Galerie, uno de los restaurantes del hotel, con el brazo alrededor de una mujer bien vestida y de cabello oscuro que parecía tener treinta y tantos años. Francesca no pudo oír la conversación, pero el comportamiento de ellos le pareció intenso en cierto sentido... íntimo.

¿Fue por eso que ella se escondió instintivamente detrás del respaldo de la silla?

Ian metió la mano en la linda chaqueta deportiva que llevaba puesta y le entregó un sobre a la mujer.

Ella lo aceptó con una sonrisa y se puso de puntillas, besando su mejilla. El corazón le dio un vuelco a Francesca y luego se desaceleró en un latido lento mientras veía a Ian poner sus manos sobre los hombros de la mujer atractiva y besarle ambas mejillas.

Se dirigieron una sonrisa mutua que a Francesca le pareció conmovedora... triste. La mujer asintió con la cabeza, como si quisiera tranquilizarlo silenciosamente de que todo iba a estar bien, antes de agachar la cabeza y darse vuelta para recorrer el brillante piso de mármol blanco del vestíbulo y de guardar el sobre en un maletín de cuero. Ian permaneció un momento allí, viéndola alejarse, con una expresión que nunca antes había visto en sus rasgos audaces y masculinos.

Se veía un poco perdido.

Francesca se reclinó en la silla, mirando a ciegas el extravagante arreglo de flores que estaba frente a ella. Su corazón pareció encogerse en su pecho. Se sentía como si acabara de presenciar un acto muy personal. No entendía muy bien lo que acababa de ver, pero de algún modo sabía que era algo importante para Ian... algo trascendental.

Algo que él no hubiera *querido* que ella viera.

Se levantó de la silla y salió disparada hacia los ascensores cuando lo vio entrar un momento después a una joyería situada en el vestíbulo del hotel.

—Hola. Decidí esperarte en el vestíbulo —le dijo ella con falsa alegría. Francesca se comportó como si acabara de llegar.

Él parpadeó ante su aparición inesperada.

—Creí haberte dicho que me esperaras en la suite —dijo él, un poco perplejo... y asombrosamente guapo. ¿Acaso su belleza oscura, intensa y masculina nunca dejaría de estremecerla como si se tratara de un golpe físico?

—Sí. Vi tu nota. —Ella percibió que sus negras cejas se elevaban casi en un desafío silencioso—. También te dejé una nota para decirte que te esperaría aquí.

Los labios carnosos de Ian se movieron, pero ella no supo si era de irritación, o de diversión.

—Te debo una disculpa por mi retraso. Tenía una cita importante con una amiga cercana a mi familia, que vino a una conferencia. Iré por mis cosas y nos encontraremos en el vestíbulo.

—Está bien —dijo ella, mientras se preguntaba continuamente por la identidad de aquella amiga hermosa, cercana y familiar que tenía la capacidad de atravesar la coraza emocional aparentemente impenetrable de Ian.

¿Le había comprado algo a esa mujer misteriosa en la joyería?

Empezó a caminar junto a él, sabiendo que no podía responder a esa pregunta. Se detuvo cuando él le puso la mano en el brazo.

—Siento lo de anoche.

Ella se limitó a mirarlo, muda por la sorpresa ante su admisión, y por lo que parecía ser un arrepentimiento genuino en su tono.

—¿De qué parte de la noche?

—Creo que sabes cuál —dijo él con voz serena un momento después—. Estuve a miles de millas de distancia. Me temo que te sentiste abandonada.

—¿Y acaso no?

—No. Aún estoy aquí, Francesca, y espero que lo tengas en cuenta —añadió sombríamente. Se inclinó hacia abajo y se apoderó de su boca con un beso a la vez tierno y apasionado. ¿Era su imaginación, o ese beso parecía decirle algo que Ian no podía expresar?

Se limitó a mirar su espalda anchas mientras él se retiraba un momento después, y ella sentía su típico desconcierto cuando se trataba de Ian, y el corazón parecía palpitarle incluso en su sexo excitado luego de aquel beso.

A pesar de su disculpa, Francesca notaba todavía la preocupación de Ian mientras Jacob los llevaba al aeropuerto y abordaban el jet privado. Ella se debatía entre su preocupación por él —por su compasión por el Ian de aspecto extraviado que había visto en el vestíbulo del hotel— y por su fuerte irritación ante la supuesta capacidad que tenía él para alejarla de su mente.

—¿Cuál es la adquisición importante que dijiste que concretarías a finales de esta semana? —le preguntó Francesca cuando estuvo sentada frente a él en el avión y Ian se inclinó para sacar el computador de su maletín.

—Llevo más de un año tratando de convencer al dueño de una compañía; es muy evasivo; en realidad, es pesado como el infierno, para ser honesto, pero tal parece que finalmente estamos llegando a un acuerdo —dijo él mientras abría el computador—. No estoy muy interesado en la compañía en sí, pero el acuerdo de compra incluye la patente de un software que es completamente necesario para mi nueva compañía de medios sociales. Él levantó la vista hacia ella y luego miró el computador como en señal de disculpa— ¿Te importaría si trabajo?

—No, claro que no —dijo Francesca con sinceridad. Él podía confundirla e irritarla, pero ella no era tan dependiente como para demandar su atención a todas horas. Él se sumergió de inmediato en su trabajo, leyendo archivos, escribiendo velozmente, y haciendo una breve llamada telefónica de vez en cuando.

Francesca vio un mensaje en su teléfono celular; era de Lin Soong, quien le había enviado por correo electrónico el manual del "Reglamento de las carreteras de Illinois". *¿Cuándo le había pedido* esto *Ian a su asistente?* ¿Anoche, mientras la había ignorado después de su cena romántica?

¿No significaba esto que él había pensado en ella... así fuera un poco?

¿Y no eran esos precisamente el tipo de pensamientos serviles que tenía una mujer supuestamente sumisa, que medía constantemente su mundo por el hecho de que su amo pensara en ella, de que se sintiera complacido o no por ella?

Disgustada por la simple idea, Francesca desvió resueltamente su atención del hombre imperioso que estaba sentado frente a ella. Le envió un cálido mensaje de agradecimiento a Lin por correo electrónico, y luego le preguntó rápidamente a Ian si podía prestarle la tableta.

—¿Para qué?

—Para leer algo.

—¿El "Reglamento de las carreteras" que le pedí a Lin que te enviara?

—No —mintió ella sin pestañear—. Una novela de pacotilla.

Ella le dirigió una pequeña sonrisa tras su mirada seca. Él le pasó la tableta sin hacer comentarios.

Afortunadamente, Francesca podía concentrarse tanto como Ian cuando quería. Se aprendió de memoria todas las reglas, pues estaba extrañamente decidida a obtener su licencia de conducción luego de que Ian le insistiera. La experiencia de tener el control detrás del volante la había entusiasmado. Un momento después se olvidó de su irritación y se sintió cómoda con la presencia de Ian, mientras los dos se dedicaban a sus propios asuntos.

Ella hizo la siesta y fue al baño cuando despertó. Mientras tanto, Ian había traído algo de beber. Ella tomó un sorbo de agua fría y lo observó trabajar. Si él pudiera patentar su concentración tan intensa, sería uno de los hombres más ricos del planeta.

Ya lo es, recordó ella con ironía antes de seguirlo observando.

Cuando la voz del piloto sonó por el intercomunicador y les

dijo que estaban comenzando a descender sobre Indiana, Ian levantó la mirada y parpadeó varias veces, como si viera por primera vez el mundo a su alrededor.

Apagó el computador y se pasó los dedos por el cabello corto y elegantemente despeinado, y Francesca sintió un deseo súbito de acariciárselo.

—¿Qué tal tus estudios? —le preguntó él con la voz ronca tras su largo silencio.

—Excelente —contestó ella, absolutamente sorprendida por el hecho de que él supiera que le había mentido al decirle que leería una novela. A él no se le escapaba casi nada.

—Lo dices con mucha confianza —dijo él, levantando el vaso de agua y mirándola por encima del borde.

—No hay razón para no hacerlo.

Él extendió la mano expectante y ella le sostuvo la mirada mientras le entregaba la tableta.

Comenzó a hacerle preguntas sobre las reglas y Francesca respondió correctamente y con mucha seguridad. Ian cerró la tableta y la guardó en el maletín cuando el piloto les informó que se prepararan para aterrizar. Su rostro apuesto estaba impasible, pero a ella le pareció que parecía satisfecho.

—Tendré varias reuniones esta tarde y todo el día de mañana, pero le pediré a Jacob que te lleve a practicar un poco. Una o dos veces más al volante y estarás lista para recibir tu licencia —afirmó él con seguridad.

Francesca ignoró la fuerte irritación que sentía; era como si sacar la licencia fuera un renglón más en la especie de lista mental que él planeaba concretar a su manera metódica. Sin embargo, en lugar de hacer un comentario, se concentró en otra cosa que le había dicho él y que la había sorprendido.

—Esta *tarde*? ¿Qué hora es en Chicago?

Él miró su Rolex.

—Las 11:40, casi la misma hora a la que salimos de París.

—Guau, es como si hubiéramos viajado a la velocidad de la luz.

Él le dirigió una sonrisa inesperada. El avión descendió mientras se disponía a aterrizar, aumentando el hormigueo que ella sentía en el vientre. Ian parecía ser más accesible cuando sonreía. Ella sentía un deseo abrumador de preguntarle por la mujer con quien lo había visto esa mañana, y saber por qué había parecido tan afectado por el encuentro...

... pedirle que le dijera algo que le ayudara a comprender el enigma que era él.

Pero Ian estaba pensando en otra cosa.

—Dijiste que eras un desastre financiero —comentó él. Francesca lo miró fijamente con la boca abierta. Era como si acabara de reanudar la conversación que habían tenido ayer—. ¿Qué piensas hacer con el dinero de la comisión?

Ella se agarró al brazo de la silla, sacudiéndose ligeramente cuando el avión tocó la pista. Ian no parpadeó.

—¿A qué te refieres con eso de qué pienso *hacer* con él? Utilizarlo para mi educación... para mi futuro.

—Por supuesto, pero no creo que vayas a tener que hacer pronto un cheque por cien mil dólares, ¿verdad?

Ella negó con la cabeza.

—¿Por qué no me dejas que invierta la mayoría de tu dinero?

—No —replicó ella. Francesca notó la expresión incrédula de Ian. Varios miles de personas saltarían de alegría ante la perspectiva de que un mago financiero como Ian Noble les ofreciera invertir su dinero.

—No puedes dejar tanto dinero en una cuenta corriente —señaló él como si dijera la cosa más obvia del planeta—. No tiene ningún sentido.

—¡Tiene sentido para mí! Las personas como yo no invierten dinero, Ian.

—¿Las personas como tú? ¿Quieres decir que quienes lo hacen son tontos? Tendrías que serlo para dejar esa cantidad de dinero

en una cuenta corriente —dijo él mientras sus ojos azules centelleaban.

Ella dio un paso adelante, dispuesta a replicar con vehemencia,
y luego reconsideró. Retrocedió un poco y lo miró. Él permaneció
inmóvil al ver su mirada especulativa.

—¿Qué? —preguntó él con un poco de sospecha.

—Lo invertiré yo misma si me enseñas cómo hacerlo.

El brillo cauteloso en sus ojos se transformó en diversión.

—No tengo tiempo para darte clases —dijo él, y ella levantó
las cejas—. Por lo menos no en inversión personal —añadió, con
una sonrisa sexy asomando sus labios. A ella se le aceleró el pulso.
Que Dios la ayudara, él era hermoso. Ian se desabrochó el cinturón
de seguridad cuando el avión se detuvo.

—¿Realmente te gustaría aprender sobre finanzas?

—Por supuesto. Necesito toda la ayuda posible.

Él cerró el maletín y se levantó de la silla sin decir nada. Se
puso la chaqueta deportiva y se acercó a ella, buscando su mano.
Francesca se desabrochó el cinturón de seguridad, y él la estrechó
suavemente contra su cuerpo.

—Tendremos que ver qué podemos hacer entre tus otras
lecciones —murmuró él, inclinando la cabeza y posando los labios
sobre los suyos.

¿Qué había en el contraste entre la frialdad ocasional de Ian y
su calidez súbita y manifiesta que le producía un anhelo fuerte
y abrumador a ella?

Le pareció extraño ver los edificios de Chicago enmarcados por
el cielo azul. Se veía igual que siempre, pero ella se sentía diferente,
y se preparó mentalmente para regresar a su vida anterior cuando
Jacob salió de la autopista interestatal para tomar la Avenida
North. Era difícil de encajar mentalmente a *esta* Francesca con su
antiguo mundo. París le había producido esa sensación.

Y también Ian.

Aunque él se alejara hoy de ella, ¿podría lamentar su despertar sensual, así como la ampliación y expansión de su mundo?

—¿Irás a pintar mañana después de clases? —le preguntó Ian, sentado frente a ella en la limusina.

—Sí —respondió ella, recogiendo su bolso. Jacob se había detenido frente a la casa de de Davie. Francesca miró a Ian, sintiéndose un poco incómoda al comprender que ahora volverían a mundos separados. Jacob tocó una vez en la ventana, y Ian se inclinó para responder con otro golpecito. La puerta permaneció cerrada.

—Me gustaría que cenaras conmigo el jueves por la noche —dijo él.

—Está bien —respondió ella, sintiéndose contenta y nerviosa al mismo tiempo.

—Y el viernes y el sábado. Me gustaría tenerte, y punto.

El calor inundó sus mejillas. Una profunda sensación de alivio la envolvió. Por el tono que tenía ahora, *definitivamente* él no había terminado con ella todavía.

—Tendré que trabajar el sábado por la noche.

—Entonces el domingo —dijo él con indiferencia.

Ella asintió con la cabeza.

—Le pedí a Jacob que te lleve a conducir hoy y mañana por la tarde; ya se pondrán de acuerdo en la hora de mañana. Pero hoy te recogeré a las cuatro. Tal vez quieras descansar un poco.

—No lo creo —señaló ella con ironía—. Saldré a correr, y luego estudiaré. Él la miró en silencio, su rostro envuelto en las sombras del interior de la cabina. Ella tragó saliva y acercó la cartera a su cuerpo—. Gracias. Por París —dijo ella apurada.

—Gracias —se limitó a responder él.

Ella se acercó a la puerta, sintiéndose cohibida.

—Francesca. —Él metió la mano en el bolsillo interior de su chaqueta deportiva y le entregó una caja de cuero. Ella se quedó sin aliento cuando reconoció el nombre de la joyería del hotel de París.

Él había ido a la joyería por la mañana para comprarme algo a mí y no a esa mujer misteriosa.

—Te dije que te conseguiría algo para el cabello cuando llegáramos a París, pero que no te llevaría de compras. Espero que sean de tu agrado. No estoy acostumbrado a escoger cosas tan femeninas sin la ayuda de Lin.

Ella abrió la caja y tuvo dificultades para tragar; se quedó sin aliento. Sobre el terciopelo negro había ocho pasadores grandes para el cabello, cada uno con una media luna delicada de piedras en un extremo, que parecían ser diamantes. No era sólo un regalo lujoso, sino también muy personal y de buen gusto.

Ella miró a Ian con los ojos muy abiertos de asombro.

—Le dije a la joyera que tu cabello era abundante, y ella me aseguró que estas pinzas recogerían incluso tu belleza —él parpadeó tras el silencio de ella—. ¿Francesca? Te gustan, ¿o acaso no?

Si ella no hubiera oído el asomo de incertidumbre en su habitual tono enérgico, podría haber tenido los medios para rechazar lo que sospechaba que era un regalo muy costoso. Como si...

—¿Estás bromeando Ian? Son magníficos. —Los labios le temblaron cuando volvió a mirar los pasadores.

—No son diamantes de *verdad*, ¿no es cierto?

—Si son diamantes de imitación, pagué muchísimo dinero —dijo él secamente, y todos los rastros de su antigua incertidumbre desaparecieron—. ¿Te los pondrás para la cena del jueves por la noche?

Ella le miró la cara ensombrecida. ¿Por qué le era tan difícil decirle que no? No *era* esa necesidad de complacerlo lo que ella sentía a nivel sexual con él. Era otra cosa... el deseo de demostrarle que su regalo le había parecido un detalle... hermoso...

... que *él* era hermoso para ella.

—Sí —le respondió, preguntándose cómo se vería con diamantes en su cabello y vestida de jeans.

La lenta sonrisa de Ian era razón suficiente para aceptar aquel regalo suntuoso. Ella se obligó a apartar la mirada de aquel hombre adictivo y agarró la manija de la puerta.

—¿Francesca?

Ella miró hacia atrás, sin aliento.

—Sólo para que lo sepas —dijo él, pareciendo reírse de sí mismo—, si no fuera por la maldita adquisición de la empresa, me gustaría tenerte en mi cama en este mismo instante, y seguir enseñándote con vigor.

Los días siguientes transcurrieron mientras Francesca estudiaba en casa, iba a la universidad, pintaba en el penthouse de Ian, y tomaba clases de conducción con Jacob. Esto último llegó a ser más divertido de lo que había esperado. El chofer de Ian era agradable y divertido. Además, Jacob poseía dos cualidades importantes como acompañante: nervios de acero y sentido del humor.

Francesca condujo por primera vez en la ciudad el miércoles por la noche. Le dirigió una mirada esperanzada a Jacob cuando se detuvo en High Jinks, puso el auto en Neutro, y el conductor de mediana edad le respondió con una amplia sonrisa.

—Creo que ya estás lista para tomar el examen.

—¿De verdad lo crees? —preguntó ella.

—Por supuesto. Iremos a los suburbios para que lo tomes allá; es mucho más fácil que en la ciudad.

—Me siento mal por haberte alejado de tus deberes esta semana —dijo ella, recogiendo su cartera. Trabajaría toda esa noche en High Jinks, y Jacob le había sugerido que condujera hasta allá como parte de la lección.

—Mis deberes son los que Ian me dice que son —señaló Jacob con un brillo de diversión en sus ojos—. Y él me dijo que mi deber era asegurarme de que obtuvieras tu licencia de conducir... ah, y de mantenerte a salvo a toda costa.

Ella bajó la cabeza para ocultar su placer ante el comentario espontáneo de Jacob. —No pide mucho, ¿verdad? —preguntó Francesca, pensando en las veces que estuvo *a un paso* de causar un accidente en las calles de Chicago esa misma tarde.

Jacob se rió entre dientes.

—Ha sido un agradable descanso de mi rutina normal. Además, Ian ha estado refugiado en su oficina desde que volvimos de París, mientras ultima los detalles de un negocio que tiene esta semana. No me ha necesitado para nada.

Francesca se alegró al oír esas noticias, pues no había visto ni oído ni pío de Ian desde que habían regresado a Chicago. Su ausencia había hecho que la expectativa que sentía por cenar con él —y especialmente por *verlo*— el jueves, fuera mucho más fuerte.

Por desgracia, él no la había llamado para decirle a qué horas se encontrarían para cenar, y ella hizo todo lo posible para concentrarse en su cuadro en la tarde y las primeras horas de la noche del jueves. La señora Hanson ya le diría que estaba en el estudio si él le preguntaba por ella. Poco a poco, todo su entusiasmo nervioso y palpitante por estar con Ian desapareció mientras empezaba a trabajar, y Francesca se internó en la sublime zona de concentración creativa que tanto anhelaba como artista.

Un calambre en el hombro interrumpió su concentración casi a las siete de la noche y ella se vio obligada a soltar su pincel y a pensar en la posible causa de algo tan extraño.

—Es increíble.

Se le erizaron los brazos y la nunca al reconocer esa voz ronca, pausada y familiar. Ella se dio vuelta. Él estaba de pie junto a la puerta cerrada, con un traje gris oscuro de corte impecable, camisa blanca y corbata azul clara. Tenía el cabello atractivamente despeinado, como si hubiera caminado desde su oficina en medio de la brisa del lago Michigan. Francesca se acercó a una mesa para retirar el exceso de pintura de su pincel, y para recuperar también el aliento luego de verlo.

—Está quedando bien. Tengo algunos problemas para lograr la

luz que quiero que tenga en el edificio de Empresas Noble. Tendré que ir al vestíbulo para estudiar la luz... y ver cómo quedará el cuadro allí.

Lo vio caminar hacia ella por el rabillo del ojo, su paso como el de un animal elegante y poderoso. Dejó el pincel en un frasco con disolvente y se volvió hacia él. Sus ojos azules se posaron en su mirada y se mantuvieron firmes en ella.

Como siempre.

—El cuadro es increíble. Sin embargo, me refería a ti. Es increíble verte trabajar. Es algo así como ver a una diosa mientras crea una pequeña parte del mundo —dijo él, acercándose para tocarle la mejilla, con una sonrisa autocrítica en sus labios carnosos.

—¿De verdad te gusta? ¿El cuadro? —preguntó ella, incapaz de apartar la mirada de su boca. Él estaba muy cerca y ella percibió su aroma, la sutil fragancia de loción especiada, y un indicio de la brisa fresca que lo había envuelto recientemente. El cuerpo de Ian reaccionó de inmediato y pareció llenarse de sensualidad.

—Sí. Pero no es ninguna sorpresa para mí. Sabía que lo que pintaras sería brillante.

—No sé cómo puedes saber eso —dijo ella, mirando avergonzada hacia a un lado.

—Porque *tú* eres brillante —replicó él, tomándole la mandíbula con una mano e inclinando su rostro de nuevo para besarla con determinación. Hundió la lengua casi de inmediato, como si hubiera anhelado su sabor y no pudiera esperar más. El calor y el placer se propagaron por el sexo de ella al sentir el calor y el sabor de él... al reconocer que él lograba controlarle por completo todos los sentidos.

Francesca abrió los párpados lentamente, todavía embriagada por su beso potente cuando él levantó la cabeza un momento después. Sus ojos se abrieron de par en par al sentir que él movía los dedos velozmente y le desabrochaba los botones de la blusa.

—Creo haber escuchado a la señora Hanson.

—Cerré la puerta con seguro cuando entré —dijo él.

Un líquido caliente brotó de su sexo al sentir que él pasaba los dedos entre sus senos. Ian movió la mano y el cierre frontal del sostén se abrió de golpe. Luego retiró la tela y se quedó mirándola mientras se le dilataban las fosas nasales.

—¿Por qué soy tan codicioso cuando se trata de ti?

—Ian... —empezó a decir ella, conmovida por su intensidad, pero él la interrumpió, inclinándose para tomar el pezón ardiente en su boca caliente y húmeda. Ella jadeó cuando el placer se propagó por su sexo, y ella le tocó la cabeza con la mano. Él agitó y azotó el pezón con su lengua firme y mojada, y se acercó a ella. Francesca gimió, enterrándole los dedos en el cabello. Él le acarició el otro seno, presionando el pezón contra su mano y luego lo pellizcó tiernamente con los dedos. Francesca inclinó la cabeza hacia atrás mientras se abandonaba a los embates del placer.

Un momento después, Ian contempló sus senos desnudos y enrojecidos.

—Son tan hermosos. No sé por qué no he pasado por lo menos un día entero adorándolos —murmuró como para sí mismo, estimulándole los dos pezones—. Quiero pasar todo el día adorando cada rincón de ti, pero el día no tiene horas suficientes. Además —dijo él, con la boca rígida—, Siempre pierdo el control antes de poder hacerlo.

—Está bien perder el control, Ian. A veces —dijo ella en voz baja.

Él levantó la cabeza y la atravesó con su mirada mientras continuaba acariciándole un pezón con la mano. Comenzó a desabrocharle los jeans mientras sostenía su mirada fija.

—Quiero verte perder el control en este instante —dijo él. No le bajó los jeans hasta los muslos; simplemente le desabrochó el botón y deslizó sus largos dedos bajo la ropa interior.

—¡Oh! —jadeó ella cuando él se agachó entre sus labios vaginales y empezó a frotarle el clítoris, gruñendo de placer.

—Está húmedo. ¿Te gusta que te chupe esos senos tan hermosos? —murmuró él, mientras observaba en su cara la reacción ante aquella caricia íntima.

—Sí —susurró ella.

—Tócate los senos. Apriétatelos. Eso me dará placer —agregó al ver que ella dudaba.

Era todo lo que necesitaba decirle. Ella tomó los senos en sus manos, se los acarició, y sintió su propia piel de una forma totalmente nueva debido a la mirada excitada de Ian. Siguió frotándole el clítoris con precisión experta. Le sostuvo la barbilla con la otra mano y se la acarició tiernamente con el pulgar, y el contraste entre la caricia fuerte e íntima en su sexo, y la suave caricia en su mejilla la enloqueció de placer. Él le miró los senos y la vio jugar con ellos mientras él —y también ella— sentía un placer creciente.

—Ahora apriétate los pezones —le dijo con voz más áspera, mientras le acariciaba el clítoris con fuerza—. Súbete y sostén esos pezones rosados para mí.

Francesca parpadeó en medio de la bruma de su excitación creciente. Levantó sus senos sin saber qué esperaba él. Ian se abalanzó de repente y le dio una chupada tierna y cálida a un pezón y luego al otro. Era demasiado. Francesca estalló en un clímax delicioso cuando sintió el roce de los dientes contra su pezón completamente duro. Un placer afilado y dentado la desgarró.

Él seguía moviendo la mano entre sus muslos cuando ella volvió en sí, observándola mientras se venía. Luego retiró lentamente la mano de su sexo.

—Perdóname. Pensé que podía esperar hasta después de la cena, pero verte pintar es el afrodisíaco más potente que existe —dijo él, sus ojos brillando de excitación. Ella miró hacia abajo y vio que se bajaba los pantalones.

Capítulo doce

Cuando él sacó la verga, ella entendió por qué Ian había tenido que estirar tanto la pretina del pantalón: la tenía dura y enorme. Su clítoris vibró excitado. Ella cayó de rodillas al ver la rigidez de sus facciones enérgicas y hermosas. No hubo esposas esta vez. Ni vibrador.

Sólo la necesidad desnuda de Ian... y de ella.

Él le hundió los dedos en el cabello cuando ella le tocó el pene con una mano. Francesca se sorprendió por el peso, por el calor palpitante... por toda la vida que había en él. Le tocó un muslo con la otra mano, sintiéndolo tan duro como el hierro, y cubierto con pelos gruesos y oscuros. No se cansaba de sentirlo, así tan viril, tan flagrantemente masculino. Ian gruñó cuando ella rozó la corona ardiente de su verga contra su mejilla y sus labios, disfrutando de la sensación. Sus testículos eran redondos y tensos bajo los dedos ansiosos de Francesca.

Ella suspiró de placer y introdujo su boca en su virilidad, y el grosor le estiró sus labios.

Él la estaba dejando tocarlo por primera vez y ella disfrutó aquella experiencia. Pasó su lengua alrededor de la corona del glande, amando la forma en que él le apretaba el cabello con los dedos, mientras ella lo chupaba sedienta.

Cerró los ojos y se extravió en aquel momento eterno y voluptuoso. Todo su mundo se redujo a la sensación del órgano duro y palpitante de Ian —la esencia misma de él— empujando el glande entre sus labios sensibles y apretados, mientras sentía la gruesa base del pene deslizarse entre su mano apretada, y el sabor de él le golpeaba la conciencia, hasta que el ansia de probar su sabor líquido la abrumó.

Ella lo recibió en su garganta, no porque él quisiera, sino porque ella lo deseaba a toda costa. Así de fuerte era su necesidad, su deseo.

Ella percibió precariamente que él decía su nombre en un tono desesperado... y ligeramente extraviado. Le dolía la boca y la mandíbula por haberlo apretado con tanta fuerza, y su garganta estaba siendo castigada con copiosas descargas de semen, pero ella lo chupó con más fuerza, queriendo aliviar la urgencia de él...

... aunque sólo fuera por un momento rutilante y demoledor.

Sus ojos se abrieron de par en par, y el fuerte hechizo producido por la lujuria se hizo añicos al sentir que la verga hinchada era imposiblemente grande en su boca. Él estalló en erupción y se vino profusamente, mientras Francesca se sentía completamente a merced de él, y al mismo tiempo totalmente en control, porque confiaba que él no le haría daño. En efecto, Ian se retiró con un gemido gutural y siguió viniéndose en la lengua de Francesca, apretándole el cabello con los dedos mientras le controlaba los movimientos y le movía la boca hacia atrás y adelante a lo largo de su longitud, acariciándola superficialmente. Ella lo chupó hasta que las últimas gotas dulces y almizcladas de su semen se derramaron sobre su lengua, y los gruñidos roncos de él resonaron en sus oídos, mientras aflojaba los dedos de su cabello y la acariciaba.

—Ven acá —le oyó decir ella con dureza un momento después.

Francesca retiró sin querer la verga de su boca, pues prefería seguir ordeñándole la carne blanda pero aún formidable, jugar con él... aprenderlo. Ian la ayudó a ponerse de pie y se abalanzó para apoderarse de sus labios en uno de sus característicos besos fuertes y a la vez tiernos.

—Eres tan dulce —dijo él un momento después, con la respiración todavía entrecortada contra sus labios adoloridos e hinchados. Gracias.

—De nada —dijo ella, sonriendo abiertamente. Se había sentido muy complacida por el deseo indiscutible de él, y por su capacidad para responderle. Él inclinó su cabeza sobre ella, y le tocó los labios sonrientes con el pulgar.

—Me haces perder el control, Francesca.

Su sonrisa se desvaneció ligeramente al ver que una sombra se posaba sobre los ojos de él. Tuvo la clara impresión de que no le agradaba mucho el hecho de desearla.

—No hay nada malo en ello. ¿Acaso sí?

Él parpadeó, y sus dudas se disiparon.

—Supongo que no. Pero tenemos un horario qué cumplir —murmuró él, inclinándose para darle una lluvia de besos en la mejilla y en la oreja. Ella se estremeció, y un calor le envolvió de nuevo el sexo—. ¡Qué olor tan delicioso! —murmuró él, explorándole el cuello con sus labios cálidos.

—¿Cuál horario? —logró decir ella con dificultad.

Él levantó la cabeza, y ella deseó no haber preguntado.

—Tenemos una reserva para cenar a las ocho y media.

—Podemos llegar un poco tarde, ¿verdad? —Lo acarició, hundiendo sus dedos en el cabello corto y grueso de Ian, y disfrutando de la sensación. Casi nunca la dejaba tocarlo. Francesca detestaba la idea de parar debido a un *horario*.

—Desafortunadamente, no podemos —dijo él con pesar mientras se alejaba de ella para abotonarse los pantalones. Ella hizo lo mismo con los suyos, Ian la tomó de la mano y empezó a conducirla fuera del estudio—. Cenaremos con el dueño de una compañía que estoy tratando de comprar. Tengo buenas razones para creer que Xander LaGrange se olvidará esta noche de su exasperante juego del gato y el ratón, y firmará el acuerdo de venta. Creo que ya he endulzado la oferta lo suficiente para que incluso un hombre tan codicioso y pesado como él no pueda resistirse —murmuró Ian en voz baja mientras la conducía por los pasillos silenciosos y elegantes del penthouse.

—Oh —dijo Francesca, prácticamente corriendo para seguirle el paso que daba Ian con sus piernas largas. Le sorprendió que la hubiera invitado a una reunión de negocios tan importante. *¿Estaba él haciendo lo correcto?*, se preguntó ella mientras las mariposas nerviosas empezaban a aletear en su estómago. Los padres de Francesca seguramente habrían dicho que era una decisión terrible por parte de Ian—. ¿Dónde es la reserva?

—En Sixteen —dijo él, llevándola a su dormitorio y cerrando la puerta.

Ella parpadeó.

—Ian, es uno de los mejores restaurantes de la ciudad —le dijo mientras comenzaba a llenarse de pánico—. No tengo nada qué ponerme para una cena así... en una hora —añadió horrorizada—. ¿Reservaste un compartimento privado?

—No —respondió él, haciéndole un gesto con la mano para que lo siguiera; abrió la puerta y encendió una luz. Ella entró, mirando asombrada las filas de vestidos perfectamente colgados. Había pensado que se trataba de un armario, pero era un vestidor. Era largo y estrecho, y más grande que el dormitorio de ella. El aroma de la loción de Ian flotaba en el aire, así como otro olor agradable y especiado. Ella vio los ganchos de cedro perfectamente alineados y las numerosas filas de zapatos de cuero, y comprendió que el olor provenía de los ganchos y de los estantes de los zapatos.

Ian hizo un gesto con la mano frente a un estante, y ella se quedó mirando un momento, sin entender lo que veía.

¿Por qué tenía *vestidos* en su armario? Y zapatos y accesorios femeninos?

Sintió un gran nudo en la garganta y lo miró horrorizada.

—¡No me pondré ropa de otras mujeres! —dijo, completamente molesta de que él se atreviera a sugerirle que se pusiera la ropa de sus examantes.

Él pareció un poco desconcertado por su reacción.

—No es la ropa de otras mujeres. Es tuya.

—¿De qué estás hablando?

—Margarite me las envió ayer. No las mandó a hacer a tu medida —dijo casi disculpándose—, las compró en una tienda.

—Margarite —dijo Francesca con lentitud, como si pronunciara por primera vez una palabra extranjera—. ¿Por qué habría de hacer eso ella?

—Porque yo se lo pedí.

Por un momento, se quedaron mirándose mutuamente en el vestidor.

—Ian, te dije específicamente que no quería que me dieras ropa —dijo ella, sintiendo cada vez más rabia.

—Y yo te dije que quería que me acompañaras a ciertos compromisos, y que no podrías ir de jeans, Francesca. Hoy es uno de ellos. También te pedí que te pusieras los pasadores esta noche —le dijo eso en un tono tan enérgico que ella no atinó a decir nada. —¿Dónde están?

—¿Qué?... en mi bolso —farfulló ella—. En el estudio.

Él asintió con la cabeza.

—Iré por ellos. Mientras tanto, puedes ducharte y arreglarte. Allá encontrarás ropa interior —dijo él, señalando con la cabeza una cómoda antigua con varios cajones a un lado de los vestidos, y empezó a salir del vestidor.

—Ian...

Él se dio vuelta, su mirada como un látigo en movimiento.

—No voy a discutir contigo por esto. ¿Quieres estar conmigo esta noche? —le preguntó con un tono pausado.

—Yo... *sí*, sabes que sí.

—Entonces arréglate y escoge un vestido. No puedes ir a una cena como esta vestida de jeans.

La dejó allí, con la boca abierta, y los nervios hormigueándole de la ira. Intentó pensar en una manera de evitar lo que sentía, pero no pudo. Lo que había dicho él era cierto. No podía ir vestida así con Ian Noble al comedor principal de uno de los restaurantes más lujosos de la ciudad.

Como *ella* se veía.

Sin embargo, su cólera hervía a pesar de la firmeza de él. Por alguna razón, los recuerdos de la impaciencia de su padre y el ligero disgusto con su apariencia cuando había asistido a reuniones sociales con sus compañeros, surgieron y la sacudieron, agravando el golpe que suponía el comportamiento arrogante de Ian.

Por el amor de Dios, Francesca, si todo lo que sale de esa boca tuya es tan estúpido, ¿por qué no la mantienes cerrada en lugar de atiborrarte más de lo que lo has hecho esta noche?

Francesca tenía doce años cuando su padre la llevó aparte en la cocina y le dijo aquellas palabras. Y ella volvió a sentir la misma oleada de vergüenza y de insubordinación que había sentido en aquel entonces, una conocida descarga de emotividad. Francesca nunca se atiborraba de comida en público; era sólo que el ojo crítico de su padre parecía estar sobre ella cada vez que probaba un bocado de comida. Siempre había sido así.

Si su padre pensaba que ella era una mancha fea sobre la faz de la tierra, entonces se aseguraría de ser precisamente así.

Ian había ignorado deliberadamente lo que ella pensaba con respecto a la ropa y había seguido adelante con sus asuntos. Y mientras tanto, Francesca había pensado que él la había entendido... que simpatizaba incluso con ella.

Abrió bruscamente un cajón de la cómoda y pasó los dedos por los refinados calzones, sostenes y medias de seda.

Él había dicho que quería que fuera dueña de su sexualidad... que se sintiera empoderada por ella. ¿Acaso todo esto era una parte de sus manipulaciones para lograr que ella hiciera eso?

Sacó un par de medias negras de seda que le llegaban hasta los muslos. Bueno, si Ian quería que ella *luciera* esas prendas, sería mejor que se preparara.

Él se estaba anudando la corbata cuando ella salió del baño cincuenta minutos después. Sus ojos se encontraron en el reflejo del espejo que usaba él, sobre un aparador de madera de cerezo. Ian sintió el cuerpo rígido mientras la miraba lentamente de la cabeza a los pies.

Su aspecto era tal que debería ser declarada ilegal; llevaba un vestido negro con cuello en V que ceñía su esbelta cintura, las curvas firmes y exuberantes de sus caderas y sus muslos delgados como el abrazo de un amante. Él observó, con una fuerte mezcla de tristeza y de excitación posesiva, que ella tenía los labios hinchados luego de haberle embestido salvajemente la boca; cualquier hombre con experiencia notaría eso, y a Ian no le importó la idea de exhibir de ese modo a Francesca ante un hombre como Xander LaGrange. Llevaba aretes sencillos de perlas, y su brillante cabello rubio—fresa estaba recogido con lo que él creía que eran los pasadores de diamantes que le había regalado. No podía apartar los ojos del amplio cuello en V, que dejaba al descubierto la mayor parte de su pecho y de sus hombros de alabastro. No podía creer que fuera un vestido comprado en una tienda; parecía como si hubiera sido confeccionado exclusivamente a la medida de ella.

Francesca era la elegancia sexual personificada.

—Escoge otro vestido por favor —dijo él, obligándose a apartar la mirada de aquella imagen irresistiblemente atractiva para terminar de ponerse la corbata.

—Llegaremos tarde —respondió Francesca. Él la miró, preguntándose si ella estaba evitando su mirada con esos ojos de ninfa con pestañas largas que siempre lo dejaban sin aliento. Ella miró el contenido de la cartera de piel de lagarto que tenía en la mano. Un destello de sospecha atravesó a Ian, sintiéndose incapaz de dejar de mirarla.

Ella no había escogido ese vestido tan sexy para hacerle pagar por haberle comprado ropa, ¿verdad? Los tacones de cuatro pulgadas, y las medias transparentes que llevaba le produjeron una cruda fantasía de tener esas piernas largas y hermosas envueltas alrededor de él, mientras él la cabalgaba furiosamente, sumisa...

... gritando en éxtasis.

Frunció el ceño y se marchó a su vestidor. Xander LaGrange era un libertino. A decir verdad, no podía soportar a ese hombre, y tener que ceder a sus exigencias narcisistas y ridículas con el fin de comprar la empresa bajo los términos de Ian había sido la peor tortura para él. Había invitado a Francesca a la cena para sellar el acuerdo porque temía decirle algo grosero o brusco, arruinando así sus posibilidades de adquirir la compañía de aquel hombre. Con Francesca a su lado, le prestaría menos importancia a la creencia presumida de LaGrange de haber salido mejor librado que Ian con el acuerdo.

Le sería más fácil controlar su temperamento con Francesca a su lado. La espontaneidad de ella lo tranquilizaba.

Pero él no había esperado llevar a una sirena sensual y despampanante a una cena en la que Xander LaGrange estuviera presente.

Ian regresó al dormitorio con un suéter negro liviano que tenía un broche con joyas.

—Ponte esto por favor. Te cubrirá toda esa... —hizo una pausa, con la mirada en su pecho. Sus senos se veían decentes bajo la ropa, pero tenía descubierta una gran extensión de piel en el pecho y los hombros. Sin embargo, la forma en que el vestido moldeaba y realzaba sus senos, equivalía en términos visuales a una golosina sexual. La tela negra hacía que su piel se viera excepcionalmente blanca y suave... muy desnuda.

—Piel —terminó de decir él en voz baja, ignorando deliberadamente la estocada ansiosa de su verga—. Hablaré con Margarite; le pedí un vestido que fuera sexy pero discreto y no uno que le hiciera abrir la boca y desorbitar los ojos a cualquier hombre.

—No veo que estés boquiabierto —dijo ella sin pensarlo, dándose vuelta para que él le pusiera el suéter sobre los hombros. Él no se lo puso de inmediato, y ella miró hacia atrás, sorprendiéndolo mientras le miraba el trasero, que se veía despampanante detrás de la tela ceñida.

—Lo estoy por dentro —murmuró él antes de ponerle el suéter. La agarró de los hombros y la volvió hacia él, examinándola—. No te pusiste este vestido para hacer una especie de punto, ¿verdad?

—¿A qué punto te refieres? —preguntó ella, levantando la barbilla.

—A un punto de desafío.

—Me pediste que me pusiera un vestido, y eso hice.

—Ten cuidado, Francesca —le dijo él en un tono sereno y azaroso, rozándole la mandíbula con la punta del dedo y sintiéndola temblar. El calor se propagó por su verga. Definitivamente, ella iba a acabar con él.

—¿Cuidado de qué? —preguntó ella.

—Ya sabes lo que pienso de la impulsividad, y conoces las consecuencias —añadió él tranquilamente, antes de tomarla de la mano y sacarla de la suite.

El restaurante Sixteen estaba situado en el Trump International Hotel & Tower. Las líneas sobrias y modernas de las paredes con paneles de cerezo, así como un fabuloso y enorme candelabro de cristal, elaborado por Swarovski, enmarcaban el comedor. Cenaron junto a unos ventanales de treinta pies de altura con una vista inmejorable de la ciudad, y algunos de los edificios estaban tan cerca que Francesca sentía que podía estirar la mano y tocarlos.

Ella pensó inicialmente que la mejor manera de describir a Xander LaGrange era con la palabra *refinado*, pero rápidamente la cambió por *mañoso*. Supo que Ian y él se habían conocido en la Universidad de Chicago y que eran rivales, o al menos desde el punto de vista de Xander.

—¿Así que estudiaron juntos en la universidad? —preguntó ella cuando Xander comentó vagamente que se conocían desde hacía mucho tiempo.

—Yo era estudiante de posgrado cuando Ian estaba en primer año en la Universidad de Chicago —explicó Xander—. Todos los integrantes del departamento de ciencias de computación y yo nos esforzamos para encontrar una forma de escapar de su sombra brillante. Los dos teníamos al mismo mentor académico. El Profesor Sharakoff me pidió que calificara los ensayos de Ian y le propuso que escribieran un libro juntos.

—No exageres, Xander —dijo Ian con voz reposada.

—Creí que le estaba restando importancia a las cosas —dijo LaGrange con una sonrisa fugaz que no se reflejó en sus ojos.

LaGrange tenía unos treinta y cinco años. Su cabello era corto y rubio, con algunas canas en las sienes. Era lo suficientemente guapo y encantador para cenar con él, le pareció a Francesca. Sin embargo, ella sintió de inmediato el conflicto que había entre Ian y él. Cuando el mesero llegó para tomar las órdenes de las bebidas, ya había comprendido que aunque Ian era el epítome del encanto cortés, también despreciaba a LaGrange. Ella sintió el desagrado de Ian, su postura rígida y sus músculos tensos.

De otra parte, Xander LaGrange parecía tenerle una envidia infinita a Ian... quizá incluso de un modo depresivo.

Ella estudió las sonrisas de sus dientes blancos, que realmente le parecían gruñidos, y se preguntó si la envidia de LaGrange no se debía en última instancia a su resistencia a aceptar las condiciones de Ian para comprarle su compañía.

—¿Quieres soda? —le preguntó Ian cuando el mesero llegó.

—No; champán —dijo ella, devolviéndole a LaGrange la sonrisa aprobatoria por su elección. Se sentía un poco atrevida esa noche... eufórica. Tal vez se debía a su vestido sexy, a la vista impresionante, o al brillo aprobatorio que había en los ojos de LaGrange mientras la observaba desde el otro lado de la mesa, o a la amenaza silenciosa de Ian antes de salir del penthouse, pero ella se sentía rebelde y...

... excitada.

¿Era *ese* el poder que Ian quería que tuviera ella?

—¿Dónde encontraste esta rosa tan espigada, Ian? —comentó LaGrange con los ojos fijos en Francesca, después de que Ian pidiera una botella de champán. Ian le explicó que Francesca había ganado la comisión para pintar el cuadro que estaría en el vestíbulo de Empresas Noble—. Es talentosa, además de hermosa —la elogió LaGrange cuando Ian terminó de hablar, lanzándole una mirada que a ella le pareció lobuna—. Puedo entender razón por la que querías traerla esta noche.

Ella miró de inmediato a Ian. ¿Estaba insinuando LaGrange que Ian la había llevado del brazo como si ella fuera un pedazo de caramelo para que las negociaciones finales fueran más fáciles? Francesca se había preguntado por qué la había invitado a cenar. Una sombra cruzó el rostro de Ian y se desvaneció con rapidez.

—Traje a Francesca porque he estado tan ocupado en esta negociación que casi no he tenido la oportunidad de verla.

—Cosa que se valora mucho —aseguró LaGrange, sus oscuros ojos parpadeantes en el rostro y en el pecho de Francesca. El mesero descorchó el champán, aumentando el vértigo que sentía

Francesca—. No hay acuerdo que una mujer hermosa no pueda endulzar —agregó, haciéndola ruborizar de vergüenza.

¿Ian se había puesto rígido? Ella creyó que no cuando él empezó a conversar con LaGrange en términos amables acerca de algunos detalles finales de su oferta. Lo que ellos decían le permitió concluir que las negociaciones se habían dilatado porque LaGrange quería recibir acciones de la compañía de Ian como una parte del pago, mientras que este insistía únicamente en una compra en efectivo. Ella entendía perfectamente que Ian se negara a darle a otra persona un poco de poder sobre su empresa. Al parecer, él le había ofrecido una suma en efectivo que LaGrange no podía rechazar.

—Ningún hombre cuerdo podría rechazar esa oferta, Ian —admitió LaGrange finalmente, levantando su copa de champán para brindar—. Así que brindemos por tu nueva empresa.

La sonrisa de Ian parecía un poco tensa mientras Francesca brindaba con ellos.

—Lin Soong me ha enviado todo lo necesario. Podemos ir a mi penthouse, beber algo y encargarnos de los papeles.

La conversación volvió a girar en torno a asuntos más mundanos. LaGrange animó a Francesca para que hablara de sus estudios y de su trabajo como artista, y ella lo hizo de un modo más exaltado de lo habitual, probablemente debido al champán. Ian le lanzó una fulminante mirada de reojo cuando el mesero le sirvió la tercera copa, pero ella ignoró su advertencia sutil, y estuvo totalmente de acuerdo con LaGrange cuando este sugirió que pidieran otra botella.

A mitad de su delicioso plato de róbalo silvestre, Francesca sintió la imperiosa necesidad de ir al baño. Se disculpó y comenzó a empujar la silla hacia atrás. Ian se levantó y terminó de correrla.

—Gracias —murmuró Francesca, mirándolo a los ojos, y él parpadeó cuando ella empezó a quitarse el suéter.

—Tengo un poco de calor —explicó sin aliento.

Realmente, él no tenía otra opción que ayudarle a quitárselo, pero ella notó la rigidez de su mandíbula. Tomó su cartera y se dirigió al baño, avergonzada y al mismo tiempo emocionada por el número de caras que se volvieron hacia ella mientras atravesaba el restaurante. Rezó para que Ian también la estuviera mirando. La atención que estaba recibiendo era más embriagadora que el champán.

¿Era *ese* el tipo de cosas que las mujeres hermosas sentían a diario? *Increíble*, pensó mientras le sonreía a un hombre de unos cuarenta años que tropezó al mirarla, haciendo tambalear a su acompañante femenina y agarrándola para evitar que cayera.

LaGrange parecía estar divirtiéndose mucho cuando ella volvió, y Ian se puso de pie para correrle el asiento—. Creo que sueles detener el tráfico, ¿no es así, Francesca? —murmuró él, sosteniéndole la mirada por encima de su copa de champán.

—Nunca —respondió ella con alegría sincera—. A excepción de una vez, cuando terminé en el pavimento de la Avenida Michigan después de correr una mini-maratón y de sufrir un fuerte calambre.

LaGrange se rió como si ella estuviera siendo encantadoramente tímida. Él no era tan pesado, ¿verdad? Ian estaba siendo demasiado duro con él. Francesca le devolvió la sonrisa a LaGrange, y miró de reojo a Ian. Su sonrisa se desvaneció cuando vio aquel destello tenue en los ojos de él, que siempre le recordaban el calor del rayo; la señal de una tormenta inminente.

El resto de la cena transcurrió en un torbellino sensual de manjares deliciosos, la luz del candelabro de Swarovski, las miradas de admiración y los coqueteos de LaGrange, mientras que la sexualidad intensa de Ian hervía a fuego lento junto a ella todo el tiempo... aumentando... concentrándose. Ella se rió mucho más de lo que debería, bebió más champán y se regodeó con las miradas de admiración de Xander LaGrange y de muchos otros hombres de lo que era prudente. Se sintió sintonizada con Ian mientras los tres charlaban, y supone cierto sentido que él era igualmente consciente de ella. Francesca disfrutaba al saber que tenía a un hombre como Ian Noble ensartado en el gancho del poder embriagador de su sexualidad.

Más tarde, al correr ligeramente la silla mientras tomaban café, vio que el vestido apretado se le había subido bastante, dejando al descubierto el borde superior del encaje de sus medias. Vio que Ian hacía una pausa con la mano mientras sostenía su taza de café y luego sintió su mirada entre las piernas.

A continuación, pasó un dedo por debajo del encaje, acariciándose su piel suave de un modo lento y sensual, metiéndolo y sacándolo como si hiciera el amor. Arriesgó una mirada inocente a la cara de Ian, y vio un infierno precariamente contenido arder en sus ojos azules.

Tragó saliva espesa y se bajó el vestido, sintiéndose calcinada por su mirada.

Ian, que estaba sentado junto a ella en limusina, permaneció callado mientras iban al penthouse. Ella se esforzó por mantener la conversación, esperando que LaGrange no interpretara el silencio de Ian como una rudeza. ¿Acaso Ian no la había invitado a esta cena de negocios para hechizar a LaGrange, para ablandarlo un poco durante las negociaciones finales? Bueno, ella lo había hecho, ¿no? LaGrange parecía haberla pasado muy bien durante la cena, y se veía completamente listo y dispuesto a firmar el contrato de venta.

Sin embargo, LaGrange resultó ser un poco *demasiado* listo y atrevido, mientras despachaba a Jacob a un lado y le ayudaba a bajar de la limusina cuando llegaron al penthouse. LaGrange le agarró la cadera mientras ella se bajaba, y luego le acarició el trasero. Francesca se sobresaltó y se alejó de inmediato, repelida por semejante atrevimiento. Se frunció por dentro cuando miró hacia atrás y vio el brillo glacial en los ojos de Ian mientras salía de la limusina.

Mierda. Se había dado cuenta.

Ella permaneció en silencio mientras subían en el ascensor. El efecto embriagador del champán se estaba desvaneciendo y en un instante sintió todo el peso de su comportamiento insensato. Ian estaba amable pero callado, quizá furioso con ella; siempre era difícil saberlo debido a su expresión estoica, mientras LaGrange seguía con sus bromas flojas y no parecía ser consciente del turbulento estado de ánimo de Ian. Francesca se calmó y se sintió arrepentida.

—Los dejaré cerrar el negocio —dijo al llegar a la entrada del penthouse—. Fue un placer conocerte, Xander.

LaGrange le tomó la mano y la sostuvo entre las suyas.

—No, tienes que tomar una copa con nosotros. *Insisto*.

—Insisto en que no puedo —dijo ella en tono amable pero igualmente firme—. Mañana tendré un día muy agitado en la universidad. Buenas noches —dijo ella, dirigiéndose al dormitorio de Ian. De repente, sintió un deseo enorme de quitarse vestido.

—Pero *no*, eso es...

—Espérame —le dijo Ian con su seco acento británico y su tono autoritario, cortando las protestas de LaGrange con la precisión de un sable.

Otra punzada de rebelión la atravesó cuando vio el brillo en sus ojos. ¿Cómo se atrevía a hablarle en un tono tan autoritario delante de los demás? Levantó el mentón, pero luego recordó lo traviesa que había estado en el restaurante, lo tonta que había sido. Miró a LaGrange, quien parecía estar ofendido. ¿Estaba resentido con ella, o por la forma en que Ian lo acababa de interrumpir? Ella le asintió con la cabeza a Ian y se alejó por el pasillo. Una oleada de temor la recorrió.

Poco tiempo atrás había sentido deseos de pellizcar a Ian por su autoritarismo, pero ¿tal vez ella había ido demasiado lejos con su conducta?

Seguramente, él iba a estar furioso por la actitud coqueta y desatinada de ella. *¿Pero no se lo tenía bien merecido?*, pensó ella nerviosamente mientras miraba los mensajes en su teléfono cuando llegó a la suite de Ian. No podía permitir que él tratara constantemente de controlar su vida.

Entró al baño un momento después y empezó a quitarse los hermosos pasadores con diamantes, tratando de convencerse de que había hecho lo correcto al desafiar a Ian de un modo sutil. La forma en que él ignoró su opinión sobre la ropa que le había comprado... llevarla a cenar para que ella hechizara y sedujera a su presa valiéndose de su sexualidad. ¿Cómo se atrevía a utilizarla como si fuera un objeto?

Bueno, él aprendería a no utilizarla de esa manera en el futuro, pensó con un desprecio ansioso mientras el cabello le caía en la espalda y comenzaba a bajar el cierre del vestido.

Quedó petrificada cuando escuchó un fuerte golpeteo en la distancia. ¿Qué demonios había sido eso? Vaciló, sin saber si debía ir a hablar con Ian. Sonaba como si alguien hubiera golpeado simplemente el piso con fuerza.

El corazón le saltó a la garganta un momento después, cuando oyó que la puerta del cuarto se abría y se cerraba con un golpe rápido, y luego el sonido inconfundible de la cerradura.

Miró de reojo y vio a Ian a través de la puerta abierta del baño.

—Déjate el vestido —dijo él con voz tan glacial como el acero congelado—. Ven acá.

Ian tenía el saco desabotonado, los músculos tensos y la expresión rígida. La mirada de ella se concentró en el brillo de la hebilla de su cinturón, y en la prueba contundente de su virilidad. El corazón empezó a palpitarle contra el esternón.

—¿Xander ya se fue? —preguntó ella mientras salía del baño, y su voz le sonó temblorosa a sus propios oídos.

—Sí. Para siempre.

Ella se detuvo a poca distancia de él.

—¿Qué quieres decir *para siempre*? ¿Quieres decir que no lo volverás a ver porque te vendió la compañía?

—No. Porque le dije que se la metiera por el culo.

Ella parpadeó, y por un momento creyó que había entendido mal luego de que él dijera algo tan burdo y con voz crispada. Casi se le desorbitan los ojos al ver el destello salvaje que tenía en la mirada.

—Ian... no *hiciste* eso... querías tanto ese software para tu empresa, has trabajado mucho para cerrar este negocio. —El terror se hundió en su vientre como un ancla pesada—. No. No le habrás dicho eso a Xander LaGrange por la forma en que *me* comporté esta noche, ¿verdad?

—Sí, le dije eso a Xander LaGrange y lo empujé de bruces contra el ascensor porque no puedo *soportar* a ese cabrón de mierda —rugió Ian a través de su mandíbula apretada mientras se acercaba a ella. Ella vio el calor y la furia en sus ojos. Se veía tan feroz que estuvo a punto de retroceder, pero él la sujetó de una mano—. Y también porque tuvo que el descaro de pedirme un artículo adicional antes de firmar.

—¿Qué?

—A ti —Ian ignoró su jadeo sorprendido—. Pero no fue completamente egoísta. Me dijo que yo podía ver mientras sellaba el acuerdo en tu raja.

Ella se quedó sin aliento.

—Fueron sus palabras, Francesca —exclamó él—. No las mías.

Ella lo miró con incredulidad y angustia creciente. No podía creer que Xander LaGrange fuera un canalla tan repugnante. Sin embargo... si ella no hubiera sido tan coqueta, y tratado de desafiar a Ian, Xander no habría hecho lo que hizo, y Ian habría podido comprarle la empresa. Las lágrimas ardían en los ojos de ella.

Oh, no. Ella le había arruinado completamente las cosas. Tal vez él se merecía un poco de tormento por su comportamiento tan arrogante, pero ella nunca había querido hacer *esto*.

—Ian, lo siento mucho. No fue mi intención... seguramente no *creerás* que yo quería...

Él le puso una mano a un lado de la cabeza, inmovilizándola y haciéndola callar con su mirada fija y penetrante.

—Sé que no fue tu intención arruinar el acuerdo. No eres así de vengativa. Además, eres muy tonta como para saber siquiera lo que haces. La estupidez de Xander al sugerir que te compartiera con él fue sólo la cereza del pastel. El acuerdo terminó en el mismo instante en que ese imbécil te tocó. Lo hice pasar al penthouse sólo para decirle eso. Pero antes de que pudiera hacerlo, me hizo esa última exigencia y terminó marchándose de un modo mucho más... abrupto de lo que había esperado.

—No puedo creerlo —murmuró ella horrorizada.

—Eso es porque no tienes ni idea de cómo piensa un hombre como Xander LaGrange. Te estabas divirtiendo mientras jugabas con fuego. Tienes el cuerpo y el rostro de una diosa, y la mentalidad de una niña de seis años con un juguete nuevo y hermoso.

La ira se filtró a través de su miseria.

—¡No soy una niña, y sólo estaba tratando de demostrarte que no seré tratada como tal, Ian!

—Tienes razón —dijo él, agarrándole la mano con más fuerza. Empezó a caminar hacia el otro lado de la suite, y Francesca lo siguió con torpeza en sus tacones altos—. ¿Quieres jugar a los juegos de una mujer, quieres encenderme con cerillas para ver si me quemo? Bueno, será mejor que estés dispuesta a asumir la consecuencias, Francesca —dijo él, metiendo la mano en un cajón y sacando algunas llaves con brusquedad.

Francesca sentía el pecho tan lleno de ansiedad, remordimiento y emoción que no podía respirar. ¿Por qué estaría abriendo esa puerta? Ella lo siguió cuando él la haló de la muñeca y entró a una habitación que tenía unos veinte pies de largo por quince de ancho. Una de las paredes estaba llena de cajones y armarios en madera de cerezo. Ian cerró la puerta y Francesca miró a su alrededor. La pared del fondo estaba forrada con espejos y tenía un aparato con resortes, arneses y correas de nylon negro; miró aquel objeto con los ojos muy abiertos, y el corazón empezó a retumbarle en los oídos.

—Párate delante del sofá y quítate el vestido.

Ella apartó los ojos del aparato intimidante y vio un sofá mullido en la otra pared. Un elegante candelabro colgaba del techo, y no se veía fuera de lugar. También había otras cosas en aquella habitación sin ventanas, como por ejemplo, dos ganchos con tiras a lo largo de la pared, un taburete sumamente alto y curvado frente a un panel de madera empotrado la pared como una barra de ballet, y un banco acolchado.

—Ian, ¿qué es esta habitación?—

—Es la habitación donde recibirás los castigos más fuertes —dijo él antes de acercarse

a los cajones y de abrir uno. Los ojos de Francesca se agrandaron cuando vio varias paletas e instrumentos con correas de cuero. Sintió la boca reseca cuando él agarró el mango del cuero negro de aquella paleta de aspecto familiar y la levantó en el aire.

Oh no.

—Realmente no quería arruinar tu negocio —se apresuró a decir ella.

—Y yo te dije que sabía eso. No te estoy castigando porque Xander LaGrange sea un cabrón de mierda. Te voy a castigar por atormentarme toda la noche. Ahora, ¿no te dije que te quitaras el vestido? —preguntó él con un leve atisbo de diversión en sus ojos de ángel oscuro cuando se dio vuelta para mirarla, mientras sostenía la paleta en su mano. Su alegría se desvaneció al ver que ella no se movía.

—La puerta no está cerrada con llave, Francesca. Puede irte si quieres. Pero si te quedas, harás lo que yo diga.

Ella cruzó la habitación y se detuvo frente al sofá; tenía dificultades para recobrar el aliento. Vio su imagen pálida reflejada en los espejos mientras se disponía a bajarse el cierre del vestido. Ian se detuvo al otro lado de la habitación, mientras abría otro cajón y ella se quitaba la ropa apretada.

Vaciló luego de quitarse el vestido.

—¿Esto también? —preguntó ella con voz temblorosa, refiriéndose al sostén, los calzones, las medias altas, y los tacones negros de piel de lagarto.

—Sólo quítate el sostén y los calzones —dijo él, sacando algunos objetos de un cajón y caminando hacia ella. El cuerpo de Ian se interponía, y ella tuvo dificultades para ver lo que él había puesto sobre la mesa acolchada además de la paleta mientras ella se quitaba las prendas. Sólo vio una cosa antes de que él se interpusiera mientras caminaba hacia ella: un objeto semejante a un tubo de caucho y en forma de cono; era largo, negro y tenía un anillo en el extremo más grueso.

Ella le miró la mano, y su clítoris se agitó excitado cuando vio el frasco del estimulante. Él debió notar su mirada, o tal vez vio sus pezones duros, porque una sonrisa forzada asomó a su boca dura.

—Bien. Soy débil cuando se trata de ti; lo soy un modo lastimoso. No puedo soportar la idea de que sólo sientas incomodidad —dijo mientras abría el frasco. Metió un dedo en el emoliente blanco y sus miradas se cruzaron—. Incluso ahora, cuando te mereces un fuerte castigo.

Ella tragó saliva con dificultad.

—Realmente lo siento, Ian —dijo, pero no por la paleta intimidante que estaba sobre la mesa, ni por el objeto extraño que había visto un momento antes.

Él frunció el ceño ligeramente y dio un paso hacia ella; Francesca jadeó en voz alta mientras él hundía el dedo entre sus labios vaginales, frotando la crema en su clítoris con tanta precisión que la hizo gemir.

—Te estoy malcriando —dijo él retirando la mano y dejando que ella sintiera el ardor.

—Me costará creer eso dentro de unos minutos, cuando mi trasero esté en llamas —murmuró ella.

Él la miró a la cara. Los ojos de Francesca se agrandaron al ver la potente sonrisa de Ian y un calor se propagó entre sus muslos.

Ella lo miró y su expectativa se hizo más fuerte mientras él volvía a la mesa y se quitaba el saco, y ella admiraba los músculos definidos y flexibles debajo de su camisa. Ian se arremangó la camisa y ella sintió una excitación nerviosa en el vientre al ver sus antebrazos fuertes y su reloj de oro.

Hablaba en serio.

Francesca intentó ver qué traía él en las manos mientras regresaba.

—¿Sientes curiosidad? —murmuró él.

Ella asintió con la cabeza.

—Te diré lo que voy a hacer, pues en un momento te vendaré los ojos —dijo él con voz pausada mientras levantaba las esposas—. Te esposaré las manos, te vendaré los ojos y te pegaré en el trasero. Y cuando lo tengas agradable y caliente —dijo él, sosteniendo una botella de gel transparente y el tubo de caucho cuyo extremo era semejante a la agarradera de un chupete—, lubricaré este consolador anal y prepararé tu trasero para mi verga.

El corazón se le paralizó a ella por unos pocos segundos.

—¿*Qué* vas a hacer?

—Ya me oíste —dijo él mientras dejaba el lubricante y el consolador anal en el sofá. Luego le señaló las muñecas con la cabeza—. Ponlas de frente —le dijo, y ella asentó las manos en su monte de Venus, siguiendo sin pensar las instrucciones de Ian, pues su mente parecía estar inactiva—. Seguramente sabes que a los hombres nos gusta hacer eso —dijo él, notando su desconcierto.

—¿Aunque a las mujeres no?

—A algunas mujeres les gusta. Y mucho.

Ella pensó en el pene descomunal de Ian y concluyó algo: sería un castigo que se la metiera por detrás, a pesar del estimulante que comenzaba a hacerle picar y arder el clítoris de placer. Él fue a la mesa y regresó con una larga tira de seda negra para vendarle los ojos. Ella frunció el ceño y él levantó la venda.

La llevó hasta el sofá después de vendarle los ojos, y ella creyó oír el sonido producido por el cuerpo grande y pesado de Ian al caer sobre los cojines. Él comenzó a sentarla en sus piernas. Ella lo hizo con torpeza, tocándole los muslos duros como rocas con sus codos.

—Lo siento —murmuró ella.

—No pasa nada. ¿Recuerdas la posición que te enseñé? —le dijo él. Ella asintió con la cabeza y deslizó sus pechos sobre la parte externa del muslo de Ian hasta que las curvas inferiores presionaron contra el músculo duro, sus manos esposadas por encima de su cabeza, y su trasero desnudo curvado sobre la otra pierna de él. El sexo se le apretó al sentir claramente el contorno de la verga contra su vientre y sus costillas. Una llamarada de excitación asustada brotó de su pecho al sentir la longitud de él, y el calor palpitante a través de sus pantalones.

—Ian, nunca podrás meterme eso en el...

Ian le separó las nalgas, y ella saltó sobre sus piernas.

—Lo haré, preciosa —le oyó decir—. Y disfrutaré cada segundo. No muevas el trasero.

Ella se mordió el labio para no gemir cuando él comenzó a darle nalgadas y palmadas en los muslos con golpes rápidos y punzantes. El clítoris le picó a causa de la excitación. Ella se dio cuenta de que le gustaba más que le dieran nalgadas a que la golpearan con la paleta. Le gustaba la forma en que él lo hacía, que la mano se le pusiera tan caliente como su trasero y que la verga palpitara contra su cuerpo cuando él le daba esas palmadas fuertes en la curva inferior de las nalgas. Francesca se concentró únicamente en sentir la erección dura de Ian presionando contra su cuerpo, y en la expectativa por la siguiente nalgada.

A ella le encantaba que él hiciera pausas mientras la castigaba, y que le acariciara el trasero con sus manos grandes, para calmarle el ardor. Gimió cuando él le apretó una nalga con fuerza y flexionó sus caderas, apretándole el cuerpo contra su erección furiosa.

—¿Por qué tienes que atormentarme, preciosa? —le oyó decir en tono áspero.—Eso mismo me pregunto de ti —, murmuró ella desesperadamente, con la cara pegada al sofá, que amortiguó un poco su voz. Él seguía apretándola contra su cuerpo duro y excitado, y a ella le encantaba la presión que sentía en el clítoris.

Él gruñó, relajando sus caderas.

—Eres una espina constante en mi costado —dijo él en tono sombrío.

—Lo siento —murmuró ella, extrañando la presión de su pene, y su mano en el trasero. ¿Qué estaba haciendo él?, se preguntó girando la barbilla para tratar de oír una posible respuesta a su pregunta. Un gemido escapó de su garganta cuando él le separó una nalga con su mano grande y la mantuvo separada de la otra. Los músculos se le tensaron con ansiedad al sentir una presión fría y dura contra el ano.

—Realmente no creo que lo lamentes —le oyó decir a Ian. La presión se hizo más fuerte y la punta del consolador se deslizó en su trasero—. Creo que te gusta atormentarme tanto como a mí me gusta castigarte.

—Ian —gimió ella incontrolablemente cuando él le introdujo el consolador un poco más y comenzó a metérselo y a sacárselo, manipulándolo con la manija, y la lubricación hizo que se deslizara con suavidad en su interior a pesar de la fricción.

—¿Sí? —preguntó él con voz áspera.

Ella tenía la boca abierta y la mejilla caliente y apretada contra el terciopelo del sofá.

—Se siente tan... extraño —logró decir con voz entrecortada. No podía expresar con precisión lo que sentía: ansiosa por estar sentada en su regazo y a merced de él, avergonzada por cederle el control de una parte tan privada y prohibida de su cuerpo, excitada tras sentir sus terminaciones nerviosas llenas de vida por la estimulación, mientras la sensación de ardor en el clítoris aumentaba como había sentido nunca antes...

... se sentía más que emocionada mientras Ian mientras tensaba los músculos y le penetraba el culo con el consolador.

Se lo hundió todo, haciéndola gritar de sorpresa.

—¿Te duele? —le preguntó él, presionando el consolador con los dedos para mantenerlo insertado.

Ella negó con la cabeza, pues se sentía demasiado abrumada para hablar. La crema del clítoris ya había sufrido todo su efecto. Ella se estremeció y sintió arder. Ian le separó los labios vaginales, frotándole la protuberancia hermosa y erecta como si supiera lo que ella sentía. Francesca se estremeció en su regazo.

—¿Empiezas a ver por qué a una mujer le puede gustar esto? —Ian le sacó el consolador y se lo metió de nuevo—, tanto como a un hombre?

Ella gimió incontrolablemente. Los nervios del hueso sacro se le llenaron de vida mientras él le metía y le sacaba el consolador, y le frotaba su clítoris completamente empapado. Si él seguía haciendo esto, ella pronto estaría temblando del orgasmo.

Desafortunadamente, ese no era el plan de Ian: retiró la mano, el consolador salió de su trasero y ella gimió por la interrupción tan súbita. Francesca sintió que Ian pasaba los dedos por las esposas. Se las quitó y le retiró la venda de los ojos. Ella parpadeó, y la iluminación sutil del candelabro de cristal le pareció brillante después de haber tenido los ojos vendados. Él la tomó de la mano.

—Párate. Te ayudaré —dijo él.

Ella agradeció esas manos que la guiaban mientras trataba de hacer lo que él le había ordenado, todavía desorientada por la luz y por la brusca interrupción del placer. Se paró frente a él, sintiéndose enrojecida por su excitación, y nerviosa e inestable por sus zapatos de tacón alto. Él la miró, sus ojos brillando con calor y deseo, sus largas piernas ligeramente extendidas, mientras que su excitación era innegable.

—¿Te gustó eso, ¿verdad? —le preguntó él mientras la estudiaba.

—No —susurró ella, sabiendo que sus mejillas calientes, su piel enrojecida, y sus pezones duros y apretados indicaban todo lo contrario.

Él sonrió y se levantó. Ella lo miró sin poder disimular sus ansias cuando le apartó con suavidad el cabello de la cara. Jadeó suavemente al sentir su mano en la parte baja de la espalda, acariciándola, y la tela de sus pantalones y de su camisa rozándole la piel sensible.

—¿Conque rebelde incluso ante una derrota segura? Nunca dejas de sorprenderme, preciosa —murmuró él—. Ven conmigo —añadió tomándola de la mano. Ella caminó a su lado y se detuvo al ver su reflejo en el espejo.

El color negro de sus medias altas hacía que su piel se viera muy blanca, al igual que la mata de pelos rojos y dorados que tenía entre los muslos. El cabello le caía completamente alborotado sobre la cintura. Sus pezones estaban teñidos de un rosado oscuro, completamente duros por la excitación, y los globos pálidos de sus senos subían y bajaban mientras jadeaba superficialmente.

Miró a Ian, sucumbiendo a la imagen de sí misma transformada por el deseo.

—¿Lo ves? —preguntó Ian, agachándose junto a ella, y su aliento cálido en el oído le produjo una oleada de placer—. Lo ves, ¿verdad? —murmuró él mientras le pasaba la mano por el vientre en un gesto posesivo—. ¿Ves lo hermosa que eres?

Sus labios encendidos se separaron, pero no le salieron palabras.

—*Dilo* —susurró él con brusquedad—. Di que ves lo que veo cuando te miro.

—Lo veo —respondió ella con un tono aturdido y un poco

maravillado, como si creyera realmente, y por unos pocos segundos, que él tenía espejos mágicos.

—Sí. Y no se trata de un poder con el que juegas, ¿verdad?

Ella tardó un momento en comprender que la pequeña sonrisa de Ian no se debía a la presunción ni a la arrogancia. No; tenía un aspecto triunfante por lo que ella había visto en el espejo... y también por su emisión. *¿Por qué le importaba a él si ella creía o no que era hermosa?*

La condujo hacia el objeto de aspecto pervertido que colgaba del techo con aquellos arneses y correas, y el corazón le latió con una rapidez incómoda. Ian bajó una barra horizontal negra; estiró un resorte y tres arneses de cuatro pulgadas de ancho y cubiertos en cuero cayeron a unos cuatro pies del suelo. *Espera un momento...* esos lazos de cuero se podían utilizar para sostener un cuerpo en el aire. Si la almohadilla circular de cuero era para apoyar la cabeza, ese arnés era para la zona del pecho, y el más bajo para la pelvis, y entonces las otras correas se podrían utilizar para atar las manos y los tobillos de una persona.

Y esa persona estaría completamente inmóvil... indefensa, comprendió Francesca, mirando a Ian mientras sostenía el columpio y la luz del candelabro brillaba en sus ojos azules. Su expresión de incredulidad se desvaneció al sentir una fuerte presión en el pecho.

Oh no.

Ya *era* completamente indefensa cuando se trataba de Ian Noble... y no tenía nada que ver con el columpio.

Él le hizo una seña con la mano.

Los músculos del trasero se le apretaron, y un calor líquido se propagó por su sexo.

Francesca levantó la mano y él la tomó, atrayéndola hacia él.

—Es hora de que aprendas que cuando juegas con fuego, terminarás a merced de él —dijo Ian.

Agarró firmemente a Francesca cuando la levantó del piso y

deslizó su cuerpo a través de los anillos del columpio, con el vientre hacia abajo. Pasó las correas acolchadas debajo de sus caderas, de sus senos y de su frente. Ella soltó un grito tembloroso cuando los arneses cedieron debido al peso de su cuerpo.

—*Shhhh* —la tranquilizó él, acariciándole la espalda—. El columpio está colgado de una viga de acero en el techo. Es completamente seguro. Relájate.

Ella exhaló poco después, pues se sentía firme y segura; extraña y ligeramente excitada y asustada, pero confiada en que Ian la mantendría a salvo. Él retiró su mano de la espalda. Le tocó las pantorrillas, y luego los tobillos. Ella miró hacia un lado, pero no podía ver porque el cabello le cubría la cara. Sintió que él le metía un pie en un lazo de nylon, luego el otro, y se los apretaba a la altura del tobillo. Se los había atado más abajo de su cuerpo, haciendo que sus piernas cayeran por debajo de sus caderas, como si estuvieran en una posición encorvada, pero en el aire. Ian se paró delante de ella y le ató las muñecas de un modo similar, dejando que sus brazos quedaran semi-rectos por debajo de su pecho.

La forma rápida y experimentada en que movía el columpio y el cuerpo de ella, le permitió concluir que Ian tenía mucha experiencia en eso.

—Traeré algo para tu cabello.

Ella sintió un poco de ansiedad, pues no podía verlo, pero Ian le retiró el cabello con sus manos diestras. Francesca giró ligeramente la barbilla y logró verlo en el espejo mientras le daba vuelta a su cabello y lo sujetaba con un clip enorme. No lograba apartar los ojos de la imponente figura de Ian en el espejo ni de ella misma, desnuda y suspendida allí en el aire, vulnerable a cualquier cosa y a todo lo que Ian quisiera hacer con ella.

Probablemente, él había notado que ella observaba con ansiedad la imagen de los dos en el espejo, porque pasó sus dedos largos debajo de la barbilla y se encontró con su mirada en el espejo.

—No tengas miedo —le dijo él.

Ella parpadeó; ver algo en sus ojos le dio valor. Pasión. Ternura. Una clara intención de poseer, pero no de una manera que debiera temer o aborrecer. Ella asintió con la cabeza, mientras sentía que el aire le faltaba.

Él se acercó a la mesa y regresó con algo en la mano. El clítoris se le apretó de excitación al ver que sostenía firmemente la paleta. De repente, pensó en lo vulnerable que era su trasero, suspendido en el aire. Contuvo el aliento cuando él levantó la paleta, y luego le acarició suavemente el trasero —que aún le ardía debido a los golpes— con la piel suave de la pala.

Ian agarró las correas del arnés que sostenía sus caderas, inmovilizándole el cuerpo. Ella se miró en el espejo con los ojos abiertos mientras él levantaba la paleta unas pulgadas en el aire y la giraba con pericia. El lado de cuero cayó contra su trasero.

—Te daré diez golpes —le dijo él con voz ronca, colocando la paleta contra su trasero. A ella se le calentaron las mejillas por la sensación... al ver el cuero negro presionado contra sus nalgas rosadas.

Él levantó la paleta y la golpeó; ella jadeó tras el impacto, y su cuerpo se movió ligeramente hacia adelante mientras Ian la sostenía. Un "ay" escapó de su garganta cuando le pegó de nuevo, y ella sintió una picazón en los nervios. Él mantuvo la paleta presionada contra sus nalgas.

—Te dije que estarías segura, y siempre lo estarás —ella vio por el espejo que él le miraba el trasero mientras se lo masajeaba con la paleta—. Pero eso no significa que no sentirás cierto malestar. A fin de cuentas, esto es un castigo.

Ella gimió cuando al recibir otra palmada en la parte baja de las nalgas. Él lanzó un gruñido bajo y áspero, y utilizó la paleta para masajearle la piel una vez más.

—Me encanta ponerte el trasero rojo —murmuró él, dándole otra fuerte bofetada, y ella se movió hacia adelante—. Cuenta tú, Francesca —dijo él—. Estoy perdiendo la concentración.

Ella se quedó mirando sus rasgos rígidos, el corazón martillándole con la fuerza de una locomotora y la crema haciéndole arder el clítoris. ¿*Ian* estaba perdiendo la concentración? Abrió los ojos atemorizada cuando él levantó el brazo.

Paf.

—Cinco —chilló ella. No podía apartar los ojos de él en el espejo: la forma en que la camisa se extendía sobre su pecho ancho cuando él levantaba el brazo, totalmente concentrado en ella mientras le pegaba con la paleta, la fuerza descomunal con que agarraba el columpio y le sostenía el trasero para castigarla.

Ian le dio varios golpes más y luego maldijo en voz baja. Le soltó el arnés de las caderas y Francesca se balanceó hacia adelante y hacia atrás. Escasamente se dio cuenta de esto, pues estaba muy ocupada mirándolo en el espejo. Él sacó rápidamente un anillo de cuero del extremo de la paleta, se lo puso en una muñeca y comenzó a desabrocharse el pantalón; su miembro erecto asomó por el resorte de sus bóxers blancos. Luego se acarició la base larga, gruesa y desnuda.

—*Ian* —gimió ella, el calor propagándose entre sus piernas al ver su poder duro y viril. Él apretó la paleta con fuerza.

—¿Sí? —preguntó él, su voz áspera por la excitación.

—Me estás matando —dijo ella descontrolada, sin saber lo que quería decir. Tenía una gran presión acumulada en su interior. Se sentía como si estuviera a punto de arder y estallar. ¿Por qué se excitaba al estar así, indefensa y en el aire?

—No más de lo que tú lo haces conmigo —dijo él con mucha seriedad mientras agarraba con fuerza el arnés de la cadera y le daba un paletazo.

—Ocho —gritó ella. El trasero le ardía, pero aún así, la mayor parte de su atención estaba centrada en la sensación que le producía ver la verga de Ian sacudiéndose en el aire mientras le asestaba un golpe, y el glande suave, aterciopelado y duro le golpeteaba las nalgas.

Francesca tenía los muslos empapados, el trasero en llamas y jadeaba entrecortadamente cuando dijo "diez". Ian le pasó el cuero por las nalgas ardidas y soltó el arnés. Ella dejó escapar un gemido cuando él le agarró una nalga y se la masajeó ávidamente con la palma de la mano.

—Tu trasero va a estar muy bien, preciosa. Muy caliente. Me vas a derretir la verga —dijo él y una sonrisa irónica le torció su boca rígida.

—¿Me va a doler? —preguntó ella con voz temblorosa.

Él hizo una pausa en su caricia lasciva pero sin soltarle el trasero, y la miró a los ojos en el espejo.

—Un poco al principio, tal vez. Pero mi intención no es torturarte, sino castigarte por tu impulsividad.

—¿Y... y meterme tu verga... *es* parte de mi castigo?

Él le soltó el trasero y caminó hacia la mesa. Ella trató de ver lo que hacía por medio del espejo, pero sus cuerpos no la dejaron ver. Ian regresó con un consolador de caucho negro y brillante. Ella abrió los ojos. Era más grande que el que le había metido antes. Francesca no sabía en dónde posar su mirada ansiosa: sin en ese juguete sexual de aspecto intimidante, o en la fuerte erección de Ian que sobresalía lascivamente de su cuerpo.

—No creo que la penetración anal sea otra cosa distinta al placer —dijo él acercándose a ella—. Aún está por saberse si lo consideras un castigo o un intercambio mutuo de placer.

A continuación, le pasó el antebrazo izquierdo por las correas del arnés de la cadera, y la sostuvo que con firmeza. Le levantó las nalgas con el canto de la mano y le tocó el ano con la punta del consolador.

—Frótate el clítoris con las manos —le ordenó tensamente.

Ella acercó las manos atadas a la pelvis. Tenía el clítoris apretado contra la correa acolchada. Pasó un dedo por debajo de la correa y lo introdujo entre sus labios vaginales; estaba completamente empapada. Una oleada de placer la envolvió en el mismo instante en que se frotó el clítoris excitado.

Y luego... sintió un dolor agudo que desapareció con rapidez.

Jadeó al sentir que Ian le había metido la punta gruesa del consolador en el culo, y se frotó el clítoris con mayor vigor. La presión acumulada en su interior le parecía irresistible. Su cuerpo estaba en llamas. *Oh*... estaba a punto de venirse...

Ian la agarró de las muñecas y le bajó los brazos. Ella soltó una protesta ahogada y vio la expresión divertida de Ian a través del espejo.

—Creo que ya tenemos una respuesta definitiva acerca de si esto es un castigo o un placer para ti, ¿verdad?

Ella se mordió el labio y se miró nerviosamente el culo en el espejo. Ian le había metido todo el consolador mientras ella se entregaba al placer. La base plana del juguete sexual estaba apretada contra sus nalgas.

Estaba a punto de explotar mientras permanecía indefensa en el aire, hecha un manojo de nervios ardientes y de carne temblorosa. Quedó paralizada por lo que vio en el espejo. *Ian se estaba desvistiendo*. Se quitó los zapatos y los calcetines y luego la camisa. Se quedó boquiabierta al ver a su cintura esbelta, su abdomen surcado, y su pecho ancho y fuerte. El aire le ardió en los pulmones debido a la expectativa.

Sí.

Él se quitó los pantalones y los bóxers, dejando al descubierto sus largas piernas, y ella vio por fin su cuerpo totalmente desnudo y expuesto.

Apretó los ojos con fuerza. Era tan hermoso, la personificación del poder masculino y a ella le dolía un poco verlo tan completamente excitado como ella. Un grito escapó de sus labios cuando comenzó a girar de repente. Se le brotaron los ojos y la habitación le dio vueltas. Se detuvo un poco y separó la frente del arnés. Ian, que estaba muy cerca de su cara, le agarró el arnés del pecho y le sostuvo el cuerpo con firmeza. Ella levantó la mirada hacia él.

—Esa es la belleza del columpio —dijo él, notando la expresión de asombro de Francesca—. Puedo ponerte en la posición que quiera en un abrir y cerrar de ojos. —Se agarró la verga y la acercó a la boca de ella, dejando clara su intención. La gruesa punta de la verga se adentró en sus labios y se los estiró. Ella lo miró mientras le lamía el glande y luego le sacudió la verga con su lengua firme. Un gruñido escapó de la boca de Ian mientras la miraba.

¿Cómo era posible que ella se sintiera al mismo tiempo tan impotente y con un control tan magistral?

Él le meció el cuerpo hacia adelante y hacia atrás, mientras la verga entraba y salía de su boca. Siguió penetrándole la boca, controlándola por completo pero sin aprovecharse de ella, deslizándose varias pulgadas adentro y afuera de su lengua, hasta que su verga se hizo enorme entre los labios que la oprimían.

—Así está bien —murmuró él, dando un paso atrás, la verga saliendo de su boca—. De hecho, está muy bien —añadió en voz baja—. Quédate firme.

Ella se meció de repente en la dirección opuesta y miró fijamente a Ian a través del espejo, sintiéndose desconcertada. Él le bajó el arnés de la cadera y lo colocó entre los muslos.

—¡Oh! —chilló ella cuando él la levantó de la cintura, sosteniendo su peso corporal como si levantara una almohada de plumas. Al mismo tiempo, le mantenía el consolador adentro con una mano.

—Mueve los pies hacia el otro lado por la correa inferior hasta quedar sentada. Ella hizo todo lo posible para seguir sus instrucciones, pero sólo consiguió sentarse con la ayuda experta de él; el arnés de la cabeza cayó debido a la falta de tensión; el del pecho estaba sus costillas, y ella se sentó en el arnés inferior, con las rodillas dobladas y las muñecas atadas en su regazo. Cuando quedó sostenida firmemente por el arnés, Ian le bajó el del trasero hasta la parte superior de los muslos.

Se sentía mareada por la excitación y por la forma magistral en que Ian manejaba el columpio. Francesca sintió como si estuviera participando en una versión XXX del Cirque du Soleil.

Ian le sacó el consolador anal, haciéndola jadear, y lo arrojó al suelo.

Ella miró, hipnotizada y resoplando mientras lo veía lubricar su verga hasta dejarla brillante. Ian se paró detrás de ella. Agarró las correas del arnés inferior, y luego las del superior, flexionando sus bíceps hasta hincharse, y acercando a Francesca hacia él.

Francesca estaba en una especie de posición suspendida, sentada de espaldas a él, la parte superior de su cuerpo inclinada hacia adelante en un ángulo... y su trasero totalmente expuesto, metido en el anillo del arnés como si se tratara de una ofrenda.

Ella no podía respirar. Sintió la cabeza tersa y dura de la verga restregarse contra su trasero hormigueante, y que luego se apretaba contra el orificio de su ano.

—*Ian* —gritó ella con los dientes apretados.

—Ha llegado el momento de que empieces a arder, preciosa —le dijo él con un gruñido.

Ian agarró con menos fuerza las correas y el borde del cuero acolchado de la paleta que tenía ella debajo de los muslos. Francesca no tenía a dónde ir sino hacia su verga. Él empujó con las caderas y la atrajo hacia él de un solo golpe. Ella gritó mientras la verga se introdujo varias pulgadas en su culo y un dolor agudo la atravesó. Él hizo una pausa, doblando su cuerpo grande como si fuera un resorte.

Ella se quedó asombrada al ver el reflejo de Ian en el espejo. Parecía como si acabara de terminar una extenuante sesión de ejercicios. Todos los músculos abultados de su cuerpo estaban tensos y delineados. El sudor le brillaba en los músculos del abdomen y en la jadeante caja torácica. Su trasero fuerte y sus músculos abductores estaban flexionados mientras él se contenía poco antes de explotar. Era impresionante verlo en ese instante, pues Ian era una tormenta sexual a punto de estallar. La parte de la verga que no estaba hundida en su culo se veía enorme e intimidante. Sentía palpitar a Ian dentro de su estrecho canal y juró que podía sentir el pulso de él latiendo en su carne. Le sorprendió que sus cuerpos estuvieran tan cerca y tan acoplados.

—¿Estás bien? —le preguntó él tensamente.

—Sí —dijo ella, comprendiendo lo que había querido decir. El fuerte dolor inicial se había desvanecido, dejando sólo una presión urgente y prohibida. Sus mejillas y labios se tiñeron de un rosado oscuro, y el clítoris le chisporroteaba.

—Me alegro, porque tu culo está ardiendo —murmuró él mientras empujaba y le acercaba el cuerpo contra el suyo. Un grito desigual salió de su garganta y él comenzó a balancearse hacia atrás y hacia adelante, embistiéndola con la verga.

—Cielos, es bueno estar dentro de ti sin condón.

Francesca gimió sorprendida por la nueva sensación erótica... al ver que Ian se extraviaba en su deseo. No sentía dolor, pero sí una presión aguda e irresistiblemente excitante aumentando en su interior. Los nervios de su ano eran tan sensibles que podía sentir todos los matices de la verga que tenía adentro. Los músculos de sus muslos se apretaron con fuerza y le presionaron el clítoris. El orgasmo se anunciaba. Miró con la boca abierta de asombro mientras veía en el espejo que Ian le hundía cada vez más la verga con cada embestida. Finalmente, la pelvis de Ian chocó contra sus nalgas.

Él la sostuvo contra él y lanzó un gruñido gutural. El momento era demasiado pleno... demasiado incendiario y Francesca comenzó a temblar mientras el orgasmo se estrellaba contra ella; era demasiado intenso después de haberlo contenido durante tanto tiempo.

Oyó la maldición lejana de Ian. Él siguió cogiéndola mientras ella se venía, hundiéndole la verga en el culo con una posesión contundente y codiciosa, golpeando la pelvis rápidamente contra su trasero hormigueante y adolorido mientras maniobraba el columpio —y el cuerpo de ella— y sentía un placer indescriptible. Realmente era demasiado. Ella no podría haber resistido la presión durante mucho tiempo. Estaba completamente a su merced, y su culo se apretaba contra la verga frenética de Ian mientras ella tenía un clímax atronador.

Él se introdujo en ella una última vez, y el gemido de Ian le pareció impotente en cierto sentido, a pesar de ser el amo en estas situaciones. Pasó el brazo alrededor de su cintura, atrayéndola hacia él con urgencia. Ella gritó entrecortadamente al sentir que su verga se hinchaba hasta hacerse imposiblemente grande. Un rugido brotó de la garganta de Ian, quien inclinó la cabeza haciendo una mueca, y presionó su boca contra la espalda de ella. Francesca se mordió el labio y apretó los ojos cuando lo sintió estallar dentro de ella.

Él gimió, saliendo y entrando en ella entrecortadamente mientras seguía eyaculando y exhalaba un aire caliente y desigual en su espalda. Francesca tenía los ojos aguados. Sus lágrimas no eran de dolor, sino debido a una fuerte sensación de ardor en el pecho.

¿Se había enamorado de ese hombre?

¿De qué otra forma podría explicar su confianza total y absoluta, su disposición a entregarse por completo a él?

¿Qué otra cosa podía ser esa sensación de euforia mientras lo miraba en el espejo, entregándose por completo al placer? O ella se estaba enamorando, o se estaba volviendo loca.

De cualquier manera, él había tenido la razón: ella estaba completamente a su merced.

Séptima parte

Porque necesito

Capítulo trece

an la desató, ayudándole a salir de los arneses, aún temblando por el clímax estremecedor y por una mezcla de emociones que no podía identificar. La tomó de inmediato en sus brazos cuando ella tocó el suelo con los pies, haciendo una mueca de placer tras sentir su piel sedosa y desnuda apretada contra la suya.

Le puso la mano en la mandíbula y le levantó la cara hacia la suya. La besó profundamente, preguntándose cómo podía sentir un deseo tan fuerte y toda esta ternura al mismo tiempo. ¿Había sido demasiado duro con ella? Francesca era tan suave, tan femenina y tan exquisita, pensó aturdido mientras acariciaba sus curvas tensas y firmes. Había comparado su reacción con la de ella y concluyó que no se había comportado con delicadeza mientras le apretaba rítmicamente la verga y ella gemía en el orgasmo unos minutos atrás.

Ella era un misterio para él; un misterio apasionante, tormentoso y dulce al que no se podía resistir.

Levantó la cabeza un momento después, la tomó de la mano, salió del cuarto y luego la llevó al baño. Abrió la puerta de la ducha y giró la manija sin decir palabra. Cuando la temperatura estuvo agradable, se hizo a un lado y le asintió con la cabeza para que entrara. Él cerró la puerta y la siguió.

Francesca parecía haber notado su melancolía y distancia, pues él permaneció en silencio mientras le lavaba meticulosamente su hermoso cuerpo. Sin embargo, Ian sintió que ella lo miraba mientras él le pasaba las manos enjabonadas sobre su piel satinada. El vapor se envolvió alrededor de sus nudillos mientras la bañaba... mientras la adoraba. Una pequeña parte de él quería alejarse como lo había hecho en París, cuando se había sentido tan abrumado por la dulzura y la respuesta generosa de ella.

Sin embargo, la experiencia de esta noche había minado sus defensas, impidiéndole mantener la cordura y resistirse a ella.

Él se dio un baño más corto y cerró el agua. Después de secarla y de secarse con una toalla, le tomó la mano de nuevo y la llevó a la cama. Levantó el cobertor y se volvió hacia ella, soltándole la pinza del cabello. La frondosa melena le cayó alrededor de los hombros y la espalda y él se apresuró a hundir los dedos en aquella delicia sedosa y abundante.

Los ojos grandes y oscuros de Francesca hicieron que algo se apretara en las entrañas de Ian.

—Métete en la cama —murmuró él.

Ella se acostó, enroscándose de cara a él. Ian se tendió junto a ella, rozándole el vientre con el suyo, y se cubrió con el cobertor. Le acarició la sedosa extensión de la cadera mientras un silencio pesado y embarazoso los envolvía. Ninguno de los dos habló, aunque Ian sintió que ella tenía su atención concentrada en él.

Luego, ella le tocó la boca con sus dedos suaves. Él cerró los ojos, tratando de evitar infructuosamente una creciente ola de sentimientos no deseados pero imparables.

Casi nunca permitía que una mujer que lo tocara de un modo tan íntimo, pero dejó que Francesca lo hiciera. Ella lo abrumó con sus dedos ansiosos mientras le recorría la cara, el cuello, los hombros, el pecho y el vientre. Le apretó suavemente una tetilla con sus uñas y él siseó en un estallido de placer sublime, sosteniéndole la mirada mientras ella le cubría la verga con su mano un momento después.

Lo tocó con mucha suavidad. ¿Por qué sentía como si ella le arrancara un vendaje de una herida profunda en su interior cuando comenzó a mover su brazo para masturbarlo?

Incapaz de aguantar más su dulce tortura, se dio vuelta y sacó un condón de la mesa de noche, anhelando el día en que Francesca hubiera tomado la píldora por un tiempo considerable y él pudiera estar dentro de ella sin usar preservativos.

Un momento después se acostó encima de ella, sus vientres palpitantes, y con la verga completamente metida en su raja cálida y estrecha. Él abrió los ojos y la vio mirándolo.

—¿Me porto mal contigo, Francesca? —le preguntó con dureza.

Ella permaneció un momento sin responder, pero la expresión sombría de sus ojos le permitió concluir que ella entendía que él no se refería solo a esta noche, sino a todo: a su incapacidad para resistirse a esa mujer talentosa, vibrante y hermosa a pesar de que él le había manchado el brillo con su oscuridad... hasta que ella se alejara dolida.

La simple idea de ver un asomo de rechazo en su hermoso rostro lo desgarró profundamente.

—¿Acaso importa?

Un espasmo le apretó los músculos de la cara tras la respuesta serena de ella. Ian empezó a cogerla con embestidas largas y profundas, mientras se estremecía ante la explosión destilada de placer.

No, no importa.

Él no podía permanecer alejado de ella, sin importar las consecuencias que eso tuviera para ella... o para él.

* * *

Después de hacer el amor otra vez, él la abrazó y hablaron como dos amantes, o por lo menos así era como Francesca creía que hablaban los amantes, pues no tenía ninguna experiencia en este campo. Oírlo hablar de su infancia en Belford Hall, la propiedad de su abuelo en East Sussex, fue una experiencia embriagadora. Quería preguntarle cómo había sido la convivencia con su madre en el norte de Francia; seguramente había sido una época llena de privaciones, en comparación con el lujo y el privilegio que tenía el nieto de un conde, pero ella no lograba reunir el valor necesario para hacerlo.

Luego trajo ansiosamente a colación el tema de Xander La-Grange, y Ian negó de plano que el comportamiento de ella hubiera sido la causa principal para no haber firmado el acuerdo.

—Fue la gota que rebasó la copa —dijo Ian—. Detestaba tener que perseguirlo y halagarlo con el fin de conseguir ese software. Siempre lo he detestado, desde que tenía diecisiete años. No quería reunirme personalmente con él y pasé varias semanas tratando de evitarlo. —Ian parpadeó como si tratara de recordar algo—. En realidad, me iba a reunir con él la noche en que tú y yo nos conocimos en Fusion. Le pedí a Lin que cancelara el encuentro.

A Francesca le saltó corazón al oír eso.

—Pensé que estabas molesto cuando Lin se te acercó en Fusion porque no querías perder el tiempo en conocerme.

Él le levantó suavemente la barbilla mientras la miraba a los ojos—. ¿Por qué piensas eso?

—No lo sé. Me imaginé que tenías cosas mucho mejores que hacer que conocerme.

Se emocionó al ver la risa de Ian, quien le apretó suavemente la cabeza, y ella se apoyó felizmente de nuevo en su pecho.

—No digo cosas que no quiero decir, Francesca. Esperaba conocerte desde que vi tu cuadro y reconocí que eras la artista que había pintado *El gato* —dijo él, acortando el nombre del cuadro que tenía en su biblioteca... el cuadro que ella había hecho de él inadvertidamente. Francesca apretó la boca contra su piel y le dio un beso, emocionada hasta la médula por esa pequeña verdad revelada. Él le acarició el cabello.

—¿Qué vas a hacer con el software que necesitas para tu nueva empresa? —le preguntó ella un momento después.

—Lo que debí hacer desde el comienzo —dijo él enérgicamente, masajeándole el cuero cabelludo con las yemas de los dedos y haciéndola temblar con un placer delicioso—. Diseñaré uno. Tendré que esforzarme y me tomará tiempo, pero debí hacer eso en vez de perder el tiempo con ese idiota. Tratar con un hombre como LaGrange no es un buen negocio. Me había estado engañando a mí mismo en ese sentido.

Más tarde, ella le habló de aquella vez que asistió a un campamento para niños con sobrepeso cuando tenía ocho años y se dio cuenta de su talento artístico.

—Para gran consternación de mis padres, no perdí una sola libra allí, pero supe que tenía mucha facilidad para el dibujo y la pintura —murmuró ella, recostada todavía en su pecho, y sintiéndose contenta y adormecida mientras Ian le acariciaba el cabello.

—Tus padres parecían estar obsesionados con tu peso —comentó él, y su voz profunda le hizo cosquillas en la oreja. Ella le acarició los bíceps con curiosidad, maravillándose por el tamaño y la dureza de sus músculos.

—Estaban obsesionados por controlarme. Y mi peso fue una de las pocas cosas que no pudieron manipular.

¿Los músculos de él se habían tensionado cuando ella dijo eso?

—Tu cuerpo se convirtió en un campo de batalla —comentó Ian.

—Eso es lo que decían todos los sicólogos.

—Sólo puedo imaginar lo que dirían ellos si supieran que te has involucrado conmigo.

Ella levantó la cabeza y se encontró con su mirada; la iluminación del dormitorio era tenue y no pudo descifrar su expresión.

—¿Lo dices porque eres tan controlador? —preguntó ella.

Él asintió con la cabeza.

—Te dije que llevé a mi exesposa prácticamente al límite.

Le comenzó a palpitar el pulso mientras contemplaba su belleza ruda y masculina. Sabía que él no hablaba mucho de su pasado.

—¿Te... te preocupaste tanto por ella que siempre pensabas en su bienestar?

—No.

Ella parpadeó ante su respuesta rápida y categórica. Él se estremeció ligeramente y desvió la mirada.

—Yo no estaba enamorado de ella, si eso es lo que me estás preguntando. Yo tenía veintiún años, estaba en la universidad y fui un tonto por haberme enredado con ella. Tuve una disputa muy fuerte con mis abuelos y permanecimos varios meses sin hablarnos. Supongo que me sentía un poco vulnerable por dejarme cegar por una mujer como Elizabeth. La conocí en un evento para recaudar fondos en la Universidad de Chicago, y mi abuela asistió para hacer las paces conmigo. Elizabeth era una talentosa bailarina de ballet que procedía de una familia americana acomodada. Le habían enseñado a aspirar al tipo de estatus que tenía mi abuela.

—Y tú —dijo Francesca con suavidad.

—Eso fue lo que ella pensó inicialmente, antes de que nos casáramos y de que me conociera realmente, pero luego se dio cuenta del error que había cometido. Quería un príncipe azul y terminó con un cabrón —dijo él, torciendo la boca en una sonrisa casi triste—. Es probable que Elizabeth fuera virgen, pero estaba lejos de ser inocente cuando se trataba de conseguir lo que quería. Hizo planes para que yo cayera en su trampa, y fui lo suficientemente estúpido como para dejar que lo hiciera.

—¿Ella... quedó embarazada a propósito?

Ian asintió con la cabeza y le dirigió una mirada vacilante.

—Sé que muchos hombres dicen eso, pero en nuestro caso, se trató de un hecho comprobado. Vi las cajas de píldoras anticonceptivas cuando quedó embarazada y nos casamos. La confronté, y ella reconoció que había dejado de tomarlas cuando empezamos a salir. Dijo que quería tener un hijo mío, pero no le creí. Pretendía quedar embarazada para casarse conmigo, pero no creo que realmente quisiera vivir la experiencia de la maternidad.

Francesca sintió una sensación de ansiedad.

—¿No te preocupa la posibilidad de que yo haga lo mismo; es decir, con el control de la natalidad?

—No.

—¿Por qué estás tan seguro? —preguntó Francesca, y se sintió conmovida por la respuesta rápida y segura de Ian.

—Porque ahora tengo treinta años, y he aprendido a conocer mejor a las mujeres que cuando tenía veintiuno —dijo él secamente.

—Gracias —susurró ella—. ¿Y qué pasó cuando confrontaste a Elizabeth?

—Supe que trataría de hacerle daño al niño cuando descubrí que me había manipulado. El embarazo había cumplido su propósito y nos casamos. Ella era muy hermosa, por lo menos físicamente, y también era una bailarina dedicada. Pero a pesar de querer embarazarse, creo que detestaba las consecuencias que esto tendría en su cuerpo... la forma en que cambiaría su vida. Ella no era una mujer maternal, y pensé que sería capaz de hacer algo para terminar con su embarazo. Pero de todos modos, yo nunca le habría dicho eso. Ian y Francesca se miraron fijamente—. No me preocupaba tanto proteger a Elizabeth, sino al niño. Y entonces me volví excesivamente dominante. Ya sabes cómo puedo ser.

—Pero una vez me dijiste que ella trató de echarte la culpa por haber perdido al bebé.

Él asintió con la cabeza.

—Dijo que lo había perdido porque yo le insistía a todas horas que se cuidara, porque le controlaba todas sus actividades y su horario. Sentía que yo le restringía su libertad... y que hice de ella una prisionera de mi ansiedad. Y reconozco que tenía razón en ese sentido, pues hago eso cuando me preocupo por alguien, y yo estaba preocupado por el bebé.

—Pero eso no es suficiente para que alguien pierda un hijo. Una de cada cinco mujeres pierde a su bebé durante el embarazo, ¿verdad? ¿Acaso no pudo perderlo por una causa natural y no por algo que hiciste tú? —preguntó Francesca, sintiéndose intrigada y un poco molesta con Elizabeth, quien parecía ser una mujer cobarde y manipuladora.

—Nunca lo sabremos con certeza. De todos modos ya no importa —dijo él.

Francesca pensó que sí *importaba*, y mucho, pues si él creía ser tan desgraciado y fracasado en las relaciones, se debía en gran parte a eso.

—¿Por qué te casaste con ella si no la amabas realmente?. Francesca no pudo dejar de preguntarle esto.

Él se encogió ligeramente de hombros, y ella lo acarició, pues quería consolarlo; le era muy difícil resistirse a él. ¿Quién sabe cuándo la dejaría tocarlo otra vez de un modo tan íntimo y completo?

—Nunca permitiría que un hijo mío fuera un bastardo —dijo él.

Ella dejó de acariciarlo. Era la segunda vez que le hablaba de su ilegitimidad. Ella recordó que él le había dicho que era un bastardo la noche en que se conocieron, en el cóctel en su honor.

—Tu padre... —susurró ella, notando el brillo de sus ojos azules. ¿Era eso un destello de alarma, un mensaje silencioso para que ella tuviera cuidado? Francesca continuó a pesar del riesgo potencial—. ¿Sabes quién es?

Él negó con la cabeza. Ella sintió la tensión en sus músculos, pero él permaneció inmóvil. Ella decidió armarse de valor para que él no se excusara y se alejara como había pensado ella que lo haría unas horas atrás.

—¿Querías saber quién era? ¿*Quieres* saberlo?

—Sólo con el fin de matar a ese cabrón.

Ella abrió la boca sorprendida, pues no esperaba una respuesta tan agresiva.

—*¿Por qué?*

Él cerró los ojos un momento, y ella se preguntó si habría ido demasiado lejos. ¿Se alejaría ahora de ella?

—Quienquiera que fuese, debió aprovecharse de mi madre. No sé si eso significa que la haya violado, o que haya seducido a una mujer enferma y vulnerable, pero cualquiera sea el caso, lo cierto es que llevo los genes de un maldito degenerado.

—Oh, Ian —susurró ella, llena de compasión—. ¡Qué pesadilla para un niño! ¡Qué pesadilla para un hombre adulto! ¿Y nunca lo conociste, él nunca vino a verte?

Él negó con la cabeza, todavía con los párpados cerrados.

—¿Y tu madre nunca...

Él abrió los ojos y se encontró con su mirada.

—Ella se ponía ansiosa cada vez que le mencionaba el tema, y comenzó a tener algunos comportamientos repetitivos. Después de un tiempo, evité preguntar por mi padre. Pero llegué a odiarlo, pues de alguna manera, yo sabía que él le había hecho eso a ella, que era el causante de sus miedos y de su desequilibrio nervioso.

—Pero ella ya estaba enferma... esquizofrénica...

—Sí, pero siempre se sumergía en un ciclo maligno y oscuro cuando yo le hablaba de él.

Francesca no podía soportar esa expresión en su rostro; la desgarraba por completo y lo abrazó con fuerza.

—Ian, lo siento mucho.

Él gruñó ante su abrazo enérgico, y luego se rió en voz baja, acariciándole de nuevo el cabello.

—¿Crees que apretarme como una pitón hará que todo sea mejor, preciosa?

—No —murmuró ella, acercando la boca a su pecho desnudo—. Pero no te hará daño.

Él la rodeó con sus brazos y la acostó de espaldas, tendiéndose encima de ella.

—No —murmuró, antes de inclinarse y besarla de aquel modo tan magistral, que la hacía olvidarse de todo por un tiempo... incluso del sufrimiento de Ian.

Francesca supo que nunca olvidaría esa noche en los brazos y en la cama de Ian. Le había parecido sublime que él se abriera a ella... así hubiera sido sólo un poco. Él le había dicho en un comienzo que su relación sería puramente sexual, y no cabía duda de que su atracción mutua —su obsesión— a nivel sexual era muy fuerte.

Pero esa noche, las cosas habían sido más que sexuales. O al menos eso pensaba Francesca...

Se despertó bajo la luz brillante y dorada del sol que se filtraba por las sofisticadas cortinas. Parpadeó somnolienta, y vio que estaba sola en la cama lujosa y desordenada donde acababa de pasar tantas horas íntimas y eróticas con Ian.

—¿Ian? —dijo ella, con voz pesada a causa del sueño.

Él salió del baño; se veía deslumbrante con aquellos pantalones azul marino, una camisa blanca, una corbata de seda negra con rayas azules claras, y esa hebilla del cinturón que siempre la distraía tanto y que enmarcaba sus caderas delgadas. ¿Lo había visto completamente desnudo anoche, había visto su formidable reflejo en los espejos, todos esos músculos protuberantes y sin grasa flexionados firmemente mientras él la cogía?

¿Había sido un sueño tenerlo abrazado y haciéndole el amor toda la noche?

—Buenos días —dijo él, yendo hacia la cama y cerrándose una mancorna con sus dedos hábiles.

—Buenos días —respondió ella, sonriéndole y sintiéndose contenta bajo el cálido sol, y radiante al verlo.

—Creo que tendré que salir de la ciudad por un tiempo. No sé cuándo volveré.

Su sonrisa se desvaneció. Las palabras de Ian le retumbaron en la cabeza como una bala perdida.

—Hablé con Jacob para que te enseñe a manejar motocicleta. Me gustaría que sacaras esa licencia el mismo día que saques tu licencia para conducir vehículos. Lin te enviará el "Reglamento de las carreteras" para motocicletas. Te dejo mi tableta para que las estudies —dijo él, señalando la mesa de la sala. Ella se sintió aún más confundida por su tono enérgico y categórico.

—Ian, disculpa; no entiendo eso de que 'Creo que tendré que salir de la ciudad por un tiempo y no sé cuándo volveré' —dijo ella, sentándose a medias en la cama, y apoyándose en un codo.

—Recibí una llamada esta mañana. —¿Él estaba esquivando su mirada?— Tengo que atender una emergencia.

—Ian, *no*.

Él se detuvo al oír su tono agudo mientras tenía la mano en el puño de la camisa. Sus ojos resplandecieron.

—¿No *qué*? —preguntó él.

—No te vayas —atinó a decir ella.

El silencio reinó durante un momento incómodo y lleno de ansiedad.

—Sé que tal vez te sientes vulnerable por lo de anoche, pero no salgas corriendo por favor —le suplicó ella, un poco sorprendida consigo misma. ¿Había temido esto en secreto durante toda la noche mientras hablaban, hacían el amor y realmente compartían sus secretos? ¿Había estado preocupada todo el tiempo de que él la abandonara después de la intimidad que habían tenido?

—No sé muy bien de que estás hablando —dijo él, dejando caer los brazos—. No tengo más remedio que irme, Francesca. Seguramente entenderás que a veces tengo asuntos qué atender.

—Oh, ya veo —dijo ella, y la emotividad se le anudó en el

pecho—. ¿El hecho de que te vayas de viaje ahora mismo no tiene nada que ver con lo que pasó anoche?

—No. No tiene nada que ver —dijo él con brusquedad—. ¿A qué viene todo esto?

Ella se quedó mirando la sábana, porque no quería que él viera las lágrimas que asomaban a sus ojos. Sintió deseos escupir porque sentía rabia... se sentía herida.

—Sí. ¿A qué viene? —musitó amargamente—. Soy una estúpida y una ingenua. ¿Por qué no recordé que esto era sólo un asunto sexual, una cuestión de conveniencia para ti? Ah, y para tu verga, por supuesto. No nos olvidemos de ese jugador decisivo en este juego.

—Estás diciendo tonterías. Recibí una llamada telefónica y *tengo* que irme. Eso es todo.

—¿Por qué? —preguntó ella—. ¿Cuál es la emergencia? Dime.

Él parpadeó, sorprendido por su insistencia. Ella notó que las comisuras de la boca de Ian estaban pálidas de la rabia.

—Porque *necesito*. Hay ciertas cosas que son inevitables y esta es una de ellas. Esa es la única razón por la cual me iré y debería ser una razón suficiente para ti. Además, tu comportamiento es tan hosco que no me dan muchas ganas de confiar en ti —añadió en voz baja y comenzó a alejarse. La furia se apoderó de ella. Era demasiado que él la despidiera así una vez más, sobre todo cuando ella se había abierto tanto a él la noche anterior... cuando ella pensaba que él había hecho lo mismo con ella.

—Si te vas ahora, no estaré esperándote. Todo terminará.

Él se dio vuelta, y las fosas nasales se le dilataron de rabia.

—¿Me estás *desafiando*, Francesca? ¿Estás arrojando el guante? ¿Realmente eres tan vengativa?

—¿Cómo puedes preguntarme eso cuando eres tú el que huye a causa de lo que sucede entre nosotros? —exclamó ella, sentada en la cama y sosteniendo la sábana sobre sus senos.

—Lo único que sucede entre nosotros es que estás actuando como una mocosa egoísta. Tengo que atender una emergencia.

—Entonces dime de qué se trata. Ten por lo menos esa cortesía, Ian. ¿O crees que, dadas las reglas de esta relación tan precaria, y debido a mi naturaleza supuestamente *sumisa*, no tengo siquiera derecho a preguntar eso? —le increpó ella.

Ian tomó el saco que había colgado en el respaldo de una butaca. Ella vio la maleta de cuero junto a su maletín. Realmente se iría. Francesca se sorprendió de nuevo. Él se encogió de hombros y le lanzó una mirada glacial.

—Ya te dije no me dan ganas de darte explicaciones cuando te comportas de esta manera. —Ian recogió su equipaje—. Te llamaré esta noche. Tal vez te sientas mejor.

—No te molestes. No me sentiré *mejor*. Puedo asegurarlo —dijo ella con tanta dignidad... con tanta frialdad como pudo reunir.

El color pareció abandonar su rostro. Ella sintió un deseo inmenso de tragarse sus palabras anteriores, pero su terquedad —y su orgullo— no se lo permitían. Él asintió con la cabeza, su boca apretada en una línea dura, y salió de la habitación, cerrando la puerta con un clic rápido que sonó horrible en los oídos de Francesca, que ya le estaban zumbando.

Cerró los párpados mientras la desgracia se hundía en ella como un ancla pesada. Tres días más tarde, estaba sentada en la oficina del Departamento de Motores y Vehículos en Deerfield, Illinois, estudiando el "Reglamento de las carreteras" para motociclistas en la tableta de Ian. Seguía decidida no volver a tener encuentros sexuales con él, y de otra parte, Ian seguramente sabía que ella había hablado en serio aquella soleada mañana del viernes, porque no había intentado comunicarse con ella desde que se marchó. Francesca seguía intentando convencerse a sí misma de que le agradaba que él no la llamara, pero no había tenido mucho éxito en convencerse a sí misma.

¿Cuál era esa expresión que había ensombrecido su rostro cuando le dijo que no la llamara? ¿Por qué era *él* quien parecía sentirse abandonado, y no ella, en aquella ocasión tres días atrás, y también cuando él se asustó al descubrir que ella era virgen? Estos pensamientos la hacían sentir como si su corazón estuviera siendo apretado por una mano invisible y gigante.

No, ella no le daría vueltas a ese tipo de cosas. Era imposible penetrar el alma oscura y compleja de Ian. El solo hecho de intentarlo era una locura.

Le sorprendió un poco haber continuado con sus clases de conducir con Jacob, dada la ruptura entre ella y Ian. Sin embargo, Francesca se había obsesionado extrañamente con la idea de obtener su licencia. Tal vez una parte de ella creía en lo que Ian le había dicho; era un hito importante en su desarrollo como persona, teniendo en cuenta los problemas emocionales que había padecido durante su infancia y adolescencia. Su obsesión por aprender a conducir estaba relacionada en cierto sentido con el hecho de querer asumir por primera vez el control absoluto de su vida. Le estaba yendo bien en los estudios, y pronto terminaría el cuadro para Ian.

Por primera vez en su vida, sentía como si realmente estuviera empezando a obtener el control... y no a ir a tientas por la vida, sobreviviendo un día tras otro. Quería estar en el asiento del conductor de la vida de Francesca de Arno, tal como se lo había sugerido Ian. Si todo estaba destinado a ser un choque de trenes, bueno... por lo menos ella podía decir quién era la responsable.

Le ardían los ojos de tanto estudiar en la tableta. Ya había pasado la prueba para conducir automóviles, pero aún tenía esta por delante.

—¿Te sientes segura? —le preguntó Jacob mientras leía un periódico a su lado. El DMV estaba lleno de gente. Llevaban casi dos horas esperando a que Francesca pudiera tomar la prueba.

—Por lo menos para la parte escrita —dijo ella—. Tal vez deberíamos haber practicado más en la motocicleta de Ian.

—Te irá bien —le aseguró Jacob—. En realidad te ves más cómoda conduciendo una motocicleta que un auto, y eso que pasaste el examen con creces.

Ella le lanzó una mirada irónica.

—Escasamente lo pasé. Lo primero que hice al salir de la carretera fue cruzármele a otro conductor.

—Pero fue tu único error —le recordó Jacob. *Era un hombre dulce.*

Alguien llamó el nombre de Francesca.

—Deséame suerte —le dijo ansiosamente mientras se levantaba.

—No es necesario. Pasarás el examen —dijo él con una seguridad excesiva, en opinión de ella.

Tomó el examen en la motocicleta europea, refinada y potente de Ian. Jacob le había dicho que este tenía una gran afición por las motocicletas desde hacía mucho tiempo.

—Me dijo que solía reparar motocicletas desde que era niño. Tiene un talento asombroso para eso, y creo que se debe a su capacidad para las matemáticas y los computadores. Lo único que sé es que puede arreglar un auto dos veces más rápido que yo, y eso que tengo casi el doble de su edad —le había dicho Jacob con una pizca de orgullo en su voz.

Jacob también le dijo que Ian era copropietario de una innovadora y exitosa compañía francesa que fabricaba motocicletas y motonetas de alta tecnología, sumamente costosas.

La única razón por la que había aceptado que Jacob le enseñara a manejar motocicletas era porque sospechaba que Ian recordaba lo que ella le había dicho sobre las motonetas cuando estaban en París. Y en verdad, las motonetas encajaban con su presupuesto limitado, y con sus necesidades de transporte en una ciudad con tanto tráfico como Chicago, para no mencionar su creciente sentido de independencia y el deseo de administrar su vida con mayor eficacia. Pensaba comprar una motoneta barata cuando le entregaran la licencia.

Había aceptado los cien mil dólares de la comisión; aceptaría todo lo que Ian le había ofrecido y luego se alejaría de él, así como él se había alejado de ella.

O por lo menos eso fue lo que se dijo a sí misma. Le consolaba pensar que era tan insensible con Ian como él lo había sido con ella.

Cabrón de mierda. Despertarse y marcharse de la ciudad después de que ella se había desnudado para él... después de que él había hecho lo mismo para ella.

—¿Bien? —preguntó Jacob, poniéndose de pie cuando ella se acercó con expresión sombría después de tomar el examen. Él observó su rostro con ansiedad, y abrió los ojos de par en par—. No te preocupes. Lo tomarás de nuevo cuando hayas practicado un poco más.

Francesca sonrió.

—Te estaba tomando el pelo. Pasé el examen. Y con una nota realmente alta.

Él le dio un abrazo rápido y la felicitó; Francesca sonrió, sintiendo un gran alivio. ¡Lo había logrado! Más valía tarde que nunca.

Jacob se disculpó y fue a enganchar la motocicleta de Ian en la limusina. Francesca esperó en la sala hasta que la llamaron para tomarle la foto de la licencia. El DMV era sinónimo de espera. Se sentía cada vez más impaciente y aburrida, y abrió la tableta de Ian, contenta de poder ver todo lo que quisiera en lugar de tener que estudiar el reglamento de las carreteras. Hizo clic en una búsqueda y aparecieron varios artículos en el menú... eran sitios Web que Ian visitaba con frecuencia. Se sintió un poco culpable al revisar su historial de búsquedas. ¿Qué temas consultaba Ian en Internet? La mayoría tenían sentido; eran empresas y personas sobre los que él había buscado información.

Pero había uno diferente. Hizo clic, mirando con cautela hacia los lados para asegurarse de que Jacob no la viera husmear en los asuntos privados de Ian.

El Instituto de Investigación y Tratamiento de Medicina Genómica, una prestigiosa institución, estaba ubicado en el sudeste de Londres, en un paraje encantador y boscoso. Francesca vio el paisaje silvestre, y el edificio ultramoderno y de grandes dimensiones. Tuvo que leer un poco antes de entender que esa institución era líder mundial en la investigación y el tratamiento de la esquizofrenia.

Francesca pensó en la madre de Ian y se le encogió el corazón. ¿Él se mantenía al tanto de las investigaciones para la cura de aquella enfermedad cruel y debilitante debido a Helen Noble? ¿Financiaba quizá una parte de las investigaciones?

—¿Jacob? ¿Qué es el Instituto de Investigación y Tratamiento de Medicina Genómica? —le preguntó en un falso tono casual cuando él se sentó a su lado unos minutos después.

—No tengo idea. ¿Por qué?

—¿No lo sabes? Es una especie de hospital y centro de investigaciones. ¿Nunca has oído hablar de él en relación con Ian?

Jacob negó con la cabeza.

—Nunca. ¿Dónde está?

—En el sudeste de Londres.

—Eso lo explica todo —dijo Jacob de manera casual mientras doblaba el periódico—. Si se trata de una de las empresas británicas de Ian, no sé mucho al respecto.

—¿Por qué?

—Él nunca me deja conducir en Londres, pues mantiene su propio coche en su apartamento de la ciudad.

—Oh —exclamó Francesca, deseando ocultar su gran curiosidad—. ¿Y hay otro lugar donde él tenga un auto y no te lleve?

Jacob pensó un momento.

—En realidad no, ahora que lo pienso. Voy a todas partes con él, menos a Londres. Pero eso no es de extrañar. Ian es inglés, ¿verdad? Tendría sentido que no necesitara un chofer en Londres. Es por eso que no he viajado con él.

—Sí —coincidió Francesca, asintiendo con la cabeza. El pulso se le aceleró ante esa noticia inesperada. Ian estaba en Londres y obviamente, no se lo había dicho; además, la señora Hanson no sabía dónde estaba, o guardaba silencio porque él se lo había ordenado. Era extraño. Ian Noble se sentía en casa en cualquier lugar y podía moverse como un pez en el agua en cualquier ciudad. No *necesitaba* un chofer; sólo quería uno para mayor comodidad. Después de todo, él era el gato que caminaba solitario. Todos los lugares eran iguales para él. Francesca recordó la forma en que había captado ese aspecto de él en su cuadro, y lo comparó con el cuento de Rudyard Kipling. Sabía por experiencia propia que se sentiría seguro y confiado adonde quiera que fuese, que era totalmente dueño de su entorno... que estaba resueltamente solo.

¿Por qué entonces las cosas eran diferentes en Londres? ¿Por qué no llevaba con él a Jacob, su chofer de confianza?

Giró la cabeza cuando llamaron su nombre.

—Llegó la hora —dijo ella, conteniendo escasamente su entusiasmo ahora que iba a recibir su licencia, y dejando de acosar a Jacob con más preguntas sobre Ian y Londres.

—Conducirás de vuelta a casa —le dijo Jacob.

—¡Así es! —dijo ella, sonriendo.

Un día después, Francesca estaba sentada por la tarde en el vestíbulo de Empresas Noble. La entrada del edificio transmitía una sensación de eficacia refinada y moderna, así como lujo y calidez, gracias a los pisos de mármol beige—rosado, a la madera suntuosa y a las paredes de color canela. El guardia de seguridad detrás del mostrador circular en el centro del vestíbulo la miraba con un recelo cada vez mayor. Francesca llevaba casi dos horas allí, estudiando la luz en el amplio espacio de la pared donde estaría su cuadro, mientras tomaba fotos con su teléfono celular.

Quería asegurarse de tener en cuenta la luz del futuro hogar de su cuadro.

El guardia de seguridad decidió finalmente que ella estaba tramando algo y salió del mostrador. Francesca se puso de pie y guardó el teléfono en el bolsillo.

Realmente no tenía ganas de dar explicaciones.

—Me voy —le aseguró al guardia, que tenía cara de piedra y manos enormes; su mirada era alerta, pero no desafiante.

—¿Puedo ayudarle en algo, señorita? —preguntó el guardia.

—No —respondió ella, caminando hacia atrás. Francesca suspiró cuando él dio un paso hacia ella, como si la fuera a seguir—. Soy la artista que está pintando el cuadro que irá allá —dijo ella, señalando el mundo grande que estaba encima del escritorio del guardia—. Estaba viendo el cambio de la luz en el vestíbulo.

El guardia le dirigió una mirada escéptica e incrédula. Francesca miró de reojo y vio el restaurante Fusion.

—Mm... discúlpeme. Iré a saludar a Lucien.

Por un instante, pensó que el guardia de seguridad la seguía mientras entraba al restaurante, pero miró a su alrededor después de acercarse a la elegante barra, y las puertas de cristal seguían cerradas y el guardia no se veía por ninguna parte; dejó escapar un suspiro de alivio.

—¡Francesca!

Reconoció el acento francés de Lucien.

—Hola, Lucien. ¡Zoe! ¿Cómo están? —Francesca saludó a la pareja, contenta de ver a esa mujer joven y bella que había tratado de hacerla sentir en casa durante el coctel en su honor. Zoe y Lucien estaban juntos. Eran las tres de la tarde de un día martes y el bar estaba vacío. Se detuvo indecisa al ver que Lucien retiraba el brazo de la cintura de Zoe, y que la expresión de sus rostros denotaba un poco de culpabilidad. ¿Por qué habrían de sentirse cohibidos por tocarse?

—Muy bien —dijo Zoe, estrechándole la mano—. ¿Cómo va el cuadro?

—Tan bien como podría esperar. Pero estoy teniendo algunos

problemas con la iluminación. Estaba estudiando cómo caería la luz en el cuadro a lo largo del día, pero el guardia de seguridad prácticamente me echó del vestíbulo —dijo ella, sonriendo con timidez—. Me metí aquí para escaparme de él.

Lucien se rió entre dientes.

—¿Quieres algo de beber? —le preguntó, dirigiéndose a la entrada de la gran barra de nogal—. Soda con limón, ¿verdad?

—Sí —dijo Francesca, sorprendida de que él recordara su bebida preferida. Zoe se sentó al lado a ella y le hizo unas pocas preguntas sobre el cuadro. Francesca advirtió que Lucien no le había preguntado a Zoe qué quería tomar, limitándose a dejar una botella de ginger ale frente a ella.

—¿Así que están saliendo? —preguntó Francesca al cabo de unos minutos, tomando un sorbo de soda; parpadeó al ver la expresión asustada de ellos—. Es decir... Me pareció que era así... No importa —dijo ella, tomando otro trago y dejando el vaso en el mostrador—. No me hagan caso. Siempre digo cosas estúpidas.

Lucien se echó a reír y Zoe sonrió de un modo vacilante.

—No es eso. Sí. Zoe y yo *estamos* saliendo. Sólo estamos tratando de hacerlo bajo el radar, eso es todo.

—¿Radar? —preguntó Francesca, confundida.

—Ian, en una palabra —dijo Lucien sin dejar de sonreír.

—¿Ian? ¿Por qué están tratando de evitarlo? —preguntó Francesca.

—Está mal visto que los empleados de Empresas Noble salgan, especialmente si se trata de un gerente y de una subalterna —dijo Lucien.

—Le he dicho varias veces que soy *asistente* de gerencia —dijo Zoe acaloradamente, lanzándole una mirada glacial a él. Todo indicaba que se trataba de un tema álgido y recurrente entre ellos—. No creo que estemos rompiendo ninguna regla. Trabajamos en dos sectores completamente diferentes de la empresa. Seguramente a Ian no le importaría.

—¿A quién le importa si lo hace? —exclamó Francesca, inclinándose hacia adelante y frunciendo el ceño—. ¿Por qué todo el mundo tiene que someterse a él como si fuera el rey del mundo? Ustedes tienen derecho a vivir como quieran y no según los caprichos de Ian Noble.

Un espeso silencio siguió tras su diatriba. Francesca tardó un momento en ver que Lucien miraba detrás de ella y que Zoe se daba vuelta lentamente en su taburete con una expresión de asombro.

Cerró los ojos y respiró con dificultad.

—Ian está detrás de mí, ¿verdad? —le preguntó en voz baja a Lucien, que parecía asombrado y no dijo nada.

Ella se dio vuelta con ansiedad creciente. Él estaba entre la puerta del restaurante y la parte de la barra donde se encontraban ella y Zoe. El hecho de verlo la dejó sin defensas. Un anhelo brotó de su interior de un modo tan fuerte que ella se quedó sin aliento. Llevaba un impecable traje negro que resaltaba a la perfección las líneas masculinas de su cuerpo esbelto, la camisa blanca e inmaculada que tanto le lucía, y una corbata clara de color plateado. Su rostro era semejante al mármol tallado: hermoso, frío e impasible. Sin embargo, sus ojos refulgían mientras la observaba a ella —y sólo a ella— entre las sombras de la tenue luz del restaurante-bar.

—¿Cuándo llegaste? —le preguntó Francesca con la boca reseca.

—En este instante —respondió él—. La señora Hanson me dijo que pensabas venir al vestíbulo. No te vi, así que fui a mi oficina, y Pete —el guardia de seguridad— me informó que una mujer había estado sentada toda la tarde en el vestíbulo, mirando al vacío, tomando fotos de nada y le había dicho que estaba estudiando la luz. —¿Sus labios le habían temblado ligeramente en señal de diversión?— Tengo la sensación de que él no sabía si eras una amenaza potencial a la seguridad, o una hada.

—Oh... Ya veo —dijo Francesca, sintiéndose extraña, como si

su último comentario la hubiera acariciado en cierto sentido. Miró a Zoe con incomodidad. ¿Acababa de meter en problemas a Lucien y a Zoe por culpa de esa bocaza que tenía ella?

—¿Está descansando, señorita Charon? —preguntó Ian con un destello de amabilidad.

Zoe se levantó del taburete y se alisó la falda; tenía las mejillas completamente rosadas.

—Sí, estaba descansando un poco, pero ya es hora de regresar a la oficina.

Ian asintió con la cabeza, percibiendo la mirada nerviosa que ella le había dirigido a Lucien.

—Sí. Siempre es mejor ser discreto en estos asuntos —dijo él, mirándolo.

Lucien asintió una vez. Francesca comprendió aturdida que Ian acababa de decirles que no tenía reparos con su relación, siempre y cuando fueran discretos.

—¿Puedo hablar un momento contigo? Hay algo que quiero mostrarte —le dijo Ian a Francesca. Zoe pasó junto a ellos con la clara la intención de salir cuanto antes de allí.

—Yo... de acuerdo —dijo Francesca, sintiéndose ligeramente atrapada por la situación, para no hablar de los ojos irresistibles de Ian y del aumento de su fuerte anhelo. ¿De verdad había creído que podía borrarlo tan fácilmente de su mente y de su alma por la ira que sentía? ¿Qué era su furia comparada con eso tan fuerte y tan inexplicable que sentía por él?

Francesca se despidió de Lucien, dirigiéndole una mirada de disculpa, y él sonrió en señal de consuelo.

—¿A dónde vamos? —preguntó Francesca mientras seguía a Ian hacia los ascensores. Había pensado que él la llevaría a su oficina, pero la condujo a la acera a través de la puerta giratoria.

—Al penthouse. Quiero mostrarte algo.

Ella se detuvo abruptamente, levantó los ojos y se encontró con su mirada. Había algo en sus rasgos estoicos, y ella se preguntó si

Ian recordaba también que pocas semanas atrás le había dicho algo similar... la noche en que lo conoció allá mismo, en las Empresas Noble.

—No quiero ir contigo al penthouse —dijo ella con frialdad. ¿Había creído él que se trataba de una mentira? Ella creyó haber mentido. Una parte de ella sentía muchos deseos de ir con él al penthouse. ¿Por qué tenía que parecerle tan irresistible ese hombre? Era como una droga en su organismo, pero aún peor que ese tipo de adicción, porque su alma estaba involucrada, porque no podía dejar de ver una parte del alma de Ian... porque no podía dejar de sentirse encantada por eso.

—Esperaba que hubieras cambiado de opinión acerca de lo que me dijiste antes de irme —dijo él con serenidad, dando un paso hacia ella. Las nubes habían prevalecido sobre el sol y sus ojos se veían especialmente brillantes bajo las nubes oscuras del firmamento. Estaban en una acera muy concurrida, donde los transeúntes pasaban a toda prisa, pero era como si ella estuviera con él en una burbuja sellada.

—No hice ninguna rabieta, como lo dijiste la semana pasada, Ian —aclaró ella—. Me abandonaste.

—He vuelto. Te dije que lo haría.

—Y yo te dije que no estaría disponible para ti. —Algo brilló en los ojos de él al oír eso.

En cierto sentido, sabía que a Ian no le gustaba que ella dijera eso. *Me gusta saber que estás disponible para mí.*

Su cuerpo se agitó tras el recuerdo, apartó sus ojos de la mirada hipnotizante de Ian, y miró ciegamente hacia el río.

—El cuadro va bien.

—Lo sé. Fui a verlo esta tarde. Es espectacular.

—Gracias —dijo ella, evitando todavía su mirada.

—Jacob me dijo que aprobaste tus dos pruebas de conducción; estaba muy orgulloso de ti.

Ella no pudo evitar sonreír un poco. Había sido un momento

de orgullo para ella, demasiado profundo en muchos sentidos. Y eso se lo debía a Ian.

—Sí. Gracias por animarme a hacerlo. —Ella le observó los zapatos—. ¿Tuviste un buen viaje a Londres?

Lo miró al ver que él guardaba silencio.

—No recuerdo haberte dicho adónde iba —dijo él.

—No lo hiciste. Lo supuse. ¿Por qué siempre vas solo a Londres? —le preguntó impulsivamente—. Jacob me dijo que nunca vas con él.

Ella notó que su expresión se tornaba oscura.

—No culpes a Jacob. Él tampoco sabía dónde estabas. Le pregunté y me dijo que nunca conduce en Londres. Supuse que debías estar allá, pues no lo llevaste contigo.

—¿Por qué tenías tanta curiosidad?

Ella parpadeó al oír eso. ¿Por qué lo hacía, si decía no estar interesada en él?

—¿Qué me quieres mostrar en el penthouse?

Su mirada suave le permitió concluir que él sabía muy bien que ella trataba de no responder a su pregunta. Él extendió la mano, haciéndola a caminar a su lado.

—Es algo que hay que ver, pues no se puede describir.

Vaciló durante unos segundos. ¿Estaba pensando realmente en perdonarlo por haberse marchado el viernes de un modo tan abrupto y sin decirle cuál era el destino o el motivo de su viaje?

Ella suspiró y comenzó a caminar a su lado.

No estaba aceptando la derrota, pero al igual que la primera noche, resistirse a él suponía un esfuerzo casi sobrehumano. Tal vez era por los días de soledad tras su ausencia, porque su aparición repentina la había tomado por sorpresa, o quizá por la vertiginosa oleada de calidez y felicidad que sintió al verlo de nuevo.

Independientemente de la verdadera razón, le era muy difícil resistirse cuando se trataba de Ian Noble.

Capítulo catorce

Salió del ascensor y la puerta del vestíbulo le pareció extraña, aunque ya había estado varias veces allí durante las últimas semanas. Muchas cosas habían cambiado desde que entró al mundo de Ian. Sin embargo, esa sensación de emoción cargada de ansiedad que sintió al entrar con Ian al penthouse ya le era familiar.

—Por aquí —le dijo él con voz ronca y serena, como si unos nudillos suaves le acariciaran la nuca. Su expectativa y curiosidad aumentaron mientras lo seguía a la habitación donde estaban la biblioteca-oficina y su cuadro *El gato que camina solitario*.

Cuando él abrió la puerta y ella entró, se sorprendió al ver a un hombre que estaba de perfil, ocupado en su trabajo.

—¿Davie? —exclamó ella, totalmente sorprendida al ver a su amigo en aquel sitio inesperado.

Davie miró por encima del hombro y sonrió. Soltó el cuadro que tenía en las manos y se volvió hacia ella. La mirada de Francesca osciló entre la sorprendente visión de su amigo y el cuadro que estaba colgando en la pared, encima de una mesa larga.

—¡Oh, Dios mío! ¿De dónde lo sacaste? —jadeó ella con incredulidad, mirando un paisaje urbano de los edificios Wrigley, Union y Carbide, y del 75 East Wacker, una obra maestra de estilo gótico semejante a un cohete. Francesca había pintado ese cuadro cuando tenía veinte años, y lo vendió por 200 dólares a una galería suburbana. Había sentido un gran dolor al separarse de él, pero no tenía otra opción.

Empezó a girar sobre sus talones, boquiabierta por el fuerte impacto antes de que Davie pudiera responder; el aire le faltaba.

Sus cuadros llenaban toda la biblioteca. Davie los había puesto allí; eran dieciséis o diecisiete amores perdidos, a ambos lados de la repisa de la chimenea y del *Gato que camina solitario*, que estaba más arriba que todos. Nunca había visto tantos de sus cuadros juntos. Había tenido que salir de ellos de uno en uno, y cada vez que lo hacía se le resquebrajaba un pedazo del alma. Una parte de ella se odiaba a sí misma por no haber podido conservar aquellas muestras valiosas de su creatividad.

Y allí estaban todos.

Ella se estremeció de emoción.

—Cesca —dijo Davie, su voz sonando tensa. Dio un paso hacia ella, y su sonrisa desapareció.

—¿Has hecho esto? —le preguntó ella con voz aguda.

—Lo hice porque me lo pidieron —dijo Davie. Ella notó que su mirada estaba cargada de trascendencia.

Ian estaba en la entrada de la biblioteca, observándola con una mirada que denotaba preocupación, y algo más, algo más oscuro... más triste, mientras contemplaba su rostro.

Oh, no. Ella podía resistirse a su arrogancia, a su afán de controlarlo todo y a su aire de superioridad.

Pero *no* a esa expresión ansiosa y vagamente perdida en aquel rostro atractivo y audaz. Era demasiado. El peso de sus emociones prorrumpió como una tormenta arrasando una playa.

Ella salió corriendo de la habitación.

* * *

—Déjame —dijo Davie cuando Ian se volvió para seguir a Francesca, abrumado por la angustia que había visto en su hermoso rostro. Ian detestaba sentirse impotente. Toda su vida había luchado para evitar esa sensación tan desagradable. Y sin embargo, tuvo que aceptar esa emoción tan molesta mientras se detenía con esfuerzo y Davie salía corriendo a buscar a Francesca.

—¿Por qué lo hiciste, Davie? —le preguntó cuando su amigo entró al estudio un minuto después. Se alegró de ver que era él y no Ian, quien había acabado con la poca resistencia que le quedaba a ella luego de hacer lo que había hecho. ¿Cómo había sabido Ian que el hecho de devolverle los cuadros la dejaban indefensa ante él?

Davie se encogió de hombros, se acercó a la mesa donde ella guardaba sus implementos artísticos, sacó una toalla de papel y se la entregó.

—Ian me dio carta blanca para localizar y comprar tantos cuadros tuyos como pudiera. Y cuando se tienen ese tipo de recursos, no es tan difícil como podrías pensar.

—Ese tipo de dinero, querrás decir —dijo Francesca, secándose las lágrimas con la toalla.

Davie la miró conmovido.

—Sé que la semana pasada me dijiste que lo que había entre tú y Ian ya había terminado pero él y yo empezamos a trabajar en esto desde hace un buen tiempo... incluso antes de que fueras a París. ¿Estás enojada conmigo?

—¿Por aliarte con Ian? —resopló ella, sonriendo sin alegría.

—Yo no lo habría hecho por una causa menor. Sabes que llevo mucho tiempo tratando de conseguir varios de tus primeros cuadros. Y lo hago porque creo que eres una artista muy talentosa, Cesca. Esa fue mi principal motivación para ayudarle a Ian a recuperar tus cuadros. No lo hice por su dinero —Davie desvió la atención y se acercó al cuadro—. Te has superado a ti misma —dijo en voz baja—. Es el mejor cuadro que has pintado.

—¿De verdad lo crees? —preguntó ella, acercándose a él.

Davie asintió solemnemente mientras observaba el cuadro de gran formato. Sus miradas se encontraron.

—Sé que dijiste que tu... aventura con él había terminado, Ces, pero no puedo dejar de notar que Ian Noble está loco por ti. Reconozco que he expresado mis dudas acerca de tu relación con él. Pero él ha hecho mucho más que gastar dinero. No te imaginas el esfuerzo y la dedicación que ha puesto para adquirir tus obras.

Ella no sabía cómo debía sentirse. Dos lágrimas resbalaron de sus ojos.

—Él lo hace porque *puede*, Davie.

—¿Y qué hay de malo en eso? —le preguntó él, pareciendo confundido—. ¿Qué tiene Ian Noble que te intimida tanto? Puedo ver que te sientes atraída por él, pero también estás indecisa. ¿Qué te ha hecho él? —preguntó Davie, y su confusión se transformó en preocupación mientras la observaba con detenimiento.

—Oh, Davie —murmuró ella tristemente. Nunca le había contado sobre la parte sexual de su relación... que Ian era dominante en el sexo e insistía en que ella fuera sumisa. Francesca se desahogó de repente y le explicó todo en medio de interrupciones, mientras trataba de darle a Davie una versión matizada de su relación con Ian, pero le pareció casi imposible hacerlo.

—Francesca —dijo Davie, pareciendo ligeramente incómodo—. Tener sexo pervertido *no es* una cosa terrible. Sé que no has tenido muchas experiencias...

—*Ninguna*... antes de Ian —le recordó ella.

—De acuerdo. Pero las personas tienen todo tipo de desviaciones en la intimidad. Y eso está bien, siempre y cuando sea por consenso mutuo y nadie salga lastimado... —Davie se puso pálido—. Ian no te está haciendo daño, ¿verdad?

—No... No; no es eso —exclamó ella—. Es decir... me gusta... me *encanta* la forma en que me hace el amor —añadió, ruborizándose acaloradamente. Nunca antes había tenido una conversación tan gráfica con Davie... en realidad con nadie—. Es sólo que *todo* el tiempo se comporta como un maniático del control. Mira cómo hizo todo esto a mis espaldas, ¡y con tu ayuda! Sabía muy bien que al hacer esto, yo lo iba a perdonar por haberme abandonado la semana pasada sin darme una sola explicación después de que habíamos comenzado a ser tan cercanos.

Davie suspiró.

—Ya te dije que Ian me pidió que buscara tus cuadros desde mucho tiempo atrás. Y él no podía saber en aquel entonces que ustedes iban a pelear y hacer esto a manera de compensación. Mira, he tenido la oportunidad de tratar con él durante las últimas semanas mientras buscaba tus cuadros y negociaba los precios de compra. Sé que es dominante, pero también es reflexivo. Sí, es terco, y sé muy bien que las cosas se hacen a su manera o no se hacen, pero no ha sido fácil oponerme a él en este sentido cuando era evidente que quería hacerlo sólo para complacerte.

Ella se quedó mirando a su amigo... *queriendo* creerle...

—Sólo conozco a otra persona tan terca como él —dijo Davie en un tono irónico y desafiante.

Francesca se rió, pues sabía quién era esa persona.

—¿No crees que sería útil aclararle que su dominio sobre ti puede ocurrir solamente dentro de los límites del sexo y de la cama? —le preguntó Davie.

—Sí, pero él comparte muy poco de sí mismo y a veces me evita como si yo fuera quién sabe qué.

Davie asintió con la cabeza en señal comprensión.

—Bueno, obviamente es tu decisión. Sin embargo, yo no estaría tan seguro de que quiera evitarte. Él es indescifrable la mayor parte del tiempo, no hay duda de ello, pero eso no quiere decir que no le importas. Sólo significa que él sabe ocultarlo. De todos modos, quería que supieras toda la dedicación y generosidad que mostró para recuperar tus cuadros. Ha sido un hombre con una misión. —Davie miró su reloj—. Se me hace tarde, y tengo que ir a cerrar la galería.

—Gracias, Davie —dijo ella, dándole un fuerte abrazo—. Por conseguir mis cuadros y por hablarme de Ian.

—No hay de qué —le dijo él con una mirada sincera—. Hablaremos más tarde, si deseas.

Ella asintió con la cabeza, viéndolo salir de la habitación, mientras se quedaba inmersa en sus dudas y esperanzas.

Diez minutos más tarde tocó suavemente la puerta de la suite de Ian, y entró luego de oír un frío "Adelante". Estaba sentado en el sofá de la sala, con el saco desabrochado, sus largas piernas dobladas delante de él, hojeando sus mensajes en su teléfono celular, y con la mirada fija en ella.

—Estaba viendo los cuadros —dijo ella—. Siento haber salido corriendo de esa manera.

—¿Estás bien? —preguntó él, dejando su teléfono en el sofá.

Ella asintió con la cabeza.

—Yo estaba... abrumada.

Se hizo un silencio tenso mientras él la observaba.

—Pensé que te alegrarían. Los cuadros.

Ella tenía los ojos aguados y clavó la mirada en la alfombra oriental. Maldita sea: creía haberse librado de todas esas lágrimas onerosas.

—Me alegran mucho. Más de lo que puedo decir —se atrevió a mirarlo a los ojos—. ¿Por qué sabías que lo haría?

—Porque veo todo el orgullo que te produce tu obra —dijo él, poniéndose de pie—. Sólo puedo imaginar lo difícil que fue desprenderte de ellos.

—Cada vez fue como entregar una parte de mí —replicó ella, intentando una sonrisa y retorciendo sus manos nerviosismo. Ian la miró mientras daba un paso hacia ella.

—No sé cómo pagarte. Es decir... Sé que los cuadros son tuyos; los compraste. Pero verlos todos juntos de nuevo es muy especial para mí. Sin embargo, ¿no crees que ha sido demasiado?

—¿Por qué demasiado? ¿Crees que he hecho todo esto para llevarte de nuevo a la cama?

—No, pero...

—Lo hice porque eres particularmente talentosa. Ya sabes cuánto aprecio el arte. Me agradaría mucho ver que tu trabajo fuera valorado como te mereces. Mi patrocinio no significaría nada si no fueras tan talentosa, Francesca.

Ella exhaló lentamente. ¿Cómo iba a oponerse a lo que parecía ser una sinceridad genuina?

—Gracias. Muchas gracias por pensar en mí, Ian.

—Pienso en ti más de lo que crees.

Ella tuvo dificultades para tragar, y recordó lo que Davie le había dicho un minuto atrás... *Él sabe ocultarlo.*

—Lamento haberte hecho enojar la semana pasada. Realmente tenía que atender una emergencia importante. Y no estaba tratando de evitarte —dijo él—. Mis sentimientos acerca de nuestra relación son los mismos. Me gustaría que reconsideraras lo que me dijiste el otro día. No puedo dejar de pensar en ti, Francesca —dijo él con un tono que la hizo mirarlo de nuevo.

—Si... si seguimos como antes, Ian... ¿prometes tratar de controlarme... de dominarme sólo en la cama? —preguntó ella sin aliento. Le costó más decir eso de lo que se había sentido preparada para expresarlo. Se le hundió el corazón en el pecho al ver que él no respondió de inmediato. La expresión de Ian era impasible, pero sus ojos brillaban de emoción.

—¿Quieres decir durante el sexo? Porque no te puedo garantizar que solo te desearé de ese modo dentro de los límites de un dormitorio. Tal como viste en París, el deseo podría surgir en cualquier parte.

—Ah... bueno, sí. Eso fue lo que quise decir. Reconozco que me gusta cuando... me dominas durante el sexo, pero no quiero que controles mi *vida*.

—¿Te refieres a la forma en que traté de controlar a Elizabeth?

—Reconociste que confías más en mí que en ella.

Francesca vio que él estaba pensativo y sintió la necesidad de explicarse mejor.

—Realmente quiero darte las gracias por animarme a controlar más mi vida —le dijo, pues no quería que él pensara que ella no era consciente de los cambios que había obrado en ella durante su relación relativamente breve—. Aprecio que hagas eso. Pero quiero ser la única que esté detrás del volante, Ian. Es decir, fuera del sexo —agregó en voz baja.

La boca de Ian se apretó en una línea dura.

—No puedo garantizar que no vaya a entrometerme donde no quieras.

—Pero, ¿lo intentarás?

Él le recorrió la cara con sus ojos antes de desviar la mirada y suspirar.

—Sí. Lo intentaré.

Ella sintió que el alma le volvía al cuerpo. Se acercó a él y le dio un gran abrazo, apretándole la cintura hasta que él gruñó; se veía alegre cuando ella lo miró un momento después. Ian debió notar la gran felicidad que sintió ella al oír sus palabras. *Lo intentaré.*

—Tengo una idea —dijo ella—. Déjame llevarte a dar un paseo en tu motocicleta.

—No puedo —dijo él con pesar, acariciándole una mejilla.

—Pero Jacob dice que soy muy buena motociclista; mejor que con los autos.

Él sonrió abiertamente y ella parpadeó extrañada.

—No fue eso lo que quise decir. Tengo que ir a la oficina. Estoy atrasado con el trabajo.

—Oh —dijo ella, cabizbaja. Sin embargo, recordó que él tenía muchísimas responsabilidades.

—Pero ahora que lo mencionas, te he traído una sorpresa de Londres —dijo él, con una sonrisa en su boca habitualmente severa.

—¿Qué?

Ian dejó caer las manos y caminó hacia el armario. Cuando volvió, tenía un casco negro de motociclista en una mano, unos guantes y una elegante chaqueta de cuero negro colgada de un gancho; la indumentaria era sensacional.

—Dios mío, me *encanta* —suspiró ella, agarrando la chaqueta de inmediato. Le llegaba a las caderas, y tenía una cremallera diagonal plateada con botones. Sabía que le quedaría ceñida y pasó los dedos por el cuero suave en señal de aprecio. —¿Puedo probármela? —le preguntó a Ian, rebosante de emoción.

—¿No hay protestas por el regalo? —replicó él con humor mientras ella sacaba rápidamente la chaqueta del gancho.

Ella se sonrojó al oír eso.

—Debería hacerlo... es sólo que... las dos prendas parecen como hechas para mí —dijo ella, mirando el casco con entusiasmo.

—Y así es —murmuró él. Ella le dirigió una sonrisa por encima del hombro mientras se apresuraba al baño, pues quería ver cómo le quedaba la chaqueta. ¿Por qué él sabía siempre cuál era el regalo perfecto? Deseó poder hacer lo mismo por él. Oyó sonar el teléfono de Ian mientras se subía el cierre y se miraba desde distintos ángulos. Le quedaba perfecta: ceñida, elegante y sexy.

Regresó radiante al dormitorio. Él estaba hablando por teléfono en el sofá, y levantó las cejas en señal de admiración mientras ella modelaba la chaqueta para él, mirándola de la cabeza a los pies con sus ojos azules.

—Veamos una emisión de bonos —estaba diciendo Ian por

teléfono. Ella caminó hacia él, sintiéndose ridículamente feliz después de la conversación que había tenido con Ian. ¿Había cometido un error al atreverse a terminar con él?

Él le había dicho que *trataría* de no ser tan controlador y eso había significado mucho para ella; sabía que las personas no podían cambiar su forma de ser de la noche a la mañana, y en el caso de Ian, su deseo de controlar y de supervisar a quienes lo rodeaban se remontaba a su infancia, cuando se había visto obligado a cuidar a su madre antes de que ella lo cuidara a él.

Tal vez su disposición para aceptar el regalo se debía parcialmente a eso. Si él iba a tratar de ceder un poco, ella también debería hacerlo. Por supuesto, la hermosa chaqueta y el casco definitivamente eran regalos fáciles de aceptar, reconoció para sus adentros, pasando sus manos por las líneas elegantes de la chaqueta. Algo destelló en los ojos de Ian cuando ella acarició la chaqueta justo debajo de sus senos.

Y algo destelló también en la sangre de Francesca mientras daba otro paso hacia él. Ian la miró fijamente; tenía las aletas de la nariz ligeramente dilatadas. La ausencia mutua —el miedo interno y profundo de no volver a tocarla— detonó de repente en la conciencia de Ian.

—Veamos el interés de los bonos y los costos de presentación, y comparémoslos con un préstamo bancario —dijo Ian por teléfono.

Una extraña mezcla de audacia, gratitud y deseo se agitó en el pecho de Francesca. Ian le había dado el regalo incalculable de sus cuadros. Le había devuelto su pasado.

Y ella quería darle algo a cambio.

La expresión de Ian se hizo más tenue cuando ella se acercó y le apartó suavemente las rodillas. Él abrió los ojos cuando se arrodilló frente a él, y la tomó de la mano mientras ella intentaba abrirle la hebilla del cinturón. Francesca le sostuvo la mirada, implorando en silencio, y él le soltó la mano.

Le desabrochó el cinturón y luego los pantalones con rapidez.

—Pero la emisión de bonos nos daría más flexibilidad para futuras adquisiciones en las que queramos usar préstamos bancarios —estaba diciendo Ian por teléfono. Los nudillos de Francesca le rozaron los testículos mientras trataba de bajarle los pantalones. Ian gruñó y se aclaró la garganta para disimularlo. Ella lo miró agradecida cuando él levantó ligeramente las caderas, ayudándole a bajar los pantalones y calzoncillos hasta los muslos.

Le sostuvo la verga en la mano un instante después, estudiándola con fascinación. Nunca antes la había visto tan flácida. Una ola de ternura y de deseo la envolvió al verlo así, al sentirlo así... aquel olor masculino filtrándose en su nariz. Francesca vio que se le puso dura, grande y gruesa en cuestión de segundos.

Era sorprendente.

Ella cerró los ojos y la deslizó en su boca, mientras Francesca quería sentirla crecer más dentro de ella. *Oh, me gusta esto*, pensó mientras una bruma de deseo la envolvía. Logró abarcar una porción más grande cuando lo tomó en su boca antes de que estuviera totalmente erecto. Francesca meneó la cabeza excitándose cada vez más. La verga se hinchó, apretándole los labios. Ella se emocionó cuando él le recorrió el cabello con los dedos y los pasó por el cuero cabelludo. Le oyó decir como si estuviera lejos:

—Ah... ¿Qué dijiste, Michael? Sí, evalúa los dos escenarios.

Él ya estaba completamente erecto, llenándole la boca... saturándola, sosteniéndole la cabeza con una mano y llevando el ritmo. Ella comenzó a usar su mano en consonancia con su boca, acariciándole el miembro grueso hacia arriba mientras lo sacaba de sus labios; lo frotó enérgicamente hacia abajo y se lo metió de nuevo en la boca.

Ian reprimió un ahogo y tosió.

—Ah... sí, hazme un favor Michael y consígueme los posibles precios para una emisión de bonos a diez años y otra a veinte. Tomaré una decisión cuando vea toda la información. Sí, eso es todo por ahora, gracias.

Ella apenas notó que él dejaba el teléfono en el cojín del sofá. Levantó la mirada hacia él, mientras tenía la mitad de su verga en la boca.

—No me vengas con esa mirada inocente —murmuró él, moviéndole la cabeza hacia arriba y hacia abajo, y controlándola—. Sabías exactamente lo que estabas haciendo, ¿verdad? ¿Verdad? —le preguntó con más firmeza mientras la animaba a moverse más rápido. Ella asintió con la cabeza y entonó una afirmación. Él siseó—. Tu objetivo es torturarme, Francesca.

Ella lo chupó con todas sus fuerzas y sacudió ligeramente la cabeza. Ian jadeó.

—No hay necesidad de negar lo obvio, preciosa —dijo él con la voz cada vez más áspera.

Ella gimió febrilmente, perdiéndose en la magia de darle placer, y luego lo tomó en su garganta. Él siseó de placer y le haló el cabello, exigiéndole que lo chupara con rapidez. Lo masturbó con la mano, sedienta por complacerlo, loca por sentirlo sucumbir, desesperada por probarlo. Empujó su cabeza en él y lo tomó en su garganta otra vez, mientras se esforzaba para tomar aire. Ian levantó un poco las caderas sobre el sofá y jadeó. El gemido que trataba de reprimir se convirtió en un gruñido cuando empezó a venirse. Ella abrió los ojos de par en par cuando lo sintió hincharse enormemente mientras comenzaba a eyacular en su garganta.

Él se retiró un par de segundos después, moviéndose hacia atrás y hacia adelante entre los labios de Francesca, y vaciándose en su lengua.

Un momento después, Ian le soltó el cabello y le masajeó el cuero cabelludo. Su cuerpo grande y pesado se derrumbó sobre los cojines del sofá. Ella lo deslizó fuera de su boca con un ruido húmedo.

—Te mereces que te deje el trasero rojo por eso —dijo él, lanzándole una mirada con los ojos entrecerrados mientras ella se lamía los residuos que tenía en sus labios. Francesca vio su pequeña sonrisa y se la devolvió. Él no parecía estar enojado; parecía un macho satisfecho y completamente saciado.

—¿Me vas a pegar? —preguntó ella, sintiendo escalofríos debido a la emoción.

—Sin lugar a dudas. Te daré unos buenos paletazos. No puedo permitir que me distraigas mientras hago negocios, Francesca —murmuró él, desmintiendo sus palabras con sus actos mientras le acariciaba tiernamente el cabello con una mano, y la mejilla con la otra. Ella no pudo dejar de sentir que él había disfrutado bastante de su distracción.

—Anda al baño y ponte una bata —le dijo él.

Ella se puso de pie y siguió sus instrucciones mientras el pulso le latía en la garganta. Cuando volvió al dormitorio unos minutos después, se detuvo al ver que Ian la esperaba, vestido sólo con un par de pantalones, su torso musculoso, marcado desnudo.

—Sígueme —le dijo él, tomándola de la mano. Abrió los ojos de par en par cuando lo vio sacar las llaves del maletín.

—Lo que hice no fue tan malo, ¿verdad? —preguntó ella con ansiedad mientras Ian abría la habitación donde le había dicho que recibiría los castigos más severos.

—Pusiste en riesgo mi capacidad de pensar racionalmente cuando estaba tomando una decisión de negocios —murmuró él mientras la conducía a la cámara interior y cerraba la puerta con llave.

La condujo hacia el taburete alto que había visto la primera vez; estaba frente a la barra de la pared, y tenía una curva sumamente pronunciada en el respaldo. La parte de adelante era relativamente normal, con una especie de círculo cortado por la mitad, pero el respaldo estaba inclinado hacia adentro, como si le hubieran cortado una media luna al círculo. Ian se dirigió al armario y abrió un cajón. Ella estudió el taburete, perpleja y cada vez más excitada. El sexo se le apretó al ver que Ian traía el frasco de estimulante para el clítoris y la paleta de cuero negro.

Él le observó el rostro atentamente un momento después mientras le frotaba la crema en el clítoris.

—Te voy a dar quince golpes fuertes. Te mereces más por lo que hiciste.

A ella se le calentaron las mejillas tras la amenaza de Ian y la excitación que sentía. Pero no te quejaste —dijo ella.

Ian torció la boca.

—Siéntate en la silla con la cara hacia la pared —le ordenó. Ella le obedeció, evitando el borde en media luna.

—Muévete hacia atrás para que tu trasero quede por fuera. Inclina tu cuerpo hacia delante y pon las manos en la barra. Eso es.

Su conciencia se aguzó al inclinarse para apoyar la parte superior de su cuerpo en la barra, mientras su trasero sobresalía de la silla. La crema comenzó a hacerle arder el clítoris ardiente mientras veía por el espejo que Ian se paraba detrás de ella y levantaba la paleta de cuero negro.

Oh, no. Ella tenía el trasero totalmente expuesto y vulnerable... y justo en el lugar perfecto para que él le diera golpes.

Pam.

Un gemido escapó de su garganta tras la sensación de ardor.

—*Shhh* —la tranquilizó Ian, frotándole el trasero con la piel de la paleta—. ¿Te parece demasiado?

—Puedo soportarlo —dijo ella sin aliento.

Él vio la mirada de Francesca en el espejo y sonrió.

Levantó el brazo y le asestó otro golpe, y luego otro. Un momento después, le tocó el trasero, se lo acarició y le apretó las nalgas con suavidad, como si intentara calmarle el ardor.

—Es una lástima que tengas un trasero tan hermoso —murmuró él mientras se veía golpearla a través del espejo.

—¿Por qué?

—Porque si no fuera así, tal vez no te castigaría tanto.

Su resoplido alterado se transformó en un gemido cuando él le dio otro golpe en la curva inferior de las nalgas. Vio que a él le palpitaba la verga contra la tela de los pantalones. Él siseó y se la agarró.

—Creí que me estabas castigando por distraerte mientras trabajabas —dijo ella, mirándolo con los ojos muy abiertos mientras se acariciaba la verga y alzaba la paleta de nuevo—. Ay —dijo ella con un tono atribulado un segundo después, cuando le asestó otro paletazo en la curva inferior de las nalgas. A él le gustaba mucho golpearla allí. A pesar de la breve sensación de picadura, el clítoris se le apretó excitado.

—Lo siento —murmuró él, golpeándola un poco más arriba—. Te estoy dando paletazos por haberme hecho distraer. Sólo estoy diciendo... que un trasero tan hermoso está destinado a ser castigado con frecuencia —dijo él, esbozando una pequeña sonrisa. Ella reprimió un gemido cuando él le asestó otro golpe. Francesca vio por el espejo del lado derecho que tenía el culo rojo, y esta vez no pudo reprimir un quejido de pura excitación cuando él abrió la cremallera y dejó los pantalones y los calzoncillos debajo de sus pelotas y de su erección.

—¡Ian! —gruñó ella al ver su verga.

—¿Ves lo que quiero decir? —le preguntó él, dándole otro paletazo y sacándole el aire de los pulmones. Él se acarició la verga y la golpeó de nuevo. Ella no podía apartar la mirada de la mano que se movía hacia arriba y hacia abajo por la protuberancia marcada de su pene rígido—. No había planeado cogerte, sino castigarte simplemente. Sin embargo, tu hermoso culo me ha hecho cambiar de opinión.

Un "oh" escapó de la garganta de Francesca cuando él le dio otro paletazo. El trasero le estaba empezando a arder, y ella apretó los dientes cuando lo vio girar el brazo hacia atrás.

—¿Cuántos más? —preguntó gimiendo cuando él la golpeó de nuevo.

—No lo sé. Me has distraído otra vez —dijo con seriedad, dándole otro golpe. Ella lo vio hacer una mueca mientras se acariciaba la verga completamente erecta con mayor rapidez. Le dio un paletazo en la curva inferior de las nalgas, haciendo que la carne rebotara hacia arriba. Francesca se sorprendió al ver que él maldecía y arrojaba la paleta en el sofá.

—¿Has terminado de castigarme? —preguntó ella, extrañada por su comportamiento brusco.

—No —dijo él, caminando rápidamente hacia el armario y sacando un condón—. Pero mi verga se encargará de hacerlo —añadió tensamente. Ella contuvo el aliento al ver que él se quitaba la ropa a toda prisa y se acercaba, poniendo el condón en su erección descomunal.

—Levántate —dijo él, caminando detrás de ella.

Le ardía el trasero y el clítoris parecía quemarle entre los muslos mientras le obedecía; se aguantó las ganas de frotárselo para calmar la picazón.

—Agárrate de la barra y agáchate —le dijo, tocándole las caderas con suavidad. Ella siguió sus instrucciones. Apenas había enderezado la parte superior de su cuerpo luego de agarrarse de la barra cuando él le separó las nalgas y le metió la verga.

—Estás muy mojada —gruñó él mirándole el culo.

—*Ahhhhh* —gimió ella, con los ojos brotados luego de aquella posesión tan total y repentina.

—Te lo dije —murmuró él sombríamente, agarrándola con más fuerza de las caderas y empezando a meter y a sacar su verga en ella—. Me hiciste esto, Francesca. Tienes que aceptar las consecuencias. Te cogeré sólo para darme placer.

Ella sintió como si él le trastocara todo su universo mientras la cogía en los minutos que siguieron. A través del espejo, lo vio con la boca desencajada, mientras se estrellaba una y otra vez contra ella con todos los músculos de su hermoso cuerpo, su verga convertida en un pistón lubricado que entraba en su raja empapada a un ritmo implacable.

A él no le preocupaba si ella sentía placer o no, pero verlo sentir la presión deliciosa de su verga dentro de ella, la crema en el clítoris... todo era demasiado. Ella estalló en el clímax, estremeciéndose en torno a él, y gimiendo incontrolablemente. Él maldijo y le golpeó el trasero antes de agarrárselo con fuerza y apretarlo contra él mientras rugía en el orgasmo.

Permanecieron unidos así durante lo que parecieron ser varios minutos. Ian trataba siempre de no venirse dentro de ella. Le había acariciado la espalda, las caderas y el trasero con ternura durante lo que pareció ser una eternidad deliciosa. Luego, la respiración de ambos se hizo más lenta.

Ian salió de ella, y un gemido áspero escapó de su garganta. La ayudó a ponerse de pie y la rodeó con sus brazos.

Luego puso su boca en la de ella. Francesca cerró los párpados, entregándose tan completamente a su beso como lo había hecho cuando él la había cogido.

—¿Sabes lo que quiero hacer contigo ahora? —le preguntó él con aspereza un momento después.

Ella se relamió los labios y lo miró con los ojos entrecerrados.

—¿Qué? —preguntó ella con voz ronca.

Algo brilló en sus ojos azules, y ella se preguntó si esa llama no se había extinguido por completo. Él sacudió la cabeza como para despejarse y la tomó de la mano. Salieron de la cámara y él cerró la puerta.

—Vístete y espérame —le dijo. Ella lo miró, intrigada por su comportamiento, y admirada al ver el culo firme, desnudo y terriblemente sexy de Ian, pues era la primera vez que tenía el placer de observarlo tan detenidamente como había querido. Ian salió completamente vestido de la habitación un momento después. Ella lo miró agradablemente sorprendida.

Llevaba unos jeans de tiro bajo en sus caderas estrechas que le quedaban de maravilla, una camiseta blanca y apretada que vestía debajo de su traje cuando practicaba esgrima, y una chaqueta de cuero colgada del brazo. Contuvo el aliento al ver su cuerpo esbelto y musculoso, que se veía simplemente sensacional; nunca se cansaba de mirarlo.

—¿Qué estás haciendo? —le preguntó ella con incredulidad.

—He cambiado de opinión.

—¿En qué sentido?

—Que no iré a trabajar. Iremos a dar un paseo en motocicleta. Quiero verte en acción.

Ella quedó boquiabierta y una carcajada salió de su garganta; no podía creerlo. ¿Él iba a hacer algo tan repentino... tan espontáneo? *¿Ian?*

Francesca se puso su nueva chaqueta con emoción creciente, y fue por el casco y los guantes.

—Prepárate para un paseo de verdad —le dijo ella antes de ir rápidamente hacia la puerta.

—¿Crees que me estás diciendo algo que no sé? —le oyó decir ella con ironía, y se sonrió.

¿Cómo era posible que ese día hubiera tenido un comienzo tan aburrido y monótono y que terminara siendo tan maravilloso? se preguntó mientras esperaba el ascensor al lado de Ian. Él se veía increíblemente sexy con sus jeans y chaqueta, y con el casco colgando de su brazo. Ian percibió su mirada y le dirigió una sonrisa lenta, deliciosa... un poco diabólica. Llegaron al sótano, y Francesca se vio obligada a dejar de mirar aquella boca tan hermosa.

Se dirigió al garaje del estacionamiento. Una parte del garaje estaba acordonada para los vehículos de Ian. Jacob tenía una especie de oficina allí, así como varias herramientas y aparatos electrónicos que utilizaba para el mantenimiento mecánico y la limpieza de los vehículos.

Ella se detuvo un momento después, cuando Ian se sentó con pericia en su motocicleta negra.

—¿Y bien? Súbete —le dijo él con suavidad, al ver que ella miraba fijamente una moto que estaba a un lado. Era un poco más pequeña, pero tenía un aspecto imponente, con cromados relucientes y de un negro reluciente con franjas rojas.

—¿De dónde salió? —preguntó ella aturdida.

Él se encogió de hombros, plantando sus botas en el piso e inclinando la potente moto entre sus muslos. ¿Cómo podía verse tan natural en una moto tan grande, y también cuando llevaba un traje lujoso e impecable? Francesca tembló inexplicablemente al ver los guantes ajustados de cuero negro que tenía él en las manos.

—Es tuya —le dijo él, refiriéndose a la moto.

—¡No! Me refiero... —Ella se detuvo, lamentando su impulsividad, y le dirigió una súplica silenciosa. Aquella tarde había sido *fantástica*. Los cuadros, la promesa hecha por Ian de no controlarla fuera del dormitorio, la chaqueta y el casco que le había regalado, y el placer que sintió de ella con todo su ser, la manera tan enérgica en que él la había poseído... y que a ella le encantaba. Francesca no quería discutir ni arruinar esa tarde, pero una *motocicleta* era demasiado, ¿acaso no? Sobre todo después de los cuadros y los accesorios de motociclismo.

Sin embargo, Ian se adelantó antes de que ella pudiera expresar su protesta.

—Está bien, es *mía*. Tengo varias motos. Te prestaré esta por el momento —le dijo, lanzándole una mirada seca—. ¿Puedes aceptar eso, Francesca?

Ella sonrió, acercándose a la moto, y el entusiasmo se acumuló en su pecho cuando se sentó a horcajadas en el asiento de cuero y se regodeó con la dulzura de la elegante máquina de Ian.

Oh, sí. Ella podía aceptar eso.

* * *

Jacob le había dicho a Ian que Francesca no tenía problemas con las motocicletas cuando le preguntó cuál sería la más adecuada para ella. Ian se alegró al ver que Jacob tenía razón. Sintió un verdadero placer luego de verla correr por las calles de la ciudad, tomar curvas cerradas, y acelerar por los paisajes campestres. Ian se rió mentalmente de sí mismo al comprender que sentía una sensación de orgullo al verla. ¿Era importante que la hubiera introducido a algo que a ella le encantaba? No, lo importante era que ella lo había *descubierto*... y que había mostrado otra faceta de lo que era sin duda una veta rica y profunda de sus muchos talentos y encantos.

Miró de reojo y vio a Francesca a su lado, mientras regresaban esa noche a la ciudad por Lake Shore Drive. Ella le hizo una seña con el pulgar hacia arriba, y él imaginó su sonrisa detrás de la visera negra del casco. Las motocicletas tenían algo, y resaltaban la fortaleza física de ella, su energía fresca y vital...

... su trasero apretado en unos jeans que le daban ganas de llevarla de regreso al penthouse cada vez que la miraba, cosa que sucedía más o menos casi siempre.

Él le hizo una seña para guardar las motos en un estacionamiento. Pocos minutos después, salieron a la Calle Monroe, situada entre el Instituto de Artes y el Millennium Park. Las nubes se habían dispersado en aquella noche agradable y fresca de otoño.

—¿A dónde vamos? —le preguntó ella con una sonrisa de oreja a oreja; un mechón de cabello rosado y dorado le rozaba la mejilla. Él se lo apartó y la tomó de la mano.

—Pensé que te llevaría a cenar.

—Fantástico —su entusiasmo sonó de un modo encantador y él tuvo que esforzarse para dejar de mirarla.

—Eres un piloto fantástico —dijo ella—. Te ves muy natural en la moto. ¿Qué edad tenías la primera vez que lo hiciste?

—Creo que once —dijo Ian, entrecerrando los párpados mientras trataba de recordar.

—¡Tan joven!

Él asintió con la cabeza.

—Tuve dificultades para adaptarme cuando me mudé de Francia a Inglaterra, pues era un mundo completamente nuevo; una nueva forma de vida. Mi madre ya no estaba conmigo —dijo él, apretando los labios en una línea sombría—. Fue difícil adaptarme. Tengo un primo mayor al que siempre le decía tío. Y el tío Gerard descubrió que me encantaban las máquinas. Cuando vi una vieja motocicleta destartalada en el garaje de su finca, que estaba cerca de la casa de mi abuelo, le rogué que me dejara reconstruirla, y así comenzó mi fascinación con las motocicletas. Mi abuelo se unió a nosotros y empecé a relacionarme con el tío Gerard y con él.

—¿Y comenzaste a salir de tu caparazón? —preguntó Francesca, estudiándolo mientras caminaban.

—Sí. Un poco.

Unos acordes musicales resonaban en el aire transparente y claro al llegar a la Avenida Michigan. Ian vio una multitud en la acera.

—*Oh*, los Ladrones Desnudos tocarán esta noche en el Millennium Park. Caden y Justin deben de estar en alguna parte —dijo Francesca.

—¿Los Ladrones Desnudos?

Ella no entendió muy bien.

—¿La banda de rock? ¿Los ladrones desnudos?

Ian se encogió de hombros, sintiéndose un poco tonto, aunque sabía que no lo había sido. A juzgar por la expresión juvenil del rostro de Francesca, se suponía que él debía saber quiénes eran los Ladrones Desnudos. Ian le miró fijamente los labios rosados y se olvidó de su vergüenza fugaz.

—¿Cómo es posible que no sepas quiénes son los Ladrones

Desnudos? Eres un icono entre los jóvenes, pero es como si... —ella sacudió la cabeza. Su risa parecía triste e incrédula al mismo tiempo—. Es como si hubieras nacido con un traje y un maletín en la mano.

Aquello sonó un poco triste; a él, más que nadie, le hubiera encantado tener una infancia —una verdadera juventud— con tardes veraniegas que se prolongaban indefinidamente sin tener que preocuparse por nada, rebelándose como un adolescente contra sus padres, a quienes supuestamente no podía soportar, pero a quienes amaba locamente y sabía que siempre estarían ahí para él... y escaparse a un concierto de rock en el parque con una chica tan hermosa como Francesca.

—¿Qué estás haciendo? —le preguntó ella cuando él sacó el teléfono celular de la chaqueta.

—Llamando a Lin. Ya que quieres ir al concierto, ella nos conseguirá boletos de última hora para la sección con asientos.

—Ian, todos los asientos están agotados. Confía en mí, Caden y yo tratamos de conseguir boletos.

—Los conseguiremos —dijo él, localizando el número de Lin.

Hizo una pausa y miró hacia arriba cuando Francesca puso la mano en su antebrazo. El sol comenzaba a ocultarse y el reflejo en su cabello le daba un tono aún más rosado a sus mejillas y labios. Sus ojos oscuros brillaban con un leve indicio de desafío.

—Vamos a sentarnos en el césped.

—El césped —repitió él secamente.

—Sí, no podremos ver mucho, pero lograremos escuchar con mucha claridad. Y cualquiera puede hacerlo —dijo ella, tomándole la mano y llevándolo hacia el parque.

—Ese es el problema, ¿verdad?

—Oh, deja de ser tan *británico*.

Ian sintió un malestar pronunciado; fue una reacción instintiva, pues no estaba acostumbrado a que le hablaran sin pensarlo dos veces, como lo había hecho Francesca. Sin embargo, vio también el brillo emocionado en sus ojos de ninfa, y reprimió su protesta. Podía acostumbrarse a ser objeto de burlas, y a que lo reprendieran sutilmente —y con mucha suavidad— si era ella quien lo hacía.

—Realmente te estoy malcriando —le dijo mientras caminaban hacia la gran multitud de jóvenes—. No le permitiría esto a ninguna otra persona. Quiero que lo sepas.

Se detuvo cuando ella se dio vuelta, se acercó de puntillas y lo besó en la boca. Ian sintió su olor y su sabor, y dejó de sorprenderse. Su suave gemido mientras seguía besándola se le hizo tan delicioso como el resto de ella. Lo miró con los párpados entrecerrados un momento después; esta mujer tenía un rostro sublime, pensó Ian.

—Es lo más dulce que me has dicho —susurró ella.

Tal vez porque eres lo más dulce que me ha pasado.

A Ian le sorprendió sentir un destello de remordimiento un minuto después, mientras llegaban al parque lleno de gente.

Tendría que haber dicho esas palabras en voz alta.

Sin embargo, no estaba muy seguro de que *pudiera* haber sido tan honesto y desprevenido, y esa certeza lo molestó como nunca antes.

—El mejor-día-de-mi-vida —subrayó ella más tarde, rebosante de entusiasmo al entrar a la habitación de Ian—. Primero por mis cuadros; gracias de nuevo por eso, Ian. Todavía me siento aturdida. Luego el paseo en motocicleta: ¡qué moto tan impresionante! ¡Y después los Ladrones Desnudos en el parque!

—No pudimos oír nada. Sonaba como si alguien gritara a todo pulmón —comentó Ian divertidamente mientras levantaba las manos en un gesto expectante. Ella se dio vuelta para que él pudiera quitarle la chaqueta. A pesar del comentario seco, notó su pequeña sonrisa y comprendió que él se había sentido más impresionado por la experiencia de lo que admitía.

—Eso es porque no te sabes las canciones —le dijo ella, negándose a sentir cualquier cosa que no fuera la felicidad.

—¿Es así como ellos le llaman a ese ruido? —le preguntó él con suavidad mientras dejaba la chaqueta en el respaldo de una silla y Francesca se volvía hacia él.

—Pareces haberte divertido bastante.

Ian percibió su expresión desafiante y negó con la cabeza. Ella se echó a reír. Se refería al hecho de que habían pasado la mayor parte del concierto besándose, y se sentían tan calientes y excitados que Ian sugirió que lo mejor era irse de allí, a menos que quisieran ser arrestados por indecencia pública.

Él la había sorprendido cuando fueron al parque y encontraron un espacio que estaba lleno de tierra.

—Espera un momento —le dijo él—. No te sientes todavía.

Ella lo había mirado, curiosa y sorprendida, mientras él se acercaba a un grupo de jóvenes que hacían picnic a unos veinte pies de ellos. Ian les habló, señalando algunos artículos, y luego les entregó varios billetes. Ian se había alejado un momento después, dejando a los jóvenes intrigados y contentos. Obviamente, les había dado un buen dinero por lo que traía entre las manos: dos mantas, dos botellas de agua fría, y un plato cubierto con una servilleta de papel, donde Francesca encontró más tarde cuatro piezas de un suculento pollo frito.

—Estoy pensando que te gustó tu primer concierto de rock —bromeó ella al recordar una verdad que él le había dicho mientras descansaban cómodamente debajo de una de las mantas, la multitud frenética a pocos pies de ellos, pero aparentemente a muchas millas de su mundo aislado y privado.

—Me gustó tocarte —se limitó a responder él, haciéndole calentar las mejillas de placer. Su mirada se posó sobre ella—. ¿Por qué no vas y te preparas para la cama?

Ella se estremeció ante el sonido de su voz y el brillo de su mirada ardiente, y se dirigió al baño.

—¿Francesca?

Ella se volvió para mirarlo y sus cejas se arquearon en señal de perplejidad cuando él permaneció varios segundos sin hablar.

—A mí también me gustó —dijo finalmente.

Francesca se sintió aún más desconcertada.

—Fue el mejor día de mi vida.

Ella lo vio entrar al vestidor, y el corazón le palpitó con incredulidad y también con algo mucho más profundo tras su honestidad tan inesperada. Desde la oscuridad, y desde los recovecos del miedo que envolvían su cerebro, surgió un recuerdo que parecía burlarse de ella. Francesca odiaba aquel miedo que ensombrecía la maravillosa sensación que sintió al oír las palabras de Ian.

Te ofrezco placer, y la experiencia. Nada más. No tengo nada más que ofrecer.

¿Por cuánto tiempo podría soportar algo tan sorprendente, teniendo en cuenta que ella había compartido esa experiencia con un hombre que se resistía tanto a entregarse...

... teniendo en cuenta que ella había arriesgado su corazón ante un enigma como Ian Noble?

El tiempo pareció volar durante las semanas siguientes, mientras los sentimientos de Francesca por Ian se hacían cada vez más profundos. Ella se acostumbró a sus estados de ánimo, entendiendo que, muchas veces, cuando él parecía ser distante, realmente estaba procesando grandes cantidades de información, haciendo planes para sus diversas empresas en varios niveles, o tomando decisiones de una manera asombrosamente rápida y concisa. Él continuó con sus lecciones en el dormitorio y Francesca floreció bajo su tutela. Fue tan exigente y tan intenso como siempre —tal vez incluso más— pero ella se sintió cómoda con su sumisión sexual y cada vez confiaba más en él, a medida que su relación se hacía más dulce, y se convertía en un verdadero "toma y dame" de poder, cuidados y placer. Ella sospechaba que el mayor nivel de profundidad que habían logrado en la intimidad mutua era la verdadera causa detrás de esa experiencia más rica y plena, y se preguntó si Ian también sentía lo mismo.

Él le dio clases por fuera del dormitorio, como por ejemplo, de esgrima, que ella disfrutó mucho. Pasaron varios domingos estudiando minuciosamente los fundamentos en materia de inversión, mientras Ian la desafiaba a esbozar un plan factible para invertir el dinero de la comisión. Ella le mostró dos opciones en dos ocasiones distintas, pero las preguntas corteses y las leves objeciones de Ian la hicieron perfeccionar sus propuestas. En su última presentación de planificación de inversiones, Ian le había dirigido una pequeña sonrisa de orgullo y ella supo que finalmente había aprendido algo valioso acerca de cómo manejar sus propias finanzas. Por lo tanto, Ian le había enseñado no sólo acerca de la pasión y del amor, sino que le había dado también algunas lecciones básicas sobre la vida.

Pero asimismo, él aprendió algo a cambio. Gracias al apoyo de Francesca, continuó siendo espontáneo de vez en cuando, disfrutando del momento... experimentando la vida como un hombre de treinta años y no como un anciano hastiado y cansado.

El problema era que, en realidad, él nunca le dijo con muchas palabras lo que sentía por ella —y por su relación— y ella era muy tímida y asustadiza como para decirle que se había enamorado de él. ¿No era eso precisamente lo contrario de lo que él le había dicho que podría ser su relación? ¿La tomaría él por una tonta y una ingenua por confundir aquel deseo y obstinación con algo mucho más profundo?

A Francesca le obsesionaba esta idea y la alejó de su mente cuando estaba con él, porque no quería arruinar los momentos que compartían, cosa que temía hacer si pensaba en cosas inciertas que se aplicaban al futuro, y no al momento actual. Era un poco como hacer un acto de malabarismo en la cuerda floja, tratando siempre de mantener el equilibrio en el borde estrecho de su apasionado romance, preocupada constantemente de caer lejos de Ian... o de que él volara lejos de ella.

Ese momento discordante llegó una tarde fresca a finales de otoño.

Francesca estaba en el estudio del penthouse, angustiada por los detalles finales de su cuadro. Retiró la mano del lienzo con la respiración comprimida en los pulmones mientras estudiaba la pequeña figura negra, un hombre con un abrigo negro y abierto que caminaba a un lado del río, con la cabeza agachada contra el viento frío del lago Michigan.

¿Ian notaría que ella lo había plasmado de nuevo en uno de sus cuadros? Me pareció muy probable mientras limpiaba el pincel; él se había adentrado indeleblemente en casi todos los hilos de su vida.

El corazón se le infló mientras estudiaba el cuadro.

Está terminado.

Francesca tenía por costumbre no volver a tocar un cuadro cuando creía haberlo terminado. Se sintió radiante con su logro y salió a buscar a Ian. Era un domingo, y él había decidido trabajar en la biblioteca en lugar de ir a la oficina.

Estaba a punto de doblar la esquina del pasillo que conducía a la biblioteca cuando vio la puerta abierta y oyó unas voces bajas y tensas; un hombre y una mujer estaban conversando.

—... razón de más para que actúe con rapidez, Julia —dijo Ian.

—Quiero subrayar una vez más que no hay garantías, Ian. Sólo porque se trate de un período particularmente bueno no significa que haya resultados duraderos, pero en el Instituto tenemos la esperanza...

La voz femenina con acento británico se desvaneció mientras ella y Ian avanzaban por el pasillo hacia el ascensor, pero no antes de que Francesca pudiera verla. Era la mujer atractiva con la que Ian había desayunado en París y a la que él había llamado a una amiga de la familia. A Francesca se le oprimió de nuevo el corazón al percibir la tensión en la conversación que sostenían ellos, similar a la que había sentido en el hotel de París. Y al igual que en aquella ocasión, ella se alegó esta vez, corriendo de nuevo a su estudio.

Francesca no sabía por qué, pero sí *sabía* que Ian no quería que ella lo viera... que le hiciera preguntas... que tratara de cuidarlo.

Por más que ella quisiera hacer eso antes que cualquier otra cosa en el mundo.

Tardó más tiempo del necesario en limpiar su espacio de trabajo y en tratar de darle tiempo a Ian para que se recuperara. Finalmente, fue a buscarlo de nuevo, pero se quedó con las manos vacías.

Encontró a la señora Hanson limpiando los mostradores de la cocina.

—Estoy buscando a Ian —le dijo—. Ya terminé el cuadro.

—¡Oh, eso es una noticia maravillosa! —La expresión emocionada de la señora Hanson se desvaneció—. Pero me temo que Ian no está aquí. Tuvo que salir de Chicago por un tiempo. Se le ha presentado una emergencia.

Francesca sintió como si una fuerza invisible la hubiera golpeado en el pecho.

—Pero... No entiendo. Él estaba aquí. Lo vi con esa mujer...

—¿Con la doctora Epstein? La viste llegar? —le preguntó la señora Hanson, que parecía sorprendida.

La doctora Julia Epstein. Así que ese era su nombre.

—La vi salir. ¿Qué tipo de emergencia? ¿Ian está bien?

—¡Sí, querida! No te alarmes por eso.

—¿A dónde se fue? —preguntó ella, mientras el dolor y la incredulidad que sentía por el hecho de que Ian se hubiera marchado sin molestarse siquiera en ir al estudio para despedirse de ella seguían vibrando en su interior de un modo desagradable.

La señora Hanson evitó su mirada y siguió limpiando.

—No puedo decirlo con certeza...

—¿Realmente no lo sabes, o estás diciendo eso porque Ian te lo ordenó?

El ama de llaves la miró sorprendida. Francesca le sostuvo la mirada con ferocidad.

—Realmente no lo sé, Francesca. Lo siento. Hay una pequeña parte de su vida que siempre se ha reservado para sí mismo, ocultándomela incluso a mí, que conozco cada uno de sus hábitos e idiosincrasias.

Francesca le dio unas palmaditas en el brazo.

—Entiendo —dijo.

Y realmente lo hizo. Si la señora Hanson no sabía a dónde había ido Ian, eso sólo podía significar una cosa. Había ido a Londres, donde estaba ese rincón secreto de su universo, el lugar al que Jacob nunca era invitado, ni la señora Hanson... y ciertamente tampoco Francesca. Sin embargo, la doctora Epstein... seguramente *ella* sabía sobre esa parte de su vida. Francesca seguía oyendo el tono tenso de Ian, viendo su expresión extraviada mientras permanecía de pie en el vestíbulo del hotel.

¿Esa mujer era *médica*? ¿Qué tal si Ian no estaba bien? No, eso no era posible: él era la personificación de la salud y la vitalidad masculina. Además, él le había confirmado esto al mostrarle —no mucho tiempo atrás— los resultados de su último chequeo físico, para que ella supiera que no tenía ninguna enfermedad sexual.

—¿Conoces bien a la doctora Epstein? —le preguntó Francesca.

—No. Sólo la he visto fugazmente una o dos veces cuando vino aquí de visita. Tengo la impresión de que trabaja en algún lugar de

Londres, pero no sé bien qué clase de médica sea, ahora que lo pienso. ¿Francesca? ¿Estás bien? —inquirió ansiosamente la señora Hanson, haciendo que Francesca se preguntara qué había visto el ama de llaves en su rostro.

—Sí, estoy bien —dijo, apretándole el antebrazo en señal de tranquilidad, y se dispuso a salir de la cocina. *¿Cuánto costaría un billete de Chicago a Londres?*— Pero creo que también tendré que salir unos días de la ciudad.

Octava parte

Porque soy tuyo

Capítulo quince

Davie se ofreció a ir con ella a Londres, pero Francesca se negó rotundamente. Le había contado sus planes a Davie de un modo deliberadamente vago y confuso: la señora Hanson le había informado que Ian tenía una crisis familiar en Londres y ella había decidido viajar para ofrecerle su apoyo.

La verdad es que no quería que Davie se diera cuenta de que su plan no tenía ni pies ni cabeza, pues no tenía la menor idea de lo que haría después de aterrizar en el aeropuerto Heathrow. Lo único que ella sabía es que lo que Ian estuviera haciendo en Londres, era algo que le causaba angustia y que él había decidido ahorrarles ese dolor a otras personas.

Además, se pondría furioso con ella, si, por algún milagro, lograba encontrarlo. Sin embargo, Francesca no podía soportar la idea de que él sufriera en medio de la soledad, y estaba totalmente convencida de que sus visitas de "emergencia" a Londres tenían una relación estrecha con los demonios espirituales que lo atormentaban.

Igualmente, si lo que había o sucedía en Londres estaba destinado a destruir todo aquello que ella y él podrían construir juntos en un futuro, ¿no era acaso mejor descubrirlo ahora en vez de retrasar lo inevitable?

Luego de aterrizar en Londres, Francesca sacó su teléfono y vio que Ian la había llamado durante el vuelo. Ella contaba con esto en cierto sentido, pues no tenía ningún plan de acción en Londres. Le devolvió la llamada, pero se fue al buzón de mensajes.

Se sintió desalentada y comenzó a dar vueltas por el aeropuerto, recogiendo su equipaje, cambiando dólares por libras esterlinas, y esperando que una especie de milagro le revelara la ubicación exacta del apartamento de Ian, o su paradero. Al ver que nada de esto sucedía, y como no había logrado localizar a Ian, tomó un taxi y le dijo al conductor el único lugar que había relacionado con Ian y con sus viajes a Londres.

—Al Instituto de Investigación y Tratamiento de Medicina Genómica, por favor. Francesca recordó que la doctora Epstein había dicho "el Instituto". ¿Podría estar refiriéndose al Instituto de Investigación y Tratamiento de Medicina Genómica? ¿Cómo podría ubicarlo ella?

Cuarenta minutos después, el taxista se detuvo en la entrada acristalada y ultramoderna del complejo, que se encontraba en una zona rodeada de jardines y dentro de un parque lleno de árboles. Francesca vio a varias parejas caminar por un prado verde y exuberante en la distancia; invariablemente, una de las personas iba vestida de blanco. ¿Serían enfermeras, o personas que visitaban a los pacientes?

La incertidumbre la golpeó como un puñetazo mientras estaba en el taxi. ¿Qué diablos hacía ella allí? ¿Qué locura la había hecho subirse a un avión, para ir a un hospital en una zona remota de Londres, donde no conocía a nadie?

El conductor la estaba mirando inquisitivamente.

—¿Le importaría esperarme? —le preguntó nerviosamente Francesca mientras le pagaba.

—No puedo esperar diez minutos —dijo el taxista con brusquedad.

—Gracias —respondió ella. Si este viaje terminaba siendo un callejón sin salida, ella pronto lo sabría.

Francesca parpadeó cuando entró al vestíbulo un momento después. No era igual al de las Empresas Noble en Chicago, pero tenía ciertas semejanzas: las maderas cálidas y elegantes, el mármol de color rosa-beige, y los tonos neutros de los muebles.

—¿Puedo ayudarle? —le preguntó una mujer joven detrás de un escritorio circular.

Durante unos segundos, Francesca se quedó sin habla. Pero algo acudió a su cerebro, y abrió la boca antes de procesarlo por completo.

—Sí. Me gustaría ver a la doctora Epstein, por favor.

El corazón se le apretó en el pecho por una fracción de segundo, que se prolongó de manera irreal mientras observaba fijamente la expresión en blanco de la recepcionista.

—Por supuesto. ¿Quién le digo a la doctora Epstein que viene a verla?

Francesca exhaló un suspiro de alivio, e inmediatamente sintió una oleada de ansiedad.

—Francesca Arno. Soy amiga de Ian Noble.

La empleada abrió los ojos de par en par.

— Claro que sí, señora Arno —dijo la mujer, cogiendo el teléfono.

Francesca se sintió en ascuas mientras la recepcionista hablaba con varias personas, y finalmente con la doctora Epstein. ¿Qué podría estar pensando ella mientras la recepcionista le decía que una mujer, que decía ser amiga de Ian Noble, preguntaba por ella en la recepción? Desgraciadamente, Francesca no pudo sacar muchas conclusiones de la conversación unilateral que trataba de escuchar, y poco después, la recepcionista colgó el teléfono.

—La doctora Epstein dice que vendrá a recogerla aquí. ¿Puedo ofrecerle un refresco mientras espera?

—No, gracias —dijo Francesca. No creía poder resistir nada en el estómago, pues lo tenía completamente revuelto—. Esperaré allá —añadió, señalando una agradable zona de estar.

La recepcionista asintió cordialmente y reanudó sus labores. Transcurrieron cinco minutos antes de que la doctora Epstein apareciera en el vestíbulo; fueron cinco minutos largos y tortuosos. Se levantó disparada de su silla cuando reconoció a la doctora, que llevaba una bata blanca de laboratorio encima de un elegante vestido de color verde oscuro. Una mujer aristocrática caminaba a su lado, con ropa casual, pero, obviamente, del mejor gusto y calidad. Francesca tuvo una impresión fugaz que si era una mujer mayor —tendría unos setenta años tal vez— se veía rebosante de vida y de salud.

—¿Francesca Arno? —le preguntó la doctora Epstein, extendiéndole la mano mientras se acercaba. Francesca se la estrechó.

—Sí, siento llegar de una forma tan intempestiva, pero...

—Cualquier amigo o amiga de Ian es bienvenido —el tono de la doctora era cálido, pero Francesca creyó advertir un indicio de curiosidad o de perplejidad en su mirada—. Tengo entendido que no conoce a la abuela de Ian. Francesca Arno, le presento a Anne Noble, la condesa Stratham.

Francesca miró en estado de shock a la atractiva anciana. Se preguntó horrorizada si debía hacerle una reverencia o algo semejante a una condesa. ¿Seguramente había ciertas normas de etiqueta que Francesca desconocía, demostrando su torpeza americana desde el primer instante?

Afortunadamente, la condesa notó su incomodidad antes de que comenzara a tartamudear como una tonta.

—Por favor, dime Anne —le dijo la abuela de Ian con calidez, extendiendo su mano. Francesca la miró a los ojos, que inmediatamente le recordaron a los de Ian: agudos, incisivos y de color azul cobalto.

—Supongo que he venido al lugar correcto —murmuró Francesca mientras le estrechaba suavemente la mano.

—¿No estabas segura? —le preguntó Anne.

—No, no del todo. Yo estaba... buscando a Ian.

—Por supuesto —dijo Anne con total naturalidad, aumentando la ansiedad y la confusión de Francesca.

—Me ha mencionado tu nombre, pero yo no sabía que vendrías a Londres. Actualmente, Ian está dando un paseo por el jardín y vine a darte la bienvenida en su nombre.

—¿Así que Ian está aquí? —preguntó Francesca, y su voz sonó conmocionada.

Anne y la doctora Epstein intercambiaron una mirada.

—¿No lo sabías? —le preguntó Anne.

Francesca sintió desplomarse mientras negaba con la cabeza.

—Pero tal vez sabes por lo menos que mi hija está aquí?

—¿Su... hija? —preguntó Francesca, y la cabeza le dio vueltas. De repente, la entrada llena de cristales le pareció demasiado brillante, y que arrojaba un resplandor irreal en todas las cosas. ¿No le había dicho la señora Hanson que los abuelos de Ian sólo tenían un hijo?

—Sí, mi hija Helen. La madre de Ian. Están caminando en el jardín; gracias a Julia y a la ardua labor del Instituto —señaló Anne, dirigiéndole una cálida mirada de reojo a la doctora—. Helen está teniendo un período increíblemente lúcido. James, Ian y yo no podríamos estar más felices.

—Tenemos que tomar las cosas un día a la vez... —advirtió la doctora Epstein.

Las dos mujeres miraron a Francesca; Anne extendió la mano y le tocó el codo.

—Estás muy pálida, querida. Creo que sería mejor si te sientas en un lugar cómodo, ¿verdad, doctora Epstein?

—Por supuesto. La llevaremos a mi oficina. Tengo un poco de jugo de naranja; ¿tal vez tus niveles de azúcar en la sangre están un poco bajos? ¿Quieres que te pida algo de comer?

—No...no, estoy bien. ¿La madre de Ian está viva? —graznó Francesca, su cerebro obsesionado con esa parte de la noticia.

Una sombra cruzó el rostro de Anne.

—Sí. Hoy lo está.

—Pero la señora Hanson... me dijo que la madre de Ian había muerto varios años atrás.

Anne suspiró.

—Sí, eso es lo que cree Eleanor —Francesca se sentía tan desorientada que tardó unos segundos en comprender que Eleanor era el nombre de pila de la señora Hanson—. Cuando Helen volvió a nuestra casa en Inglaterra, James y yo decidimos que eso sería... ¿mejor? ¿Más fácil? —reflexionó Anne con una expresión desgarradoramente triste mientras trataba de encontrar las palabras adecuadas para describir una decisión tomada varias décadas atrás, en un momento de mucho estrés y ansiedad—. Para aquellos que habían conocido y amado a Helen antes de que se enfermara y no pudiera recordar cómo era, antes de ver cómo la había atacado esta terrible enfermedad, despojándola de su identidad... de su alma. Tal vez cometimos un error al hacer eso. O tal vez no. Ian ciertamente no estuvo de acuerdo con nuestra decisión.

—Bueno... él sólo tenía diez años cuando Helen regresó a Inglaterra, ¿no es cierto? —preguntó Francesca.

—Casi —respondió Anne—. Pero no le dijimos que su madre estaba viva y recluida en un institución en East Sussex hasta que cumplió veinte años, cuando tuvo la edad suficiente para entender que habíamos tomado esa decisión con el fin de protegerlo. Ian, al igual que casi todos los demás, pensaba que su madre había muerto.

El silencio resonó en los oídos de Francesca.

—Ian debió sentirse furioso cuando supo eso —dijo Francesca antes de poder tragarse sus palabras.

—Oh, claro que sí —dijo secamente Anne, sin sorprenderse en lo más mínimo por la franqueza de Francesca—. No fue un buen momento para él, ni tampoco para James o para mí. Ian apenas nos habló durante casi un año mientras estudiaba en Estados Unidos. Pero hicimos las paces y reanudamos nuestra relación —Anne agitó la mano alrededor de la elegante puerta de entrada—. Y entonces Ian mandó a construir este edificio y los tres trabajamos juntos para financiar las investigaciones, encontrando así un terreno común. El Instituto nos ha permitido restablecer la relación con nuestro nieto, y ofrecerle un tratamiento a Helen —dijo, dedicándole una sonrisa de agradecimiento a la doctora Epstein, aunque sus ojos se veían tristes.

Anne pareció recuperarse y le apretó un poco más el codo a Francesca, instándola a caminar a su lado.

—Puedo ver que estás conmocionada por la noticia. Creo que sería mejor que Ian hablara contigo al respecto, dadas las... circunstancias inusuales.

—Ian y Helen regresarán a la sala después de su paseo —le dijo la doctora Epstein a Anne.

—Vayamos allá entonces —le dijo Anne a Francesca, con una energía y una decisión súbita mientras se dirigían a los ascensores—. Ese es James. Tendré la oportunidad de presentarte al abuelo de Ian.

Francesca la siguió; se sentía demasiado aturdida para resistirse, mientras trataba de procesar la noticia de que Helen Noble todavía estaba viva y, que estaba siendo tratada en este centro. El corazón se le encogió de angustia por Ian.

Bajaron a un nivel inferior. La puerta se abrió y la doctora Epstein se despidió de ellas, diciendo que debía regresar al laboratorio.

—Es una científica brillante —le dijo Anne a Francesca mientras cruzaban un pasillo que daba a una sala llena de luz y con muchos ventanales. Algunos pacientes pasaron a su lado y miraron a Francesca con curiosidad—. Ahora que el genoma humano ha sido decodificado, la doctora Epstein y sus colegas han comenzado a utilizar esta información con el fin de elaborar medicamentos más eficaces para la esquizofrenia. Ian subvenciona todas sus investigaciones. Ha sido algo verdaderamente innovador. La Agencia Europea de Medicamentos aprobó un medicamento desarrollado recientemente por la doctora Epstein, quien insistió en que Helen lo tomara. El tratamiento ha tenido algunos altibajos hasta el momento, pero justo esta semana, se han producido algunas mejoras espectaculares. Ian está muy feliz. Helen casi nunca lo reconocía a él, a James ni a mí, pues su psicosis era muy grave, pero *ahora*... qué diferencia. Le han permitido incluso salir por primera vez a los jardines en los seis años que lleva aquí.

—Eso es maravilloso —dijo Francesca, mirando a su alrededor mientras entraba a la sala. Varios ventanales daban a una zona arbolada y a un jardín inmaculado. Un buen número de pacientes, familiares y empleados se encontraban en aquel lugar acogedor; algunos jugaban juegos de mesa, y otros hablaban y disfrutaban de la agradable vista. Francesca supuso que esos pacientes eran tal vez los más afortunados, pues su estado no era tan delicado. Parecían ser altamente funcionales, y entraban y salían de la sala por su propia voluntad, sin la ayuda de asistentes ni enfermeras.

Un hombre robusto y entrado en años estaba de pie cuando ellas se acercaron. Su figura alta y esbelta le recordó a Ian.

—Francesca Arno, me gustaría presentarte a mi marido James —dijo Anne.

—Es un placer conocerte —dijo James, estrechándole la mano—. Ian nos habló ayer de ti; no pudimos pasar eso por alto, ya que es una rareza que él nos hable de una mujer, muy a pesar mío y de Anne —dijo James, con un brillo en sus ojos castaños—. Estábamos con la doctora Epstein cuando le informaron que estabas aquí. No sabíamos que vendrías a Inglaterra.

—Lo hice prácticamente sin pensarlo dos veces.

—¿Ian no sabe que estás aquí? —le preguntó James, pareciendo amablemente confundido.

—No —dijo Francesca. Tal vez James notó su ansiedad, porque le dio unas palmaditas en el hombro con gentileza y luego miró las ventanas que daban al jardín—. Bueno, pronto lo sabrá. Veo que él y Helen ya están regresando. *Dios mío...*

James apretó los dedos en el hombro de Francesca, quien había mirado por la ventana luego de oírlo. Ella se sobresaltó al ver a Ian caminando junto a una mujer de aspecto frágil con un vestido azul que le colgaba sobre su figura lastimosamente delgada. Pero mientras James hacía su comentario, Helen se dio vuelta bruscamente y le dio un puñetazo a Ian en el abdomen. Ella había tropezado y estaba a punto a caer, pero Ian la había sostenido. Sin embargo, los intentos por contener a su madre fueron infructuosos, pues Helen forcejeó como si su vida estuviera en peligro.

—Llame a la Doctora Epstein —le dijo James bruscamente a un asistente que había presenciado el incidente. James se dirigió con tres asistentes a la puerta que conducía al jardín para ayudarle a Ian.

—Oh no. No de nuevo —dijo Anne con voz ahogada, mirando horrorizada al igual que Francesca miraban horrorizadas. Helen se agitaba violentamente mientras Ian trataba de someterla, y lo golpeó en la mandíbula con la mano abierta. Francesca pareció sufrir un espasmo en el corazón cuando vio la angustia descarnada en aquel rostro tan hermoso luego de recibir el golpe. ¿Cuántas veces había visto él que su madre se comportaba de esa manera? ¿Cuántas veces había desaparecido esa mujer cariñosa y amable, sólo para ser reemplazada por esta otra, violenta y aterradora? Un lamento desgarrador se escuchó en la sala: era el grito que el miedo y la locura le arrancaban a Helen Noble.

—Espera —dijo Anne con voz gruesa, sujetando a Francesca del codo mientras esta se dirigía hacia Ian al ver que se encontraba en una situación muy vulnerable—. Ya la han controlado.

Francesca y Anne permanecieron juntas, observando afligidas mientras los tres asistentes levantaban y sometían con pericia a la mujer psicótica que oponía resistencia y la llevaban al interior del edificio. Pasaron a su lado y Francesca vio por primera vez la cara de Helen, que tenía la boca muy abierta mientras la saliva resbalaba por su barbilla, y sus ojos azules enormes y vidriosos parecían concentrarse en una pesadilla aterradora que sólo ella podía ver.

No, pensó Francesca. Esa no era Helen Noble. En realidad no.

Una enfermera corrió hacia los asistentes mientras la doctora Epstein la seguía detrás. Los asistentes tendieron cuidadosamente a la mujer en el piso y la enfermera le puso una inyección.

Anne empezó a llorar en silencio mientras veía que su hija era arrastrada por los asistentes. Francesca puso su brazo en los hombros de la anciana, sin saber qué decir, y todavía en estado de shock.

—Ian —exclamó ella al verlo acercarse con James; nunca lo había visto tan pálido; los músculos de su rostro estaban completamente rígidos.

Él le lanzó una mirada glacial.

—¿Cómo te atreves a venir aquí? —le dijo mientras se acercaba a ella, moviendo escasamente los labios, pues tenía la boca y la mandíbula completamente apretadas. El corazón pareció detenérsele a ella en el pecho; nunca lo había visto así... tan angustiado, tan furioso... tan expuesto. No se le ocurrió nada qué decir. Él *nunca* la perdonaría por haber ido allí sin ser invitada, y verlo en lo que era quizás uno de los momentos más vulnerables de su vida.

—*Ian...*

Él siguió caminando hacia el lugar donde habían llevado a su madre. James miró con tristeza a su esposa, y siguió a su nieto.

Anne tomó a Francesca de la mano, la llevó a una silla y se sentó a su lado; toda la energía que había mostrado poco antes la anciana parecía haberse evaporado.

—No culpes a Ian —dijo Anne con voz hueca—. Helen y él habían estado compartiendo una mañana maravillosa y ahora... todo comenzó de nuevo. Obviamente, él está molesto.

—Puedo entender por qué —dijo Francesca—. No debí venir. No sabía que...

Anne le palmeó el brazo distraídamente.

—Es una enfermedad devastadora y brutal. Ha sido muy duro para todos nosotros, pero mucho más para Ian. Desde muy temprana edad, fue la única persona en cuidar a Helen. Después de vivir un tiempo con nosotros, Ian me dijo que tenía que vigilarla constantemente, por temor a que la gente del pueblo viera la magnitud de su demencia y la enviaran a un hospital, mientras a él lo mandaban a un orfanato. Todos los días y a todas horas vivía con el temor de que ella se lastimara, o de que lo separan de ella. No pudo asistir a la escuela como los demás niños, porque necesitaba cuidar a Helen. El lugar donde fue a dar ella —hasta el día de hoy, no sabemos cómo lo hizo ni por qué— era muy remoto y conservador. Si hubiera estado en una ciudad más céntrica, seguramente alguna agencia de protección infantil habría sido notificada de que Ian faltaba mucho a la escuela. De todos modos, Ian se las arregló para mantener en secreto la enfermedad de Helen; supo dónde mantenía ella la reserva de dinero y lo gastaba con frugalidad, mientras hacía pequeños trabajos y mandados alrededor de la aldea, reparando pequeños electrodomésticos cuando supo que tenía talento para la mecánica y la electrónica. Se encargaba de las compras y de las labores domésticas; cocinaba, organizaba la casita en que vivían, y le instaló varios sistemas de seguridad, teniendo en cuenta el comportamiento tan extraño de Helen y la violencia ocasional durante sus episodios psicóticos... como el que acabamos de presenciar —señaló Anne sintiéndose cansada y exhalando un suspiro profundo—. Ian tuvo que pasar por todo eso, y no había cumplido once años cuando lo encontramos a él y a Helen.

Francesca se estremeció en silencio. No era de extrañar que Ian fuera tan controlador. *Ay Dios, pobre pequeño.* Cuánta soledad debió padecer. Qué tan duro debió ser para él vivir momentos de amor y conexión con su madre durante sus períodos de lucidez, los cuales desaparecían cuando la psicosis la atacaba de nuevo...tal como había ocurrido un momento antes. De repente, Francesca recordó la expresión ocasional de Ian que tanto la desgarraba y la desconcertaba; la mirada de alguien que no sólo había sido abandonado, sino que también sabía con certeza que sería rechazado de nuevo.

—Lo siento, Anne —dijo Francesca, sabiendo que se trataba de un consuelo inútil.

—La doctora Epstein nos advirtió que no fuéramos demasiado optimistas. Pero es muy difícil perder las esperanzas, y Helen estaba progresando. La *vimos*, hablamos con ella, con nuestra Helen. Con nuestra querida y dulce Helen —Anne suspiró profundamente—. Pero se están investigando otros tratamientos. Tal vez... algún día...

Sin embargo, Francesca no pudo dejar de sentir, dado el tono desolado de Anne y el leve color grisáceo de su piel, que la anciana estaba muy cerca de perder la esperanza de ver a su hija estable y en buenas condiciones. Se preguntó cuántas veces habrían visto los Noble algunas mejoras en Helen, y sus esperanzas se vieran frustradas una y otra vez mientras la locura aparecía de nuevo.

Francesca se levantó temblorosa de la silla al cabo de varios minutos, cuando Ian regresó a la sala.

—Está dormida —le dijo a su abuela, evitando a Francesca con la mirada—. Julia le ha retirado la medicación. Mamá volverá al régimen que tenía antes. Por lo menos la mantenía estable.

—Si estar sedada es sinónimo de estabilidad, supongo que tienes razón —dijo Anne.

Ian torció ligeramente la boca.

—Es la única opción. Por lo menos no se estaba haciendo daño.

Luego miró a Francesca, quien se encogió por dentro al ver el hielo destilando en sus ojos.

—Nos vamos —le dijo él—. He llamado a mi piloto, y ya está preparando el avión para volar a Chicago.

—De acuerdo —dijo Francesca; podría tratar de explicarle por qué había viajado a Londres cuando estuvieran en el avión. Le pediría disculpas por entrometerse allí donde no la habían llamado. Tal vez consiguiera hacerle entender...

...aunque cada vez que pensaba en su vulnerabilidad... en su fragilidad e indefensión, ella se acobardaba, temiendo que nunca pudiera perdonarla.

Apenas habló con ella de camino al aeropuerto, limitándose a mirar hacia adelante mientras conducía, sus nudillos blancos luego de apretar con fuerza el volante. Ella intentó romper el silencio con una disculpa, pero él la interrumpió con rapidez.

—¿Cómo sabías dónde estaba?

—Te he visto varias veces con la doctora Epstein... una vez en París y otra vez en el penthouse. La escuché hablar de "el Instituto" y la señora Hanson me dijo que era médica.

Él le echó un vistazo.

—Eso no es una explicación, Francesca.

Ella se encogió en el asiento del pasajero.

—Yo... vi en la tableta que me prestaste que habías visitado varias veces el sitio Web del Instituto para la Investigación y Tratamiento de Medicina Genómica, mientras estudiaba para sacar la licencia de conducción.

La culpa la hizo encogerse aún más cuando percibió la mirada indignada de Ian.

—¿Viste mi historial de búsqueda?

—Sí —reconoció ella y se sintió desgraciada—. Lo siento. Tenía curiosidad... especialmente por el lugar al cual huías tan abruptamente. Y luego Jacob me dijo que nunca lo llevabas a Londres, y entonces empecé a atar cabos.

—Bueno, nunca podría acusarte de ser estúpida —masculló él, apretando sus manos en el volante—Debes estar muy orgullosa de tus habilidades como detective.

—No. Me siento miserable. Lo siento mucho, Ian.

Él no dijo nada, pero tenía la boca estaba tensa y la piel bastante pálida. Su silencio hizo que ella se callara hasta que abordaron el avión.

La voz del piloto se escuchó a través del intercomunicador, diciendo que tenían autorización para despegar.

—Siéntate y abróchate el cinturón —le dijo escuetamente Ian, señalando el sillón donde ella acostumbraba sentarse. Pero te quiero ver en la cama cuando estemos en el aire.

Ella abrió la boca al escuchar eso. Algo en el tono de su voz le dijo exactamente por qué la quería en la dormitorio. Francesca se abrochó el cinturón de seguridad con dedos temblorosos.

—Ian, no te vas a sentir mejor tratando de controlarme porque te sientes tan...

Su voz se desvaneció cuando vio sus ojos brillar con una furia escasamente contenida.

—Te equivocas. Ponerte el culo rojo y cogerte duro me hará sentir fantástico. Ya llevas un buen tiempo tomando la píldora. Te voy a coger sin condón y me voy a venir tan adentro de ti que me derramaré durante varios días.

Ella se estremeció, no debido a la crudeza de Ian, pues sus palabras rudas y lascivas la habrían excitado en otras circunstancias.

Pero *no* se trataba de otra circunstancia. Él le había dicho eso para lastimarla por tener la osadía de verlo en su estado más débil.

—Querías fisgonear en mi mundo privado; muy bien. Recuerda simplemente que lo que veas tal vez no te gustará mucho —le dijo con voz pausada.

—Nada de lo que he visto hoy me ha hecho pensar que tengas menos valor —dijo ella con vehemencia—. Al contrario, me permitió comprenderte cien veces mejor... me hizo quererte mil veces más.

La expresión de Ian se apagó. Los pequeños vestigios de color desaparecieron de su rostro. A ella le palpitó el corazón en los oídos durante el tenso silencio que siguió. ¿Por qué permanecía él en silencio? El avión despegó pero ella no pareció notarlo; no podía creer que él le hubiera esperado una verdad que había tratado de ocultarle.

El silencio se prolongó durante una eternidad, y pareció agravarse por la presión auditiva mientras ganaban altura.

—Eres muy niña —dijo él finalmente con los labios apretados—. Desde el primer momento te dije que se trataba de una relación puramente sexual.

—Sí, pero en estas últimas semanas... me pareció que las cosas estaban cambiando —dijo ella débilmente. El corazón se le cayó a los pies cuando él negó con la cabeza lentamente sin dejar de mirarla, mientras se desabrochaba cinturón de seguridad.

—Quiero poseerte, Francesca. Dominarte. Ver esa obstinación tuya sometida a mi placer... a mí. Eso fue lo que te ofrecí. Pero insististe en interferir en mi mundo, y ya puedes dejar de engañarte a ti misma con las fantasías de una niña. Eso es *todo* lo que puedo ofrecerte —le dijo él, señalando la habitación—. Ahora entra ahí, quítate toda la ropa y espérame.

Ella se limitó a mirarlo durante unos segundos, todavía aturdida por el dolor que le habían causado sus palabras. Estaba a punto de negarse cuando pensó en el dolor innegable que había visto en su rostro luego del golpe que le dio su madre. Las heridas de Ian eran mucho más profundas que las suyas. ¿Tal vez el hecho de sentir que tenía el control después de padecer tanta impotencia y dolor le ayudaría en cierto sentido? ¿Acaso las personas no desahogaban todo el tiempo su angustia durante las relaciones sexuales, utilizando el acto físico para diluirse en medio de aquella emoción caótica?

Sí. Ella podía estar disponible para Ian en ese sentido. Francesca comprendió que la rabia de él se derivaba del dolor que sentía por estar tan expuesto... tan vulnerable.

Y se desabrochó lentamente el cinturón de seguridad.

—Está bien. Pero lo hago únicamente porque realmente me he enamorado de ti. Y no soy una niña ingenua. Creo que tú también me quieres, que eres igual de terco y orgulloso —y que te sientes herido por lo que pasó hoy con tu madre— como para reconocerlo.

Un espasmo de dolor cruzó fugazmente las facciones duras de Ian, quien no dijo nada mientras se levantaba de la silla y se dirigía al dormitorio.

Capítulo dieciséis

an entró a la habitación diez minutos más tarde. Se estremeció con lujuria cuando la vio sentada y desnuda en un rincón de la cama. Se había recogido el cabello. Sus pezones rosados estaban completamente duros, aunque Ian creía que no era por la excitación, sino a causa del frío. Había sido un poco cruel al hacerla esperar desnuda. Sin embargo, su cuerpo pálido y desnudo tenía algo que le pareció potencialmente vulnerable y casi dolorosamente excitante.

—Levántate —le dijo enérgicamente, mientras se esforzaba para no dejarse ablandar por la compasión. ¿Alguna vez conocería a una mujer más bella que Francesca?

¿Alguna vez se sentiría tan *afectado* por otra mujer como lo había estado por Francesca? Una mezcla volcánica de emociones había comenzado a hervir en él cuando ella dejó escapar esas palabras incendiarias:

—*Me hizo quererte mil veces más.*

Eso había sido demasiado para él. Se había sentido arrasado cuando James le informó que Francesca estaba en el Instituto...

...que había presenciado todo lo que había sucedido con su madre.

Ian sintió una necesidad irreprimible de castigarla por haber visto no sólo a su madre en un momento tan vulnerable, sino también a él. Había pasado buena parte de su vida tratando de protegerla de las miradas indiscretas y horrorizadas de quienes la veían en momentos de crisis. En cierto sentido, saber que Francesca había visto toda la magnitud de la locura de su madre, le pareció especialmente doloroso.

Ian abrió un armario y un espasmo de emoción lo atravesó al ver que ella abría los ojos de par en par mientras veía lo que él tenía en las manos.

—Sí. Mantengo algunas cosas en el avión; no son aquellas a las que estás acostumbrada. Empezaremos con tu castigo, y luego pasaremos a otras maneras de hacer que te estremezcas.

Francesca se sonrojó al oír eso, y él no supo si era de enojo o de excitación. *Quería* verla estremecerse, pensó mientras sacaba una correa negra. Quería ver a Francesca retorcerse de arrepentimiento y de lujuria; quería que ella le suplicara con esos labios rosados que lo perseguían en sus sueños...

... quería oírle decir otra vez que lo amaba.

Este pensamiento desapareció casi tan rápidamente como había acudido a su mente al tomar una cuerda de en un rincón de la cama.

—Ponte esto —le dijo pocos segundos después, acercándose a ella y sosteniendo una correa elástica. Estaba tan cerca de ella que sintió el aroma fresco y afrutado de su champú—. Apóyate en mis hombros.

—¿Qué es eso? —le preguntó Francesca mientras él la sentía aferrarse a su camisa.

—Es una banda para atarte las piernas durante tu castigo. Tal vez sea un poco incómodo para ti, pero me dará mucho placer.

—No veo por qué —dijo ella, haciendo una mueca al ver que

él estiraba la banda de cinco pulgadas de ancho, se la pasaba debajo de las nalgas, y le ataba los muslos con fuerza, dejándole el trasero apretado y abultado, exponiendo sus carnes firmes. Ian le abarcó una nalga con la palma de la mano y su verga se sacudió.

—¿Ahora lo ves? —le preguntó, soltándole el trasero a regañadientes. La banda elástica tenía el mismo efecto que la utilizada para los senos, haciendo que se viera más grande.

—Ian —exclamó sorprendida mientras él la cargaba para llevarla a un

banco.

—Tengo que cargarte porque tienes las piernas atadas —dijo él, apoyándole las rodillas en el cojín del banco—. Quédate de rodillas y no te muevas —Ian regresó momento después con un par de esposas. A diferencia de las suaves esposas de cuero que le ponía normalmente a ella debido a su piel sensible, éstas eran metálicas—. Pon las muñecas en la espalda —le ordenó, frunciendo el ceño después de sujetarle las manos—. No quiero que forcejees, Francesca. Podrías lastimarte.

—E... Está bien —le oyó decir él y sus miradas se encontraron ; Francesca tenía los ojos oscuros y aterciopelados. Una oleada salvaje lo atravesó —de lujuria, deseo ardiente y rabia— cuando reconoció lo que brillaba en sus ojos.

—¿Por qué me miras tan confiada? —le preguntó él.

—Porque confío en ti.

—Eres una tonta —le dijo a Ian mientras la agarraba el codo—. Quédate de rodillas e inclínate hacia adelante. Saca el culo y descansa tus senos contra tus rodillas. Apoya la frente en el cojín mientras te castigo. *No* me mires, o te castigaré más duro.

Realmente era una ninfa y sus ojos ejercían algún tipo de magia sobre él. Si los seguía mirando, pronto empezaría a creer en lo que veía brillar en ellos, como un faro firme e inquebrantable.

Fue a buscar la paleta. Sabía por qué Francesca había abierto los ojos de par en par cuando vio el pequeño artefacto de madera.

Era largo, y sólo tenía tres pulgadas de ancho. También era un instrumento de castigo corporal más fuerte que la paleta de cuero negro que utilizaba habitualmente debido a la piel delicada de Francesca.

Pero esta vez estaba decidido a hacerle pagar por su impulsiva decisión de seguirlo a Londres. Estaba decidido a hacerle pagar por encender esta tormenta de sentimientos en su interior.

A duras penas contuvo un gemido cuando se acercó de nuevo a ella. La correa elástica resaltaba las formas de su culo, lo cual le produjo una erección. Le acarició una nalga, luego la otra, y bajo la cuerda para poder tocar y castigar cada pedacito precioso de esa carne firme y redonda.

Francesca se sobresaltó al recibir un paletazo en la hermosa curva inferior del trasero, y él sintió que ella contenía el llanto. Verla atada le daba mucho placer.

Al igual que todo lo de ella...

...todo menos su impulsividad, su necedad y la inocencia de creer que

me ama.

Todo en ella... especialmente *su impulsividad y su sabiduría inocente que él debía valorar, y no despreciar*.

Le dio tres paletazos veces en sucesión rápida, y los pensamientos confusos se esfumaron de su cerebro. Su verga se sacudió en la tela cada vez más restrictiva de sus pantalones. Sí, era eso lo que él necesitaba. La lujuria era su único faro en medio del desconcertante torbellino de emociones que lo envolvían.

La lujuria siempre le producía ese efecto.

Ella no pudo dejar de llorar, y él acarició sus nalgas sedosas y calientes con las yemas de los dedos.

—No puedo creer que hayas ido a Londres —dijo él, con la voz vibrante de cólera.

—Habría ido más lejos para encontrarte.

Él hizo una pausa, y su expresión se hizo rígida al escuchar el temblor en la voz de Francesca.

—¿Estás llorando? —le preguntó bruscamente.

—No.

—¿Sientes un dolor excesivo?

—No.

Levantó la paleta y le golpeó el trasero dos veces con fuerza.

—Es la primera vez que te castigo sin aplicarte el estimulante en el clítoris. Tal vez el malestar sea más fuerte que el placer en esta ocasión —dijo él, asestándole otro paletazo, y gruñendo ante el espectáculo erótico del golpe reverberando en el trasero firme y redondo de Francesca. Se agarró la verga, haciendo una mueca.

—No, no es eso —le oyó decir con voz ahogada. Ella se estremeció cuando él le dio otro golpe.

Ian metió los dedos en la grieta apretada de sus muslos, un poco arriba de la cuerda, pues no sabía muy bien a qué se había referido ella. Una humedad cálida le recubrió el dedo índice. Retiró la mano sin decir nada y le dio varios golpes en el culo.

Nunca la controlaría realmente porque ella arrasaba con él cada vez que lo intentaba.

Francesca tenía el culo rojo y caliente cuando terminó de castigarla. Jadeó suavemente, y sus mejillas se tiñeron de color rosa cuando él la levantó de los hombros y la puso de pie. Luego se arrodilló para retirarle la correa de los muslos.

Después hizo lo mismo con las esposas. Ella lanzó un sonido de sorpresa cuando él le pasó la banda elástica por el cuello y la correa ancha sobre los senos. Ian tardó en hacer esto; sus hermosos senos se veían completamente llenos y sobresalían por encima de la correa carpeta que se los apretaba de una forma tan sensual como lo había estado su trasero. Él gruñó en señal de aprobación y le puso las esposas de nuevo.

—¿Qué vas a hacer? —le preguntó con incertidumbre al ver

que él tenía un látigo con varias cuerdas. Era suave y se utilizaba más para estimular y producir picor en la carne que para azotar y causar dolor. Ian percibió el destello de miedo en la voz de Francesca. Era la primera vez que iba a castigarla con un látigo.

—Es un látigo; tu castigo no ha terminado todavía —lo sostuvo en el aire para que ella pudiera ver las correas flexibles, finas y de un pie de largo, unidas a un mango forrado en cuero—. No pongas esa cara de miedo... el látigo no es tan peligroso como parece ser. Sé manejarlo con destreza; te producirá una picadura agradable y te despertará los nervios —se le desorbitaron los ojos al ver que él levantaba el látigo, pero no protestó al sentir el suave golpe en uno de sus senos—. Ya está. ¿Te dolió mucho? —le preguntó él con brusquedad, haciendo una pausa para acariciarle y apretarle el seno con suavidad. Ian la miró a la cara al ver que no respondía. Tenía una expresión de impotencia, pero sus ojos brillaban de excitación. Ella sacudió la cabeza, pues no parecía encontrar palabras.

Él ocultó su sonrisa siniestra y le dio varios golpes en los senos, observando fascinado que se ponían de un color, y los pezones duros y apretados, haciéndole agua la boca.

—Te pica? —le preguntó un momento después, mientras le masajeaba los senos con las manos.

—Sí —susurró ella.

—Bien. Te lo mereces —murmuró él. Le pellizcó suavemente los pezones y ella se estremeció de placer—. Si no tuviera tanto cuidado contigo, te daría golpes mucho más fuertes por lo que te atreviste a hacer.

—¿Por enamorarme de ti?

Él hizo una pausa mientras le apretaba los senos con lujuria y la miraba. Ella jadeaba con más fuerza, y sus senos —que Ian tenía en sus manos—subían y bajaban a un ritmo sincopado.

—No. Por husmear en mis asuntos y entrometerte en mi vida.

Por ver a mi madre en su momento más vulnerable... por ver mi dolor.

—Te dije que lo sentía, Ian —dijo ella con los labios encendidos.

—No te creo —replicó él, sintiéndose furioso de nuevo. Se inclinó, apoderándose de su boca exuberante, y le dio un beso devastador. No podía pensar en otra cosa que no fuera meterle la verga en su raja apretada y húmeda, y entregarse al extravío de un placer puro y arrasador. Ella jadeaba contra sus labios; su aliento era cálido y dulce.

—No me harás cambiar de opinión —susurró ella.

Él cerró los ojos, como si tratara de evitar aquella sensación palpitante que lo atravesó. La desesperación pareció apoderarse de él.

—Ya veremos —dijo Ian, dándole vuelta para retirarle las esposas y con la mirada fija en su culo enrojecido. Le había golpeado con más fuerza que antes, comprendió él con una punzada de remordimiento, pero ella no se había quejado. Y la abundante humedad que había sentido entre sus muslos le había dicho claramente que su excitación era mayor que su incomodidad.

—Date la vuelta y agáchate. Pon las manos en la tarima.

Ella siguió sus instrucciones sin vacilar. No lo miró cuando él se acercó por detrás, aunque percibió su curiosidad y ansiedad.

Francesca, eres dulce confiable.

—No tengas miedo —murmuró él—. Esta vez te veré someterte al placer y no dolor.

Encendió el vibrador en forma de conejo a un nivel bajo y le separó de nuevo las nalgas, dejando al descubierto el orificio de su raja. Su verga palpitó con furia al ver que ella tenía el pequeño orificio, los labios vaginales y el perineo completamente húmedos a causa de la excitación.

Le metió todo el vibrador en la vagina. Ella abrió la boca, y luego saltó cuando Ian encendió las orejas del conejo, las cuales vibraron con energía en su clítoris.

—¡Oh!

—¿Te parece agradable? —le preguntó mientras le sacaba el vibrador y se lo metía de nuevo. Su raja se apretaba alrededor de la silicona como la boca de un bebé al ser amamantado. Cielos, él no veía la hora de entrar en ella...

... pero esperaría. Primero vería a Francesca sometiéndose... rogándole. Por qué necesitaba eso él tanto como su próxima bocanada de aire, era algo que seguía siendo un enigma para él, pero no por ello su fuerte deseo disminuyó.

La estimuló con el vibrador, acariciándole la raja, dejando que las orejas de conejo le frotaran el clítoris, mientras escuchaba sus jadeos, gritos y gemidos y... la estudiaba. Cuando su respiración se hizo entrecortada, apagó los vibradores del clítoris y se limitó a estimularle los labios y la vagina con el juguete sexual.

—Oh, por favor —gimió ella un momento después. Él sabía que ella había estado a punto de llegar al orgasmo, y aunque el vibrador le producía placer en su raja, ella quería sentir las orejas del conejo en su clítoris.

—Tu clítoris es demasiado sensible. Harás que todo termine demasiado pronto.

—Por favor, Ian —repitió ella, pareciendo perder la conciencia mientras se paraba con firmeza en la tarima y comenzaba a mover sus caderas, apretándose contra el vibrador.

Él le golpeó el trasero hasta que a ella le ardió, dejando de mover las caderas.

—¿Quién está a cargo aquí? —preguntó él con voz serena.

—Tú —susurró ella después de una pausa incómoda.

—Entonces deja de mover el culo —le ordenó antes de empezar a meterle y a sacarle el vibrador, dejando que los anillos giratorios y el eje acanalado hicieran su efecto. Ella dejó escapar un gemido áspero y desesperado. Ian hizo una pausa y encendió el vibrador a una velocidad más alta.

—*Ohhhh* —maulló ella—. Oh, Ian... déjame moverme.

—No te muevas —le ordenó, clavándole todo el vibrador y sintiendo el calor y la humedad de ella en el dedo con que sostenía el mango. Su visión se redujo a la imagen completamente erótica del eje de silicona entrando y saliendo de la estrecha raja de Francesca. Sus gemidos, su excitación y sus quejidos ahogados invadieron los oídos de Ian. Él la atormentó, manteniéndola al límite y disfrutando del poder que tenía sobre ella.

—Por favor... déjame venirme —le suplicó Francesca desde lo más profundo de su garganta. El dejó de mover el vibrador cuando percibió la tensión en su voz quebrada. Sintió deseos de negarse, pero también de darle todo lo que ella pedía... y más.

El conflicto en su interior era simplemente demasiado. Le sacó el vibrador y lo arrojó sobre la cama.

—Levántate —le dijo, y su excitación hizo que sonara más duro de lo que pretendía. El color de sus mejillas se había oscurecido cuando él la hizo girar hacia él. Un destello de sudor le brillaba en la frente y en el labio superior: se veía más que hermosa. Él le metió el dedo índice en la grieta empapada entre los labios mayores. Ella jadeó, pero él mantuvo su mano inmóvil.

—Demuéstrame que quieres venirte —le exigió él.

Ella lo miró con los ojos vidriosos por la excitación intensa, pero él notó su confusión.

—Puedes venirte contra mi mano, pero tienes que demostrarme todo tu deseo. No me moveré.

Ella se mordió el labio inferior; le temblaba mucho, y él estuvo a punto de sucumbir.

—Vamos —le pidió él.

Ella cerró los ojos, como si quisiera protegerse de su mirada y comenzó a empujar la caderas contra su dedo. Un gemido escapó de sus labios. Él la observó, fascinado, manteniendo la mano, los dedos y el brazo firmes, pero sin acariciarla, haciendo que ella se restregara contra él.

—Muy bien. Muéstrame que no tienes vergüenza, que puedes

entregarte al deseo —le dijo él con voz áspera. Ella meneó sus caderas con más fuerza, saltando hacia arriba y abajo hacia contra su mano... desesperada por seguir sintiendo placer. Ian estuvo a un paso de arrepentirse cuando un grito pequeño y frustrado escapó de la garganta de Francesca.

—Abre los ojos, Francesca. Mírame —le exigió, y su voz retumbó en el interior de Francesca, mientras ella buscaba desesperadamente un alivio a su urgencia.

Abrió los párpados lentamente mientras seguía restregándose contra su mano inmóvil. Ian vio su desesperación, su impotencia absoluta, su miedo de que su necesidad fuera incluso mayor que su orgullo.

—No tengas miedo —murmuró él—. Eres más hermosa para mí en este momento que nunca antes. Ahora vente contra mi mano.

Él flexionó los bíceps y la apretó, dándole el alivio que tanto necesitaba y merecía. Cerró los ojos un instante ante la sensación deliciosa de sus jugos calientes mojándole los dedos cuando ella llegó al clímax.

Un momento después, él la giró y logró pronunciar un par de palabras, pues se sentía aturdido por la lujuria, diciéndole que se agachara y se apoyara de nuevo en la tarima. Ian abrió los ojos de par en par cuando introdujo la verga en el calor líquido y pegajoso de ella. Era como entrar por primera vez en una mujer; no, era infinitamente mejor, algo totalmente nuevo en la vida, una experiencia nueva, e indescriptiblemente poderosa.

Se extravió en ella, y todo pareció volverse negro mientras el placer y el deseo lo envolvían, golpeando su conciencia. Se revolcó contra ella como un hombre salvaje: los pulmones le ardían, la verga le dolía, los músculos se le engarrotaban... el alma se le desgarraba.

—Francesca —bramó, aparentemente poseído por la rabia, pero sin sentir el menor indicio de molestia. La agarró de la caja torácica y la levantó para que ella quedara delante de él, con la parte superior del cuerpo ligeramente inclinada hacia adelante. Siguió cogiéndola, sintiendo el latido acelerado del corazón en sus manos, los estremecimientos de su cuerpo mientras ella llegaba al clímax, las paredes musculares de la raja apretándose y convulsionando alrededor de su verga enloquecida.

La empujó ligeramente hacia abajo, apoyando las manos en sus caderas, mientras la cogía con embestidas rápidas y fuertes, sus dientes apretados en un rictus de placer cegador. La sacudió contra él y la apretó con tanta fuerza que le levantó los pies del suelo.

El orgasmo lo arrasó con la fuerza de un rayo. Ian gimió en un éxtasis agonizante mientras se venía en lo más profundo de Francesca. Lo abrumó una necesidad fuerte y primitiva, aún en medio de su crisis; una necesidad de dejar su marca en ella, de poseerla por completo... de hacerla suya.

Sacó la verga caliente y húmeda del oasis de su raja y se masturbó, eyaculando en el culo y en la espalda de Francesca, y dejándole charcos por toda la piel.

Permaneció allí por espacio de un minuto después de que la tormenta ciclónica había amainado, apretándose la verga con la mano, jadeando en busca de aire, y con la mirada fija en el cuerpo desnudo de Francesca destilando semen. Pensó en la forma tan cruel como la había castigado, de cómo la había obligado a tragarse su orgullo y a venirse contra su mano, y la forma en que la había cogido, como si fuera un loco.

El remordimiento afloró en su conciencia y luego rugió.

La ayudó a ponerse de pie y fue a buscar una toalla. La secó con suavidad y le abrigó el cuerpo con su camisa. Había hecho mal en dejarla tan expuesta.

Le sostuvo su mirada solemne con un esfuerzo supremo mientras le abotonaba la camisa, cubriendo aquella piel suave que tanto deseaba... que adoraba. Abrió la boca para decir algo, pero ¿qué podía decir? Se había comportado con dureza y egoísmo, de un modo tal vez imperdonable.

Había tenido la intención de demostrarle a ella su estupidez por pensar que se había enamorado de él, pero ahora, y en ese instante, sólo sintió un gran remordimiento.

Se dio media vuelta y salió de la habitación, incapaz de sostener la mirada de Francesca.

Diez días más tarde, Davie estaba vestido de esmoquin, echándole un vistazo al armario de Francesca, mientras ella lo miraba con indiferencia desde el borde de la cama.

—¿Qué es esto? —le preguntó, sacando un vestido del armario.

Ella parpadeó al ver aquel vestido hippie que había cometido la tontería de ponerse para el cóctel en Fusion, la noche en que había conocido a Ian. Parecía imposible que su vida hubiera cambiado tan drásticamente en tan poco tiempo. Era extraño que se hubiera enamorado tanto, y que se hubiera entregado como lo había hecho. Se sintió deprimida cuando pensó en eso.

Davie percibió que ella miraba el vestido con muy poco entusiasmo. Lo levantó y lo examinó.

—¿Qué? Es lindo.

—No iré, Davie —dijo ella con la voz ronca después de tanto silencio.

—Sí, lo harás —dijo Davie, dirigiéndole una mirada inusualmente feroz—. No te vas a encerrar en tu cuarto durante las vacaciones de Acción de Gracias.

—¿Por qué no? Son mis vacaciones —dijo ella débilmente, tocando la borla de una almohada decorativa —. No he terminado nada de lo que tengo que hacer. ¿Acaso no puedo quedarme en mi habitación, si eso es lo que quiero?

—Así que... la verdad se ha manifestado finalmente. Francesca

Arno es el mismo tipo de chica que ella misma solía despreciar, que pone mala cara y se niega a comer después de terminar con un tipo.

—Ian y yo no hemos terminado. Simplemente llevamos una semana y media sin hablar —*Y probablemente nunca volveremos a hacerlo*. Francesca pensó en la manera en que Ian la había mirado antes de dejarla sola en el dormitorio del avión; recordó la tristeza, la perplejidad... la desesperanza que había sentido. Había creído que él tenía algo que ofrecerle además de sexo, pero *él* no lo hizo. ¿No había sido acaso una aventura de doble vía? ¿Qué importaba si ella tenía toda la fe del mundo mientras él dudaba?— Además —continuó ella—, terminar implica que estábamos juntos, y no lo estuvimos. No en el sentido tradicional de la palabra.

—¿Has intentado contactarlo? —preguntó Davie, dejando el vestido en el baño.

—No. Todavía puedo sentir su furia. Es como si emanara desde el río de Chicago hasta acá.

—No es furia —creyó oírle decir a Davie en voz baja.

—¿*Qué*? —preguntó perpleja.

—Es tu *imaginación*, Ces. ¿Por qué no lo llamas?

—No. No importaría.

Davie suspiró.

—Ustedes dos son muy tercos. No puedes enfrascarte en una disputa eterna.

—No estoy enfrascada en una disputa.

—Oh, ya veo. Entonces has renunciado a todo.

Por primera vez en varios días, la ira se filtró en su desesperación ante las palabras de Davie. Ella le lanzó una mirada irritada y él sonrió, tendiéndole la mano.

—Vamos. Justin y Caden nos están esperando. Además, tenemos una sorpresa para ti.

Ella exhaló con frustración, pero se levantó.

—No quiero animarme. Y si quisiera hacerlo, ¿por qué me

están invitando a una estúpida reunión de solteros, a un evento de corbata negra, nada menos? Sabías que tengo ropa para ese tipo de cosas. Odio esos eventos. Y tú también, según recuerdo.

—He cambiado de opinión. Este es para una buena causa —dijo él mientras ella entraba al baño.

—¿Qué, estás salvando mi corazón devastado?

—Me conformaría con lograr que salieras de la casa —respondió Davie, sin inmutarse por el sarcasmo de ella.

El evento de etiqueta para solteros se iba a realizar en un club nuevo y de moda en North Wabash, en el centro de Chicago. Aquel viernes por la noche, Caden y Justin se veían impecables, boyantes y descaradamente guapos con sus esmoquin recién comprados. Por otra parte, Francesca ya estaba dispuesta a marcharse de allí, y eso que ni siquiera habían llegado al evento. Unos recuerdos horribles y al mismo tiempo maravillosos comenzaron a bombardearla cuando se puso el vestido hippie y recordó con gran detalle la última vez que lo había usado.

Es la mujer quien lleva la ropa, Francesca, y no al revés. Esa es la primera lección que voy a enseñarte.

Ella se estremeció ante el recuerdo de la voz áspera y serena de Ian. ¡Cuánto lo extrañaba! Era como una herida profunda en su interior, un lugar al que no lograba llegar a fin de mitigar su dolor.

Davie tenía problemas para encontrar estacionamiento, y habían estado dando vueltas desde hacía un buen rato. Ella miró por la ventanilla del auto mientras cruzaban el río Chicago, y vio el edificio de las Empresas Noble a unas cuadras de distancia.

¿Era realmente la misma joven ingenua que había asistido aquella vez al coctel en su honor, ella, que se había sentido tan frágil, tan incierta... tan desafiante por miedo a que alguien la notara? ¿Y era realmente ella la que había entrado al penthouse de Ian, más hechizada por el hombre enigmático que estaba a su lado que por su magnífico penthouse y obras de arte... o por la vista impresionante.

—Los edificios están vivos... algunos más que otros. Es decir, parecen estarlo. Siempre he pensado eso. Cada uno de ellos tiene un alma. Especialmente en la noche... Puedo sentirlo.

Sé que puedes hacerlo. Fue por eso que escogí tu cuadro.

—No fue por las líneas perfectamente rectas y por la exactitud en la representación?

—No. No fue por eso.

Los ojos le ardieron tras aquel recuerdo tan vívido. Él había visto muchas cosas de ella, incluso en aquel entonces; cosas de las que Francesca no se había dado cuenta. Y él había valorado esas cosas, y cultivado sus fortalezas hasta...

... no. La respuesta era no. Ella ya no era la misma persona.

Davie estacionó en un garaje en Wacker Drive, más lejos de lo que hubiera deseado. Francesca se estremeció incontrolablemente cuando el viento del río se coló por la fina lana de su abrigo mientras cruzaban el puente. Davie se dio cuenta y la llevó bajo el brazo. Justin puso su brazo alrededor de ella desde el otro lado, inclinándose y tratándola de proteger con su cuerpo. Caden también tuvo que unirse a la galantería, para diversión de Francesca, enganchando los brazos con Justin para bloquear aquel viento feroz. Estaban tan juntos que ella tropezó mientras tomaban la acera después de cruzar el puente.

—¡Chicos, no estoy viendo nada!

—Pero no tienes frío, ¿verdad? —le preguntó Justin jovialmente.

—No, pero...

Poco después, Justin y Caden la ayudaron a pasar por una puerta giratoria de cristal. Francesca abrió los ojos de par en par cuando vio dónde estaba. Ella se resistió a seguir, pero Justin la estaba empujando desde atrás, y ella no tuvo más remedio que entrar al vestíbulo de Empresas Noble.

Miró a su alrededor, horrorizada de encontrarse tan súbitamente en el territorio de Ian... de un modo tan indeseable.

Varias docenas de personas la miraron. Ella vio el rostro familiar y sonriente de Lin y el de Lucien y el de Zoe... y se quedó sin aliento; Anne y James Noble le sonrieron en la distancia. ¿Ese hombre elegante con cabello entrecano que levantó la copa de champán para darle un saludo silencioso no era acaso el señor Laurent, el director del Musée de Saint Germain a quien Ian le había presentado en París? No. No podía ser.

Sus ojos se abrieron con incredulidad cuando reconoció a sus propios padres, que estaban junto a un helecho; su padre tenía los labios apretados, pero su madre hacía todo lo posible para intentar una sonrisa cálida.

—¿Por qué todo el mundo me está mirando? —le susurró a Justin cuando éste se acercó. Sintió un pánico en el pecho tras la escena irreal que tenía ante ella. Justin la besó afectuosamente en la mejilla.

—Es una sorpresa. Mira, Francesca. Todo esto es para ti. Felicitaciones.

Ella se quedó boquiabierta cuando él señaló una franja de la pared que dominaba el vestíbulo. Su cuadro estaba enmarcado y colgado allí. Se veía increíble... perfecto...

Justin le inclinó suavemente la mandíbula, pues ella seguía mirando el cuadro boquiabierta, y la invitó a recorrer el vestíbulo, el cual estaba lleno con sus cuadros, exhibidos en caballetes e impecablemente marcados. Los asistentes llevaban trajes negros de gala, mientras tomaban champán y admiraban sus cuadros. Un cuarteto de cuerdas interpretaba el Concierto de Brandeburgo n.º 2, de Bach.

Ella miró sin fuerzas a Justin y a Davie, y éste último le dirigió una sonrisa tranquilizadora.

—Ian lo ha planeado todo —le dijo tranquilamente—. Algunos de los coleccionistas más ricos, los expertos y críticos de arte más prestigiosos, los curadores de museos y propietarios de galerías de todo el mundo están aquí. Esta fiesta es en tu honor, Francesca... es una oportunidad para que el mundo vea lo talentosa que eres.

Ella se encogió por dentro. Ay Dios mío. ¿Todas esas personas están mirando mis cuadros? Pero al menos, nadie parecía reírse con sarcasmo o incredulidad, pensó mientras estudiaba ansiosamente los rostros de varios asistentes.

—No entiendo. ¿ Ian planeó esto antes de que yo fuera a Londres? —preguntó ella.

—No. Me llamó un día o dos después de que regresaran y me pidió que le ayudara a organizar todo. Hice que ensamblaran y enmarcaran todos tus cuadros. Logramos incluso adquirir cuatro cuadros más para añadirlos a la colección. Ian no ve la hora de mostrártelos.

Un presciencia súbita la sacudió, y ella miró a la multitud.

Ian estaba junto a sus abuelos; tenía un aspecto sombrío, real y devastadoramente hermoso, vestido con un clásico esmoquin negro y corbatín. Su mirada se iluminó al verla... era conmovedor. Sólo Francesca, que había llegado a conocerlo tan bien, vio la sombra de ansiedad asomar a sus rasgos, que para otros ojos serían fríos e impasibles.

Ella creyó haber sufrido un ataque al corazón y se apretó el pecho.

—¿Por qué ha hecho esto? —le preguntó a Davie en voz baja.

—Creo que es su manera de decir que lo siente. Algunos hombres envían flores, pero Ian...

—Envía el mundo entero —susurró Francesca con los labios entumecidos. Ian caminó hacia ella, y ella hizo lo mismo, moviéndose como una sonámbula hacia el hombre del que no podía apartar la mirada, y a quien ansiaba más que a nadie en el mundo.

—Hola —le dijo él con voz pausada.

—Hola. Qué gran sorpresa —logró decir Francesca, mientras

el corazón parecía apretarle los pulmones. Ella intuyó que probablemente muchas personas los estaban mirando, pero sólo podía centrarse en la calidez y en la esperanza cautelosa de Ian.

—¿Te gusta cómo se ven? —le preguntó él, y ella sabía que se refería a sus cuadros.

—Sí. Están perfectos.

Ian sonrió y como siempre, el corazón le dio un salto a ella. Él levantó las manos, y ella se desabotonó el abrigo y se dio vuelta, reconociendo aquel gesto familiar. Cuando él deslizó el abrigo de sus brazos, ella se volvió hacia él con la barbilla alta. Él le lanzó una mirada fugaz de arriba a abajo, y ella vio que había reconocido el vestido. Ian sonrió de oreja a oreja. Tomó dos copas de champán de un camarero que pasaba y murmuró un pedido antes de entregarle el abrigo al hombre.

Un momento después, Ian le entregó una copa alargada y dio un paso hacia ella. Francesca tenía la impresión de que los otros asistentes trataban de reanudar sus propias conversaciones. Ian chocó su copa contra la suya.

—Por ti, Francesca. Que tengas todo lo que te mereces en la vida, porque nadie lo merece más que tú.

—Gracias —murmuró ella, tomando un sorbo, y sin saber cómo se debía sentir en aquellas circunstancias tan desconcertantes.

—¿Estarás conmigo esta noche? —Él echó un vistazo alrededor del vestíbulo lleno de gente—, ¿y también cuando termine el evento? Hay algunas cosas que me gustaría decirte en privado. Espero que me escuches.

El nudo que ella sentía en la garganta se hizo más fuerte al intuir lo que podrían ser algunas de esas "cosas". De repente, dudó que pudiera esperar. Una pequeña parte de ella le dijo que debía negarse; era la parte que quería mantener su corazón a salvo. Pero ella lo miró a los ojos y tomó la decisión.

—Sí. Te escucharé.

Él sonrió, la tomó de la mano y la acompañó a la multitud.

Era pasada la medianoche cuando Ian le abrió la puerta de su suite y ella entró al cuarto elegante y tenuemente iluminado.

—Pensé que tal vez nunca estaría de nuevo en esta habitación —dijo ella sin aliento, mirando a su alrededor, valorando los pequeños detalles del santuario privado de Ian como nunca antes lo había hecho. Habían estado juntos toda la noche que; Ian no se había apartado de su lado, y Francesca estuvo muy consciente de él mientras le presentaba a lo más granado del mundo del arte o le mostraba los cuatro cuadros que había recuperado, o mientras conversaban con sus amigos y familiares. Al mismo tiempo, ella se preguntó qué estaría pensando él... qué le diría cuando estuvieran solos.

Ella había recibido propuestas por parte de tres renombradas galerías que querían comprar su obra, y le pidieron que hiciera una exposición en el Museo de Arte Contemporáneo de Barcelona. Había mirado a Ian, pues era el dueño de sus cuadros, y él le había dicho que era ella quien debía decidir. Cuatro coleccionistas habían hecho ofertas por sus cuadros, pero Ian se había negado de plano a venderlos. Como si fuera poco, una de las ofertas fue realizada por la compañía donde trabajaba su padre, cuya incredulidad al oír el precio lo hizo palidecer. En general, el efecto que tuvo Ian en sus padres fue muy marcado. Ellos se habían sentido tan cortados y con tantas ganas de agradarle, que Francesca creyó que Ian debió pensar que era una mentirosa por todo lo que le había dicho acerca de ellos. Francesca se molestó un poco por este comportamiento servil, tan inesperado en ellos, pero ante todo, aliviada de que se hubieran comportado agradablemente toda la noche.

Ian cerró la puerta del dormitorio y se recostó en ella. Francesca lo miró.

—Gracias, Ian —dijo ella sin aliento—. Esta noche me sentí como la reina del baile.

—Me alegra que hayas venido.

—Dudo que lo hubiera hecho si Davie y mis otros dos amigos no me hubieran engañado. Creí que no querías verme después de Londres... después de todo lo que sucedió. Estabas muy enojado.

—Sí, lo estaba. Pero llevo un tiempo sin estarlo.

—¿No? —preguntó ella con voz serena.

Él negó con la cabeza sin dejar de mirarla y apretó la boca.

—No. Pero tampoco podía saber del todo quién diablos *era* yo. No me tomó mucho tiempo para saberlo, pero tenía que encontrar también el momento adecuado para decírtelo, para que no huyeras de mí. Te pido disculpas por el engaño de esta noche.

Su boca se torció en una expresión amarga.

—Y también lo siento, en general.

Ella se sobresaltó, sorprendida por su afirmación tajante.

—¿Por qué parte?

—Por todo. Por lo primero que te dije, que fue ingrato y cruel, hasta lo último egoísta que hice. Lo siento, Francesca.

Ella tragó saliva espesa, incapaz de sostenerle la mirada por alguna razón. Aunque ella sabía que este tipo de conversaciones eran necesarias, dado todo lo que había sucedido entre ellos, le parecía muy secundario en comparación con lo que ella había visto en Londres.

—¿Cómo está tu madre? —le preguntó tranquilamente.

—Estable —dijo él, todavía apoyado contra la puerta. Exhaló después de unos segundos y dio un paso hacia ella. Francesca no pudo apartar la mirada mientras él se quitaba la chaqueta del esmoquin y la dejaba sobre el respaldo de una silla, pues se sentía hipnotizada por su belleza masculina—. No hay muchas esperanzas de que mejore con los medicamentos actuales, pero tampoco va a empeorar. Eso es algo, al menos.

—Sí. Lo es. Ya sé que no quieres mi lástima, Ian. Lo entiendo. No fui a Londres para ofrecerte simpatía.

—¿Entonces para qué? —dijo con voz serena.

—Para ofrecerte mi apoyo. Yo sabía que lo que había en Londres te dolía, aunque no sabía cómo iba a encontrarte. Sólo quería que contaras conmigo. Eso es todo.

Él le dirigió una pequeña sonrisa.

—Lo haces parecer como si eso fuera tan insignificante. No... fui yo quien lo hizo parecer de esa manera. Tomé tu amor y compasión y los arrojé en tu cara —dijo sin rodeos, su mandíbula rígida.

—Sé que te sentiste vulnerable y expuesto. Lo siento.

—Tuve que protegerla durante mucho tiempo —comentó él tras una larga pausa.

—Lo sé. Anne me lo dijo —comprendiendo que se refería a su madre.

Él frunció el ceño.

—Fue la abuela quien me dijo que estaba siendo un cabrón terco y egoísta. Dejó de hablarme una semana cuando le conté algunas de las cosas que te dije por haber ido al Instituto. Y ella no había hecho eso antes —dijo él con el ceño fruncido, como si no supiera muy bien cómo reparar su error luego de que su abuela cariñosa y elegante le dijera que se había comportado como todo un cabrón.

Francesca sintió una gran alegría al enterarse del apoyo de Anne.

—Yo no fui para juzgarte. Y si lo hubiera hecho, me habría encontrado simplemente con salvo una mujer muy enferma y con un hijo que la ama y espera lo mejor para ella, a pesar de todo.

Ian señaló la pared del fondo con la barbilla.

—Te he tratado injustamente... erróneamente. Me gusta castigarte porque me excita sexualmente, aunque realmente nunca quisiera hacerte daño. Pero ese día en el avión, sí. No del todo, pero una parte de mí quería...

—Hacerme daño como lo estabas haciendo contigo mismo?

Él la miró con un aire de culpabilidad en su rostro.

—Sí.

—Así lo entendí, Ian —dijo ella—. Pero lo que me molestó no fue lo que sucedió en el dormitorio del avión. No me hiciste daño, y seguramente sabes que sentí placer. Lo que me molestó fue que te alejaras de mí.

Ella sintió que él se ponía tenso.

—Me daba vergüenza. De ella. De que la vieras. De mí mismo, por no querer que nadie la viera. *¿Pero qué importa eso ahora?* —masculló él.

Sus palabras amargas parecían flotar en el aire entre ellos como si fueran toxinas; palabras secretas que él había guardado en el fondo de su espíritu desde que era un niño, tal vez las palabras más importantes y valientes que jamás le había dicho a ella... a cualquier persona.

Francesca se acercó a él, pasó los brazos alrededor de su cintura y apoyó la mejilla en su camisa blanca. Lo abrazó firmemente al percibir su singular aroma masculino. Apretó los párpados cerrados mientras la emoción la envolvía. Entendía lo difícil que era para él para decir estas cosas, un hombre que solía protegerse contra la vulnerabilidad, que permanecía fuerte y estoico porque creía que no tenía otra elección.

—Te amo —le dijo ella.

Él le tomó la barbilla con los dedos y le levantó la cara hacia él. Le acarició la mandíbula con un dedo.

Francesca notó que él tenía el ceño fruncido mientras la estudiaba.

—¿Qué pasa? —susurró ella.

—No me di permiso para enamorarme de ti.

Ella se rió suavemente mientras absorbía aquellas palabras expresadas de un modo tan crudo. Tan parecidas a él. El amor se hinchó en su pecho, tan grande y tan puro que rayaba en el dolor.

—No puedes controlarlo todo, Ian, y mucho menos esto. ¿Eso significa que me amas? —le preguntó vacilante.

—Creo que pude haberte amado incluso antes de conocerte, desde que vi que eras tú quien me había plasmado en el lienzo... tú, que calmaste mi dolor con una mano tan experta. Lo que viste me avergonzó, pero no pude dejar de querer que vieras más de mí. Eres demasiado buena para mí —dijo él con brusquedad—. Y estoy seguro de que no te merezco. Pero tú eres mía, Francesca. Y si te sirve de algo... yo también soy tuyo. Durante todo el tiempo que me tengas.

Las palabras sacudieron y estremecieron el mundo de Francesca, haciéndole perder el equilibrio. Pero entonces su boca se posó sobre la de ella y Francesca encontró su centro.

No te pierdas de este adelanto del Nuevo
libro de la serie erotica de Beth Kery

WHEN I'M WITH YOU

Publicación en enero 2013 por InterMix

ra pasada la medianoche cuando Lucien abrió la puerta trasera de su restaurante y de inmediato se puso en alerta máxima, callando sus movimientos. Un intruso había violado el sistema de seguridad del restaurante. A lo lejos escuchó el sonido grave de una voz masculina. Aunque Fusion con frecuencia era frecuentado por la gente elegante que sale de las discotecas y cena tarde, estaba cerrado los domingos y los lunes. Definitivamente, no debía haber nadie adentro. Con mucho cuidado cerró la puerta trasera y apretó su puño alrededor del mazo de polo que llevaba en la mano. Había estado pensando en reemplazar su mazo roto con uno intacto que tenía en su clóset en Fusion. Pero ahora tenía otros planes.

Lucien casi siempre mantenía la postura vagamente entretenida y cínica de un libertino experimentado y cansado del mundo, un hombre que se preciaba de no tener familia ni país ni credo y pocas de las posesiones mundanas a las que tenía derecho por ley, las cuales eran muchas. Pero sí luchaba por lo que consideraba suyo. Siempre. Simplemente hasta ese momento, no se había dado cuenta de lo mucho que había llegado a querer aquel restaurante que recientemente había comprado y lo mucho que estaba a luchar por él.

Se deslizó por el pasillo oscuro, siguiendo el resplandor de una luz que brillaba alrededor de una puerta parcialmente cerrada que llevaba a la zona del bar del restaurante. Volvió la cabeza y aguijó el oído. Se estremeció al escuchar una risa de mujer. Mezclada con el sonido más grave de una risa de hombre; áspera e íntima. Oyó el sonido inconfundible del tintineo de casos, como si se tratara de un brindis.

Lucien se acercó a la puerta y aproximó su oído a la rendija.

—¿Por qué juegas conmigo? —escuchó preguntar la voz de hombre.

—¿Jugar contigo?

El corazón de Lucien comenzó a latir con más fuerza al escuchar la voz de la mujer. Extraño. Era de su mismo país de origen. El tono de la mujer era gracioso, melódico y ligero; su acento era francés mezclado con un toque de acento británico. Quizás lo reconoció porque era muy similar al suyo.

—De verdad te estás burlando de mí —respondió el hombre con aspereza—. Es lo que has hecho toda la noche. No sólo conmigo. No había un solo hombre en este restaurante esta noche que no estaba embrujado por ti.

—En realidad estoy siendo muy cautelosa —respondió la mujer—, a fin de cuentas vamos a trabajar juntos. —Su tono se volvió de repente más brusco, más frío. A Lucien le dio la impresión muy clara de que estaba poniendo límites.

—Yo quiero algo más que trabajar contigo. Quiero ayudarte. Quiero tenerte en mi casa... en mi cama —dijo el hombre, haciendo caso omiso de la advertencia.

Lucien pasó de un estado de alerta máxima a uno de irritación apenas reconoció la voz del hombre en cuestión. No había ladrones en pleno robo.

Había una pareja en plena seducción.

Disgustado, empujó la puerta y entró a la luz tenue del lujoso restaurante. La pareja estaba de pie junto al bar de caoba reluciente, uno frente al otro, y en sus manos tenían copas de coñac de cristal. Notó cómo la mujer se alejaba ligeramente del hombre, como si se sintiera agobiada por su insistencia. Desde la distancia pudo ver que llevaba un vestido azul oscuro que se ceñía a sus pechos llenos y firmes y a las tersas curvas de su cuerpo. El vestido tenía una apertura dramática en la espalda que revelaba una piel blanca, perfecta, que brillaba luminosamente en la suave luz del restaurante. La visión de la mano de Mario Vincente abierta encima de esa extensa piel desnuda, hizo, de manera inexplicable, que la irritación de Lucien se convirtiera en ira. El muy talentoso chef que Lucien había contratado de uno de los restaurantes más distinguidos de Las Vegas era una diva. Mario no notó la presencia de Lucien a tan solo unos metros de distancia. Cuando por fin lo vio, sus ojos marrones se abrieron.

—¡Lucien!

La copa de coñac colgaba en la mano de Mario. Lucien echó un vistazo rápido a la botella que aún se encontraba sobre el bar. Se trataba de un coñac Dudognon Héritage, una botella de la colección personal que guardaba en su oficina. Lucien arrojó el mazo de polo que traía en las manos sobre el bar de caoba, el sonido zumbó en el aire como una señal de protesta.

—No me había dado cuenta que te había proporcionado el código de seguridad de Fusion. O con permiso para acceder a mi oficina y a mi bar privado. Explícate, Mario —dijo Lucien en un tono seco pero neutro ahora que ya entendía la naturaleza de la intrusión en su propiedad. Era cierto, estaba molesto con la infracción de Mario y se aseguraría de que su empleado lo supiera. Pero todavía no sabía si iba a despedir al idiota. Mario nunca le había gustado demasiado pero era difícil conseguir un chef que tuviera su talento.

—Yo... no sé qué decir —dijo Mario con una voz entrecortada.

Lucien notó cómo el brazo desnudo de la mujer bajó y el licor de su copa chapoteó dentro de la delicada copa. Por primera vez, echó un vistazo superficial a la otra ocupante de la habitación. Tuvo que mirarla dos veces.

—*Merde.*

—*Lucien.*

—Elise. ¿Qué haces aquí?

Con seguridad estaba alucinando. Era una cara que reconocía de su pasado. Una cara preciosa que con seguridad preferiría no ver en este momento de su vida. ¿Qué demonios hacía Elise Martin en su restaurante en Chicago, a miles de millas de distancia de su país de origen, a leguas de la jaula dorada de su pasado en común? ¿Se trataría acaso de algún tipo de broma?

—Yo podría hacerte exactamente la misma pregunta —respondió rápidamente Elise, parpadeando sus ojos azules oscuros. Apenas comprendió, su expresión cambió ligeramente —: Lucien... *tú* eres Lucien *Lenault.* Tú eres el *dueño* de este lugar?

—¿Qué? ¿Ustedes dos se conocen? —preguntó Mario.

Lucien le echó una mirada represiva a Elise. Sus labios exuberantes se cerraron y ella le lanzó una mirada desafiante. Había comprendido la advertencia de que no fuera a decir nada de su conexión, de acuerdo, pero eso no le garantizaba nada. Conociendo a Elise, aún todavía no había decidido si se quedaría callada o no. Un destello de ansiedad recorrió el cuerpo de Lucien. Tenía que sacarla de Fusion a toda costa... y sacarla de su vida aquí en Chicago. Elise Martin causaba estragos donde fuera que posara sus elegantísimos pies. Comprometería el terreno que había ganado al comprar un restaurante dentro de Noble Enterprises.

Arruinaría todo lo que él ya había logrado en su misión en relación al multimillonario Ian Noble.

—Yo... lo siento. Pensé que una copa no podría hacer daño

When I'm With You 371

—farfulló Mario. Lucien levantó su mirada del rostro de Elise—.
Sé que es tu reserva personal pero...

—Estás despedido —interrumpió Lucien de repente.

Mario parpadeó. Lucien comenzó a alejarse.

—Lucien, ¡no puedes hacer eso!

Se giró de repente al escuchar la voz de Elise. Por un segundo
se limitó a mirarla.

—¿Hace cuánto que no nos vemos? —le preguntó, una pregunta para ella, solo ella. Vio cómo en su cara se desdibujó una
extraña mezcla de emociones: malestar, confusión... ira.

—Han pasado casi dos años desde aquella noche en Renygat
—dijo ella, refiriéndose al exitoso restaurante y discoteca de Lucien en París.

Lucien tenía que aceptar que ella era muy buena. A pesar del
sinfín de emociones que había aparecido en su cara hace tan sólo
unos momentos, en el momento en que habló ya parecía una fría
aristócrata. Maldita. Cualquier hombre que tratara de descifrar el
enigma de Elise estaba condenado a obsesión que le duraría toda
la vida. *¿Quién* era realmente? ¿Era una heredera, chica mala incontrolable? ¿O era un rayo de sol, burlón y elusivo?

—Lucien, no puedes despedir a Mario —dijo Elise con una
voz muy suave y una sonrisa de bruja que podría llevar cualquier
hombre a matar.

—No lo estoy despidiendo por lo que tú me inspiras —dijo
tranquilamente. La visión de la mano de Mario sobre su espalda le
volvió en seguida a la mente. *Mentiroso*—. Lo estoy despidiendo
porque robó el código de seguridad del restaurante, entró en mi
propiedad privada y robó una botella de mi reserva personal.

Su cuello elegante convulsionó antes su respuesta concisa.
Desde la última vez que se habían visto, ella se había cortado su
larga y gloriosa melena de pelo rubio. Llevaba el pelo corto, sus
ondas relucientes las tenía peinadas detrás de sus orejas. Habría

podido pensar que el corte de los rizos y las trensas de Elise eran un símbolo de que su espíritu rebelde se había domado, pero se habría equivocado. La rebeldía de Elise estaba en sus ojos.

La ira tensó su rostro. Con seguridad había olvidado que sus encantos no funcionaban con Lucien.

—¡No puedes despedir a Mario solo porque yo te caigo mal!

—Yo puedo hacer lo que me plazca. Este es mi restaurante.

Pudo ver cómo la expresión desafiante que conocía tan bien, se tensó en su cara. Era la misma expresión que llevaba cuando tenía catorce años y él le había dicho que el caballo que estaba en los establos de su padre era demasiado fuerte y peligroso para ella.

—Pero...

—No hay ningún *pero* —dijo Lucien, esforzándose porque su tono retomara el volumen y la cadencia tranquila de siempre. *No iba a dejar que la presencia de Elise lo hiciera perder el equilibrio.* Ella tenía la costumbre de hacer precisalente eso: azotaba la muy formal corteza superior de la sociedad europea lanzándolos en un torbellino de escándalo con sus trucos indignantes... podía enloquecer a un hombre con su belleza incomparable y el profundo deseo de domarla. Lucien recordaba perfectamente la última vez que se habían visto en Renygat, su restaurante parisino. Recordó cómo Elise lo miraba a los ojos mientras desabrochaba sus pantalones, cómo las yemas de sus dedos rozaban su pene que rebosaba de una lujuria ardiente y cruda; cómo sus labios estaban rojos e hinchados por la embestida furibunda a su boca; cómo sus ojos brillaban como zafiros en llamas; cómo perduraba su sabor en su lengua, adictivo y dulce.

¿Quieres olvidar el pasado, Lucien? Voy a hacerte sentir tan bien que olvidarás todo lo ocurrido con tu padre. Te lo prometo.

Su cuerpo se tensó ante el recuerdo. Le había creído. Si había alguien que podía hacerlo olvidar durante un momento glorioso de nirvana, era Elise. Le había costado trabajo despedirla esa noche, pero lo había hecho. Era una maestra de la manipulación.

Sabía perfectamente cómo meterse al más formidable de sus enemigos en el bolsillo trasero de sus pantalones y hacerle rogar como un perro hambriento. Y encima de todo, después de aquella noche en Renygat, Elise sabía demasiado.

Todavía sabía demasiado, maldita sea.

—Quiero que ambos se vayan de aquí. Tienen suerte de que no voy a llamar a la policía —dijo Lucien, comenzando a girarse de nuevo. Se detuvo cuando por el rabillo del ojo se dio cuenta que Mario se movía hacia él con un movimiento brusco. Al parecer el chef había recuperado algo de su arrogancia típica durante los segundos transcurridos.

—No seas tonto. Mañana tienes que abrir Fusion. Me necesitas. ¿Qué vas a hacer sin un chef?

—Ya me las arreglaré. Llevo suficiente tiempo en este negocio como para saber cómo lidiar con empleados que roban.

—¿Estás diciendo que soy un ladrón? ¿Un *empleado?*—Claramente, Mario no sabía cuál de los dos apelativos era más insultante: criminal, o asalariado. Su rostro palideció.

Lucién se detuvo un momento, midiendo y observando el aspecto vítreo de los ojos de Mario. Al parecer Mario había bebido ya bastante antes de traer a Elise al restaurante, queriendo seducirla con el coñac de Lucien. ¿Tenía la intención de hacer el amor con ella en el sofá de cuero de su oficina? El sólo pensarlo lo hizo hervir de la ira. Supuso que Mario podría ser atractivo para algunas mujeres, pero tenía unos cuarenta años y realmente estaba demasiado viejo para estar seduciendo a Elise. No importaba que Elise hubiera tenido probablemente cuatro veces más amantes que él, para Lucien Mario no dejaba de ser un asalta-cunas.

—Todavía no te había dicho que eres un ladrón pero eso es exactamente lo que eres. Entre otras cosas.

—¡*No* lo puedes despedir! —gritó Elise. Lucien la miró de reojo, asombrado por el pánico que percibió en su voz, pero sin quitarle la mirada de encima a Mario puesto que tenía los puños cerrados. ¿Por qué estaría tan preocupada por Mario? No le había quedado la menor duda de que a ella no le interesaba el chef en lo más mínimo.

—No te metas. Esto no es tu problema —respondió Lucien.

—*Sí* es mi problema. Si despides a Mario, ¿qué se supone que debo hacer yo? —exclamó Elise, dejando su copa en el bar.

—¿De qué estás hablando? —dijo Lucien, pero Mario no estaba interesado en el tensionado intercambio personal.

—Siempre has sido un bastardo francés que se cree mejor que yo —gritó Mario. Agarró el brazo de Elise con fuerza—. Pues no me puedes despedir porque ¡renuncio! Ven Elise. Vámonos de este agujero del diablo.

Elise mantuvo sus pies firmemente plantados en el suelo y se sacudió cuando Mario tiró de ella.

—Nadie me dice lo que debo hacer —exclamó. Lucien apretó el puño alrededor del antebrazo de Mario y apretó. Fuerte. Mario soltó un grito de dolor.

—Suéltala —advirtió Lucien. Vio un destello de agresión en la mirada de Mario y se contuvo de hacer un gesto de exasperación con los ojos. Realmente no estaba de humor.—. ¿Estás seguro de querer empezar una pelea? —preguntó con suavidad—. ¿Crees que es prudente?

—No, Mario —advirtió Elise.

Mario lo dudó por un segundo pero el alcohol que había consumido debió rugir por sus venas, dándole valor. Soltó a Elise y se abalanzó sobre Lucien con los puños. Lucien logró bloquear el golpe de Mario y enterró su puño debajo de sus costillas.

Uno, dos, hecho. Fue casi demasiado fácil, pensó Lucien mientras que el aire salía de los pulmones de Mario, seguido por unos gemidos guturales de dolor.

Lucien le lanzó una mirada de "esto es todo culpa tuya" a Elise y puso las manos sobre los hombros de Mario, quien ahora se encontraba encorvado. Agarró su chaqueta del taburete e instó al hombre que jadeaba y gemía a que caminara hasta la puerta delantera del restaurante mientras lo agarraba por el cuello de la camisa.

Cuando regresó unos minutos más tarde, estaba solo. Elise seguía de pie junto a la barra. Tenía la barbilla levantaba en una posición tan orgullosa y erguida como la de sus antepasados aristócratas. Lucien la observó con cuidado. Caminó hacia ella sin saber si la quería meter en la parte trasera de un taxi al igual que acababa de hacerlo con Mario, sacudirla para que dejara de ser tan tonta, o si quería acostarla en su regazo y castigarle el culo por la infracción que había cometido al entrar a observar su mundo privado.

Acerca de la autora

Beth Kery vive en Chicago donde hace malabares para mantener el equilibrio entre su carrera, su amor por la ciudad y las artes y una ocupada vida familiar. Su escritura actual refleja su passion por todo lo anterior.